W0283504

LÀ OÙ LE CŒUR NOUS PORTE

HELEN ROLFE

Traduit de l'anglais
par Marion Boclet

City
Roman

Retrouvez tous les titres City Editions :

www.city-editions.com

© City Editions 2025, pour la traduction française
© Helen Rolfe, 2020

Publié pour la première fois en Grande-Bretagne en 2020
sous le titre *Coming Home at Heritage Cove* par Boldwood Books Ltd.
Droits de traduction en français accordés via Vicki Satlow
de The Agency, srl.
Couverture : CC Book Design.
Photographie : Shutterstock
ISBN : 978-2-8246-2927-8
Code Hachette : 82 8243 4

Collection dirigée par Christian English & Frédéric Thibaud
Catalogues et manuscrits : city-editions.com

Conformément au Code de la Propriété Intellectuelle, il est interdit
de reproduire intégralement ou partiellement le présent ouvrage, et ce,
par quelque moyen que ce soit, sans l'autorisation préalable de l'éditeur.

Dépôt légal : Mai 2025

À mes lecteurs... Merci d'avoir choisi ce livre,
et les autres que j'ai pu écrire au fil du temps.
J'espère que vous aimez lire ces histoires
autant que j'aime les écrire.

1

Melissa ralentit et s'arrêta sur l'aire de repos. Le panneau de bienvenue à Heritage Cove se dressait devant elle. Depuis cinq longues années – à moins de compter la fois où elle avait essayé de revenir, où elle s'était dégonflée et où elle avait fait demi-tour au volant de sa voiture pour repartir dans l'autre sens –, elle n'était pas revenue dans le pittoresque village sur la côte est de l'Angleterre.

Jusqu'à présent.

Elle fixa la longue route rectiligne qui s'étendait devant elle, cette route qui, après le panneau, tournerait sur la gauche. Elle ferma les yeux et essuya la larme qui avait osé couler sur sa joue. Elle n'avait pas besoin de le regarder très attentivement pour voir que le panneau sur lequel était inscrit le nom du village, à l'écriture loufoque, avait été remplacé. Un hiver, un terrible accident avait laissé les poteaux métalliques pliés en deux comme des arbres dans le vent et le panneau en acier blanc tellement déformé que l'on ne pouvait plus lire ce qui était écrit dessus, à moins de déjà le savoir.

Elle observa droit devant elle. Le panneau avait peut-être été réparé, mais ses cicatrices à *elle* ne guériraient jamais totalement. En une fraction de seconde, sa vie avait changé pour toujours.

Appuyant la tête contre le volant, elle prit plusieurs profondes inspirations. Elle allait y arriver. Il s'agissait de Barney, l'homme qui, pour elle, se rapprochait le plus d'une figure paternelle, et elle avait fait tout ce chemin. Il fallait qu'elle le voie, il fallait qu'elle soit là pour lui, même si cela faisait si longtemps qu'elle ne lui en voudrait pas s'il lui disait de s'en aller.

Elle sentit la fureur l'envahir à la pensée que Harvey n'avait pas été plus clair sur l'état de santé de Barney dans son e-mail. Harvey était une constante dans sa vie depuis l'enfance, et ils étaient tombés amoureux, quelque part en chemin, mais tout avait fini par s'effondrer. Son e-mail était arrivé de façon tout à fait inattendue, et le manque de détails qu'il contenait n'avait fait que l'affoler complètement. Depuis qu'elle l'avait lu, toutes sortes de scénarios se bousculaient dans sa tête, de celui dans lequel Barney avait eu un arrêt cardiaque après une opération à la suite d'une chute jusqu'à celui où il avait une infection – n'importe quoi qui puisse le lui arracher pour toujours et lui faire prendre conscience qu'elle avait trop attendu pour revenir. Cependant, se protéger de la souffrance avant même qu'elle ne puisse se produire était la seule chose qu'elle savait faire. Elle ne pouvait pas l'expliquer à qui que ce soit, d'autant qu'elle ne le comprenait pas toujours vraiment elle-même.

Elle sursauta quand quelqu'un frappa à la vitre de la voiture. Elle ne connaissait pas la jeune femme de l'autre côté ; tant mieux, car elle n'était pas prête à faire face au conflit qui ne manquerait pas d'avoir lieu avec les gens qu'elle avait laissés derrière elle en quittant Heritage Cove et avec lesquels elle avait totalement perdu le contact.

—Ça va ? lui demanda la jeune femme lorsqu'elle baissa la vitre.

Melissa dut hausser la voix pour se faire entendre par-dessus le bruit d'une moissonneuse-batteuse qui passait et prenait toute la route.

—Ça va, j'avais juste besoin de souffler une minute.

Dans son rétroviseur extérieur, elle voyait la jeep que la jeune femme conduisait. C'était un véhicule adapté à la campagne environnante, ça, c'était sûr.

—Il fait plus chaud que d'habitude aujourd'hui… J'ai de l'eau dans ma voiture, si vous avez besoin de boire un peu.

La jeune femme avait de longs cheveux blond doré, très raides, qui lui arrivaient à la taille, et elle détonnait dans sa salopette couverte de terre et de poussière.

—Merci, mais j'en ai…

Elle tapota la bouteille qui dépassait de son sac.

—Et vous avez peut-être raison, c'est possible que la chaleur m'ait prise au dépourvu. J'aurais dû m'y attendre.

—Vous cherchez un endroit en particulier ? Ou vous êtes juste de passage ?

—Je suis seulement de passage, mais je sais exactement où je vais, ne vous en faites pas.

—Vous connaissez le village ?

—Oui.

À un moment donné, elle n'aurait pas cru qu'elle quitterait un jour Heritage Cove. Ce petit village d'environ sept cents âmes n'avait pas subi le fléau d'être entouré de nouveaux lotissements, il avait conservé son beau patchwork de prairies et de terres arables, ses routes de campagne qui y entraient et en sortaient en serpentant, ses petits chemins qui surgissaient çà et là et vous emmenaient dans des endroits cachés. Heritage Cove avait toujours donné l'impression d'être coupé du monde, alors même que ce n'était pas si loin de grands axes routiers – quoique le trajet pour y aller pût prendre cinq fois plus de temps que prévu si vous aviez la malchance de vous retrouver coincé derrière un véhicule agricole.

—Vous habitez ici ? demanda-t-elle à la jeune femme.

—Je travaille à Heritage Cove, répondit celle-ci avec un sourire, mais j'habite à Southwold. Vous connaissez ?

—Oui, Southwold est un endroit charmant. J'y ai passé de nombreux étés quand j'étais enfant.

L'endroit était connu pour ses belles cabines de plage, dont chacune était unique. Sa jetée sur pilotis et son salon de thé étaient associés à des souvenirs d'enfance que Melissa chérirait toute sa vie. Les maisons majestueuses qui donnaient sur la mer avaient enflammé son imagination débordante : elle s'était demandé qui y habitait, qui avait chaque jour la chance de pouvoir, de là, descendre sur la plage. Elle entendait encore sa mère lui crier de revenir tandis qu'elle s'élançait à toute allure sur les planches de la jetée pour admirer le spectacle qui avait lieu toutes les demi-heures, au cours duquel de l'eau était pompée d'un puits et remontait jusqu'à une horloge où deux sculptures de garçons en fer, le pantalon baissé, faisaient pipi dans l'eau, en contrebas. Chaque fois, ces fontaines faisaient rire Melissa et son grand frère, Billy, et ils ne s'en étaient jamais lassés.

—Qu'est-ce qui vous amène ici ?

La voix de la jeune femme l'arracha aux souvenirs qui refaisaient surface.

—J'ai vécu ici, il y a longtemps.

—Ah, alors vous devez connaître Fred Gilbertson !

—Le forgeron, bien sûr. Il est toujours dans le coin ?

Si sa mémoire était bonne, il avait déjà dépassé l'âge de la retraite quand elle habitait encore là.

—Il est souffrant, alors je l'aide en m'occupant de la forge pour lui pendant qu'il est en convalescence.

—J'espère qu'il va vite se rétablir.

—J'en suis sûre. Je peux lui dire bonjour de votre part si vous voulez. Comment vous appelez-vous ?

—Melissa, indiqua-t-elle en étirant les lèvres. Oui, dites-lui bonjour de ma part, s'il vous plaît.

—Ravie de vous rencontrer, Melissa. Je m'appelle Lucy. Où logez-vous ?

—Au Heritage Inn.

Melissa était soulagée que les Parsons ne soient plus les propriétaires ; au moins pourrait-elle préserver un certain anonymat dans cet établissement. Elle pourrait s'y cacher, faire tous les jours le trajet de là à l'hôpital et inversement, et quand Barney retournerait chez lui, elle ne serait pas loin pour aller le voir le plus souvent possible. Elle lui devait bien cela, après avoir été absente pendant si longtemps. Et, qui sait, peut-être arriverait-elle à se débrouiller sans que trop de gens s'intéressent à elle. Après tout, elle avait désormais la trentaine. Ses cheveux, autrefois rouge feu, étaient maintenant d'un auburn plus sage, et elle n'avait pas conservé la grosse frange et la queue-de-cheval haute qu'elle portait en ce temps-là. Au travail, elle attachait ses longs cheveux ondulés pour qu'ils ne la gênent pas, mais, chez elle, elle les laissait lâchés, comme là, et ils tombaient en cascade sur ses épaules.

Son petit ami, Jay, lui disait souvent qu'elle avait les cheveux incroyablement doux ; elle riait toujours et lui répondait que c'était grâce au shampooing de salon de coiffure dans lequel elle dépensait une petite fortune.

Ce n'était certainement pas celui qu'elle utilisait quand elle vivait à Heritage Cove. Bien des choses, certaines petites, d'autres importantes, avaient changé depuis cette époque-là.

—Bon, alors, profitez bien de votre séjour à la Cove[1]... J'espère qu'on se recroisera !

Là-dessus, Lucy s'éloigna et remonta dans sa jeep.

La Cove... Melissa n'avait entendu personne prononcer ce mot depuis bien longtemps. C'était ainsi que les gens du coin appelaient le village. Cela lui était sorti de l'esprit, comme tout le reste, jusqu'à son retour, qui avait été totalement imprévu, comme elle s'était toujours dit qu'il le serait.

Elle but quelques gorgées d'eau pour être sûre de ne pas ajouter la déshydratation à la liste de ses problèmes et, quand Lucy eut redémarré, elle essaya de se motiver pour reprendre la route, elle aussi. Cependant, une file de quatre chevaux qui trottaient en direction de Heritage Cove passa à ce moment-là et l'obligea à rester un peu plus longtemps sur l'aire de repos. Elle se retrouva alors à penser à la façon dont tout avait été chamboulé au cours des dernières trente-six heures.

La veille au matin, elle était à l'aéroport de Londres-Heathrow et revenait juste, avec le reste du personnel navigant commercial, de Dubaï. « Je suis désolée », avait-elle dit à un collègue qui avait failli la bousculer alors qu'il essayait de passer à côté d'elle sur la passerelle d'embarquement ; au terminal, dans son empressement à retrouver Jay, qui revenait d'un autre vol, elle avait tiré sa valise à roulettes d'une main tout en consultant de l'autre ses messages et ses e-mails sur son téléphone portable, et

1. *Cove* signifie « baie ».

elle s'était arrêtée net en voyant un nom dans sa boîte de réception : Harvey. Il lui avait fallu quelques instants pour prendre pleinement conscience qu'après cinq ans sans un coup de fil, sans un message ni un e-mail, l'homme qu'elle avait un jour considéré comme l'amour de sa vie avait repris contact avec elle.

Elle avait lu le texte de Harvey deux fois avant de se remettre à avancer. Court et précis, l'e-mail en question était au sujet de Barney, l'homme qui était comme un second père pour eux deux. Il avait fait une chute et il était à l'hôpital, et c'était tout ce qu'il lui disait.

Jay était déjà dans la zone d'attente, à la porte.

—Le vol s'est bien passé ? s'enquit-elle en sentant brièvement la chaleur de ses bras autour d'elle.

—L'atterrissage a été un peu mouvementé, mais nous sommes arrivés il y a une heure. Je lisais le journal en t'attendant.

Il l'embrassa rapidement, juste assez pour un environnement de travail.

Comment était-elle censée lui annoncer, alors qu'ils avaient enfin réussi à caler leurs emplois du temps l'un sur l'autre pour avoir une semaine de congé en même temps, qu'elle devait retourner au village où il n'était pas allé une seule fois en visite ? C'était la partie d'elle qu'elle avait cachée à Jay – non pas qu'il y eût quoi que ce soit de secret ; c'était plutôt qu'aller de l'avant avait signifié fermer la porte sur une période de sa vie qui n'avait pas été facile.

À travers l'une des baies vitrées qui donnaient sur le tarmac, elle aperçut leur reflet tandis qu'ils marchaient côte à côte, lui, le pilote, et elle, l'hôtesse de l'air, ensemble depuis quatre ans et sur le point d'annoncer leurs fiançailles. Deux semaines plus tôt, dans l'un de leurs restaurants italiens préférés, Jay lui avait demandé de l'épouser. Elle avait accepté sans hésiter, et il ne manquait plus qu'une bague pour conclure l'affaire.

—Comment était ton vol ? lui demanda-t-il pendant qu'ils traversaient les halls immenses par le chemin familier qu'ils avaient emprunté des centaines voire des milliers de fois.

—Sans heurts, répondit-elle. Et tant mieux, surtout après une semaine comme celle passée.

La semaine précédente, une passagère en colère avait jeté son verre de vin rouge à la tête de l'homme assis à côté d'elle, mais la plus grande partie de la boisson avait atterri sur l'uniforme de Melissa, qui passait dans l'allée à ce moment-là. Une autre hôtesse de l'air avait donné un avertissement à la passagère, qui avait ensuite présenté des excuses à Melissa – il s'agissait apparemment d'une querelle d'amoureux. À la suite de cet incident, peu après que les choses s'étaient calmées, un bébé avait eu une forte fièvre inquiétante, qui nécessiterait qu'on lui apporte des soins médicaux dès que l'avion atterrirait. Encore un peu après, il y avait eu des turbulences, un passager était tombé et il s'était fait une entorse au genou.

Tandis qu'elle marchait au côté de Jay, souriant aux autres navigants commerciaux qu'ils croisaient, Melissa se dit qu'elle avait bien fait de garder son chagrin profondément enfoui pendant tout ce temps et de ne pas s'attarder sur Heritage Cove, ou sur n'importe lequel de ses habitants. Aujourd'hui, elle avait toujours l'air bien dans sa peau et imperturbable, en particulier au travail, dans son uniforme anthracite : une robe ajustée, à laquelle un foulard turquoise venait ajouter une touche de sophistication, permettant de tenir à distance les courants d'air qui circulaient constamment sur les vols, quelle que soit la classe dans laquelle on se trouvait. Avoir une apparence impeccable et garder le contrôle de la situation faisaient partie du travail. C'était ce à quoi elle avait été formée. Elle aurait aimé que ce soit aussi simple d'avoir ce contrôle sur sa vie privée, car, au travail, rien ne pouvait venir se mettre en travers de son chemin. Peu importait que l'on soit fatigué, que l'on ait mal à la tête ou que l'on ne soit pas au mieux de sa forme, quand on était hôtesse de l'air, on avait une image à entretenir. Peu importait que l'avion soit brusquement secoué par des turbulences, on ne pouvait pas montrer que l'on avait peur – même s'il y avait des moments où elle avait été terrifiée à l'idée que cela puisse être son dernier vol. Son travail était de sourire, de réconforter, d'aider les passagers comme si rien ne l'atteignait, *elle*, comme si les menus détails de la vie de tous les jours ne l'affectaient pas de la même façon qu'eux. Cependant, rien n'était plus éloigné de la vérité. Elle s'estimait heureuse de ne pas avoir reçu l'e-mail de Harvey quand elle était à Dubaï, avant de remonter dans l'avion et de devoir faire son travail, heureuse de ne l'avoir lu qu'après avoir fait descendre les passagers en toute sécurité et fini sa journée, alors qu'elle s'apprêtait à retrouver Jay pour ce qu'il croyait encore être des vacances ensemble.

Une vieille dame s'arrêta pour demander où se trouvait la zone de retrait des bagages, adressant sa question à Jay. Melissa avait l'habitude, car Jay portait exceptionnellement bien l'uniforme de pilote. Le costume sombre, classique, avec sa veste croisée et les plis parfaitement marqués sur le devant du pantalon, les quatre bandes dorées sur les manches de la veste et la casquette avec l'emblème de la compagnie aérienne couvrant ses cheveux d'un noir d'ébène, le rendaient séduisant aux yeux de nombreuses femmes.

Ses chaussures bien cirées continuèrent leur *tap-tap* familier sur le sol jusqu'à ce qu'ils arrivent dans la zone où le sol était recouvert de moquette, puis recommencèrent quand la surface changea. Ce n'était pas facile de se débrouiller pour être en congé en même temps, et elle rassemblait encore le courage de lui annoncer qu'il faudrait remettre à plus tard les vacances qu'ils avaient prévues dans sa belle maison de ville à Windsor, avec les promenades tranquilles et les brunchs dans les restaurants de leur choix.

La vie des navigants commerciaux, qui s'envolaient sans cesse pour des destinations exotiques, paraissait glamour, vue de l'extérieur, mais, en réalité, c'était dur. Le travail du pilote l'était également, mais Jay était toujours content de conduire de l'aéroport jusque chez lui, à Windsor, et de la laisser se détendre sur le siège passager confortable de sa BMW.

Sur le parking, ils montèrent dans la voiture et, dès qu'ils eurent démarré, elle sentit ses yeux se fermer. Elle était épuisée et sous le choc de la chute de Barney autant que de l'e-mail abrupt de Harvey, qui devait bien se douter qu'il allait l'inquiéter. Elle attendit que Jay ait quitté d'abord le parking, puis la zone de l'aéroport, et qu'ils soient bien engagés sur la route du retour. Quand il gémit parce que la circulation ralentissait considérablement sur l'autoroute M4, elle trouva son moment.

—Il faut que je retourne à Heritage Cove.

Elle prononça ces mots sans oser le regarder, se concentrant plutôt sur la file de voitures devant eux, sur le pare-brise arrière de celle qui les précédait, crasseux, sauf au centre, à l'endroit où les essuie-glaces avaient tracé un arc de cercle propre dans la poussière grise.

Quand l'homme dans le camion à côté d'eux s'alluma une cigarette et que sa fumée parvint à se mêler au gaz d'échappement des véhicules jusqu'à leur voiture, elle remonta sa vitre et se tourna vers Jay.

— Tu as entendu ce que je t'ai dit ?

— Oui…

Il attendit que la circulation s'arrête de nouveau, après les avoir obligés à rouler à vingt kilomètres-heure, pour finir sa phrase.

— Mais je croyais que tu plaisantais.

— Hélas, non.

Tout ce qu'elle avait dit à Jay au sujet de Heritage Cove, c'était qu'elle y était née, qu'elle y avait passé son enfance, qu'elle s'était lassée de ce village après la mort de ses parents et qu'elle avait eu envie d'en partir. Elle ne lui avait dit rien de plus, il ne lui avait pas posé de question, et elle s'était contentée de se laisser porter dans une existence de déni. C'était la solution de facilité. De la même manière qu'elle ignorait toute sensation de malaise quand elle était à bord, impeccablement maquillée et arborant toujours un sourire, chaque fois que quelqu'un mentionnait son village ou sa jeunesse, elle faisait comme si cette période de sa vie était normale, comme si aucun drame ne méritait d'être discuté ou de faire l'objet d'une conversation. Cela l'aidait aussi que son frère ait quitté le village des années plus tôt, avant elle, et qu'il soit allé s'installer en Écosse, où il avait rencontré sa femme et fondé une famille. Cela signifiait que ce qui la liait à Heritage Cove s'était encore relâché et qu'elle pouvait avoir Billy au téléphone sans avoir à entendre parler du village et de ses habitants ; et s'il les mentionnait, elle s'empressait de trouver un moyen de changer de sujet.

Alors qu'elle regardait à travers la vitre la bruine tomber des nuages gris dans le ciel, le genre de crachin qui vous faisait croire que vous ne pouviez absolument pas être mouillé, elle regretta le ciel bleu de Dubaï, les températures caniculaires qu'elle venait de quitter, la sensation d'un autre monde, en quelque sorte coupé de la réalité.

—Cela nous a pris un temps fou de réussir à être en congé en même temps, se plaignit Jay lorsqu'il se rendit compte qu'elle était tout à fait sérieuse. Pourquoi faut-il que tu y ailles maintenant ? Pourquoi aussi soudainement ?

—C'est Barney.

—Barney ? Qui est-ce ?

—L'homme auquel je continue à envoyer des cartes postales, je t'ai déjà parlé de lui.

Il secoua la tête, mais, alors qu'il changeait de voie dans l'espoir d'avancer un peu plus vite, cela sembla faire tilt.

—C'est vrai, désolé, j'avais oublié. Je ne pensais pas que vous étiez aussi proches.

—Il est à l'hôpital, il a fait une chute.

—C'est grave ?

—Je n'en ai pas la moindre idée.

Barney était tout pour elle, autrefois. Elle ne se pardonnerait jamais de l'avoir abandonné, de l'avoir quitté comme elle l'avait fait, mais rester était devenu trop douloureux pour elle. Et ce n'était pas parce qu'elle ne l'avait pas revu et qu'elle ne le contactait pas souvent qu'ils ne restaient pas proches. L'e-mail de Harvey le lui avait bien prouvé : dès qu'elle l'avait lu, tous ses sentiments avaient refait surface et elle avait tout de suite su qu'elle devait absolument voir Barney.

Elle n'avait pas l'intention de préciser que ce n'était pas Barney lui-même qui l'avait contactée, et, par chance, Jay ne lui posa pas la question. Il était trop occupé à se faufiler dans la voie du milieu, maintenant que la circulation reprenait.

Quand elle était partie pour Londres, des années plus tôt, elle était restée pendant quelque temps en contact avec sa meilleure amie, Tracy, mais, au fil du temps, leurs coups de téléphone avaient fini par cesser. Melissa était passée à autre chose, elle avait trouvé un travail qu'elle adorait, elle parcourait le monde. Pendant un certain temps, elle avait continué à téléphoner à Barney pour lui dire qu'elle était en bonne santé et qu'elle allait bien ; ils discutaient souvent, et il lui avait toujours dit de ne pas se sentir coupable de vivre sa vie comme elle avait besoin de le faire. Cependant, le travail de Melissa l'amenant à quitter le pays, les coups de téléphone s'étaient peu à peu espacés, puis ils avaient cessé aussi. Barney n'était pas casanier non plus, alors ils avaient du mal à se rendre disponibles en même temps – ou, si elle était totalement honnête, elle devait reconnaître que s'isoler complètement avait été pour elle la solution de facilité. Elle s'était donc contentée de lui envoyer des cartes de vœux et d'anniversaire, ainsi qu'une lettre de temps en temps, et Barney en avait fait autant. Elle lui envoyait des cartes postales d'endroits exotiques, comme pour lui dire qu'elle profitait de la vie, qu'elle avait bien fait de partir, qu'elle voyait le vaste monde comme elle en avait toujours eu envie. Dans aucune lettre elle ou lui n'avaient mentionné Harvey, mais elle espérait que ce dernier avait trouvé le bonheur, comme elle.

Et une partie de son bonheur était Jay. Elle leva une main vers lui et la passa sur sa joue, sur sa mâchoire forte.

—Je suis désolée, je sais à quel point tu avais hâte que nous passions cette semaine de vacances tous les deux.

Il soupira et secoua la tête.

—Ce n'est que partie remise, j'imagine.

Il lui adressa un grand sourire rayonnant, comme pour lui exprimer que ce n'était pas l'idéal, mais qu'il comprenait.

—Hé ! Je pourrais toujours y aller avec toi…

—Ce n'est pas la peine, je t'assure. Je vais passer la moitié de mon temps à l'hôpital de toute façon, jusqu'à ce que Barney retourne chez lui. Ensuite, je resterai à ses côtés pour l'aider le plus possible.

Elle prononça ces mots avec toute la conviction dont elle était capable, parce qu'une partie d'elle redoutait que Barney ne rentre jamais, que ce soit la fin. Elle aurait alors trop attendu pour lui dire à quel point elle regrettait d'être restée si longtemps absente. Comment avait-elle pu attendre tout ce temps ? Et comment avait-elle pu ne pas se rendre compte à quel point c'était égoïste de sa part ?

Elle enverrait un e-mail à son chef dès qu'elle arriverait chez Jay et poserait deux semaines supplémentaires de congé sans solde afin de ne pas être obligée de se précipiter pour reprendre le travail, car si Barney allait vraiment mal, elle ne le laisserait certainement pas se débrouiller tout seul. Il était très apprécié au sein de la communauté de Heritage Cove, mais il n'avait pas de femme, pas d'enfants, pas de frères et sœurs, et c'étaient elle et Harvey qui étaient le plus proches de lui, même s'il n'y avait aucun lien de parenté entre eux.

Jay posa une main sur la sienne, interprétant à tort ses sourcils froncés par l'inquiétude comme l'expression d'un sentiment de culpabilité né de l'annulation de leurs vacances ensemble.

—Nous prendrons des vacances à la maison une autre fois, ce n'est pas grave.

Il porta sur elle ses yeux bleus perçants, auxquels rien n'échappait à des milliers de kilomètres d'altitude.

—Si tu n'as pas besoin que je t'accompagne, laisse-moi au moins te conduire là-bas.

—Ce n'est pas la peine. Je vais avoir besoin de ma voiture pour aller à l'hôpital. Mais merci.

Elle lui posa une main sur le genou et exerça une petite pression, puis elle maintint ce contact physique tandis qu'il passait les vitesses, tournait le volant, concentrait son attention sur la route.

—Bon, eh bien, ne reste pas partie trop longtemps, dit-il. Pour des raisons égoïstes, je préfère de beaucoup le lit quand tu es dedans.

—Tu devrais avoir l'habitude, nous n'avons presque jamais le même emploi du temps.

—C'est vrai, mais c'est différent… Là, je saurai que tu n'es pas très loin de moi.

—Je ne serai pas loin, et je serai de retour dans trois semaines.

Ensuite, les choses reviendraient à la normale. Elle retrouverait Jay, elle retrouverait son travail et elle s'envolerait pour un pays lointain, coupé de tout le reste.

Il couvrit de nouveau sa main de la sienne, la regardant chaque fois qu'il en avait la possibilité. Sa prévenance était l'une des choses qui lui avaient plu chez lui dès le début. Elle avait passé un certain temps seule, bien décidée à prouver qu'elle en était capable, pensant se protéger en ne laissant personne s'approcher d'elle. Elle avait érigé une barrière pour ne plus jamais être anéantie ou avoir le cœur brisé. Cependant, un soir, lors d'une escale à Singapour, elle s'était retrouvée seule dans un bar après le départ de tous les autres navigants, qui étaient allés se coucher, et Jay lui avait proposé de boire un verre avec lui. Pour la première fois depuis bien longtemps, elle avait eu la sensation d'être au centre de l'univers de quelqu'un, elle s'était sentie désirée. Ils étaient sortis tous les deux chaque fois qu'ils en avaient eu l'occasion, avaient passé chaque minute de libre ensemble. Et elle avait enfin eu l'impression de prendre le véritable nouveau départ auquel elle aspirait tant.

À présent, alors qu'elle se trouvait sur l'aire de repos à l'entrée de Heritage Cove, le bruit apaisant des sabots des chevaux s'affaiblit tandis qu'ils s'éloignaient au bout de la rue, vraisemblablement en direction du centre équestre. Le cottage qui avait appartenu aux parents de Melissa et dans lequel elle avait vécu jusqu'à ce qu'elle quitte le village se trouvait dans la même direction, au-delà des paddocks, et cela faisait cinq ans qu'il était en location. Jay voulait qu'elle le vende et qu'elle investisse dans un pied-à-terre en France, en Espagne ou au Portugal, mais elle ne s'était pas donné la peine de prendre contact avec un agent immobilier. Peut-être que, maintenant qu'elle était là, il était temps qu'elle le fasse, qu'elle se débarrasse de ce cottage une bonne fois pour toutes, comme d'un autre lien dont elle pouvait se libérer.

Elle regarda à nouveau le panneau de bienvenue à Heritage Cove, devant elle. C'était maintenant ou jamais. Elle remit le bouchon de sa bouteille d'eau et se prépara à redémarrer, à aller déposer ses bagages au Heritage Inn, puis à aller à l'hôpital.

Cependant, au lieu de continuer tout droit, elle profita de la route de campagne peu fréquentée et de l'aire de repos pour faire demi-tour, et elle repartit dans l'autre sens. Elle irait d'abord voir Barney à l'hôpital ; elle était prête à tout pour repousser le moment de descendre au Heritage Inn ou, plus exactement, pour éviter encore un peu Heritage Cove.

Qui sait ? Peut-être resterait-elle à l'hôpital si longtemps qu'il ferait nuit lorsqu'elle regagnerait le village, et qu'elle pourrait ainsi y faire face en plein jour après une bonne nuit de sommeil.

Elle ne serait alors peut-être plus habitée par un tel sentiment d'appréhension.

2

— Tu veux bien arrêter de t'agiter ? demanda Barney pour la troisième fois en l'espace de quelques minutes.

Harvey était à son chevet, à l'hôpital ; il était arrivé au petit matin et avait attendu qu'on le laisse entrer. Si cela n'avait tenu qu'à lui, il aurait passé toute la nuit dans ce fauteuil, pour garder un œil sur l'homme qui avait toujours été là pour lui, à l'inverse de son père.

— Tu n'as pas un travail à faire, des greniers à rénover et à aménager ?

Barney émit un gémissement. Il venait de prendre son petit déjeuner, mais cela n'avait pas l'air d'avoir amélioré son humeur d'une quelconque manière.

— Tu es venu tous les jours de la semaine.

— Mon travail n'est pas ma priorité, il y a des choses plus importantes.

Le sourire de Harvey s'évanouit quand Barney haussa les épaules pour faire tomber la main qu'il avait posée sur son bras.

— Arrête d'être aussi grincheux, ça ne te va pas du tout.

— Bien sûr que si, et puis, si c'est la seule chose à faire pour qu'on me laisse tranquille, au calme, tout seul, alors je serai aussi grincheux que j'en aurai envie.

Barney, dont la peau était claire, avait généralement les joues un peu colorées, mais ce n'était plus le cas depuis sa chute. Il avait une mine lugubre, et sa contrariété lui donnait un air renfrogné qui creusait encore davantage les rides lui barrant le front.

Quand l'infirmière vint voir comment il allait, Harvey fut content de pouvoir penser à autre chose que l'humeur de Barney et le fait qu'il considérait en quelque sorte cette chute, qui n'était qu'un accident, comme le début de la fin. Cela ne ressemblait pas à Barney qui, à peine quelques jours plus tôt, exhibait fièrement sa coupe dégagée derrière et sur les côtés, après être allé chez le coiffeur pour faire couper ses cheveux argentés, presque blancs, et leur donner leur apparence soignée habituelle. Depuis deux jours, quand il ne râlait pas, il passait son temps à prétendre qu'il n'était plus capable de se débrouiller tout seul. Il parlait de la maison vide qui l'attendrait quand il rentrerait chez lui et, même s'il ne disait pas qu'il avait peur de se retrouver isolé, Harvey voyait bien que c'était ce qu'il sous-entendait. C'était comme si la chute et la fracture de la hanche avaient arraché à cet homme de soixante-treize ans son assurance et, avec elle, son indépendance.

—Il est arrivé à la première heure, vous savez, il est resté là à attendre qu'on le laisse entrer, indiqua l'infirmière à Barney, en parlant de Harvey, tout en retirant son stéthoscope de ses oreilles et en desserrant le manchon qu'elle lui avait mis autour du bras pour prendre sa tension. Comme tous les jours depuis que vous êtes arrivé ici, il est à vos côtés. Vous avez de la chance de l'avoir.

—Il est idiot, ce garçon. Il devrait bien savoir que je lui dirais si j'avais besoin de quoi que ce soit. Ce n'est pas comme si je risquais de m'attirer des ennuis alors que je suis allongé dans ce lit, n'est-ce pas ?

—Les membres de la famille ont tendance à voir les choses différemment, et ils veulent être là pour vous quoi qu'il arrive, répondit l'infirmière, Sharon, de son ton excessivement enjoué.

Elle voyait probablement de vieux schnocks bougons comme Barney à longueur de temps, mais ses chances de le dérider au cours de son séjour étaient très minces. Harvey se demandait si elle voyait au-delà des apparences, comme lui, si elle devinait qu'au fond, Barney avait peur, et qu'en temps normal, au lieu d'être aussi impoli, il n'avait que des paroles gentilles et des sourires pour les gens, à moins que ceux-ci ne se montrent franchement désagréables.

—Ce n'est pas un membre de la famille, grommela Barney en regardant par la fenêtre.

La grisaille des toits, qui se fondaient sur le ciel couleur ardoise, n'aidait pas beaucoup non plus.

Sharon serra son porte-bloc contre sa poitrine généreuse.

—Alors, vous devez être un ami très proche, glissa-t-elle à Harvey avant de poser une main sur l'épaule de Barney. Parfois, nos amis deviennent notre famille.

Tandis que l'infirmière poursuivait ses soins, Harvey alla se chercher un café au distributeur automatique. Il n'était pas fameux, mais, au moins, cela permettrait à Barney de souffler un peu.

L'infirmière avait vu juste en disant qu'il arrivait aux amis de devenir de la famille. Barney faisait partie de sa vie depuis ses huit ans. Un été, alors qu'il s'ennuyait mortellement et qu'il traînait dans le village, il était allé jusqu'à la vieille grange en empruntant la route qui passait derrière chez Barney pour que personne ne le voie. Comme il l'avait fait de nombreuses fois sans se faire prendre, il avait ensuite grimpé dans l'un des arbres pour cueillir une pomme, cependant, alors qu'il tirait sur le fruit mûr et ferme, une voix lui avait crié dessus et lui avait fait une peur bleue ; il avait perdu l'équilibre et était tombé sur le sol. L'homme qui l'avait sermonné s'était précipité vers lui, mais Harvey avait atterri sur un tas de feuilles qui avait amorti sa chute, et il riait déjà quand une autre pomme, agitée par ce chahut, s'était décrochée et lui était tombée sur la tête dans un bruit mat. L'homme avait ri aussi, vraisemblablement de soulagement. Il l'avait aidé à se relever, et cela avait été le début d'une très heureuse amitié qui, des décennies plus tard, était toujours aussi solide. Le jour où Harvey avait essayé de voler une pomme, Barney l'avait aidé à en cueillir d'autres, puis ils les avaient rapportés dans la grange et il lui avait montré comment faire du jus de fruits frais. À partir de ce moment-là, Harvey avait eu le droit d'aller le voir quand il voulait, de boire autant de jus qu'il en avait envie, et c'était devenu son échappatoire quotidienne, après ce jour où il avait couru aussi vite que ses petites jambes maigrichonnes le lui permettaient pour rentrer chez lui avant le couvre-feu. Il avait quitté la grange, traversé la cour, s'était faufilé entre les arbres, avait remonté le sentier jusqu'au trottoir, pris le virage et regagné le cœur du village, avant de prendre la direction de sa propre maison. C'était un chemin qu'il allait vite apprendre à connaître par cœur.

Harvey appuya sur le bouton du distributeur automatique et regarda le café couler dans un gémissement. Au fil des ans, Harvey avait très peu parlé à Barney de ce qu'il vivait chez lui, mais il n'avait pas vraiment eu besoin de le faire : tout le monde au village connaissait les Luddington, le père qui était une brute, la mère qui essayait de faire de son mieux avec ses deux fils, Harvey, qui habitait toujours à Heritage Cove, et son frère cadet, Daniel, qui ne voulait plus faire partie de cette famille. Daniel avait fini par quitter la Cove à l'âge de dix-huit ans, après d'innombrables prises de bec avec leur père, Donnie. Ces deux-là auraient probablement fini par s'entretuer si Daniel n'était pas parti, leurs tempéraments étant incompatibles. Harvey s'était retrouvé à devoir recoller les morceaux pour sa mère, qui avait été anéantie par le départ de Daniel, mais, au moins, ils vivaient maintenant leur propre vie, dans un beau village, avec moins de contrariétés.

Il retourna avec son café dans la chambre de Barney, et la première chose que ce dernier lui dit lorsqu'il eut regagné son chevet fut :

—Je suis désolé d'être un ingrat qui ne fait que rouspéter.

—Il n'y a aucun problème.

Harvey tira timidement le fauteuil et s'assit.

—Comment est le café ?

—Pas terrible, mais il m'aidera peut-être à rester éveillé un peu plus longtemps.

—Aussi mauvais que la nourriture, alors, grommela Barney.

—Hélas, oui.

—L'infirmière est satisfaite de l'évolution de mon état.

—Tant mieux !

Harvey but courageusement une autre gorgée.

—Tu ne tarderas pas à pouvoir rentrer chez toi. Il paraît qu'ils vont probablement te laisser sortir aujourd'hui.

Barney hocha la tête, et Harvey lui demanda :

—Comment es-tu tombé ? Tu ne me l'as toujours pas réellement expliqué.

—Ce n'est pas un grand mystère, marmonna Barney. Je suis tombé d'une échelle.

—Mais est-ce que tu as perdu l'équilibre ? Ou bien est-ce que tu as été pris de vertige ?

—J'en ai déjà parlé avec les médecins et avec les infirmières. Honnêtement, on pourrait croire que vous essayez tous de m'embrouiller avec toutes vos questions.

—C'est uniquement pour ma tranquillité d'esprit que je te demande ça.

—Il n'y a rien d'extraordinaire à raconter. J'essayais de réparer une poutre dans la grange, c'est tout. Je me fais vieux, je sais.

—Ce n'était pas ce que j'allais dire.

—Eh bien, c'est pourtant la vérité. C'est indéniable.

Barney leva les yeux vers le plafond.

—Cette chambre aurait bien besoin d'un petit coup de peinture… Tout l'hôpital en aurait bien besoin. Tu crois qu'ils se donnent pour mission de rendre ces endroits le plus déprimants possible ?

Content de voir enfin le sens de l'humour de Barney pointer de nouveau le bout de son nez, Harvey acquiesça.

—C'est fort probable ! J'imagine qu'ils ne veulent pas encourager les patients à rester trop longtemps, n'est-ce pas ?

Barney se détendit sous l'effet de leur échange habituel de plaisanteries amicales, cette façon père-fils de parler que ni l'un ni l'autre n'avaient jamais vraiment connue avant de se rencontrer.

—Je m'occuperai de la grange, lui assura Harvey. Il y a pas mal de choses à faire, mais tu ne montes plus sur une échelle, je m'en charge !

Il but une gorgée de café, fit la grimace, et posa son gobelet sur le rebord de la fenêtre.

—Il est si mauvais que ça ?

—Pire que tu peux l'imaginer… Je croyais pouvoir m'en contenter, mais j'abandonne.

—Écoute, ne va pas réparer des trucs dans la grange ou dans la maison, tu as ton propre travail. Ça peut attendre.

—Je trouverai le temps, ce n'est pas un problème.

—Ce n'est pas la peine, je t'assure.

Barney détourna le visage.

—Barney, qu'est-ce que tu racontes ? Tu veilles toujours à ce que la grange soit en parfait état et prête pour le bal de la Robe de mariée, chaque année. Tu détestes attendre la dernière minute pour faire les choses.

Barney haussa les épaules.

—Ne t'inquiète pas pour ça, répondit-il d'un ton évasif.

—Tu vas payer quelqu'un d'autre pour le faire ?

—Non, je vais simplement laisser les choses en l'état.

Harvey se passa une main sur le menton.

—Enfin ! Nous savons aussi bien l'un que l'autre que tu ne feras jamais ça. Le bal de la Robe de mariée aura lieu dans à peine plus d'un mois. C'est une question de sécurité, et tu ne voudrais pas avoir ça sur la conscience si l'une des vitres des petites fenêtres se cassait et que quelqu'un se blessait, ou si l'une de ces poutres tombait en plein bal, ou si…

—Je t'arrête tout de suite. Non, je ne me le pardonnerais jamais, tu as raison. C'est pour ça que cela n'aura pas lieu.

—Qu'est-ce qui n'aura pas lieu ?

Cette fois encore, Barney fixa le plafond et sa surface jaunâtre ponctuée de lumières crues.

—Le bal de la Robe de mariée n'aura pas lieu, j'annule tout.

—Tu n'es pas sérieux…

Cet événement existait depuis plus de quatre décennies,

et Barney l'avait toujours chapeauté. La tradition était plus vieille que Harvey lui-même. Tout le monde dans le village attendait ce bal avec impatience, qui permettait de collecter beaucoup d'argent pour l'œuvre caritative choisie par Barney.

—Tu l'organises chaque année sans faute…

—Oui, eh bien, pas cette année.

—Mais…

—Je ne veux plus en entendre parler. Le bal de la Robe de mariée n'aura pas lieu, point à la ligne. J'en ai assez. Je me suis fait des illusions en me racontant que je pouvais continuer à m'en occuper. J'ai lancé cet événement sur un coup de tête, et je n'ai plus envie de m'en occuper.

—Les billets ont déjà été vendus.

—Eh bien, nous rembourserons tout le monde.

Harvey avait oublié à quel point le café était mauvais et il tendit la main vers son gobelet, but une autre gorgée et fit la grimace. Il observa autour de lui, cherchant des yeux un endroit où le jeter, mais il allait devoir sortir dans le couloir pour trouver un lavabo.

—Tu peux leur demander quand je vais pouvoir sortir d'ici ? s'enquit Barney d'un ton plaintif, sans le regarder.

—Je vais aller voir ce qui fait traîner.

—Si tu veux bien, merci.

Harvey ne fut parti que cinq minutes, au cours desquelles il commença, avant toute chose, par se débarrasser de son café, puis il regagna la chambre de Barney.

—Ils attendent que le médecin passe te voir, ce qui ne devrait plus tarder, et dès que ce sera fait, tu pourras sortir.

Barney parvint à esquisser un petit sourire et il regarda Harvey.

—Merci, fiston.

Le terme affectueux faisait toujours plaisir à Harvey. Que ce soit quand il avait huit ans et qu'il attendait de dépasser en taille les filles de sa classe ou maintenant qu'il avait trente-trois ans et mesurait un mètre quatre-vingt-quinze, l'entendre lui rappelait toujours la place qu'il avait dans la vie de cet homme.

—Ils ont voulu que je leur assure qu'il y avait quelqu'un chez toi pour t'aider, alors j'ai dit que ce serait moi. Ce n'est pas sujet à discussion.

—Je suppose que si je cherche à m'y opposer, je serai obligé de rester ici, remarqua Barney, avec une pointe de son humour habituel dans la voix.

—Exactement !

—Dans ce cas, je vais choisir le moindre des deux maux.

—C'est bien ce que je me disais.

Barney se retourna complètement pour lui faire face.

—C'est à l'infirmière blonde ou à la rousse que tu as parlé ?

Harvey rit.

—Quelle importance est-ce que ça a ?

Il se passa le pouce dans la paume. Il avait une petite coupure, qu'il s'était faite en arrachant des mauvaises herbes au pied d'un sureau, chez lui. Il avait examiné les grappes qui, au mois d'août, donneraient des baies bien mûres et bonnes à cueillir. Il faudrait alors qu'il se dépêche de toutes les récolter, pour en distribuer à qui en voudrait et en congeler ou en faire sécher une partie pour son usage personnel.

—Ça a son importance, affirma Barney, parce que la blonde en pince pour toi.

—Certainement pas.

—Si. Tu ne vois pas les choses de mon point de vue privilégié, pour ainsi dire.

—À part cette hanche, tu es plutôt en forme, pas vrai ?

Harvey passa une main dans ses cheveux bruns hirsutes, qui auraient bien mérité une bonne coupe.

—Je veux te voir te ranger, c'est tout. Ne fais pas comme moi, ne finis pas seul.

—Et tu crois qu'une aventure avec une infirmière irait dans ce sens ?

—Ça ne pourrait pas faire de mal.

—Eh bien, je suis suffisamment rangé à mon goût, merci bien ! J'ai un travail qui me plaît, je ne suis pas coincé derrière un bureau, je suis au grand air, j'ai des copains avec lesquels aller boire un verre au pub… Tu n'as pas à t'en faire pour moi.

—Je me soucie de toi, c'est tout.

—Et je t'en suis reconnaissant.

Il aurait simplement voulu que Barney le laisse en faire autant en retour.

—Quand j'ai vu l'infirmière, j'en ai profité pour lui demander comment allait se passer ta convalescence. Elle m'a dit qu'il te faudrait trois à six semaines pour pouvoir reprendre une activité normale.

—Tu sais, j'ai lu des choses là-dessus.

—Sur la période de convalescence à la suite d'une fracture du col du fémur et de la pose d'une prothèse de hanche ?

C'était encourageant.

—Non, sur les gens de mon âge qui vaquent à leurs occupations sans se soucier de rien, heureux, puis qui, tout à coup, font une chute, ont un accident, tombent malades, et pour lesquels c'est le début de la fin.

Ce n'était pas l'approche optimiste que Harvey avait espérée.

—Je vais t'aider à te rétablir, je suis là pour toi. Ne t'imagine pas que c'est la fin, s'il te plaît.

Barney ne répondit pas.

—Et puis, tu adores organiser le bal de la Robe de mariée, alors ça me fait un choc de t'entendre dire que tu vas l'annuler. Attends d'être de retour à Heritage Cove pour prendre ta décision.

—Ma décision est prise. Le bal a fait son temps, et si quelqu'un d'autre veut s'en occuper, qu'il se fasse plaisir ! Ce sont beaucoup de complications, et je n'ai vraiment pas besoin de ça.

Barney n'avait jamais parlé du bal comme de *complications*. Même l'année où il avait eu un rhume des foins inattendu, en plein été, et où il s'était senti patraque, il avait tout fait pour l'organiser, et l'événement avait eu lieu comme prévu.

—Mieux vaut rembourser tout le monde.

Harvey s'assit, les bras tendus le long des cuisses. Il leva les yeux vers le coin du plafond de la chambre. Il y avait une toile d'araignée dont une extrémité pendillait, peut-être trop effrayée pour se laisser tomber sur le sol et faire partie du désespoir qui entourait le lit de Barney. L'attention de Harvey se porta sur la fenêtre, sur la grisaille du ciel, sur l'échafaudage devant un bâtiment, de l'autre côté de la rocade qui allait de l'hôpital d'un côté à un centre commercial de l'autre. Il vit Barney détourner de nouveau le visage, cette fois pour fixer le rideau bleu pâle qui séparait son lit du reste de la pièce ; dans un autre lit, il y avait une vieille dame qui était là depuis deux semaines, et dans un autre encore un vieux monsieur acariâtre qui gémissait chaque fois que quelqu'un mettait un pied dans la chambre, qu'il s'agisse d'un visiteur ou d'un membre du personnel médical.

Ce que Harvey s'apprêtait à dire allait peut-être faire un choc à Barney et parvenir à le ramener au moment présent.

— J'ai contacté Melissa.

Cela fonctionna : Barney tourna enfin la tête vers lui pour le regarder droit dans les yeux.

— Eh bien, voilà quelque chose que je n'aurais jamais cru t'entendre dire !

— Elle ne m'a pas encore répondu, mais elle sait que tu as fait une chute et que tu es à l'hôpital.

Cela faisait bien longtemps qu'ils n'avaient pas parlé de Melissa. Barney s'y risquait, de temps en temps, mais il savait quelle réaction il allait obtenir. Harvey n'aimait pas parler de la femme qui lui avait brisé le cœur. Elle avait tourné la page et était allée de l'avant, le laissant derrière elle, et il n'avait pas pu y faire grand-chose. Peut-être était-ce sa faute : il ne l'avait pas retenue. En fait, à ses yeux à *elle*, il avait tout simplement changé d'avis et décidé de ne pas l'accompagner à Londres, en fin de compte. Il ne lui avait jamais dit quelles étaient ses véritables motivations, parce qu'il n'avait pas voulu qu'elle se sente coupable, qu'elle reste à Heritage Cove juste parce que lui ne pouvait pas partir. Le premier imbécile venu se serait rendu compte qu'il fallait qu'elle s'en aille, mais ce qui l'avait blessé si profondément, c'était qu'elle n'avait jamais semblé avoir le moindre regret.

Melissa n'était pas revenue à la Cove depuis qu'elle l'avait quittée. Pendant tout ce temps, elle n'était même pas revenue voir Barney, et cela, Harvey n'était pas sûr de pouvoir le lui pardonner un jour. Cependant, il avait bien fallu qu'il lui dise que Barney avait fait une chute ; alors que ce dernier était étendu sur le sol, ce jour-là, Harvey avait senti son cœur se serrer et il avait eu un éclair de lucidité. Rien dans la vie n'était immuable. Barney avait toujours été là pour eux deux, mais il prenait de l'âge. Il ne serait pas là éternellement, et cette pensée terrifiait Harvey. En attendant l'ambulance, il avait songé à Melissa, et à ce qu'elle éprouverait si Barney ne s'en sortait pas. Cela avait suffi à l'inciter à la contacter. Une partie de lui n'en avait pas envie, une partie de lui voulait la punir pour son indifférence, mais il en avait été incapable. Ainsi, quand il fut à l'hôpital, il avait contacté Tracy, la meilleure amie de Melissa, qui habitait toujours à Heritage Cove et qui avait son adresse e-mail – lui-même l'avait supprimée de son répertoire il y avait bien longtemps –, et il lui avait envoyé un message succinct pour la mettre au courant de l'accident de Barney.

—Eh bien, je te remercie de l'avoir prévenue, dit Barney, dont le visage s'éclaira aussitôt. Elle m'appellera peut-être. J'espère que tu ne l'as pas trop inquiétée.

Harvey espérait le contraire, lui.

—Je n'ai fait que lui donner les faits.

—Ça fait longtemps que nous n'avons pas parlé d'elle.

—En effet.

Elle n'avait jamais regardé en arrière, alors pourquoi l'aurait-il fait ?

Daniel avait fait la même chose qu'elle, il était parti sans se retourner. On aurait pu croire que Harvey s'y serait habitué, en quelque sorte.

Barney essaya de se redresser dans son lit et fit la grimace. Harvey s'approcha de lui.

—Je vais t'aider.

Il repositionna l'oreiller, et Barney se laissa de nouveau aller en arrière.

— C'est mieux ?

— Un peu… Où est le médecin ? Il devrait déjà être là pour me laisser rentrer chez moi.

— Je suis sûr qu'il ne va plus tarder.

— Je sais bien que je ne suis pas le patient idéal, lâcha Barney.

— Vraiment ? rit Harvey. Je ne l'aurais pas deviné !

Barney parvint à sourire, mais la fatigue s'abattait sur lui comme les bourrasques qui venaient de la mer et soufflaient sur Heritage Cove les jours de grand vent, ces rafales qui vous empêchaient de descendre jusqu'à l'endroit ravissant qui offrait une vue panoramique sur la crique en forme de verre à vin. Il n'était accessible qu'à pied, ce que Harvey appréciait, car cela en faisait un lieu tranquille, plus ou moins une cachette. Il y avait des touristes au village, mais la plupart d'entre eux tenaient compte des panneaux appelant à la prudence pour se rendre vers le sable doré en contrebas et ne se donnaient donc pas la peine d'y aller. Ils se contentaient de continuer leur route pour s'arrêter juste après Heritage Cove, où il y avait une plage bien plus facile d'accès, avec un parking et un chemin praticable vers la mer.

— Je vais te laisser te reposer, dit-il à Barney. Je vais aller faire un tour et, avec un peu de chance, quand je reviendrai, le médecin sera passé te voir.

Barney émit une sorte de grognement, souffrant manifestement, sa hanche lui rappelant ce qui s'était passé. Cependant, son visage s'était éclairé à l'évocation de Melissa. Peut-être appellerait-elle, au moins. Elle devait bien cela à Barney ; ils lui devaient tous deux beaucoup.

***

Le médecin prit tout son temps pour venir voir Barney, qui fut enfin autorisé à quitter l'hôpital. Ils partirent en direction de Heritage Cove avant midi, dans le pick-up de Harvey.

Les essuie-glaces chassaient la bruine tandis que Harvey délaissait la route principale pour entrer dans le village. Il conduisait encore plus prudemment que d'habitude, car il ne voulait pas que Barney ait la moindre douleur. Au moins, ce dernier pourrait se concentrer sur autre chose que les murs délabrés de l'hôpital et le ciel gris ; il serait chez lui et pourrait contempler les arbres au-dehors et le joli toit couleur noyer, que le soleil venait caresser et auquel il donnait des reflets dorés quand il faisait beau.

—Nous y sommes presque, précisa-t-il à Barney, qui rouvrit enfin les yeux.

Peut-être même esquissait-il l'ombre d'un sourire.

—Tant mieux, j'ai hâte d'être chez moi. Je ne sais pas comment les gens font pour survivre à un séjour à l'hôpital… Je craignais de ne plus jamais en sortir.

Tandis que Harvey remontait la Grand-Rue qui traversait le village, il s'attendait à ce que Barney regarde à droite et à gauche pour voir qui il apercevait. Il s'attendait aussi à ce qu'il lui demande de s'arrêter pour pouvoir bavarder avec l'un ou l'autre, mais Barney resta assis en silence côté passager, étrangement détaché de la beauté de la Cove, dont il avait toujours dit qu'elle était impressionnante en toute saison. Il racontait que ce village avait une façon de vous attirer à lui, que ce soit grâce à l'attrait de son salon de thé, quand le brouillard descendait comme une couverture sur les toits des bâtiments et sur les jardins, aux décorations lumineuses qui ornaient les réverbères et les vitrines des boutiques à Noël, au parfum des fleurs printanières quand l'hiver repartait pour un an, ou à l'odeur salée de la mer qui s'élevait de la baie en été. Harvey avait toujours partagé ce point de vue, même après les périodes sombres qu'il avait traversées, et il espérait que Heritage Cove serait le remontant qui aiderait Barney à s'arracher à son abattement actuel. Toutefois, en l'observant discrètement du coin de l'œil, il se rendit compte que les choses ne seraient peut-être pas aussi simples.

Il tourna à droite, sur la petite route qui le conduirait derrière la propriété de Barney et, quelques instants plus tard, il s'arrêta dans la cour, devant la grange.

—Te voilà enfin de retour chez toi ! Attends, je vais venir de ton côté…

Il s'était attendu à ce que Barney proteste, affirmant qu'il n'avait pas besoin d'aide, qu'il était capable de se débrouiller tout seul ; mais celui-ci resta où il était et ne bougea que lorsque Harvey eut contourné le pick-up pour l'aider à descendre, le soutenant de son bras pour s'assurer qu'il ne perdrait pas l'équilibre.

—Je vais t'accompagner à l'intérieur, et je reviendrai ensuite chercher le déambulateur.

Au moins, la pluie avait cessé pour le moment, et le soleil commençait à se frayer un passage à travers les nuages gris.

Alors qu'ils se dirigeaient vers la maison, Barney ne remarqua même pas la beauté des champs qui les entouraient, avec leur patchwork de verts, de jaunes et de marrons. Il ne fit aucun commentaire sur l'odeur d'herbe fraîchement coupée qui se mêlait à celle, tout à fait caractéristique, de la pluie qui venait de tomber, et il ne s'arrêta pas pour écouter les trilles du passereau perché sur la grosse souche.

—Nous pourrions rester assis dehors un moment… suggéra Harvey.

L'idée ne tenta pas Barney.

—J'ai besoin de m'allonger.

Harvey déverrouilla la porte d'entrée.

—Tu es resté alité pendant des jours, et si nous t'installions dans le salon ? Je pourrais ouvrir la fenêtre, pour que tu puisses écouter le chant des oiseaux en attendant qu'il se remette à pleuvoir.

Il leva les yeux vers le ciel ; en effet, d'autres nuages menaçants glissaient dans leur direction, alors le soleil ne risquait pas de briller pendant longtemps.

—Je sais que tu aimes bien écouter la pluie tambouriner sur le toit de la grange.

Ils avaient assisté à des orages carabinés par le passé. Quand ils étaient enfants, Melissa et lui s'agenouillaient l'un à côté de l'autre à la fenêtre du salon de Barney pour regarder les éclairs déchirer le ciel au-dessus de la grange et les nuages noirs déverser plus de pluie qu'ils ne l'auraient cru possible.

Cependant, rien de tout cela ne semblait intéresser Barney. Il passa à côté du canapé et des fauteuils d'un pas traînant et remonta le couloir en direction de sa chambre. Lorsqu'il fut assis sur son matelas, Harvey ressortit pour aller chercher le déambulateur dans son pick-up. Il le plaça à côté du lit, à portée de main.

—Tu n'es pas obligé de me surveiller comme le lait sur le feu, lui dit Barney d'un ton insistant. J'arrivais très bien à me déplacer à l'hôpital quand les infirmières m'y obligeaient.

Tout le problème était là : d'ordinaire, cela aurait été Barney qui aurait insisté pour se déplacer, pour marcher, pour faire tout et n'importe quoi pour que les choses reviennent à la normale. C'était comme s'il avait perdu toute son assurance en l'espace de quelques jours.

—Dans ce cas, je serai dans le salon si tu as besoin de moi. Est-ce que tu as faim ? Il y a deux pommes dans la coupe dans la cuisine, elles ont l'air d'être encore bonnes.

—Je n'ai pas faim, non. Et j'ai un téléphone à côté de mon lit, alors tu n'es pas obligé de rester là à me tourner autour.

Harvey supposait qu'il avait besoin d'un peu de temps pour retrouver ses marques.

—Tu veux que je te laisse un peu tranquille ?

—S'il te plaît. J'ai besoin d'un peu de solitude. Et si tu revenais dans une heure ou deux ?

Le ton de Barney s'était radouci, très probablement pour convaincre Harvey de le laisser en paix.

—Très bien, je vais en profiter pour aller faire quelques bricoles, mais rends-moi service : appelle-moi quand tu te réveilleras, d'accord ?

Harvey leva les mains en signe de reddition.

—Je sais que tu ne veux pas que l'on fasse tout un tas d'histoires, mais tu viens juste de rentrer chez toi, alors fais-moi plaisir.

—Je présume que tu ne t'en iras jamais si je n'accepte pas.

—Tu me connais si bien ! Et puis, je vais te faire quelques courses et te préparer de quoi manger. Tes placards sont vides et tu n'as presque plus de lait. Je ne savais pas que tu quitterais l'hôpital aujourd'hui, alors je n'ai pas pu faire de courses plus tôt.

—Et ça commence…

—Quoi donc ?

—Le sentiment d'impuissance, la vieillesse, le fait d'être dépassé.

Harvey aurait ri s'il n'avait pas été convaincu que Barney pensait vraiment ce qu'il disait. Il n'ajouta rien, se contentant d'aller remplir un verre d'eau au robinet et de le poser sur la table de chevet de Barney. Il profita de ces deux heures de liberté pour aller porter la perceuse qu'il avait laissée dans son pick-up à la maison à laquelle lui et le reste de l'équipe de construction travaillaient. Il avait pris sa journée dès qu'il avait su que Barney pouvait rentrer chez lui, mais les autres gars ne pourraient pas s'arrêter de travailler pour autant.

Il retourna ensuite à Heritage Cove. Il se remit à pleuvoir à verse au moment où il tournait au coin de la rue et dépassait le Heritage Inn, croisait la petite route qui conduisait aux champs, passait devant la boulangerie, le salon de thé et la boutique de cadeaux, puis à côté d'un ensemble de cottages serrés les uns contre les autres, comme pour se tenir chaud pendant les mois les plus froids. En dépit de la fraîcheur de cette journée et de la pluie tenace, ils avaient tous leurs fenêtres ouvertes à l'étage. Il tourna à gauche avant le magasin de bougies, l'épicerie et, juste derrière, le pub, et il emprunta le chemin sinueux et cahoteux en direction de sa propre maison.

Tumbleweed House[1] appartenait déjà à la famille de Harvey avant sa naissance. Elle venait du côté de sa mère : ses grands-parents avaient dirigé une petite ferme où ils faisaient pousser des sureaux, et les affaires avaient bien marché, mais après leur mort, sa mère avait hérité de la maison et la plupart des champs environnants avaient été vendus. Carol avait été mère au foyer toute la vie de Harvey, même quand il était devenu assez grand pour se débrouiller tout seul, et pour rien au monde il n'aurait souhaité qu'il en soit autrement.

---

1. Les *tumbleweeds*, virevoltants en français, sont des plantes sèches formant des boules qui roulent dans le vent (souvent symboles de désolation).

Ce qu'il aurait voulu changer, en revanche, c'était son père. Il soupçonnait depuis longtemps que c'était ce dernier, Donnie Luddington, qui était responsable de l'abandon de la ferme de sureaux : le besoin de contrôle de son père l'emportait sur tout le reste. Il était bien content que sa femme reste à la maison pendant que lui parcourait le pays en voiture pour manipuler les gens en leur faisant de fausses promesses dans le cadre de son travail de représentant commercial en logiciels. Harvey, lui, connaissait la vérité à son sujet, son père ne pouvait pas s'en tirer grâce à son bagou avec lui, et il n'avait aucun souvenir d'enfance heureux en rapport avec son géniteur.

C'était l'homme qu'il venait de ramener de l'hôpital qui lui avait redonné une raison d'être heureux, qui l'avait aidé à être un enfant normal avant qu'il ne soit trop tard.

Les essuie-glaces de son pick-up balayaient le pare-brise à toute vitesse quand Harvey se gara devant Tumbleweed House. La façade était couverte de fleurs de glycine violettes, qui n'allaient pas tarder à tomber pour refleurir l'année suivante. Depuis la chute de Barney, quelques jours plus tôt, cela avait été la folie. Son séjour à l'hôpital avait cruellement rappelé à Harvey à quel point la vie pouvait être fragile, l'importance de chérir ce que l'on avait avant de le perdre. Il regarda la maison qui était autrefois un endroit épouvantable, plein de mauvais souvenirs, mais qui était aujourd'hui son refuge. Il lui restait deux mille mètres carrés de terrain, dont la majeure partie était envahie par les sureaux, et, tous les ans, sa mère quittait son petit cottage pour venir l'aider à la récolte. Il aimait entendre son rire se mêler au sien tandis qu'ils cueillaient les baies violet foncé des grappes mûres. Le plus dur du travail avait été fait lorsque les arbustes avaient commencé à se plaire là où ils avaient été plantés, alors il n'y avait plus grand-chose à faire en dehors de les entretenir et d'en profiter. À la fin du mois de juillet et au début du mois d'août, ils cueilleraient et laveraient les fruits périssables, puis ils les mettraient au congélateur pour s'en servir toute l'année. Harvey tenait à toujours avoir des sureaux. Il avait déjà perdu beaucoup de choses au cours de sa vie, mais, pendant qu'il regardait la maison, il songea que certaines s'étaient améliorées. Il ne voyait plus le grenier derrière les tuiles du toit comme l'endroit terrifiant où son père l'avait un jour forcé à monter pour le punir d'avoir fait tomber la tringle à rideaux de la salle à manger ; ce n'était plus le grenier où Daniel s'était enfermé pour éviter le châtiment que leur père allait lui infliger parce qu'il avait bu de l'alcool avec ses copains alors qu'il était encore mineur. Chaque fois que Harvey s'y était réfugié, à de trop nombreuses occasions, il s'était couvert les oreilles, et il s'était balancé d'avant en arrière sur le plancher poussiéreux qui l'empêchait de passer à travers le plafond, pendant que son père tempêtait, en dessous, faisait les cent pas, lourdement, comme toujours, faisant trembler toute la maison, du moins dans l'imagination de Harvey. Son père était furieux que ses fils aillent se cacher, mais sa rage était terrifiante. Harvey et Daniel avaient tous les deux régulièrement hésité entre se cacher et descendre pour subir la correction inévitable.

Un été, après que son père avait quitté la maison familiale, Harvey, qui travaillait à ce moment-là pour une entreprise située non loin de là, était retourné à Tumbleweed House pour les vacances, et sa mère lui avait dit qu'elle n'avait rien pour pendre les draps à sécher ; il savait qu'il y avait un vieux séchoir à linge dans le grenier – devenu depuis longtemps un endroit où ils entreposaient du bric-à-brac –, alors il avait affronté ses peurs et était monté pour le lui chercher. Il avait enjambé des cartons pleins des décorations de Noël qui égayaient la maison une fois par an, une boîte pleine de vieux albums photos, une luge cassée dont il se servait enfant et qu'il pensait donner à son propre fils un jour. Monter au grenier ce jour-là l'avait obligé à faire face à ses démons. Il en avait descendu le séchoir, l'avait réparé, remplaçant une barre en bois cassée, rattachant un autre morceau avec de la super glue et ajoutant quelques vis pour lui permettre de se plier et de s'ouvrir facilement. Pendant qu'il travaillait, ses pensées s'étaient attardées sur ce grenier. Il était temps qu'ils chassent enfin Donnie Luddington de leur vie, et cela signifiait qu'ils devaient s'occuper de cette pièce. Harvey avait réfléchi à ce qu'il pouvait faire pour rendre l'endroit habitable et s'était lancé dans un projet visant à en faire une partie intégrante de la maison. Quand il avait contacté une entreprise du coin et qu'il avait manifesté un intérêt véritable pour aider les ouvriers à aménager le grenier, il s'était découvert une vocation dans le bâtiment, et on lui avait offert un contrat d'apprentissage, ce à quoi il ne se serait jamais attendu étant donné les mauvais résultats qu'il avait eus à l'école.

Il leva les yeux vers le grenier, qui faisait tout autant partie de la maison que les autres pièces. C'était dans ce grenier qu'il avait embrassé Melissa pour la deuxième fois ; la première fois, ils avaient douze ans et ils étaient assis sur les poutres, dans la grange de Barney. Leurs lèvres ne s'étaient effleurées que quelques secondes – ils auraient pu tomber tous les deux si cela avait duré plus longtemps.

Melissa avait-elle déjà lu son e-mail ? Allait-elle seulement prendre la peine de téléphoner à Barney ?

Tandis que la pluie continuait à tomber, Harvey courut de son pick-up jusqu'à la porte de derrière et, quand il l'ouvrit, il fut accueilli comme il l'était à chaque fois. Ce n'était pas facile d'entrer dans la maison avec Winnie, sa labrador femelle de cinq ans, qui lui sautait dessus pour lui faire la fête et l'empêchait de pénétrer dans la véranda étroite qui donnait sur la grande cuisine-salle à manger.

— Je t'ai manqué ? Mais oui, ma fille !

Il avait adopté Winnie alors qu'elle n'était encore qu'un petit chiot peu après le départ de Melissa et il avait consacré beaucoup de temps à son dressage. Il avait eu besoin de se changer les idées, de compagnie et, maintenant, il ne pouvait plus concevoir sa vie sans Winnie. Il lui caressa vigoureusement la tête et les oreilles, comme elle aimait qu'il le fasse.

— Tu dois avoir faim…

Il alla chercher la gamelle de la chienne sous l'évier et y mélangea de la pâtée avec les croquettes, car c'était le seul moyen pour les lui faire manger. Elle ne tarda pas à s'intéresser davantage à son repas qu'à lui.

Quand son téléphone sonna et qu'il vit le nom et le numéro de Barney s'afficher à l'écran, il s'empressa de décrocher.

— Tout va bien ?

— Tu m'as dit de t'appeler quand je me réveillerais, je m'exécute.

— D'accord, ne bouge pas. Je serai là dans moins d'une demi-heure. Est-ce que j'ai le temps de prendre une douche ?

— Je n'ai pas l'intention de sauter de mon lit, si c'est ce que tu crois. Je n'ai même pas faim. Prends ton temps, je t'en prie, ça ne me dérange pas de rester encore un peu allongé.

— D'accord. Je vais aller me laver, faire quelques courses et j'arrive.

Il savait quand insister et quand lâcher du lest avec Barney, et il était temps de le laisser respirer, ne serait-ce qu'un peu.

Dans la salle de bains, Harvey entra dans la cabine de douche et laissa l'eau couler sur sa peau et soulager les courbatures causées par les nombreuses heures passées dans le fauteuil à l'hôpital, alors qu'il attendait d'avoir des nouvelles de Barney ou qu'il lui tenait compagnie ces derniers jours.

Il ne pouvait pas s'empêcher de penser à Melissa, tiraillé entre le sentiment qu'il avait bien fait de la contacter et la crainte d'avoir donné de faux espoirs à Barney. Cependant, il ne pouvait plus rien y faire. La balle était dans son camp, maintenant.

Il se frictionna la tête avec du shampooing, mais, dès qu'il ferma les yeux sous l'eau, une image de Melissa s'imposa à lui, la jeune fille aux cheveux flamboyants qui était aussi douée que lui pour grimper aux pommiers de Barney, qui l'avait bombardé de pommes pourries le jour où il avait suggéré que, parce qu'elle était une fille, elle n'avait pas assez de force pour rentrer des bûches pour le poêle à bois. Il n'avait dit cela que parce qu'il savait qu'elle était terrorisée par les araignées, qu'il y en avait plein dans la réserve de bois à côté de la grange, et qu'il ne voulait pas que l'une d'elles sorte de sa cachette et lui fasse peur.

Il avait toujours essayé d'être là pour elle. C'était lui qui lui avait offert son premier verre quand elle avait eu dix-huit ans et qu'ils avaient eu le droit d'aller au Copper Plough[1], le pub du coin. Il l'avait écoutée sangloter quand un garçon de l'école lui avait brisé le cœur en lui donnant rendez-vous

1. *Copper plough* signifie « charrue de cuivre ».

devant le cinéma et en lui posant un lapin. Il avait été son ami avant d'être son petit ami, et le jour où elle avait perdu ses deux parents d'un coup, elle avait été anéantie par la douleur, et il avait été là pour la soutenir. Puis, quand elle lui avait annoncé qu'elle voulait quitter Heritage Cove, prendre un nouveau départ, découvrir le monde, il avait été là pour elle en partageant son enthousiasme et son excitation. Et il serait parti avec elle, il serait resté à ses côtés, si la vie ne lui avait pas mis des bâtons dans les roues.

La veille du jour où ils étaient censés quitter Heritage Cove, Harvey l'avait prise dans ses bras et lui avait dit :

—Encore bon anniversaire, et à demain !

—Ça va être le plus beau cadeau d'anniversaire de ma vie, de partir à l'aventure avec toi !

Elle avait prononcé ces mots cinq ans, une semaine et un jour plus tôt. Il le savait, parce qu'ils avaient prévu de partir le lendemain de l'anniversaire de Melissa, le 28 mai. Tous les ans, le 28 et le 29 mai le narguaient sur le calendrier. Ce n'était pas qu'il n'avait pas tourné la page – bien sûr qu'il l'avait fait, d'autant qu'il savait qu'*elle* l'avait fait –, mais cela lui faisait tout de même mal de penser que leur histoire s'était terminée en queue de poisson. Pas un mot de sa part, pas un seul mot, pendant tout ce temps, du moins pas à lui. Elle avait complètement coupé les ponts. Qui faisait une chose pareille ? Personne avec une conscience, voilà la vérité. Cependant, il avait mis ses sentiments de côté et l'avait contactée, parce qu'elle aurait eu le cœur brisé si Barney ne s'en était pas sorti.

Il termina sa douche et, tout de suite après s'être enroulé une serviette autour de la taille, il prit son téléphone pour écrire à Barney ; mais celui-ci l'avait devancé et lui avait envoyé un message dans lequel il lui disait qu'il allait bien, qu'il s'était levé, qu'il était installé dans son fauteuil et qu'il avait mangé deux pommes pour tenir le coup.

Harvey aurait préféré qu'il l'attende pour se lever, mais, au moins, il avait avalé quelque chose. Il enfila son jean pour aller au supermarché acheter de quoi remplir les placards chez Barney. Quand il arriverait chez ce dernier, il ne se laisserait pas repousser aussi facilement. Il voulait le voir manger un bon repas.

Peut-être que s'il s'affairait, il arrêterait de passer tant de temps à penser à Melissa Drew et à la façon dont elle avait mis son cœur en miettes.

3

Après avoir décidé de repousser le moment de descendre au Heritage Inn, Melissa éprouva un sentiment inattendu de liberté. Elle s'éloigna de Heritage Cove et emprunta la route principale pour prendre la direction de l'hôpital, mais c'était apparemment l'heure de pointe. Le trajet lui rappela celui qu'elle faisait pour aller travailler. La bruine s'était transformée en une pluie battante, et elle soupira en voyant l'aiguille du compteur vaciller autour des quarante kilomètres-heure. Enfin, la circulation se fit plus fluide, et son GPS lui annonça de prendre la prochaine sortie.

Elle reçut un appel de Jay et décrocha à l'aide du kit mains libres, tout en suivant les panneaux qui indiquaient la direction du parking de l'hôpital. Il avait envie de discuter, mais elle avait besoin de se concentrer. Elle s'en voulait d'écourter la conversation avant même qu'elle n'ait vraiment commencé, parce qu'elle lui manquait et c'était réciproque. Elle aurait dû être à ses côtés, blottie dans le lit ou en train de savourer un brunch, mais, au lieu de cela, elle faisait quelque chose qui l'obligeait à s'aventurer très loin de sa zone de confort.

Elle ralentit de nouveau pour regarder un autre panneau, tentant de trouver où exactement les visiteurs étaient censés se garer. Elle ne voulait pas se retrouver dans un espace réservé au personnel, aux ambulances ou aux urgences. C'était un casse-tête d'essayer de suivre les différentes flèches sur le macadam, certaines étant partiellement effacées, d'autres la conduisant dans des voies étroites contournant d'énormes bâtiments.

Elle finit par dénicher une place. Elle avait déjà remarqué que la caisse automatique indiquait que les paiements se faisaient en espèces uniquement, et elle avait réussi à rassembler assez de monnaie pour pouvoir rester deux heures. Le prix du stationnement était exorbitant, ce qui était assez peu charitable étant donné que la plupart des gens qui se garaient là vivaient des moments difficiles. Ce n'était pas comme s'il s'agissait du parking d'un centre commercial, si ? Les gens ne venaient pas là pour s'amuser. Peut-être que les jeunes parents étaient fous de joie et que le tarif ne les dérangeait pas quand ils repartaient avec un nouveau-né dans les bras, mais pour tous les autres, eh bien, c'était un coup dur.

Peut-être était-elle grincheuse parce qu'elle avait terriblement faim. Elle n'avait rien mangé depuis le petit déjeuner, et il était maintenant bien plus de midi. Elle mit les pièces de monnaie dans la caisse automatique, une par une, trop vite, sentant l'adrénaline monter une nouvelle fois en elle à la perspective de revoir Barney après tout ce temps. Elle se força à ralentir quand la machine les recracha toutes en signe de protestation. La météo avait de nouveau tourné, la pluie s'était calmée pour laisser la place au soleil du mois de juin, qui faisait tout son possible pour briller derrière les nuages. Au moins ne se faisait-elle pas mouiller. Elle ne voulait pas se présenter trempée comme une soupe, elle voulait faire bonne impression, montrer qu'elle avait de l'assurance et qu'elle était le contraire de quelqu'un qui s'était effondré. Au fond, elle savait que Barney se moquerait éperdument de son apparence, mais, par amour-propre, elle cherchait vraiment à faire bonne figure. C'était le meilleur moyen qu'elle avait trouvé pour tenir le coup, ces temps-ci.

Elle avait sept ans quand elle avait rencontré Barney. Un jour, elle était allée à la grange avec un petit panier en osier rempli des œufs de la douzaine de poules que sa mère avait, derrière le cottage familial. Barney était dehors, occupé à réparer un panneau de bois sur le côté du bâtiment, et après qu'il l'avait remerciée pour les œufs, elle était restée là et avait jeté un coup d'œil à l'intérieur. Elle avait écarquillé les yeux en voyant l'endroit, elle lui avait demandé à quoi servait la machine, il lui avait répondu que c'était un pressoir à pommes, et il lui avait offert du jus de pomme frais en guise de remerciement pour les œufs. À partir de ce jour-là, elle avait commencé à rendre régulièrement visite à Barney, parfois avec des œufs, parfois quand il pleuvait, et elle lui demandait si elle pouvait jouer dans la grange. Elle faisait de la gymnastique lorsqu'elle était enfant et, comme sa mère l'avait dit à Barney, qu'elle avait croisé le lendemain du jour où Melissa lui avait apporté des œufs pour la première fois, elle n'avait plus le droit d'en faire dans la maison depuis qu'elle avait cassé plusieurs bibelots et qu'elle avait failli tomber dans l'escalier après avoir fait des roulades et la roue sur le palier. Quand Melissa avait été un peu plus âgée, Barney lui avait dit qu'il avait tout de suite été conquis par son côté malicieux, ses fossettes – une sur chaque joue – qui trahissaient son espièglerie et ses cheveux d'un roux flamboyant qui semblaient presque embrasés chaque fois qu'un rayon de soleil se prenait dedans. Quand Harvey était venu après l'école, un jour d'été, alors que la soirée s'étirait langoureusement devant eux, lui et Melissa s'étaient servis ensemble du pressoir à pommes. Ils avaient passé des heures dans cet endroit où ils se sentaient tous les deux chez eux. Cela avait été le début d'une amitié intergénérationnelle qui avait duré des décennies. Ou, du moins, l'amitié entre Barney et eux avait perduré ; l'amitié entre Harvey et elle, en revanche, n'avait pas résisté à l'épreuve du temps.

Melissa était entrée dans la vie de Barney presque aussi soudainement que Harvey, toutefois, à l'inverse de ce dernier, elle s'était toujours sentie en sécurité et épanouie dans sa famille. Elle n'avait jamais manqué de rien jusqu'à ce que, par une nuit glaciale, une énorme plaque de verglas vienne lui arracher son bonheur en une fraction de seconde. Elle ne s'y était absolument pas attendue. Barney et Harvey avaient été là pour la réconforter, pour l'aider à remonter la pente. Ils avaient fait tout ce qui était en leur pouvoir.

Alors qu'elle se tenait devant l'hôpital, Melissa appela Jay, ne serait-ce que pour entendre sa voix rassurante. Il avait prévu une partie de tennis avec un ami, un peu plus tard, seulement elle lui manquait beaucoup et il lui proposa encore de la rejoindre. Elle perçut l'envie dans sa voix, et l'idée de l'avoir à ses côtés était tentante, mais elle lui répondit qu'elle ne tarderait pas à rentrer et que, pour le moment, elle devait se consacrer exclusivement à Barney.

À l'intérieur, elle suivit d'autres indications dans le dédale de l'hôpital. Elle finit par trouver l'accueil, se rendit au service approprié et s'arrêta au bureau des infirmières, soulagée de constater qu'elle était encore dans les heures de visite.

Cependant, elle déchanta quand l'infirmière lui annonça que Barney n'était pas là.

—Je ne comprends pas, on m'a dit qu'il était ici... Pourriez-vous revérifier, s'il vous plaît ?

L'infirmière fit ce qu'elle lui demandait.

—Il est rentré chez lui il y a environ une heure. Vous l'avez raté de peu.

—Génial !

—Je suis désolée, mon chou...

L'infirmière dut s'en aller précipitamment parce qu'on l'appelait dans une chambre.

Melissa s'éloigna, poussa les portes avec un peu plus de force que nécessaire, repartit dans le labyrinthe, se perdit pas moins de trois fois, s'emporta systématiquement, et finit par retrouver l'entrée principale et par ressortir au grand air. Harvey aurait pu lui envoyer un autre e-mail pour la tenir au courant ; avait-il cherché à la punir ? Avait-il fait exprès de ne lui communiquer aucun détail pour la tourmenter ? Et cherchait-il maintenant à l'énerver en l'envoyant ici pour rien ? C'était vraiment mesquin de sa part.

Quand elle vit deux personnes à la caisse automatique fouiller dans leurs sacs pour trouver des pièces de monnaie, elle leur proposa de leur donner son ticket, sur lequel il restait encore beaucoup de temps, et elle alla le récupérer dans sa voiture. Elle refusa que le couple le lui rembourse ; ainsi, il ne serait pas gaspillé. Elle avait hâte de s'en aller.

Par chance, la circulation était bonne. Elle s'arrêta à une station-service et s'acheta un sandwich tout simple et une banane pour tenir le coup, puis elle reprit les routes de campagne qui serpentaient entre les champs, bordées d'arbres à certains endroits et, à d'autres, traversant des étendues semblables à d'immenses tableaux. C'était étrange : elle n'avait pas admiré le paysage quand elle avait fait ce même trajet dans l'autre sens, un peu plus tôt. Ses pensées étaient restées tournées vers les habitants de Heritage Cove, en particulier Harvey et Barney, et elle n'avait pas prêté attention à ce qui l'entourait, car elle ne parvenait à se concentrer sur rien d'autre que la peur qui lui nouait le ventre. À présent, en revanche, elle remarquait les grosses balles de foin qui attendaient, dans un champ, qu'on vienne les chercher pour les emporter ailleurs, et le tracteur qui arrivait en sens inverse et qui lui donnait la curieuse sensation de regagner un lieu où elle s'était juré de ne plus mettre les pieds.

Le village de Heritage Cove était situé sur une partie de la côte du Suffolk largement oubliée, loin des routes qui conduisaient aux divers villages, aux axes principaux et aux autres comtés. La région avait ses joyaux, y compris la Cove elle-même, à laquelle on pouvait accéder en suivant le sentier qui passait devant la chapelle, bordé de haies à certains endroits et de ronciers d'au moins deux mètres cinquante de haut à d'autres. Ce sentier semblait ne mener nulle part. Bien souvent, les gens qui visitaient le village faisaient demi-tour avant d'atteindre le petit portail qui donnait sur la plage déserte quand ils voyaient les marches partiellement couvertes de sable qu'il fallait descendre, le chemin sinueux en pente raide avec encore d'autres marches, et la main courante branlante qui ne les protégerait pas s'ils tombaient. La large plage de la baie, qui n'était accessible qu'à pied, était une vraie merveille, dénuée de parasols et de paravents brisant l'harmonie du lieu. Par cette belle journée du mois de juin, pour la première fois depuis longtemps, Melissa eut l'impression qu'elle pouvait sentir la mer tandis qu'elle roulait en direction du village vitres baissées, maintenant que la pluie s'était à nouveau calmée. Elle s'efforça d'ignorer la pensée insidieuse qu'à l'autre bout de ce sentier, à l'opposé de toute cette beauté, se trouvait le cimetière où ses parents avaient été enterrés, un jour dont elle parvenait à peine à se souvenir, mais dont chaque seconde douloureuse la rongeait pourtant depuis tout ce temps. Elle n'était jamais retournée sur leur tombe depuis, pas une seule fois. Pas même pour dire au revoir avant de partir.

Elle arriva au niveau de l'aire de repos sur laquelle elle s'était garée, plus tôt dans la journée. Cette fois, elle ne s'y arrêta pas. Le mécontentement que lui inspiraient Harvey et son unique e-mail, qu'il n'avait pas fait suivre d'un second message pour la prévenir que Barney avait quitté l'hôpital, l'incitait à continuer sa route : elle savait qu'elle devait voir Barney au plus vite, et s'il était rentré chez lui, c'était sûrement bon signe.

Elle passa devant le panneau de bienvenue et prit le virage à gauche. Sur sa droite, il y avait un arrêt d'autobus muni d'un abri en pierre à l'ancienne, bien loin de ces structures modernisées en métal qui n'auraient pas eu leur place dans un village de charme imprégné d'histoire. Elle s'engagea sur le parking du Heritage Inn, où elle avait déjà réservé une chambre par Internet. C'était un lieu un peu impersonnel, mais elle savait qu'elle ne resterait pas longtemps. Elle regarda son annulaire ; pour le moment, il était dépourvu de bague. Bientôt, tout le monde apprendrait qu'elle était fiancée à Jay. Elle regrettait qu'ils n'aient pas eu le temps d'acheter une bague de fiançailles, qui lui aurait donné plus d'assurance en lui rappelant qu'elle avait réussi à tourner la page et qu'elle avait changé depuis qu'elle avait quitté la Cove.

Elle rit quand les pneus de la voiture patinèrent dans

le nid-de-poule qui était là, sur le parking de l'auberge, depuis toujours. Néanmoins, c'était peut-être plus un rire nerveux qu'un rire amusé. Elle n'avait pas encore vu la Grand-Rue, la rue de taille modeste bordée d'une poignée de commerces : un salon de thé, une boulangerie, le Copper Plough – le pub – et une petite boutique où les gens du coin achetaient leur journal, une bouteille de lait, de quoi grignoter. Elle avait arpenté cette rue de nombreuses fois avec ses parents, et de nombreuses fois toute seule. Elle redoutait la douleur que ces souvenirs raviveraient, des souvenirs qui ne l'avaient pas quittée, mais qui avaient été émoussés par son éloignement.

L'auberge était exactement la même que par le passé, comme elle le constata en se garant à côté d'une vieille Mini cabossée. Elle allait d'abord s'installer dans sa chambre, puis elle rassemblerait son courage et irait chez Barney à pied. Elle espérait qu'il serait chez lui. Il n'avait tout de même pas pu aller ailleurs – quoique Harvey l'avait peut-être ramené chez lui pour qu'il s'y rétablisse tranquillement. De toute façon, Harvey ne l'avait pas tenue au courant. Elle était si agacée à cette idée qu'elle jura et, choisissant très mal son moment, ouvrit sa portière à l'instant où un pick-up se garait juste à côté d'elle ; ses pneus s'enfoncèrent dans un autre nid-de-poule qui avait dû se former au fil des ans et envoyèrent dans sa direction un jet de boue qui éclaboussa les jambes de son jean.

— Sérieux !

Elle essaya d'ôter une partie de la boue en frottant son pantalon, mais sans succès.

—Tu vas aggraver les choses, affirma une voix bourrue qu'elle aurait reconnue entre mille.

Elle eut soudain la bouche toute sèche. Elle ne s'était pas attendue à ce que l'affrontement entre Harvey et elle se produise aussi tôt.

—Ça fait un bail, commenta-t-il en s'avançant vers elle à grandes enjambées, la mâchoire contractée, ses yeux bleus résolus.

Elle était persuadée qu'il avait eu autant de mal à prononcer ces mots qu'elle en aurait à retirer ces taches de son jean préféré.

—Contente de voir que tu as fini par t'acheter un véhicule plus pratique.

Elle ne put s'empêcher de lui envoyer cette pique. Elle n'avait jamais aimé la moto qu'il avait autrefois.

—J'ai plus de place pour mettre mes affaires, là-dedans, répondit-il. Mais on ne sait jamais, je m'achèterai peut-être une autre moto, un jour.

Elle ne mordit pas à l'hameçon.

—Tu aurais pu me dire que Barney avait quitté l'hôpital.

—Désolé, je n'ai pas eu le temps. Et je ne pouvais pas savoir que tu allais venir, je ne savais même pas si tu allais appeler.

Elle se hérissa, mais elle n'avait pas l'intention de se prendre le bec avec lui.

—Qu'est-ce que tu fais ici, à l'auberge ? lui demanda-t-elle, essayant à nouveau d'enlever la boue de son jean.

—Je revenais du supermarché et je t'ai vue, alors je me suis dit que j'allais t'informer que Barney était rentré chez lui. Il va être content de te voir.

—Je vais déposer mes affaires dans ma chambre, j'irai le voir ensuite.

Harvey s'éloignait déjà.

—Merci de m'avoir fait part des détails de sa chute, au fait ! lui cria-t-elle.

C'était plus fort qu'elle.

Il revint vers elle avec raideur.

—Je t'ai prévenue, je pensais que c'était ce que tu voudrais.

—Tu ne m'as prévenue de rien du tout. Pour ce que j'en savais, Barney aurait aussi bien pu être à l'article de la mort.

—Je crois que tu dramatises un peu.

—Relis ton propre e-mail et dis-moi si, à ma place, tu aurais supposé que tout allait bien.

Quand il commença à s'éloigner de nouveau, elle s'emporta :

—Tu l'as fait exprès, je le sais très bien.

—Je n'ai pas de temps à perdre avec des petits jeux, lui lâcha-t-il avec impudence par-dessus son épaule. Ça va peut-être te surprendre, mais figure-toi que j'avais autre chose en tête que ce que tu allais bien pouvoir penser de mon message. Estime-toi heureuse que je t'aie contactée.

Elle l'ignora et sortit un mouchoir en papier de sa poche pour nettoyer son pantalon, mais elle n'y parvint pas beaucoup mieux qu'avec ses mains.

Il n'avait pas terminé non plus.

—Rends-moi service : si tu t'enfuis à nouveau, préviens au moins Barney, avant.

—Je lui ai dit au revoir, la dernière fois.

—Ouais, tu as raison, tu lui as dit au revoir…

Il revint lentement vers elle, vraisemblablement pour que leur altercation reste entre eux et que tout Heritage Cove n'en profite pas.

—Mais je ne pense pas que Barney s'était rendu compte que tu lui disais au revoir pour cinq longues années.

Face à lui, sur le parking du Heritage Inn, dont la façade lui semblait avoir bien besoin d'un bon coup de peinture maintenant qu'elle la voyait de près, elle ouvrit la bouche pour parler, seulement aucun son n'en sortit.

—Cinq ans, Melissa.

—Je n'avais pas l'intention de partir pour si longtemps, dit-elle d'une petite voix.

—Mais tu l'as fait.

—Attends une minute. Et moi, alors ? Et ce que je ressentais, *moi* ? Cela ne compte pas ?

On aurait dit qu'il croyait n'être pour rien dans toute cette histoire. Le fait qu'il ne se soit pas présenté pour partir avec elle comme il lui avait promis de le faire lui avait donné un rôle prépondérant dans ce qui s'était passé, à ses yeux à *elle*. Il ne lui avait même pas fourni de véritable explication, il s'était contenté de lui dire qu'il ne viendrait pas, qu'il avait changé d'avis.

Plus vite elle retrouverait Jay et sa vie normale, mieux cela vaudrait.

—J'ai téléphoné régulièrement à Barney, déclara-t-elle sur la défensive, refusant de capituler. Je lui ai écrit, je lui ai envoyé des cartes postales.

—Je sais, il me l'a dit.

L'expression de Harvey ne trahissait rien. L'une de ses caractéristiques les plus exaspérantes avait toujours été sa capacité à dissimuler ses émotions ; mais à ce moment précis, Melissa aurait peut-être dû s'en réjouir. Peut-être que s'il lui avait dit tout ce qu'il avait sur le cœur, elle n'aurait pas pu le supporter, sachant que certaines choses étaient vraies.

—Je lui ai toujours envoyé une carte et un cadeau pour son anniversaire, je ne l'ai jamais oublié à Noël, continua-t-elle.

—Il n'avait pas besoin de tout ça, il voulait juste te voir.

Il poussa un profond soupir et sa voix perdit son ton accusateur.

—Enfin, tu es là, maintenant, et c'est tout ce qui compte. Je peux t'aider à porter tes bagages ?

—Je ne suis pas une petite chose fragile, tu sais.

—Oui, j'avais oublié. Tu n'as plus besoin de moi. Plus maintenant.

Sa voix avait retrouvé une certaine animosité. Il s'éloigna d'un pas nonchalant et, d'un ton suggérant qu'il n'était pas du tout sincère, lui lança :

—Bon retour parmi nous !

Elle tira sa valise du coffre et la traîna tant bien que mal sur le parking, dont le revêtement n'était pas assez bon pour que les roulettes servent à quoi que ce soit, puis elle dut s'y reprendre à plusieurs reprises pour ouvrir d'un coup sec la porte d'entrée de l'auberge. L'intérieur était plus agréable que l'extérieur. Une jeune fille d'une vingtaine d'années ne tarda pas à venir l'accueillir, sortant d'une pièce qui devait être la cuisine, si la mémoire de Melissa était bonne.

—Bienvenue au Heritage Inn ! annonça la jeune fille, vêtue d'un short en jean et d'un t-shirt mandarine, en prenant position derrière le comptoir de l'accueil.

Melissa se présenta, et la jeune fille remarqua alors son jean taché de boue.

—Un pick-up m'a éclaboussée, expliqua-t-elle.

—Je peux vous le laver, si vous voulez.

Les yeux vert olive de la jeune fille étaient de la même couleur que le bandeau qui retenait ses cheveux blonds.

—Ce serait super, merci beaucoup !

Melissa eut la sensation de respirer pour la première fois depuis son arrivée au village.

Tandis que la jeune fille tournait son attention vers l'ordinateur pour trouver sa réservation, Melissa l'observa. Elle n'arrivait pas à la remettre, pourtant elle lui rappelait quelqu'un ; mais peut-être s'attendait-elle à connaître tout le monde à Heritage Cove, alors qu'en fait, il y avait assez d'habitants pour qu'on ne puisse pas tous les connaître.

La jeune fille lui tendit une clef.

— Vous serez dans la chambre numéro huit à l'étage, en façade. Le petit déjeuner est servi de 6 heures à 9 heures. Vous avez le choix entre un petit déjeuner continental et un petit déjeuner anglais complet, c'est inclus dans le prix. Nous utilisons des produits frais, ici : les œufs, les fruits et les légumes sont produits localement.

Les propriétaires précédents avaient toujours fait la même chose. Melissa se rappelait avoir été chargée par sa mère de leur apporter des œufs frais. Elle se demanda auprès de qui ils se fournissaient, désormais. C'étaient ces petites touches personnelles, ce souci du détail, qui feraient le succès de l'auberge si l'on réglait le problème du parking et que l'on arrangeait un peu l'extérieur. L'intérieur était beaucoup plus beau que par le passé. L'accueil, clair et spacieux, avec ses deux murs vitrés qui laissaient entrer le soleil, était meublé d'un canapé à fleurs, de deux fauteuils et d'une table basse en pin sur laquelle étaient étalés des magazines de décoration, quelques journaux et le menu du restaurant.

Melissa s'apprêtait à monter l'escalier lorsqu'elle aperçut une photographie encadrée, à côté du livre d'or, sur le bureau de l'accueil. C'était une photo de sa meilleure amie au côté de son mari et, tout à coup, elle eut un flash.

— Tu es la fille de Tracy et de Giles ? demanda-t-elle à la jeune fille avant que celle-ci n'ait pu retourner à ce qu'elle faisait quand Melissa était arrivée.

— Oui !

La jeune fille remarqua la photo.

—Cette photo a été prise le jour où mes parents ont repris l'auberge. Vous les connaissez ?

—Je connais bien ta maman, nous avons été des amies très proches pendant des années.

Tracy avait six ans de plus que Melissa, mais elles s'étaient tout de suite bien entendues quand elles s'étaient rencontrées, alors qu'elles avaient toutes les deux trouvé un job d'été dans l'un des grands supermarchés à l'extérieur de la ville. Melissa n'avait jamais vraiment eu d'affinités avec les filles de son lycée, son meilleur ami avait toujours été Harvey, ainsi son amitié avec Tracy représentait un changement rafraîchissant.

—Vous êtes Melissa ! s'exclama la jeune fille en souriant, comme si cela faisait tilt pour elle aussi. Ma mère m'a beaucoup parlé de vous. Vous habitiez à Heritage Cove… Je m'appelle Sandy, au fait !

—Je n'arrive pas à croire que je ne t'aie pas reconnue tout de suite, mais il faut dire que je ne suis pas revenue depuis cinq ans.

Melissa était contente que Tracy n'ait apparemment pas brossé d'elle un portrait trop sombre ; elle était sûre que Sandy n'aurait pas été aussi chaleureuse si c'était ce qu'elle avait fait.

—Il y a cinq ans…

Sandy fit le calcul en silence.

—J'avais treize ans, des lunettes horribles qui me faisaient vraiment une sale tête et des cheveux frisottés que je détestais.

Melissa eut un petit rire.

—Je n'ai jamais pensé que tes cheveux et tes lunettes ne t'allaient pas.

—Maman m'a toujours dit la même chose.

C'était merveilleux de savoir que Tracy avait trouvé sa place à Heritage Cove, comme elle l'avait toujours souhaité. Elle n'avait jamais été sûre de ce qu'elle voulait faire comme carrière, elle était passée d'un emploi à un autre au fil du temps, mais ce qu'elle avait toujours su, c'était qu'elle voulait se marier, fonder une famille et rester au village. Même les cartes postales que Melissa lui avait envoyées de pays lointains ne l'avaient jamais incitée à voyager, elle préférait de beaucoup le bord de mer anglais à n'importe quel endroit exotique.

—Est-ce que ta petite sœur travaille ici aussi ? demanda Melissa.

—Violet ? Non, pas encore. Elle est toujours au lycée, et je ne suis pas sûre qu'elle ait envie de travailler ici. Moi, en revanche, je ne pourrais pas imaginer faire autre chose.

—Eh bien, je suis ravie de te revoir, Sandy ! Et si cela ne te dérange pas, je t'apporterai mon jean dès que je me serai changée, précisa Melissa en soulevant sa valise par la poignée.

Maintenant qu'elle savait qui était Sandy, elle se rendait compte que la jeune fille ressemblait beaucoup à sa mère. Elle était persuadée que ses cheveux lissés se remettaient à boucler, ou du moins à onduler, exactement comme le faisaient ceux de Tracy, dès qu'il y avait de l'humidité dans l'air. Ils étaient aussi du même blond que ceux de son amie quand elle était plus jeune, avant qu'ils ne foncent naturellement.

—Bien sûr, répondit Sandy. Je vous le laverai tout de suite, et je parlerai à ma mère tout à l'heure pour lui dire que vous êtes là.

Melissa se contenta de sourire. Elle ne savait pas comment cette nouvelle serait reçue. Tracy avait parfaitement le droit de réserver un accueil glacial à l'amie qui était partie sans jamais revenir. Melissa n'était même pas revenue quand la mère de Tracy était morte, parce qu'elle n'avait pas eu la sensation de pouvoir la réconforter. Elle avait essayé, au début, d'abord en lui téléphonant, puis en lui envoyant une lettre, mais le chagrin qu'elle avait éprouvé à la mort de ses propres parents avait chaque fois été ravivé. Elle avait donc fini par prendre ses distances, son mécanisme de défense favori. Elle n'était pas non plus revenue pour le quarantième anniversaire de Tracy. Elle avait ignoré l'invitation, sachant que, si elle l'avait acceptée, elle se serait retrouvée dans un pub plein d'habitants du coin et qu'elle aurait inévitablement fait l'objet de leur hostilité. Ce n'était pas nécessairement qu'ils auraient tous voulu qu'elle leur dise au revoir ou qu'elle leur donne des nouvelles au fil des ans, c'était plutôt qu'ils auraient eu une attitude protectrice envers Barney, un homme apprécié et admiré de tous, et sur lequel tout le monde veillait.

—N'hésitez pas à profiter du balcon ! lui lança Sandy tandis que Melissa commençait à monter l'escalier. Il est beau en été, et il est ensoleillé tout l'après-midi.

Melissa sourit. C'était tentant, mais lorsqu'elle aurait défait sa valise et qu'elle se serait changée, elle ne pourrait plus perdre de temps. Elle était impatiente de voir Barney.

***

Melissa ne comprenait plus rien à la météo : un instant, il faisait beau, celui d'après, des nuages apparaissaient et la pluie se mettait à tomber, puis elle s'arrêtait et le soleil essayait à nouveau de convaincre tout le monde que c'était bien l'été. Elle mit ses lunettes de soleil et partit chez Barney, qui habitait à une dizaine de minutes de marche de là.

Sur le trottoir devant le cottage et son petit portail, plus facile à ouvrir pour un enfant que pour un adulte, qui devait se pencher pour le faire, elle regarda l'endroit où elle était venue en visite un nombre incalculable de fois. Elle sourit intérieurement en voyant le toit de la grange sur la gauche, derrière les arbres qui assombrissaient le jardin de devant. Elle était de retour et, quelles que soient les épreuves auxquelles elle devait faire face, elle en ressentait plus de plaisir qu'elle ne s'y était attendue.

Elle se baissa, souleva le loquet et poussa le portail, qui émit son grincement habituel. Elle frappa à la porte, mais il n'y eut pas de réponse ; elle frappa une deuxième fois, puis une troisième, un peu plus fort. Elle n'entrait pas par là quand elle était enfant : après avoir franchi le portail, elle faisait toujours le tour de la maison, passait entre les arbres et entrait par la porte de derrière. La porte d'entrée était généralement fermée, tandis que celle de derrière ne l'était jamais. Cependant, après tout ce temps, cela ne lui avait pas semblé correct de ne pas passer par l'accès principal.

Pourtant, comme on ne venait pas lui ouvrir, elle n'eut pas d'autre solution que de passer entre les arbres et de traverser la cour pour entrer par la porte de derrière. Le soleil du mois de juin inondait la pièce spacieuse qui comprenait la cuisine et le salon. Barney avait toujours dit que la cuisine était le cœur de la maison. Il voulait que ses invités puissent se parler aussi bien depuis le canapé et les fauteuils que depuis la grande cuisinière de marque AGA typiquement anglaise ou la table à laquelle ils mangeaient. Il avait donc abattu les cloisons pour former une seule grande pièce.

Melissa s'immobilisa dans l'embrasure de la porte. Barney était assis dans le fauteuil le plus proche de la cheminée, où un bouquet de fleurs séchées violettes et jaunes ajoutait une touche de couleur quand il faisait trop chaud pour allumer un feu. Il avait les yeux fermés et la tête renversée en arrière, et elle eut le souffle coupé en le voyant. La maison n'avait jamais été aussi calme. Barney aimait le bruit, le brouhaha et l'animation, le tumulte des enfants courant en tous sens, et il laissait tout le temps la radio allumée pour se tenir compagnie s'il était seul chez lui. Là, alors même que le soleil du mois de juin entrait à flots par les fenêtres, et par la porte de derrière ouverte, dans l'embrasure de laquelle elle se tenait, l'endroit paraissait froid et vide.

Sentant qu'on l'observait, Barney ouvrit lentement les paupières, mais il lui fallut quelques instants pour se rendre compte de ce qu'il voyait.

—Melissa ?

—Bonjour, Barney.

Elle ne put empêcher sa voix de trembler, et ses yeux s'emplirent de larmes. Elle se rua vers lui et le serra dans ses bras, puis elle se mit à genoux par terre et appuya la tête contre ses jambes tandis qu'il serrait sa main dans la sienne. C'était comme si elle était redevenue une petite fille.

—Je n'arrive pas à croire que tu sois venue…

La voix de Barney se brisa, mais il réussissait quand même à la réconforter, à la consoler, alors que ses propres larmes coulaient. Un reniflement le trahit.

Ils restèrent comme cela jusqu'à ce qu'ils soient tous les deux remis de leurs émotions, même s'il y parvint avant elle.

—Sèche tes larmes, je ne suis pas encore mort !

Elle leva la tête vers lui et rit en s'essuyant les joues.

—Dieu merci !

—Ce n'est pas passé loin, cela dit.

Elle eut un grand sourire.

—Tu as l'air d'aller mieux.

Elle n'avait pas voulu demander de détails à Harvey, mais elle avait compris en le découvrant vaquer à ses occupations en ville, alors que Barney était rentré chez lui, que ce dernier était sur la voie de la guérison.

—J'ai fait une chute, on m'a posé une prothèse de hanche, c'est tout.

Même s'il avait essayé de prendre un ton empreint d'humour, elle voyait bien qu'il n'était pas dans son assiette. À moins que ce ne soit l'effet que produisait une absence de cinq ans : on en oubliait que personne n'échappait au vieillissement.

—Dans combien de temps seras-tu sur pied, totalement remis ?

—Rien ne presse.

—Ce n'est pas ce que je t'ai demandé.

—Qui sait ? Peut-être que je suis trop vieux pour redevenir un jour celui que j'étais.

Il posa de nouveau sa main froide sur la sienne pour la retenir, comme s'il n'osait pas la quitter des yeux.

—Ne me regarde pas comme ça… Il faut voir les choses en face, je n'ai plus vingt ans.

Elle sortit un mouchoir en papier de la poche du jean propre qu'elle portait avec un t-shirt blanc, qui aurait bien mérité un petit coup de fer à repasser.

—Bien sûr que les choses vont rentrer dans l'ordre, laisse-toi le temps, sois patient.

—J'ai un déambulateur.

Il jeta un coup d'œil en direction de l'engin gris dont il avait dû se servir pour aller jusqu'à son fauteuil.

—Quelle mocheté ! Et ensuite, qu'est-ce que ce sera ? Il faudra que je fasse installer ces grosses barres de sécurité hideuses partout ?

—Je pense que tu n'en es pas encore à ce stade.

Elle l'observa s'agiter dans son fauteuil, l'air mal à l'aise. La peau de ses mains paraissait plus fine, elle était couverte de taches de vieillesse, et il avait indéniablement perdu du poids depuis la dernière fois qu'elle l'avait vu. Cependant, elle ne savait pas ce qu'elle devait mettre sur le compte de la semaine qui venait de s'écouler et ce qui s'était fait au fil du temps.

—Je suis vieux, dépassé et, d'ailleurs, j'ai annulé le bal de la Robe de mariée.

Elle s'assit en tailleur sur le sol, devant lui.

—Barney, tu n'es pas sérieux.

Elle avait beau avoir été absente pendant plusieurs années, elle chérissait encore les souvenirs de ce bal.

—C'est trop de travail, trop pour moi, en tout cas. J'en ai assez. Si quelqu'un d'autre veut s'en occuper, qu'il le fasse, mais ce ne sera pas moi qui le ferai, et ça ne se fera pas non plus dans la grange.

Il évitait de croiser son regard.

Elle ouvrit la bouche pour protester, mais la referma sans rien dire. Il ressemblait au Barney qu'elle côtoyait, sauf qu'à l'entendre, on aurait dit qu'il ne s'agissait pas de lui. Depuis le temps qu'elle le connaissait, elle ne l'avait jamais entendu dire qu'il en avait assez du bal, il n'avait même jamais laissé entendre qu'il ne voudrait ou ne pourrait plus l'organiser.

Les choses avaient-elles donc tant changé ?

—Qu'ont dit les médecins ? Que t'ont-ils conseillé pour que tu te rétablisses au mieux ?

Elle décida d'éviter le sujet du bal pour le moment ; peut-être Barney n'avait-il pas les idées claires.

—Ils m'ont donné une liste d'exercices à faire quand je m'en sentirai capable.

—Alors, je vais t'aider.

—Tu n'es pas là que pour la journée ?

—Je suis là pour trois semaines.

Si toutefois elle avait douté qu'il lui sourirait à nouveau un jour comme il le faisait quand elle était petite, tous ses inquiétudes se dissipèrent quand il la regarda avec un visage rayonnant.

—Tu crois pouvoir me supporter aussi longtemps ? lui demanda-t-elle.

—Tu es sérieuse ?

—Tout à fait. Bon, alors ! Qu'est-ce que c'est que ces exercices ? Je pourrais t'aider à en faire quelques-uns tout de suite !

Le sourire de Barney s'évanouit et il remua dans son fauteuil.

—Je ne suis pas prêt.

Il grimaça de douleur.

—Où est-ce que tu as mal ?

—Partout, et m'agiter ne me fait pas du tout envie pour le moment, alors merde aux exercices. Je veux simplement rester assis là, en paix.

Comme il ne s'excusait même pas d'avoir parlé sèchement, elle se confessa :

—Je suis désolée d'avoir attendu si longtemps pour revenir.

—Tu as fait ce que tu avais à faire.

—C'était égoïste de ma part. Oh ! je ne me le serais jamais pardonné si…

—Arrête ça tout de suite, tu m'entends, Melissa Drew ? lui enjoignit-il, sa voix se radoucissant.

—Ce n'est pas la peine de m'appeler par mon nom de famille.

À cet instant, Harvey entra par la porte de derrière, cachant momentanément la lumière du soleil. Il avait un petit panier d'œufs à la main.

—Quand il fait ça, c'est que nous sommes sur le point d'avoir des ennuis.

Il ne fit aucun commentaire sur les larmes de Melissa, qui avaient recommencé à couler.

—C'est vrai, pouffa-t-elle, reportant son attention sur Barney. Tu te souviens de la fois où j'ai lancé une pomme sur la tête de Harvey ? Tu m'as aussi appelée par mon nom de famille, cette fois-là, et tu m'as crié dessus tellement fort que tu m'as fait une peur bleue.

—Tu avais très bien visé et tu avais mis dans le mille, confirma Barney, amusé, les yeux pétillants.

Elle avait aussi failli faire pleurer Harvey, ce jour-là. Elle ne s'était pas rendu compte à quel point cela avait dû lui faire mal quand elle était passée sous un pommier, un peu plus tard, et qu'une pomme lui était tombée sur la tête. Elle avait poussé un gémissement, Harvey l'avait toisée d'un regard plein de sous-entendus, et elle avait fini par s'excuser de lui en avoir lancé une et de lui avoir fait mal.

Harvey était dans le coin cuisine, il sortait une poêle d'un placard et cherchait une spatule.

—Je vais te préparer une omelette, expliqua-t-il à Barney, comme tu me l'as demandé.

—Je ne t'ai rien demandé, grommela Barney. Et je n'ai pas faim.

—Il faut que tu manges, répliqua Harvey. Tu n'auras qu'à te dire que tu dînes de bonne heure.

—Je parie que ce sera bien meilleur que tout ce que tu as pu manger à l'hôpital, ajouta Melissa à Barney.

Il grimaça.

—Ne me lance pas sur ce sujet.

—C'était si mauvais que ça ? demanda-t-elle.

Pour toute réponse, il se contenta d'un grognement.

—Il faut que tu manges, Barney, réitéra Harvey, tout en commençant à casser les œufs dans un bol. Les œufs sont tout frais pondus de ce matin, alors on ne peut pas rêver mieux.

Ne venait-il pas d'aller au supermarché ? C'était ce qu'il lui avait dit quand elle était tombée sur lui devant l'auberge, et ce n'était pas la peine d'inventer des choses, même s'il voulait à tout prix faire manger Barney.

—Tout frais pondus de ce matin ? répéta-t-elle en le regardant.

—Ils viennent de chez Nola Green, répondit Harvey, comme s'il lisait dans ses pensées et devinait où elle voulait en venir.

—Il y a des poules au Copper Plough ?

—Chez leur fille, à quelques portes du pub, expliqua Barney. Elle a un grand terrain, à l'arrière. Quand tes parents… Eh bien, tu sais, quand nous ne pouvions plus avoir d'œufs de vos poules, les quelques chanceux d'entre nous qui profitaient de ces œufs frais ont commencé à aller au supermarché, mais ce n'était vraiment pas pareil. Du coup, Nola s'est proposée pour faire renaître la tradition à Heritage Cove, et elle a acheté quelques poules, je ne sais pas combien exactement.

—Dix-neuf, compléta Harvey depuis la cuisine, tout en râpant du fromage. Enfin, elle en avait vingt, mais un renard en a mangé une.

Une moue déforma les traits de Melissa. Elle se rappelait avoir vu sa mère pleurer, un jour, parce qu'un renard avait trouvé leurs poules. Elle était soulagée de ne pas avoir vu le corps de celle qu'il avait tuée. C'était une mort violente.

—Ravie de savoir que quelqu'un a pris la relève, dit-elle.

Elle était surtout contente d'apprendre que Barney faisait partie des quelques chanceux qui profitaient de ces œufs, qui étaient sans nul doute plus riches en goût et en couleur et plus crémeux que ceux du commerce.

Harvey était maintenant occupé à couper des tomates et un morceau de jambon. Barney dut voir qu'elle le regardait, car il lui chuchota :

—Vous avez pu discuter, tous les deux ?

Elle sourit, principalement parce qu'elle était heureuse de constater que, malgré ses sautes d'humeur, il parlait et s'intéressait à quelque chose.

—Pas véritablement. Ça fait longtemps…

—Dommage que je ne puisse même pas te préparer un bon repas ! se plaignit Barney. Ce n'est pas génial, pour toi, de revenir et de me trouver comme ça.

—Tu n'as pas à t'inquiéter de me nourrir. J'espère que le pub sert encore son délicieux curry de poisson !

Barney rit de bon cœur.

—Oh, arrête, ça me fait mal quand je ris ! C'est vrai que tu as toujours aimé manger des trucs bizarres. Le curry de poisson en faisait partie. Voyons, qu'y avait-il d'autre… ? Les sandwichs au beurre de cacahuètes et à la confiture ?

Elle fronça le nez.

—Oh, ça, je n'en mange plus !

—Dieu merci ! Je suis sûr que tu as dégusté plein de plats exotiques, lors de tes voyages… J'ai cru comprendre que tu étais allée partout dans le monde. J'ai hâte que tu m'en dises davantage !

—Je le ferai avec plaisir.

Quand des bruits de vaisselle se firent entendre dans le coin cuisine, elle compléta :

—Mais chaque chose en son temps. Il vaudrait mieux que j'y aille et que je ne te dérange pas plus longtemps.

—Mais tu viens à peine d'arriver !

Il y eut d'autres tintements de vaisselle. Barney dut lire la gêne sur son visage lorsqu'elle regarda dans la direction de la cuisine.

—Tu reviendras bientôt ?

—C'est promis, assura-t-elle. Et si je revenais ce soir ?

—Oh, tu veux bien ? Ça me ferait très plaisir. Tu rendrais un vieil homme très heureux.

—Je nous ferai du chocolat chaud. J'ai apporté le chocolat le plus gourmand que j'ai trouvé à Bruges, je me suis rappelé que tu adorais en boire une bonne tasse le soir, quand il faisait froid. Il ne fait peut-être pas froid en ce moment, mais on s'en fiche, n'est-ce pas ? Du moment que tu as du lait, nous aurons tout ce qu'il nous faut.

—Le seul chocolat chaud que je bois est celui du salon de thé, au bout de la rue. Je n'ai jamais goûté à un chocolat de luxe. Enfin, ils t'ajoutent des miettes de flocons d'avoine dessus, si tu en demandes.

—Hmm, voilà qui me semble délicieux !

—Ce n'est pas toujours ce qu'il y a de plus sophistiqué qui est le mieux, intervint Harvey, surprenant leur conversation.

Il indiqua à Barney que l'omelette serait bientôt prête, puis il reprit :

—Parfois, dans la vie, les choses les plus simples sont suffisantes. Du moins, elles le sont pour certaines personnes.

Melissa savait très bien que cette dernière remarque était une pique qui lui était destinée.

—Je ne suis pas sûre que ce soit une bonne idée que nous parlions, lui et moi, chuchota-t-elle à Barney. Apparemment, tout ce que Harvey veut faire, c'est me faire des reproches sans reconnaître aucun de ses torts.

—C'est vraiment dommage que vous ne soyez plus les gamins espiègles qui faisaient les quatre cents coups dans ma grange, tous les deux... Vous vous chamailleriez et vous oublieriez tout l'instant d'après. C'était plus simple, à l'époque. Enfin ! Vous finirez bien par vous rabibocher.

Elle n'en était pas aussi sûre.

—Je vais y aller. Les bonnes odeurs qui me parviennent de ta cuisine me donnent faim, je n'ai grignoté qu'une bricole achetée à la station-service en guise de déjeuner.

Elle afficha un grand sourire et, baissant encore la voix, ajouta :

—Ne répète pas à Harvey ce que je viens de te dire, je ne voudrais pas qu'il croie que je le complimente sur ses talents culinaires.

Harvey et elle avaient échangé assez de regards pour qu'elle éprouve le besoin de s'enfuir dans le soleil de la fin d'après-midi pour un moment.

—Tu es toujours avec ton petit ami ? s'enquit Barney au moment où elle ramassait son sac à main.

—Oui, je suis toujours avec Jay.

Sans bague, elle n'avait pas envie d'annoncer tout de suite ses fiançailles. Jay et elle gardaient la nouvelle pour eux jusqu'à ce qu'ils puissent en choisir une, officialiser la chose.

Harvey jura parce qu'il avait fait tomber quelque chose dans la cuisine, et elle prit cela comme le signal pour qu'elle s'en aille. Plus tard, il faudrait qu'elle reparle à Barney du bal de la Robe de mariée. Il ne pouvait tout de même pas être sérieux quand il disait qu'il ne l'organiserait pas cette année. Et puis, laisser quelqu'un d'autre s'en charger, c'était une chose, mais refuser qu'il ait lieu dans la grange ? C'était encore plus insensé.

La voix de Barney la suivit :

—Reviens dès que tu seras prête… et jette un coup d'œil dans le réfrigérateur en passant, s'il te plaît, pour vérifier si nous avons assez de lait !

—Il y a bien assez de lait, lui assura Harvey.

Melissa avait déjà la main posée sur la poignée du réfrigérateur.

—Tu en es sûr ?

—Je te l'ai dit, non ?

Elle remarqua que ses épaules s'étaient crispées. Elle se tenait si près de lui qu'elle aurait pu le toucher si elle avait voulu le faire.

Soulagée de quitter l'atmosphère tendue qui régnait dans la maison, elle se demanda quel genre d'accueil on lui réserverait au pub. Ce serait peut-être encore pire que là, mais, au moins, il y aurait de l'alcool pour apaiser sa douleur si elle en avait besoin.

***

Harvey agita juste assez la spatule pour faire glisser l'omelette sur une assiette, qu'il apporta ensuite à Barney sur un plateau.

—Tiens, l'une de mes recettes les plus réussies : une omelette moelleuse, repliée sur du jambon, du fromage, et des tomates.

—Merci, marmonna Barney en prenant ses couverts.

Harvey l'avait déjà aidé à aller jusqu'aux toilettes, lentement. Maintenant, il s'efforçait de ne pas le dévisager pendant qu'il mangeait, se contentant de lui lancer des coups d'œil furtifs tout en nettoyant dans l'évier la poêle et les ustensiles de cuisine dont il s'était servi. C'était au moins un premier obstacle surmonté : faire prendre un repas convenable à Barney. Lui qui avait un solide appétit en temps normal, il n'avait presque rien mangé à l'hôpital. Si Harvey pouvait lui préparer quelques repas et rester avec lui pour le voir les manger, cela le rassurerait un peu.

Quand Barney eut terminé, Harvey alla chercher son plateau pour laver la vaisselle sale.

—Alors, est-ce que ça t'a fait plaisir de voir Melissa ?

Il se demandait si la présence de cette dernière contribuerait à convaincre Barney qu'il devait au moins essayer de se rétablir. Celui-ci semblait avoir repris des couleurs, même si Harvey supposait que cela pouvait être grâce à l'omelette.

—C'était une excellente surprise, tout à fait inattendue. Tu savais qu'elle allait venir ?

—Je n'en avais pas la moindre idée.

—Et toi, qu'est-ce que ça t'a fait ?

—De la revoir ?

Harvey haussa les épaules.

—Je suis content qu'elle soit là pour toi.

—Tu as bien fait de la contacter. Je sais que cela a dû te demander de ravaler ta fierté.

—Je ne pouvais pas faire autrement, Barney.

—Qu'est-ce que tu lui as dis, que j'étais au seuil de la mort ?

—Certainement pas. Qu'est-ce qui te fait croire ça ?

Voyant Barney s'agiter pour s'installer plus confortablement, il alla prendre un coussin sur le canapé et le lui glissa derrière le dos.

—C'est mieux, comme ça ?

—Beaucoup mieux. Si je te pose cette question, c'est parce qu'elle s'est mise dans tous ses états quand elle est arrivée.

—Elle est partie longtemps.

Quand Barney le regarda d'un air indiquant qu'il ne gobait pas cette explication, Harvey ajouta :

—Je ne lui ai pas vraiment donné de détails dans mon message. Je l'ai écrit à la va-vite, je savais qu'il fallait que je le fasse sans attendre.

—Et tu voulais la punir.

Il ouvrit la bouche, s'apprêtant à nier, mais il ne put le faire.

—Elle devrait s'estimer heureuse que je l'aie contactée.

—Elle t'a blessé, je le sais bien.

—C'est de l'histoire ancienne.

—Vraiment ?

—Ça ne m'empêche pas de dormir la nuit, Barney.

—Tu seras là quand elle reviendra, ce soir ?

—Je ne pense pas que ce soit une bonne idée, mais je vais dormir ici cette nuit.

Il leva une main pour couper court à toute protestation.

—Tu ne resteras pas ici tout seul alors que tu viens juste de sortir de l'hôpital. D'ailleurs, j'ai déjà fait le lit de la chambre d'amis à l'étage.

—C'est une bonne chose que ma chambre soit au rez-de-chaussée, je suppose. Au moins, je n'aurai pas besoin d'emprunter l'escalier.

—Il faut que nous te fassions bouger un peu.

—Pas aujourd'hui, fiston, pas aujourd'hui.

Barney ferma les yeux, rassasié et content d'être de retour chez lui.

Puisque Melissa allait être dans les parages pendant quelque temps, à eux deux, peut-être arriveraient-ils à convaincre Barney que cette chute n'était qu'un accident de parcours et non un obstacle insurmontable. Le manque d'intérêt et d'enthousiasme de Barney à l'idée de redevenir lui-même était déjà difficile à voir pour Harvey, mais pour Melissa, c'était sûrement bien pire, car elle devait avoir l'impression de perdre pour la deuxième fois le Barney qu'elle connaissait et qu'elle aimait.

4

Harvey se garda bien d'aller chez Barney ce soir-là, jusqu'à ce qu'il soit sûr que Melissa serait repartie pour la nuit. Quand il arriva, Barney dormait déjà, alors il monta sans faire de bruit, sans avoir à endurer le récapitulatif de ce dont ils avaient parlé et de ce qu'elle avait fait depuis qu'elle avait quitté Heritage Cove.

Harvey avait pris un congé jusqu'à la fin de la semaine pour rester avec Barney, mais il continuait à suivre l'avancement des travaux qu'il avait commencés, et quand ce dernier lui avait fait comprendre qu'il était trop présent, le matin même, Harvey s'était éclipsé, après lui avoir préparé un petit déjeuner correct, pour promener Winnie et déposer des plans de la part de son employeur à la boulangerie. Les propriétaires, les sœurs Celeste et Jade, habitaient le cottage juste derrière, auquel on accédait par une petite ruelle perpendiculaire à la Grand-Rue. En fait de cottage, il s'agissait plutôt d'une maison, pour ce qui était des proportions, et il y avait un grenier de bonne taille qu'elles souhaitaient aménager pour y faire deux chambres et une salle de bains. Aujourd'hui, il allait enfin pouvoir leur montrer les plans et discuter avec elles de ce projet.

De retour chez Barney, il entra par la porte de derrière, tenant en l'air une boîte de donuts recouverts de sucre glace.

—Pour le patient !

—Des cochonneries sucrées.

—Ça vient de la boulangerie, c'est un cadeau de Celeste et de Jade.

En échange du bulletin de santé complet du patient, bien sûr.

—Dans ce cas, apporte-moi ça tout de suite !

—Tu es sûr ? Je peux tout jeter, si tu trouves que ce n'est pas bon sur le plan nutritionnel...

—Je n'ai jamais dit ça, si ?

Harvey ouvrit la boîte et la tendit à Barney pour qu'il fasse son choix.

—Tu as vu l'arc-en-ciel, hier soir ? lui demanda-t-il, content de constater que l'appétit de Barney revenait peu à peu quand celui-ci mordit dans un donut au glaçage caramel.

Ce n'était probablement pas le meilleur régime alimentaire pour quelqu'un en convalescence à la suite d'une opération, cependant cela faisait plaisir à Barney.

—Melissa et moi l'avons observé par la fenêtre. Il était juste au-dessus de la grange, et ça faisait bien longtemps que je n'en avais pas vu un aussi beau.

Barney sourit.

Son enthousiasme avait sans doute plus à voir avec la visite de Melissa qu'avec la prouesse de Dame Nature, et Harvey présumait qu'il avait intérêt à s'habituer à entendre souvent son prénom au cours de son séjour. Il se demandait comment il allait faire, durant les quelques semaines à venir, pour supporter de la voir, d'entendre parler d'elle, de la savoir si proche alors qu'elle ne faisait plus partie de sa vie.

—Tu as dit à Melissa que tu voulais annuler le bal de la Robe de mariée ?

Barney ne lui en avait pas reparlé, et la date de l'événement approchait. Harvey commençait à se questionner sur son sérieux quand il avait décrété qu'il ne voulait plus l'organiser.

—Oui.

—Et qu'est-ce qu'elle a dit ?

—Pas grand-chose.

Cela ne ressemblait pas à la Melissa que Harvey connaissait, mais il sentait bien qu'il n'obtiendrait pas beaucoup plus de Barney aujourd'hui.

—Est-ce que tu as mal quelque part ?

—Tu me l'as déjà demandé ce matin.

—Ah oui, c'est vrai.

Il avait oublié, ou peut-être pas – il semblait qu'il n'aurait pas de réponse claire.

—J'ai pris mes médicaments, conformément aux instructions de l'infirmière, précisa Barney, sentant peut-être qu'il ne lui avait posé cette question que parce qu'il s'inquiétait pour lui. Mais je suis trop fatigué pour essayer de bouger.

—Ça ne te ressemble pas de t'avouer vaincu.

—La journée a été longue.

—On n'en est même pas à la moitié. La dose de sucre du donut ne t'a pas fait de bien ?

Harvey présenta la boîte ouverte à Barney pour qu'il en prenne un autre, néanmoins Barney refusa d'un signe de la main.

—J'ai besoin de m'allonger un peu.

—Tu te sentirais peut-être mieux si tu restais ici, au lieu de retourner dans ton lit.

Il n'était pas levé depuis si longtemps que cela.

—Tu remettras le couvercle de cette boîte de donuts pour qu'ils se conservent, indiqua Barney. Et maintenant, pourrais-tu aider un vieil homme à aller aux toilettes, s'il te plaît ?

Quand ils atteignirent les toilettes, Harvey lui laissa l'intimité dont il avait besoin, puis il l'accompagna à la chambre, où il le soutint pendant qu'il s'asseyait avec précaution sur le matelas. Avec son aide, Barney fit ensuite pivoter ses jambes pour les allonger sur le lit, puis il se laissa aller en arrière contre les oreillers.

—Je serai dans le coin si tu as besoin de moi, précisa Harvey.

Il n'avait jamais vraiment passé beaucoup de temps dans cette chambre, en dehors de la fois où ils avaient dû retirer un oiseau mort tombé dans le conduit de la cheminée qui se trouvait sur le mur en face du lit.

—Je vais aller réparer la table dans la grange.

—Pour quoi faire ?

—Parce qu'il faut le faire. Sinon, elle va s'écrouler la prochaine fois que tu poseras des pommes dessus. Ça fait une éternité que ses pieds ont besoin d'être réparés.

—Laisse-la comme ça.

—Ça ne me dérange pas de m'en occuper.

—Je suis trop vieux pour continuer à cueillir des pommes et à faire du jus frais pressé. Je devrais acheter mon jus de fruits au supermarché, comme tout le monde.

—Je pense que nous savons aussi bien l'un que l'autre que tu ne le feras pas.

—Qui sait ? Je pourrais même essayer d'en commander en ligne.

—Décidément, j'aurai tout entendu ! rit Harvey. Je croyais que passer des commandes sur Internet était un crime, à moins d'être confiné chez soi ? Tu disais que ça privait les gens d'emplois dans les magasins.

Barney grimaça.

—C'est vrai, j'ai dit ça, n'est-ce pas ? Eh bien, peut-être que je pourrais convaincre Lottie de proposer de meilleures marques à l'épicerie.

—Tu peux toujours faire ça, mais ça ne sera tout de même pas la même chose que le jus que tu fabriques ici.

—Ne te fatigue pas à réparer cette table, Harvey. Je suis sûr que tu as mieux à faire.

—Je n'en aurai pas pour longtemps. Tu as besoin de quelque chose ?

—Une couverture, si ça ne te dérange pas, grommela Barney. Je déteste faire des histoires.

Cela ne lui ressemblait pas de demander quoi que ce soit, mais avec un peu de chance, l'état d'esprit dans lequel il se trouvait n'était que passager. Il finirait sûrement par avoir un déclic et il redeviendrait alors lui-même.

—Tu en trouveras une sur l'étagère du haut, dans l'armoire, continua-t-il. Pose-la au pied de mon lit, je la prendrai sur moi quand j'en aurai besoin.

D'habitude, Barney protestait quand les choses n'étaient pas à sa convenance, et il tenait à son indépendance ; il n'était pas du genre à quémander une couverture au cas où, il était du genre à souffrir pour se procurer lui-même la couverture plutôt que de devoir réclamer qu'on la lui donne. Harvey s'était attendu à ce que ce soit le patient le plus difficile du monde quand ils avaient quitté l'hôpital, à ce qu'il se plaigne et qu'il clame haut et fort qu'il était tout à fait capable de se débrouiller tout seul, mais le voir aussi mélancolique, abattu, l'inquiétait beaucoup. Les médecins l'avaient prévenu qu'une chute pouvait faire perdre leur assurance à certains patients. Sur le moment, Harvey s'était dit que cela n'arriverait pas à Barney ; désormais, il ne le reconnaissait plus.

Il ouvrit l'armoire et en sortit la couverture rouge en laine rangée sur l'étagère, au-dessus d'un assortiment de pull-overs et de pantalons, de deux ou trois chemises et d'une veste légère. Il la posa au pied du lit, la déplia partiellement pour que Barney puisse l'attraper facilement, puis il retourna fermer l'armoire. Il remarqua alors quelque chose de long à l'extrémité de la tringle à vêtements ; en y regardant de plus près, il vit que c'était bien ce qu'il avait cru voir : une robe, emballée dans une housse en plastique transparente.

Il sortit la robe sur son cintre.

—Tu as quelque chose à me dire, Barney ? Je ne suis pas sûr qu'elle t'irait, plaisanta-t-il en observant ce qui était de toute évidence une robe de mariée.

Barney ouvrit les yeux et, dans sa léthargie, il mit un moment à se rendre compte de ce que Harvey avait déniché ; mais son expression se fit de marbre quand il vit ce qu'il avait dans les mains.

—Range ça.

—À qui appartient-elle ?

La curiosité de Harvey était piquée : il voulait connaître l'histoire qui se cachait derrière cette robe. Car il y en avait forcément une, n'est-ce pas ?

—Je t'ai dit de la ranger.

Barney ne lui fournit aucune explication. Son ton était celui qu'il employait quand Harvey était enfant et qu'il avait fait une bêtise, comme la fois où Melissa et lui avaient allumé un petit feu près de la grange. Il avait voulu faire griller des guimauves au bout de piques pour elle, mais quand Barney les avait trouvés, tous les deux, il était entré dans une colère noire. Il leur avait dit qu'ils n'étaient que des adolescents, que toute la grange aurait pu brûler. Comme il avait pris la même voix à l'instant, Harvey n'insista pas davantage.

Il remit le vêtement dans l'armoire.

—Je te laisse te reposer, alors… Je vais m'occuper de cette table.

—Merci.

Barney avait refermé les yeux : soit il s'assoupissait, soit il était bien décidé à ne répondre à aucune question.

Harvey ferma la porte derrière lui sans faire de bruit, puis alla dans la grange, où il retourna la table sur son plateau. Il avait déjà découpé à la dimension voulue un morceau de bois pour remplacer la cale d'angle qui s'était fendue. Il n'eut aucun mal à la fixer à sa place à l'aide de quelques vis. Ce n'était pas un travail bruyant, il ne risquait pas de déranger Barney, et il n'avait pas non plus à s'inquiéter de quelconques voisins lorsqu'il travaillait là. C'était l'un des principaux avantages pour lui et Melissa, quand ils étaient enfants, car cela signifiait qu'ils pouvaient faire les fous sans problème.

Après avoir fini fini de réparer la table, il s'adossa sur le côté de la grange baignée dans le soleil d'été, en buvant un verre d'eau glacée. Cet endroit avait toujours été son refuge, l'endroit où il venait en courant quand son père tempêtait, l'endroit où il était venu panser son cœur brisé quand Melissa était partie. Lorsqu'il n'avait pas les idées claires, être là l'aidait à les lui remettre en place. Les champs vallonnés, au loin, lui procuraient un sentiment de liberté. De l'autre côté de la cour, la rangée de genévriers robustes, au milieu de laquelle il y avait une arche qui donnait sur un petit jardin de buis et sur la porte d'entrée de la maison, lui avait toujours apporté la sensation d'être en sécurité et protégé, car les arbres semblaient faire le lien entre la grange et la maison, qu'ils longeaient d'un côté en une haie fournie.

Il retourna à l'intérieur de la grange et plaça la table réparée contre le mur. Il y en avait trois autres. Il vérifia qu'elles étaient toutes en bon état, car elles servaient à poser les pommes, les récipients dans lesquels on récolterait le jus et le pressoir à pommes lui-même. C'était absolument ridicule de la part de Barney d'envisager d'abandonner la fabrication de son propre jus pour acheter à la place de celui du commerce. Il avait toujours adoré cueillir les fruits bien mûrs, et il le faisait chaque année dès que le moment était venu.

Harvey se demanda ce que Melissa pensait de tout cela. Il aurait voulu pouvoir en discuter avec elle ; mais comment aurait-il pu lui parler de ça alors qu'il y avait tant de choses à dire ?

Il balaya la grange du regard. Il leva les yeux vers les poutres, plus solides qu'elles ne l'étaient des années plus tôt, quand Melissa et lui grimpaient si souvent dessus en se servant des balles de foin comme marchepieds, avant qu'on leur dise de descendre immédiatement avant de se rompre le cou. Ils restaient cachés là lors du bal d'été annuel de la Robe de mariée, pour contempler l'océan de robes blanches et de costumes noirs, impatients de pouvoir enfin prendre part à l'événement.

S'arrachant à la nostalgie qui l'étreignait, Harvey rassembla ses outils, verrouilla les portes de la grange derrière lui et retourna vers la maison. Il comptait reparler à Barney des exercices qu'on lui avait conseillé de faire dans le cadre de sa rééducation, mais ce dernier dormait profondément, alors il le laissa tranquille.

Il réessaierait plus tard.

***

Voir Barney la veille avait donné à Melissa plus de joie qu'elle ne l'aurait cru possible ; mais cela lui avait également fait de la peine, car elle se décevait elle-même et s'en voulait de n'avoir pas été assez forte ou assez courageuse pour revenir plus tôt. Elle ne pouvait que s'estimer heureuse de ne pas avoir attendu qu'il soit trop tard, heureuse de savoir que Barney allait s'en sortir. Elle allait pouvoir retrouver sa propre vie, le travail qu'elle adorait, l'homme auquel elle était fiancée, et savoir que la vie continuait à Heritage Cove.

Le dîner au Copper Plough avait été bien moins difficile qu'elle ne s'y était attendue. Elle avait l'habitude de manger seule, de toute façon ; elle le faisait souvent quand elle avait besoin d'avoir un petit moment à elle et de souffler un peu pendant une escale, lorsqu'elle travaillait. La veille, elle avait étonnamment réussi à conserver l'anonymat auprès de la plupart des clients du pub. Il était tôt, le service du soir venait à peine de commencer, ce qui signifiait que c'était calme. Les propriétaires, Terry et Nola, n'étaient pas là, et il n'y avait que deux serveurs qu'elle ne reconnaissait pas. Benjamin y travaillait toujours comme chef et, loin de se montrer distant parce qu'elle n'avait pas gardé le contact avec Barney – ce qui serait la seule raison à l'hostilité des autres –, il était venu la voir dès qu'il l'avait aperçue.

— Tu es de retour ! s'était-il exclamé en la serrant dans ses bras. Ça faisait trop longtemps !

Il avait les mêmes cheveux longs d'un châtain terne, parsemés d'un peu plus de gris que par le passé, attachés en queue-de-cheval, le même sourire malicieux qu'il avait déjà le jour où ils avaient commencé leur scolarité dans la même école. Il lui indiqua ce qu'il y avait au menu et les améliorations qu'il y avait apportées.

—Il y a beaucoup de choix, avait-il conclu.

—Par pitié, ne me dis pas que le curry de poisson a été remplacé par autre chose !

—Tu étais la seule à en manger.

—Je suis sûre que ce n'est pas vrai.

Elle avait consulté ce nouveau menu amélioré.

—Je peux te conseiller le poulet à la marocaine, qui est accompagné de légumes de saison et de pommes de terre sautées.

—Cela me semble être une bonne idée.

—J'ai essayé de m'adapter à une clientèle plus haut de gamme, avait-il déclaré avec un grand sourire. En parlant de ça, qu'est-ce que tu deviens ? Tu as changé… Tu as l'air plus adulte, plus sophistiquée.

Elle avait ri.

—Tu m'as vue il y a cinq ans, alors que j'avais presque la trentaine ; j'étais loin d'être une gamine, j'étais déjà une adulte !

—Ah, oui, mais tu es différente aujourd'hui, je le vois bien. Tu es indéniablement plus posée.

—J'ai peur que les gens se comportent bizarrement avec moi parce que je suis partie, avait-elle avoué.

—Eh bien, nous sommes à Heritage Cove, je suppose… mais je pense que tu t'apercevras que la plupart des gens sont les mêmes que quand tu es partie. Ça les surprendra peut-être de te voir, mais ils savent tous ce que tu as traversé, à l'époque. Tu n'as pas de raison de t'inquiéter, avait-il affirmé en souriant. Tu ne vas pas faire face à un peloton d'exécution.

Il était retourné en cuisine pour se remettre au travail et préparer son repas ainsi que ceux des autres clients. Elle espérait qu'il avait raison. En passant en revue tout le menu, elle avait remarqué qu'il y avait un vaste choix de desserts qui avaient tous l'air délicieux. Elle s'était demandé si elle allait rester assez longtemps au village pour y goûter ; mais peut-être reviendrait-elle quand elle rendrait de nouveau visite à Barney, dans un avenir relativement proche.

Melissa avait savouré deux verres de vin au pub, et elle avait discuté avec Benjamin quand il avait fait une pause bien méritée. Il lui avait évoqué sa relation avec Zoe, qui était toujours sa petite amie, et il avait brièvement abordé le sujet de l'histoire d'amour qu'il y avait eu entre Harvey et elle autrefois, disant qu'il y avait de quoi en être envieux. Il avait dû percevoir sa répugnance à en parler, car il n'insista pas trop.

À présent, alors qu'elle quittait le Heritage Inn au lendemain de cette soirée et empruntait la Grand-Rue, Melissa s'arrêta pour prendre le temps de bien regarder autour d'elle. La relation de Benjamin et Zoe n'était pas la seule chose qui avait résisté à l'épreuve du temps : du côté gauche la boulangerie et le salon de thé étaient toujours là, séparés l'un de l'autre par une grande arche de pierre qui donnait sur un petit parking. La boulangerie avait une belle façade de style Tudor, en pierre blanchie à la chaux, à colombages, avec des fenêtres à croisillons munies de vitraux. Elle se demanda s'il y avait toujours les mêmes tables en bois foncé dans le salon de thé, la plus grande table dans l'alcôve vitrée, les plus petites placées contre le mur et au centre de la pièce.

Sur le trottoir d'en face se trouvait la forge, dont les bruits parvenaient jusqu'à elle, et elle se demanda si c'était Lucy, qu'elle avait rencontrée sur l'aire de repos et qui remplaçait actuellement le vieux Fred, qui y travaillait. Melissa ne connaissait pas très bien Fred ; il l'avait toujours saluée d'un signe de tête, mais c'était l'une de ces personnes qui adoraient leur travail et semblaient préférer rester dans leur petit monde. Son regard se tourna ensuite vers le glacier, qui était nouveau et presque caché derrière un bosquet. L'établissement ne ressemblait en rien au salon de thé ou à la boulangerie. Il était moderne, peint en bleu marine avec des volets blancs, et un immense cornet de glace ornait la devanture. Une unique table de pique-nique était installée au pied des arbres, avec son parasol rouge cerise à peine visible.

De l'autre côté du sentier qui descendait jusqu'à la baie se trouvait la chapelle qui, en dépit de sa façade de pierres pittoresque et de sa richesse de caractère, ne lui évoquait pas de bons moments. La dernière fois qu'elle y était allée, c'était le jour où elle avait enterré ses parents ; et c'était le souvenir le plus tenace qu'elle associait à cet endroit, plus que le mariage de Tracy ou le baptême des enfants de son amie, événements qui y avaient aussi eu lieu. Elle se rappelait encore avoir fait son tout premier éloge funèbre, debout sur la chaire, tremblante, faisant de son mieux pour trouver ses mots, pendant que tous les regards étaient tournés vers elle. Harvey avait été à ses côtés, ce jour-là. Elle se rappelait vaguement qu'il pleuvait des cordes et qu'il y avait une fuite au plafond. Avant qu'elle ne quitte Heritage Cove, le toit avait été recouvert d'une bâche verte en guise de solution temporaire, alors qu'il aurait fallu refaire toute la toiture. La bâche claquait régulièrement au vent, et les habitants se demandaient si la toiture serait réparée un jour. Elle semblait l'avoir été, depuis ; et le jardin autour de la chapelle était bien entretenu. De délicates fleurs roses s'agitaient sous l'effet du vent dans l'un des parterres.

Melissa se surprit à être tentée de traverser en face de la boulangerie et de suivre le sentier qui passait devant la chapelle et le cimetière, dont il était séparé par une haie. Cela faisait bien longtemps qu'elle n'avait pas emprunté le chemin secret jusqu'à la baie – mais il n'était pas vraiment *secret*, plutôt *isolé*. Les meilleures journées pour y descendre n'étaient pas nécessairement celles d'été, cela dit, mais plutôt celles des mois d'automne, quand les jours raccourcissaient et qu'un brouillard épais vous enveloppait comme une grosse couverture. Elle adorait y aller à cette époque-là de l'année, car l'endroit était désert. Parfois, lorsqu'on choisissait bien son moment, le brouillard dense se levait alors que vous étiez assis sur le sable et, pendant que tout autour de vous et au-dessus de votre tête était gris et impénétrable, la baie en forme de verre à vin apparaissait sous vos yeux et s'étendait au loin, comme si un prestidigitateur l'avait fait surgir de dessous sa cape.

Tandis que Melissa se tenait là, avec la lumière du soleil qui lui tombait sur les épaules, elle s'aperçut qu'elle n'avait rien oublié de Heritage Cove. Même cinq années d'absence n'avaient pas pu lui enlever le caractère familier de cet endroit. De ce côté de la rue, après le salon de thé, se trouvait la route qui conduisait chez Harvey, puis il y avait la boutique de bougies, où elle n'avait jamais pu aller sans en ressortir avec une emplette, et, juste derrière, il y avait le pub, bien sûr. Le plan du village restait aussi nettement gravé dans sa mémoire que l'inscription sur la pierre tombale de ses parents.

D'une certaine manière, c'était comme si le temps s'était arrêté, mais elle ne pouvait pas en faire autant, alors elle se remit à marcher. Elle ne put résister à la tentation de jeter un coup d'œil à travers la vitrine de la boulangerie pour voir ce que l'on y proposait. Il y avait des pâtisseries, des viennoiseries – des croissants et ce qui semblait être des pains au chocolat – et deux grandes corbeilles en osier contenant des miches de pain. Des étiquettes cartonnées glissées dans des supports en plastique indiquaient les différentes sortes de pain. Il y avait du pain à la Marmite[1], du pain aux graines de chia, du pain complet coupé en tranches et de gros pains blancs. Dans une autre vitrine, il y avait des cookies dorés et, dans celle d'à côté, des cupcakes au glaçage de couleur vive.

Elle n'entra pas. Elle ne pourrait pas remettre éternellement à plus tard, mais bon sang ! c'était tentant, quand elle pouvait se cacher derrière ses lunettes de soleil comme elle le faisait en ce moment même. Barney, à l'instar de Benjamin, lui avait assuré que les gens avaient mieux à faire que lui reprocher les décisions qu'elle avait prises, néanmoins elle n'en était pas convaincue.

Elle se détournait, s'apprêtant à partir, quand la porte de la boulangerie s'ouvrit dans un grincement.

—Melissa ?

Elle s'arrêta net en entendant la voix. La porte se referma brusquement derrière la cliente qui venait d'en sortir et, quand Melissa se retourna, elle se trouva face à Tracy, qui se tenait là, serrant trois baguettes contre elle.

—Tracy, bonjour…

Tracy fronça les sourcils.

—Ça me fait plaisir de te voir, persista Melissa.

1. Marque de pâte à tartiner à base d'extrait de levure.

Tracy resserra son étreinte sur les baguettes, qui lui glissaient entre les bras, comme si elles étaient décidées à lui échapper.

—Eh bien, je suppose que nous savons tous ce qu'il faut pour te faire revenir, alors. Que Barney soit à l'hôpital, ajouta-t-elle devant la confusion de Melissa.

—Oui, même s'il est rentré chez lui, maintenant.

—Est-ce que tu l'as vu ?

Les cheveux de Tracy avaient bouclé, comme ils le faisaient si souvent, et elle avait l'air en forme malgré sa mine renfrognée.

—Bien sûr.

—Oui, eh bien, tu m'excuseras si je doute de toi… Tu ne peux pas vraiment me le reprocher.

Melissa avait envie de s'en aller, cependant elle sourit à cette femme qui avait été sa meilleure amie, qui avait toujours été là pour elle, et dont l'agressivité s'expliquait très certainement par le fait qu'elle avait été blessée.

—Je suis désolée que nous ayons perdu le contact, se risqua-t-elle à dire.

—*Nous* n'avons pas perdu le contact, c'est *toi* qui as perdu le contact. Ce n'est pas la même chose.

—Tu as raison, et je suis désolée.

—Tu n'es même pas revenue pour les funérailles de Maman, souffla Tracy d'une petite voix. J'ai été là pour toi quand cela t'est arrivé.

Melissa sentit sa gorge se serrer. Elle avait tellement honte, probablement plus encore que de ne pas avoir donné de nouvelles à Barney pendant si longtemps.

—Je sais. Je ne peux pas te dire à quel point je m'en veux. Mon propre chagrin a éclipsé tout le reste. Ça ressemble à une excuse bidon, mais je n'ai pas réussi à me prendre assez en main pour être d'une quelconque utilité. Je ne peux pas revenir en arrière, je peux seulement te présenter des excuses, déclara-t-elle, d'une voix empreinte d'un tel regret que le front de Tracy se dérida un peu.

—Je comprenais que tu partes, tu avais dit que tu allais le faire, mais pourquoi couper les ponts ?

—Je suppose que c'était plus facile, pour recommencer à zéro.

—Heritage Cove n'a jamais été assez bien pour toi.

—Hé ! Attends une minute, *ça*, ce n'est pas vrai.

Melissa essaya de se calmer, mais ce n'était pas facile, car la remarque l'avait hérissée. Elle opta pour une tactique différente.

—Je loge à l'auberge. Ton auberge. Je suis vraiment contente pour toi, ça doit signifier beaucoup d'avoir ta propre entreprise ici.

—Oui !

L'échange de sourire amical qui avait tant manqué à Melissa, plus qu'elle ne s'y était attendue, eut enfin lieu.

—Que penses-tu de l'endroit ? lui demanda Tracy.

—C'est magnifique, et j'ai une chambre ravissante, celle avec le balcon.

—C'est notre plus belle chambre.

—Sandy est devenue une belle jeune fille, je ne l'ai pas reconnue tout de suite. Elle te ressemble énormément.

Tracy porta une main à ses cheveux, cette masse de boucles blondes qui lui arrivait aux épaules.

—Elle a les mêmes boucles rebelles qui refusent d'être domptées. Elle se raidit les cheveux, mais contre la pluie ou l'humidité, eh bien… ce n'est pas un combat équitable.

—Non, sûrement pas.

—Tu as l'air en forme, Melissa.

L'étreinte de Tracy sur ses baguettes s'était légèrement relâchée, la tension dans ses épaules s'était dissipée, et elle avait une posture plus décontractée, plus ouverte.

— Tu es toujours hôtesse de l'air ?

— Oui.

— Tu as quelqu'un ? Je sais que ce n'est pas une obligation, ça m'intéresse, c'est tout.

Melissa sourit.

— Je suis en couple avec un homme qui s'appelle Jay. Il est très gentil avec moi. C'est du sérieux, entre nous.

— Alors, c'est le bon ?

— Oui.

Elle n'avait pas l'intention d'annoncer ses fiançailles à qui que ce soit, pas sans la bague – elle n'avait pas encore l'impression que c'était bien réel.

— Je t'en ai voulu de ne pas avoir gardé le contact, reprit Tracy, et de ne pas être revenue quand j'avais besoin de toi, mais je te souhaite aussi le meilleur.

Quand Melissa baissa les yeux, elle ajouta :

— Tu sais, Barney me demandait si j'avais eu de tes nouvelles chaque fois qu'il me voyait.

Le cœur de Melissa se serra.

— Je n'en avais pas conscience.

— Tu étais, et tu es toujours comme une fille pour lui. Je t'en prie, dis-moi que, maintenant que tu as repris contact, tu ne resteras plus si longtemps sans lui donner de tes nouvelles.

— Non, je ne ferai pas ça, plus jamais. Sa chute m'a fait peur, je me suis rendu compte de ce que je ressentirais si j'attendais qu'il soit trop tard.

— Tu ne te le pardonnerais jamais.

Melissa hocha de tête. C'était tout à fait vrai, elle ne se le pardonnerait jamais.

—Comment va Harvey, avec tout ça ?

—Je me demandais combien de temps tu allais mettre à le mentionner.

—Il est venu me trouver, il voulait à tout prix avoir tes coordonnées, parce qu'il ne les avait pas conservées. J'imagine qu'il ne pensait pas qu'il pourrait à nouveau en avoir besoin un jour. Je n'avais jamais vu une telle peur dans son regard, pas même quand… eh bien, tu sais.

Melissa savait, en effet. Harvey avait un passé, des antécédents familiaux que la plupart des gens du coin connaissaient. Il s'était enfui de chez lui pour échapper à son père à maintes reprises, et tout le monde savait qu'il trouvait refuge dans la grange de Barney, la plupart du temps, mais aussi parfois à la boulangerie, au Heritage Inn ou au salon de thé.

—Merci de les lui avoir données.

—Je n'aurais jamais cru que tu oublierais Harvey.

—Les gens changent, j'imagine.

Tracy eut un sourire bienveillant.

—Pour combien de temps es-tu ici ?

—J'ai pris une chambre pour trois semaines, tu n'as pas vu ma réservation ?

—Je ne vois pas toujours les noms. C'est la faute de ma fille, elle est tellement efficace !

—Elle a l'air de bien se débrouiller.

La remarque sembla faire plaisir à Tracy.

—Oui, et Giles aussi. D'ailleurs, c'est lui qui me remplace à l'auberge aujourd'hui, pour que je puisse faire deux ou trois petites choses et souffler un peu. J'y serai à nouveau cet après-midi, alors tu me verras.

—Comment va Giles ?

—Bien ! C'est lui qui s'occupe désormais du petit déjeuner à l'auberge, et il adore ça.

—Dans ce cas, tu lui transmettras mes compliments : les œufs à la florentine que j'ai mangés ce matin étaient délicieux.

—Les œufs sont ceux des poules de Nola.

—J'ai appris que c'était chez elle que les gens du coin s'approvisionnaient, maintenant.

Tracy sourit.

—Benjamin a aussi conseillé à Giles de suivre quelques cours de cuisine. Enfin, Giles savait déjà cuisiner, mais nous devions être meilleurs pour faire connaître l'auberge.

—Et les affaires marchent bien ?

—Très. Nous allons même apporter très bientôt d'autres améliorations à l'auberge : nous avons demandé à l'entreprise pour laquelle Harvey travaille de nous faire des plans pour aménager les combles en une suite de grand standing.

—Je vais peut-être devoir revenir, lança Melissa en souriant et en remettant ses lunettes de soleil sur son nez. Aveuglée par le soleil du mois de juin, elle en avait assez de plisser les yeux.

—J'espère réellement que tu le feras.

Melissa fit un pas vers son amie et la serra dans ses bras, la sentant enfin se détendre.

—Oups, j'espère que je n'ai pas écrasé les baguettes !

Tracy essuya une larme.

—Bien sûr que non. Alors, dis-moi, comment se porte notre patient ? Je ne te l'ai même pas demandé, c'est vraiment nul de ma part.

Melissa imaginait que cela avait dû faire un choc à Tracy de tomber sur elle.

—Il va bien !

—Je vais aller le voir demain. Je voulais lui laisser le temps de retrouver ses marques.

—Ça lui fera plaisir.

La porte de Barney était toujours ouverte. On n'avait jamais besoin de prévenir avant de lui rendre visite, c'était comme cela qu'il aimait que ça se passe, et, en retour, il rendait visite aux gens quand cela lui prenait. Cela devait être dur, pour lui, d'être coincé dans sa maison en ce moment. Cependant, s'il changeait de comportement et qu'il commençait à faire les exercices de rééducation que les médecins lui avaient conseillé de faire, cela allait peut-être lui permettre d'être plus vite capable de ressortir et de se promener dans la Grand-Rue, où il serait dans son élément, se gargarisant de la sollicitude qu'on lui témoignerait et se mettant au courant des derniers potins.

—Je pensais lui apporter des croissants de la boulangerie et un pot de confiture maison.

—J'ai regardé à travers la vitrine, la boulangerie semble avoir évolué depuis mon départ.

Tracy rit et vérifia que la porte était bien fermée derrière elle.

—Elles étaient toujours très ancrées dans leurs habitudes, hein ? Elles se contentaient des éclairs, des donuts tout simples et des millefeuilles, autrefois, si ma mémoire est bonne.

—Et des cornes à la crème.

Tracy grimaça et compléta :

—Ils étaient infects, je ne les ai jamais aimés. Tu devrais essayer leurs cookies, ils sont excellents ! Elles se sont beaucoup améliorées. Celeste et Jade ont passé un an à voyager partout en Europe, elles ont appris plein de choses. Elles ont même commencé à servir des cafés absolument délicieux, mais cela n'a pas plu à Etna.

Etna était la propriétaire du salon de thé.

—Tu m'étonnes ! Je me souviens de la fois où Lottie avait lancé l'idée d'installer une machine à café à l'épicerie, pour que les gens puissent acheter des boissons à emporter. Etna était furieuse.

—Elle a parlé à Celeste et à Jade, et elles ont accepté de renoncer à proposer des boissons chaudes. Mais elles l'ont aidée à installer une nouvelle machine pour faire des cafés sophistiqués. Etna était opposée à l'idée au début, mais Barney l'a convaincue de vivre avec son temps. C'était soit ça, soit rester à la traîne.

Là, sous le soleil, ce qui avait commencé comme un affrontement au ton accusateur et perturbant avait laissé la place à une amitié qui existait depuis toujours, négligée mais pouvant encore être sauvée. Melissa se déplaça pour se mettre à l'ombre, juste devant la boulangerie.

—J'avais oublié à quel point il pouvait faire beau ici en été.

—C'est vrai…

Tracy hésita, puis elle lui demanda :

—Est-ce que tu avais peur de revenir, après tout ce temps ?

—Un peu… Bon, d'accord, beaucoup.

—Je regrette que tu ne m'aies pas plus parlé après ton départ, tu te serais peut-être sentie plus à l'aise à l'idée de revenir si tu l'avais fait. Tu m'as manqué. Giles est mon mari et je l'aime tendrement, mais il n'y a rien de tel qu'une soirée entre filles ou une virée au pub pour se mettre au courant des derniers ragots.

—Je suis tout à fait d'accord avec toi.

—Alors, que s'est-il passé, Melissa ?

Melissa avait besoin de se confier et, incapable de s'en empêcher, elle avoua :

—Harvey m'a déçue, il m'a vraiment laissée tomber.

—Lui as-tu déjà demandé pourquoi ?

—Tu trouves que j'aurais dû revenir plus tôt, juste pour savoir pourquoi il n'était pas parti avec moi, alors que c'était ce que nous avions prévu de faire depuis le début ? Comment aurais-je pu ? J'étais humiliée de ne pas lui suffire.

—C'est vraiment ce que tu crois ?

—Il a choisi Heritage Cove plutôt que moi.

—Peut-être qu'il a choisi de te laisser vivre ta vie, Melissa, confia Tracy avec un sourire. Il ne m'en a jamais parlé, c'est un homme, et tu sais comment ils sont pour ce qui est de parler de leurs émotions. Mais je sais lire entre les lignes. Il est possible qu'il se soit passé des choses que tu ignores. Tu devrais peut-être lui parler, lui donner l'occasion d'essayer de s'expliquer.

—Il vaudrait peut-être mieux ne pas remuer à nouveau le passé.

—Tu as peut-être raison, surtout si tu es avec quelqu'un d'autre, maintenant.

Melissa regarda les baguettes que son amie avait dans les bras quand celle-ci chassa une mouche.

—Pour quelle occasion as-tu acheté tout ce pain ?

—Je m'occupe du déjeuner pour mon club de lecture. Hé ! et si tu venais ? Ce sera à l'auberge, à midi.

—Peut-être un jour, mais pas aujourd'hui.

—La seule personne que tu connaîtrais, c'est Etna… Oh, et Nola ! Il y a aussi Lucy. Tu t'entendrais bien avec elle. C'est elle qui remplace le forgeron, en ce moment…

Tracy reprit son souffle.

—Regarde-moi, à essayer de te donner cinq ans d'informations en l'espace de quelques minutes ! Si tu as toujours le même numéro, ça t'ennuierait que je t'envoie un message ?

—J'ai changé de numéro, mais tu prendras le nouveau dans le registre des clients de l'auberge ; tu ne vas pas l'enregistrer dans ton téléphone maintenant, tu as les mains pleines…

Melissa sourit.

—D'accord, je ferai ça ! Nous pourrions peut-être nous revoir bientôt.

—Bien sûr.

Melissa poursuivit son chemin, profondément soulagée d'avoir revu Tracy. Elle venait juste de lui faire au revoir de la main, tandis que son amie passait sous l'arche qui séparait la boulangerie du salon de thé, quand elle faillit heurter une femme qui arrivait en sens inverse.

—Attention ! s'exclama la femme en riant.

Cependant, son sourire s'évanouit quand elle vit qu'il s'agissait de Melissa.

—Tilly, contente de te revoir !

Tilly, qui n'avait que deux ans de moins que Melissa, n'avait pas changé. Elle avait le genre de cheveux qui restaient toujours parfaitement en place. Sa raie ne se décentrait jamais, les pointes de ses cheveux châtains bouclaient uniformément.

—Je ne répondrai pas que c'est réciproque.

Elle la fixait de ses yeux noisette pleins de méfiance.

Apparemment, Melissa s'en était tirée à bon compte avec Benjamin et avec Tracy. Tilly, qui tenait la boutique de bougies, n'avait *a priori* pas l'intention de faire preuve de la moindre indulgence envers elle. Son visage s'était assombri, sa désapprobation était évidente et, à l'inverse de ce qu'indiquait son style, ses vêtements dans des matières naturelles, des teintes et des motifs sobres, elle ne semblait pas être spécialement ouverte d'esprit quant à ce qui avait poussé Melissa à rester éloignée pendant si longtemps.

—Le pauvre Barney a dû aller à l'hôpital pour attirer ton attention ! souffla Tilly.

Là-dessus, sans attendre de réponse, elle traversa la rue avec raideur et se dirigea vers l'arrêt de bus.

—À quoi t'attendais-tu ? lâcha une voix grave derrière Melissa.

Elle se retourna et se trouva face à Harvey.

—Écoute, est-ce que nous pourrions au moins être courtois pour la durée de mon séjour ? Je suis ici pour passer du temps avec Barney, je préférerais ne pas me disputer.

—Tout tourne toujours autour de toi, n'est-ce pas ?

—Tu m'as blessée aussi, tu te souviens ? répliqua-t-elle d'un ton sec, les paumes sur les hanches. Je ne suis pas la seule responsable.

Il ouvrit la bouche, s'apprêtant à protester, mais il se ravisa et, passant une main sur sa barbe naissante, dit :

—Je n'ai pas non plus envie de me disputer.

Le souvenir d'une altercation entre eux s'imposa soudain à elle. À l'époque, il travaillait dur en tant qu'ouvrier du bâtiment, elle était la secrétaire d'un avocat, et ils gagnaient leur vie. Ils avaient parlé de voyager, alors ils économisaient tous les deux, mais, un jour, il était rentré du travail avec une surprise. Il l'avait accompagnée dehors, il lui avait montré une moto, et il lui avait dit qu'il avait pris des cours de conduite en cachette. Il lui avait donné un casque et lui avait annoncé qu'il allait l'emmener faire un tour. Il s'était attendu à ce qu'elle soit emballée, seulement, au lieu de cela, elle avait vu les dangers que cela représentait. Elle s'en était prise à lui parce qu'il avait dépensé beaucoup d'argent et qu'il ne s'en était pas tenu à leurs projets. Il avait crié à son tour, puis il était parti, furieux, sur cette moto, et elle avait passé une soirée épouvantable. Elle était restée assise dans la grange de Barney, à ses côtés, pendant qu'il installait tout en prévision du bal annuel de la Robe de mariée. Elle avait sangloté, regrettant que les derniers mots qu'elle avait prononcés à Harvey aient été si durs, même si elle s'était insurgée comme elle l'avait fait parce qu'elle était morte d'inquiétude. Quand le grondement sourd de la moto de Harvey s'était fait entendre, au-dehors, elle était sortie de la grange en courant et s'était jetée à son cou. Tous les deux s'étaient répandus en excuses, elle parce qu'elle avait réagi de manière excessive, lui parce qu'il ne s'était pas rendu compte que, face au danger que représentait une moto, elle avait été saisie par la peur de perdre un autre être cher dans un accident de la route.

N'ayant pas envie de passer les trois semaines à venir à se quereller avec lui, elle changea de sujet et revint sur la raison de son retour à Heritage Cove.

—Comment va Barney, d'après toi ?

—Il mange, il dort, alors c'est positif… mais il refuse toujours de faire les exercices que le kinésithérapeute lui a donnés.

Harvey glissa les mains dans les poches de son jean. Il avait toujours eu de l'allure dans un Levi's et un t-shirt en coton tout simple, qui mettait en valeur ses biceps, comme ceux qu'il portait en ce moment même.

—C'est difficile de savoir quand on l'encourage et quand on l'enquiquine, releva-t-elle en souriant. J'ai bien eu l'impression de l'agacer quand je lui ai suggéré d'essayer quelques exercices. Je lui ai même proposé de l'aider, mais il n'a rien voulu entendre. Il n'arrête pas de répéter qu'il a besoin de repos, et je suppose que c'est vrai. J'ai tellement peur de l'énerver que je ne vois pas vraiment quoi dire d'autre.

—Tu n'es pas la seule ! Mais il va peut-être falloir que l'un de nous deux se montre plus insistant très bientôt, s'il ne se décide pas à les faire. Les médecins m'ont dit qu'il aurait de plus grandes chances de se rétablir complètement en retrouvant progressivement sa force et sa mobilité, c'est-à-dire en faisant les exercices de musculation et en travaillant son équilibre.

—C'est ce qu'on fait en salle de sport.

—Oui, et c'est important, mais il ne semble pas s'en rendre compte. Merci d'avoir essayé de l'encourager, cela dit. De nous deux, c'est sûrement toi qui auras le plus de chances de le convaincre. Il est très content que tu sois de retour. Tu es une bouffée d'air frais, pour lui, tandis que moi, je suis ici tout le temps, et il me rembarre s'il estime que je le harcèle.

Cela avait l'air de l'épuiser.

—J'essaierai encore, affirma-t-elle. Je verrai ce que je peux faire. C'est sûr qu'il n'est pas lui-même… sur le plan du comportement, je veux dire.

Harvey soupira.

—Je croyais que je me faisais des idées.

—Pas du tout. Je m'attendais à ce qu'il soit fatigué, mais c'est son manque de volonté qui m'a fait un vrai choc. Peut-être que je dramatise. C'est vrai que nous avons beaucoup parlé hier soir, avant qu'il me dise qu'il était épuisé et qu'il avait besoin d'aller dormir. J'imagine que c'est un grand bouleversement de passer de l'indépendance totale au constat que tout le monde s'inquiète pour lui, et de voir que tu dors chez lui pour vérifier que ça va.

Elle leva une main, anticipant des protestations.

—Je ne dis pas que tu as tort de le faire, au contraire, je trouve que tu as raison. Mais il a tellement l'habitude d'être seul que cela doit être dur pour lui.

—Je ne sais pas vraiment combien de temps rester chez lui, reconnut Harvey. Une partie de moi se dit que je devrais rester plusieurs semaines, une autre qu'il ira mieux si je ne tarde pas trop à rentrer chez moi. C'est vraiment délicat.

—Après tout, quand tu seras rentré chez toi, il lui suffira de te passer un coup de téléphone s'il a besoin de quoi que ce soit, alors fais comme tu le sens.

Il la regarda d'un air qui semblait indiquer qu'il avait des doutes quant au fait qu'elle le laisse décider, mais il ne répliqua rien.

—Il a peut-être simplement besoin de temps.

—Probablement que Tilly aussi, remarqua-t-il.

—Elle n'était *vraiment* pas contente de me voir.

—Elle s'est rapprochée de Barney après ton départ. Je crois qu'après sa rupture avec son petit ami, il n'y avait pas grand monde vers qui elle pouvait se tourner, et tu connais Barney, il a le chic pour apparaître au moment où on a le plus besoin de lui, comme par magie.

Elle afficha un grand sourire.

—Comment fait-il son compte ?

—L'intuition ? suggéra Harvey.

—Eh bien, quoi qu'il en soit, j'espère que ça lui reviendra bientôt.

—Ton retour va lui faire beaucoup de bien, annonça Harvey. À condition que tu restes dans le coin un moment.

—Tu sais que oui.

—Je ne savais pas si tu allais repartir plus tôt que prévu, maintenant que tu sais qu'il est rentré chez lui et que ça va.

Il la regarda droit dans les yeux.

—J'ai cru comprendre qu'il t'avait dit qu'il n'avait pas l'intention d'organiser le bal de la Robe de mariée.

—Oui, il me l'a dit, et je lui en ai reparlé hier soir. J'ai d'abord cru qu'il avait dit ça inconsidérément, sauf que je n'en suis plus si sûre.

—C'est une grande première, c'est tout ce que je sais.

—Et White Clover[1], alors ? Il collecte plein d'argent pour eux, chaque année.

White Clover était l'organisation caritative bénéficiaire du bal chaque année depuis sa création. Située à la périphérie de Heritage Cove, elle aidait les familles qui avaient perdu un enfant, et Barney étant un membre actif de la communauté, il avait dû avoir envie de soutenir une œuvre de bienfaisance du coin.

—Je présume que ce sera un gros manque à gagner pour White Clover, répondit Harvey. Il semblerait que la décision de Barney soit prise.

—Dans ce cas, nous devons le faire changer d'avis.

Le sourire qu'ils échangèrent la troubla, car il ne lui avait pas souri comme cela depuis son retour, il ne lui avait pas souri comme cela depuis l'époque grisante du printemps qui avait précédé son départ de Heritage Cove.

—J'ai laissé une brochure de l'hôpital avec une liste d'exercices sur le plan de travail de la cuisine, à côté de la bouilloire, indiqua-t-il. Si tu pouvais l'inciter ne serait-ce qu'à y jeter un œil, je pense que ce serait déjà un début. Il se rendrait peut-être compte que sa vie n'est pas encore finie, même si c'est ce qu'il a vraiment l'air de croire, pour le moment.

1. *White clover* signifie « trèfle blanc ».

—Je ferai de mon mieux.

—À plus tard !

Là-dessus, avec un signe de la main courtois, il s'en alla.

Melissa traversa la rue, puis elle continua à avancer dans la Grand-Rue. Elle s'arrêta quand son téléphone sonna et sourit en voyant que c'était Jay qui l'appelait. Elle s'assit sur le muret qui longeait le virage que l'on empruntait pour se rendre chez Barney et discuta avec son fiancé. Il buvait un café dans l'un de leurs bars préférés, mais il s'ennuyait parce qu'il était désœuvré, alors elle lui proposa d'accepter enfin l'invitation de sa sœur et de lui rendre visite à Bath. Elle s'en voulait terriblement à l'idée que la semaine de Jay soit gâchée, et elle espérait qu'il prendrait sa suggestion en considération. Elle aurait presque voulu pouvoir y aller avec lui, explorer les rues pavées, regarder les spectacles de rue, flâner à ses côtés le long des canaux ; mais pour le moment, elle avait besoin d'être à Heritage Cove.

Après avoir raccroché, elle essaya de ne pas se sentir trop coupable d'avoir saboté leurs vacances. Elle reprit la direction de chez Barney, puis elle suivit le chemin entre les arbres et entra par la porte de derrière. Il était dans le salon, dans le même fauteuil depuis deux jours.

—Harvey m'a dit que tu avais bien dormi, entonna-t-elle en s'asseyant sur le repose-pieds, en face de lui. Tracy m'a demandé de tes nouvelles.

—Eh bien, c'est gentil, et je vais bien. Je dors toujours comme une souche.

Il avait mis une couverture sur ses genoux, mais il la repoussa, le sourire aux lèvres, prêt à papoter avec elle.

—Alors, comme ça, tu as parlé à Harvey, et à Tracy aussi… Comment ça s'est passé, avec elle ?

—Au début, c'était bizarre, mais ça s'est arrangé après, et nous allons nous revoir pour discuter plus tranquillement.

—Je t'avais dit que les gens du coin ne t'en voudraient pas… et s'ils t'en veulent, envoie-les-moi !

—Tu leur expliqueras ce que tu en penses dès que tu seras de nouveau sur pied, se risqua-t-elle à dire.

Comme il ne répondait pas, elle ajouta :

—Tracy m'a dit qu'elle t'apporterait des sucreries de la boulangerie demain, alors tiens-toi prêt !

—C'est la meilleure boulangerie du village.

—C'est la *seule* boulangerie du village, rit-elle. Bon ! Est-ce que je peux te préparer quelque chose à boire ?

Comme ses parents étaient morts et que son frère habitait loin, Barney était le seul semblant de famille qui lui restait, et elle avait l'intention de passer le plus de temps possible avec lui au cours de son séjour.

—Que dirais-tu d'une tasse de thé ?

—Avec grand plaisir !

L'été se faisait de plus en plus chaud, on en était presque au stade où une tasse de thé n'était appréciable que de bonne heure le matin. Elle prépara donc la boisson, la lui servit nature et prit la sienne avec un nuage de lait. En se rasseyant en face de lui, elle lui demanda :

—Alors, comment se passent les exercices ?

—Tu as bel et bien parlé à Harvey. Il t'a raconté des histoires à propos de moi, c'est ça ?

—Parce qu'il se soucie de toi. Il m'a dit que tu avais passé une bonne nuit, et que tu t'acharnais à refuser de faire tes exercices. J'espérais qu'il se trompait.

—Je viens de subir une opération, il faut que je me repose et que je laisse les plaies cicatriser. Je ne suis pas stupide. C'est une fracture de la hanche que j'ai eue, pas du cerveau.

—Les médecins ont dit que cela t'aiderait à te rétablir plus rapidement.

Elle prit la brochure dont Harvey lui avait parlé et la posa sur l'accoudoir du fauteuil de Barney, mais il se contenta de la déplacer sur la table, derrière sa tasse, pour qu'elle ne tombe pas par terre.

—Ils ont raison, poursuivit-elle. J'ai fait mes propres petites recherches…

—Tu es médecin, maintenant ?

—Non, mais ce n'est pas difficile de trouver ce genre d'informations, et augmenter ton activité t'aidera progressivement. Je ne te suggère pas de te mettre à la randonnée ou à l'alpinisme, mais faire régulièrement un peu d'exercice serait un bon début.

Plutôt que de rester affalé dans ce fauteuil à longueur de journée, comme tu le fais en ce moment, résista-t-elle à l'envie d'ajouter.

—On raconte vraiment n'importe quoi, de nos jours.

—Tu sais, si tu fais un petit effort, il n'y a aucune raison pour que tu ne sois pas de nouveau sur pied et capable de danser au bal, cette année.

—Tu sais très bien que j'ai décidé de ne pas l'organiser cette année, et puis je suis bien trop vieux pour ces idioties de danse. En plus, tu ne seras même pas là, alors à quoi bon ?

Le bal devait avoir lieu près de deux semaines après la date à laquelle elle devait repartir. Elle s'envolerait très certainement tout de suite après pour l'étranger, et elle ne connaissait pas encore son emploi du temps, alors elle ne pouvait même pas proposer à Barney de revenir pour le bal.

—Et Tilly ? Je suis sûre qu'elle voudra venir au bal.

—Je ne crois vraiment pas que je pourrais me trémousser sur une piste de danse sous prétexte que j'aurais fait des exercices, quels qu'ils soient, bougonna-t-il.

—Barney, je ne te suggère pas de faire du hip-hop ni même de danser le tango, mais de te tenir debout, avec une fille dans les bras, tu peux le faire, je sais que tu peux le faire.

Elle avait réussi à capter son attention, et la lueur dans ses yeux ne lui échappa pas.

—Je n'organiserai pas le bal cette année, Melissa. Ma décision est sans appel.

—Je pense que ce serait une grosse erreur de ne pas le faire.

—J'ai dit que je ne le ferais pas, répliqua-t-il d'un ton sec.

Il commençait à s'énerver, et elle ne voulait pas l'agacer davantage. Elle s'inquiétait bien plus encore au sujet du changement d'attitude qu'elle avait déjà remarqué chez lui que de ce à quoi il allait devoir faire face pour se rétablir physiquement. C'était comme si, tout à coup, il voulait se couper du monde.

Tout en buvant son thé, elle se contenta de parler de la boulangerie, un sujet plus anodin.

—Tracy m'a dit que Celeste et Jade avaient voyagé et qu'elles étaient revenues avec quelques idées pour la boulangerie. Elle m'a dit aussi comment Etna avait réagi quand elles avaient commencé à servir du café !

C'était un terrain sur lequel Barney la suivit bien volontiers ; il était incapable de résister aux potins, non pas par malice, mais parce qu'il s'intéressait toujours à tout le monde et qu'il s'empressait de servir de médiateur chaque fois que c'était possible.

—Etna était furieuse, rit-il. Je crois que Jade et Celeste ne se rendaient pas compte à quel point ça allait la tourneboulé, et il faut dire à leur décharge qu'elles ont abandonné l'idée tout de suite. Pour être honnête, je crois qu'elles n'en étaient pas mécontentes, parce que ça leur faisait une chose de moins à gérer.

—Il faudra que j'y aille pour goûter à une de leurs délicieuses nouveautés, un de ces quatre.

—Sois courageuse. Je sais que cela doit être dur de te retrouver face à tout le monde après tout ce temps. C'est un petit village, nous veillons les uns sur les autres, et la plupart des gens ne sont fâchés que parce qu'ils se soucient de toi.

—Je ne suis pas sûre que Tilly voie les choses de cette façon.

—Allons, allons, elle aura peut-être besoin d'être amadouée pour te donner une deuxième chance, mais au fond, c'est une chic fille.

—Il paraît que tu as passé pas mal de temps avec elle.

—Elle était perdue quand son petit ami l'a quittée, je crois qu'elle ne savait pas vers qui se tourner. J'ai juste été là pour l'écouter, c'est tout.

—Tu as toujours fait passer tout le monde avant toi.

Il ne répondit rien à cela, alors elle reprit le dépliant de l'hôpital.

—Il n'y a aucune raison d'avoir peur de ces exercices, tu sais, et tu as tellement d'espace extérieur, ici, que tu es dans la situation idéale pour commencer en douceur et reprendre peu à peu des forces.

Elle regarda le déambulateur.

—J'adorerais revoir la grange. Tu veux bien m'y accompagner ?

—Vas-y sans moi, tu y arriveras beaucoup plus vite toute seule.

—Ce ne serait pas la même chose.

Il renversa la tête en arrière contre son fauteuil et prit la télécommande pour allumer la télévision. Le Barney qu'elle avait connu n'avait jamais consacré beaucoup de temps à ce qu'il appelait « la boîte à idioties » ; il avait toujours préféré être au grand air, ou bien écouter les informations à la radio ou sur son iPad.

—S'il te plaît, Barney, viens dehors avec moi.

Il reposa la télécommande.

—Je préfère me reposer.

—Allez, je suis revenue au village pour te voir et pour passer du temps avec toi !

Elle le fixa sans ciller, et elle sut qu'elle avait fait vibrer la corde sensible. Sa présence ici lui donnait un coup de fouet suffisant pour le convaincre.

—Très bien, comme tu voudras !

Elle empoigna le déambulateur.

—Nous allons y aller en douceur, ne t'inquiète pas.

Elle le plaça devant lui et essaya de deviner s'il avait besoin de soutien. Quand il tendit le bras vers elle, elle l'aida à se mettre debout, puis il posa les mains avec précaution sur le déambulateur.

Ils se dirigèrent lentement vers la porte de derrière, restée ouverte, puis ils suivirent le chemin, passèrent devant les fenêtres, entre les arbres, et débouchèrent dans la cour ensoleillée.

—Les gens adorent venir au bal, chaque été, commenta-t-elle tandis qu'ils se rendaient tranquillement vers la grange. J'étais tellement excitée, l'année où j'étais enfin assez grande pour y être conviée ! J'ai pu mettre une belle robe, comme toutes les autres dames que j'avais vues au fil des ans.

Elle contempla la grange et l'arbre à papillons, sur la droite, qui fleurissait chaque mois d'août, donnant alors des fleurs en forme de cônes d'un violet éclatant qui embaumaient l'air d'un parfum de miel. Pour le moment, il n'avait que des feuilles d'un vert profond, attendant que les mois passent et que ce soit son tour de se faire admirer.

—Ce que je préfère, c'est regarder les invités arriver, continua-t-elle.

Elle se demandait si évoquer suffisamment de souvenirs et lui rappeler l'expression émerveillée des gens et la joie que le bal procurait à tous les habitants du village le convaincraient de ne pas annuler l'événement, d'envisager, peut-être, une autre solution.

—J'observais leurs visages… Certains avaient l'air nerveux, d'autres surexcités, quelques-unes ne pouvaient pas s'empêcher de rire parce qu'elles avaient réussi à rentrer dans des robes qui n'étaient pas sorties de l'armoire depuis des décennies… et je ne parlerai même pas de Patricia, de Oak Cottage, et de son histoire de robe !

Cramponné à son déambulateur, Barney ne put retenir un rire, qui retentit comme la plus douce des musiques aux oreilles de Melissa, lui prouvant que l'homme qu'elle avait connu était toujours là, quelque part en lui.

Encouragée, elle continua.

—Elle avait raconté à tout le monde, dans les moindres détails, qu'elle avait pris treize kilos depuis son mariage, qu'elle n'avait absolument pas l'intention de les perdre, et qu'elle avait donc eu recours aux services d'une couturière professionnelle pour faire agrandir considérablement sa robe.

Ce n'était pas le fait que Patricia ait pris du poids qui était comique, c'était la façon dont elle leur avait raconté cette histoire, tout en se mimant elle-même en train d'essayer de rentrer dans la robe. Elle était bien décidée à la mettre pour aller au bal, comme l'une des sœurs de Cendrillon s'évertuant à faire rentrer son pied dans la chaussure de cette dernière.

Melissa se demandait comment Patricia réagirait en la voyant, lorsqu'elle la croiserait. Patricia travaillait au salon de thé ou, du moins, c'était ce qu'elle faisait quand Melissa était partie.

Le souvenir l'avait amusée, mais elle se réjouissait surtout d'avoir réussi à redonner le sourire à Barney. Ils parlaient encore du bal quand Harvey gara son pick-up dans la cour, arrivant de la petite route qui serpentait entre les champs derrière chez Barney.

—On dirait que tu lui as remonté le moral, lança-t-il à Melissa en descendant de son véhicule, tandis que Barney examinait le massif de lavande à proximité, et en retirait quelques fleurs fanées décolorées. Tu as réussi à le faire sortir, c'est déjà un progrès.

—Espérons-le !

Prononçant ces mots à voix basse, elle croisa les doigts des deux mains et adressa un grand sourire à Harvey.

Il sembla soudain se rappeler qu'ils n'étaient plus aussi proches que par le passé, et le ton décontracté de la conversation laissa la place à un ton guindé.

—Je suis juste passé avec une charnière neuve pour réparer la porte.

—Tu travailles toute la journée, indiqua Barney, qui les avait rejoints, se cramponnant fermement à son déambulateur, alors que tous les trois se tenaient devant la porte à deux battants de la grange. Ce n'est pas la peine que tu en fasses autant ici aussi !

—Ne discute pas, Barney, je suis content de le faire.

À l'instant même où Harvey ouvrit en douceur la porte de la grange, expliquant que c'était ce battant-là dont il fallait changer la charnière, l'odeur parvint à Melissa : celle douce et forte à la fois du foin fraîchement coupé. Elle voyait d'où elle provenait : il y avait quelques balles empilées dans le coin, deux autres en plein milieu de la grange et une autre encore juste derrière la porte. La grange avait joué un rôle très important dans son enfance. C'était un espace de jeu, un endroit où elle pouvait faire de la gymnastique en toute liberté, un endroit où l'on riait, où il y avait du jus de pomme en abondance, une amitié durable… jusqu'à ce qu'elle ne le soit plus.

Un autre souvenir lui revint brusquement, celui de sa mère et de son père en train de danser au beau milieu de la foule des invités, comme ils l'avaient fait chaque année. Sa mère, qui détestait la chaleur de l'été, avait les cheveux attachés et ornés d'une fleur rose délicate contrastant à peine avec leur rousseur, qui avait perdu de son éclat avec le temps ; son père portait le même costume que le jour de leur mariage, dont la large ceinture lui allait toujours. Ils dansaient bien tous les deux. Ils n'avaient jamais suivi de cours, mais cela n'avait pas empêché son père de lui apprendre à danser avant son premier bal. Ils avaient dansé dans la cuisine, devant la cuisinière et autour de la table, pendant que sa mère préparait le dîner.

La grange avait aussi été un lieu où il faisait bon se réfugier les jours où le soleil tapait implacablement. Ils prenaient des glaces dans le congélateur de Barney, qui vaquait à ses occupations et leur laissait la liberté que ni l'un ni l'autre n'avaient vraiment à la maison. Celle de Melissa était trop petite pour qu'elle puisse y courir partout, avec son modeste jardin potager que sa mère entretenait toujours de façon impeccable. La fois où son frère et elle avaient fait un concours de balançoire pour voir lequel irait le plus haut avant de sauter dans le carré de légumes, cela ne s'était pas bien passé. Ils avaient ruiné la moitié de ce qu'elle avait planté, et cela avait été la fin de leur jeu, ainsi que de la balançoire. En revanche, ici, dans cette grange, il y avait plus d'espace qu'il ne leur en fallait. Pour Harvey, cela avait été un endroit qui lui permettait de rester sain d'esprit, loin de son père. Parfois, quand il venait là, il n'avait pas envie de parler de ce qui se passait chez lui ; d'autres fois, il donnait des coups de pied dans les balles de foin, jetait des pommes au-dehors, faisait n'importe quoi pour se défouler. Melissa se rappelait qu'un jour, Harvey était arrivé, et Barney lui avait donné un panier de pommes pourries. Il l'avait emmené dehors, derrière la grange, là où il y avait les vestiges d'un vieux mur de près de deux mètres, et il lui avait dit de lancer les fruits dessus. Barney et Melissa s'étaient joints à lui et, au bout du compte, Harvey avait senti qu'il n'était pas tout seul. Son père pouvait faire n'importe quoi, il tiendrait bon.

—Est-ce comme dans ton souvenir ? lui demanda Harvey, l'arrachant à ses pensées.

—Oui…

Elle leva les yeux et se rendit compte que de nombreux travaux d'entretien avaient été réalisés au fil du temps.

—Mais les poutres ont l'air neuves.

—Nous les avons remplacées l'été dernier, confirma-t-il, tandis qu'ils regardaient Barney s'asseoir sur la balle de foin la plus proche de la porte. Cette grange demande pas mal d'entretien, surtout avec le bal qui a lieu chaque année.

—Sauf que, maintenant, ce ne sera plus le cas.

—Il n'a toujours pas changé d'avis ?

— Il a l'air assez inflexible.

Harvey soupira et se passa une main dans les cheveux. Elle avait toujours aimé la façon dont ses mèches rebelles retombaient dans tous les sens quand il faisait cela. Il ne se coiffait jamais, ses cheveux avaient leur propre volonté. Autrefois, il avait eu une longue frange au sujet de laquelle elle le taquinait, tant et si bien qu'il avait fini par lui tendre une paire de ciseaux en lui disant de la couper. Sa mère avait piqué une crise : lorsqu'elle avait vu la frange en zigzag, elle était venue trouver Melissa pour lui dire deux mots ; mais tout ce que la jeune fille s'était dit, c'était qu'au moins, ce n'était pas le père de Harvey qui l'avait vue en premier. Il était en déplacement, cela avait laissé le temps à sa mère d'avoir recours aux services d'un coiffeur professionnel correct pour qu'il arrange un peu les choses.

Melissa aperçut le vieux pressoir à pommes.

— J'aurais cru que Barney s'en serait débarrassé ou qu'il l'aurait troqué contre un modèle plus moderne.

— Pas la peine, il fonctionne parfaitement bien, répondit Harvey, imitant la voix de Barney.

Pendant qu'il allait chercher ses outils pour réparer la charnière de la porte, elle fit le tour de la grange, se frottant les bras parce qu'elle avait soudain la chair de poule. Il faisait assez bon dehors pour la robe t-shirt bleue toute légère qu'elle portait, mais il faisait beaucoup plus frais à l'intérieur de la grange.

Elle plissa les yeux. Le même petit interstice que dans son souvenir, au-dessus de l'un des battants de la porte, laissait entrer un rai de lumière qui faisait mal aux yeux si on se tenait au mauvais endroit. L'estrade était toujours là, à une extrémité de la grange, à proximité de la porte. Harvey l'avait construite pour Barney l'année avant le départ de Melissa, à peu près à l'époque où ils étaient occupés à faire des projets pour aller s'installer à Londres et, peut-être, voyager à travers l'Europe ensemble, s'ils avaient assez d'argent. Le besoin qu'elle éprouvait de quitter la Cove s'était fait un peu plus impérieux chaque jour, et ils avaient passé des heures sous ce toit à discuter de ce qu'ils allaient faire, de ce qu'ils auraient l'occasion de découvrir, de la liberté qu'ils auraient.

Étrangement, elle savait qu'elle s'était piégée encore davantage en partant. Elle s'était coupée d'une partie de sa vie qui était bien réelle, parce que c'était le seul moyen qu'elle avait trouvé de s'en sortir. Maintenant qu'elle était de retour, elle se demandait si elle avait fait le bon choix en agissant de cette façon. Néanmoins, elle avait décroché le boulot dont elle rêvait, grâce auquel elle avait vécu toutes sortes d'aventures, elle avait rencontré Jay, et elle était fiancée.

Elle recentra son attention sur l'instant présent et s'accroupit devant Barney au moment où Harvey réapparaissait et commençait à démonter la charnière de la porte pour la remplacer.

—Est-ce que tu te sens bien ?

Barney avait fermé les yeux, les jambes étendues dans le rayon de soleil qui entrait par la porte ouverte.

—Je suis fatigué, c'est tout.

—Merci d'être venu jusqu'ici avec moi. Cet endroit est toujours aussi beau.

—Tu l'as toujours aimé.

—Nous t'avons fait sortir, observa-t-elle avec un sourire rayonnant. Peut-être qu'avec quelques petits exercices réguliers, nous finirons par y arriver.

Il prit une profonde inspiration.

—Je ne sais pas si ce sera aussi facile.

—Depuis quand es-tu du genre à abandonner ?

Elle joua avec un brin de paille qu'elle avait retiré de la balle.

—Peut-être qu'il est temps que j'accepte l'idée que cet endroit est trop pour moi.

—La grange ?

—La grange, la maison, le jardin.

—Tu n'es pas sérieux… N'oublie pas qu'il y a plein de gens qui tiennent à toi et qui vont t'aider.

—Les gens pensent d'abord à eux.

—N'importe quoi !

C'était pourtant exactement ce qu'elle avait fait, *elle*, et, alors même qu'elle prononçait ces mots, l'ironie de la situation ne lui échappa pas.

—J'ai réfléchi… Peut-être qu'il est temps que j'aille vivre dans l'un de ces endroits.

—Comment ça, l'un de ces endroits ?

—Un établissement pour les gens de plus de soixante-dix ans, tu sais, où il y aurait des personnes de mon âge.

Harvey jura au moment où sa chemise s'accrochait à quelque chose.

—Tout va bien ? lui demanda-t-elle.

—Je n'avais pas vu qu'il y avait un clou qui dépassait, j'ai pris ma chemise dedans.

Tandis qu'il saisissait son marteau et tapait sur le clou en question pour le renfoncer, avant de vérifier qu'aucun autre ne dépassait, elle songea qu'il avait sûrement été déconcentré par la remarque de Barney. Reportant son attention sur ce dernier, elle dit :

—Toi et cette grange, cette maison, ce terrain… eh bien, vous êtes indissociables, c'est tout.

—Je me fais vieux, Melissa. Dans l'un de ces établissements, on prendrait soin de moi.

Harvey s'immisça dans la conversation, la confortant dans l'idée que c'était cela qui l'avait distrait.

—Tu racontes n'importe quoi, et tu le sais très bien. Nous allons prendre soin de toi, Barney. Tu n'as pas à t'inquiéter pour ça.

—Melissa n'habite même plus ici, et toi, tu as un travail et une vie.

—Je ne te laisserai pas tomber, insista Harvey.

—Et je reviendrai, c'est promis, affirma-t-elle.

—Le temps passe, pour nous tous, répondit simplement Barney. Il faut peut-être que je commence à m'en rendre compte et que j'arrête de vivre dans le passé.

—C'est pour ça que tu ne veux pas organiser le bal de la Robe de mariée ? se risqua-t-elle à lui demander. Tu crois que cela reviendrait à vivre dans le passé ?

Une expression perplexe passa sur le visage de Barney, puis il lui expliqua :

—J'étais plus jeune quand j'ai commencé à m'en occuper. Peut-être que quelqu'un d'autre devrait prendre le relais, ou qu'il faudrait y mettre un terme.

Il ne lui laissa pas le temps d'ajouter quoi que ce soit.

—J'aimerais bien rentrer, maintenant.

—Je ne peux pas imaginer ça, déclara Harvey, qui s'était remis au travail et mettait la nouvelle charnière à sa place tout en s'adressant à Barney. Je ne peux pas t'imaginer quitter Heritage Cove, encore moins vivre avec plein de gens plus âgés que toi.

Tandis que le bruit de sa perceuse s'élevait dans la grange, Melissa aida Barney à se mettre debout et à reprendre son déambulateur.

—Restez ici aussi longtemps que vous voulez, les jeunes, proposa Barney en repoussant la main qu'elle lui avait posée sur le bras, s'apprêtant à l'accompagner. Je peux me débrouiller tout seul pour regagner la maison.

Dès que Barney fut à l'autre bout de la cour, hors de portée de voix, Melissa glissa à Harvey :

—Nous ne pouvons pas le laisser faire ça.

Comment pouvait-il seulement songer à quitter cette maison, alors qu'elle abritait tant de beaux souvenirs, des moments qu'il chérissait autant qu'eux ?

—Il est vraiment têtu comme une bourrique, cet homme-là…

Harvey secoua la tête. Il mit la dernière vis en place, puis il ferma et rouvrit la porte pour tester la charnière.

—Il n'était pas aussi obstiné autrefois, si ?

—Tu es partie pendant tellement longtemps que tu as dû oublier !

Il leva les deux mains, tenant dans l'une d'elles la vieille charnière, qu'il laissa tomber dans sa boîte à outils.

—Ce n'était pas une pique, je disais juste ça comme ça. Il a toujours été déterminé…

Il fronça les sourcils.

—Mais jamais aussi résolu à faire quelque chose qui ne lui ressemble pas du tout.

Balayant la grange du regard tandis qu'elle se demandait comment faire pour convaincre Barney qu'il n'était pas trop vieux pour tout ceci, elle remarqua une collection de photographies en noir et blanc qui couvraient le mur, derrière la scène. Elle passa derrière les balles de foin empilées à côté et longea le mur pour admirer les photos. Une date était écrite au-dessus de chacune d'elles. Il y avait le bal de la Robe de mariée de l'été 1997, le premier dont elle se souvenait. Elle avait dix ans à l'époque, elle était trop jeune pour y prendre part, mais assez grande pour admirer celles et ceux qui y participaient. Elle continua à avancer, se rappelant quelques-unes des autres éditions, reconnaissant certains visages quand d'autres lui étaient inconnus, puis elle s'arrêta net devant la photographie d'une foule d'invités en train de danser. Ses parents se trouvaient au centre, souriants, se regardant comme ils ne regardaient personne d'autre. Elle toucha leurs visages du bout des doigts, consciente qu'ils n'auraient pas aimé du tout savoir qu'elle avait quitté Heritage Cove aussi brutalement, sans se retourner.

Elle poursuivit sa découverte, promenant son regard sur toutes les scènes, et s'arrêta de nouveau quand elle arriva à la photo du bal de l'été qui avait précédé son départ. Elle portait une robe dos nu blanche qu'elle avait dégottée dans un magasin d'articles d'occasion. La mère de Harvey avait brodé de délicates petites fleurs partout dessus, et la robe lui avait paru aussi spéciale que si elle avait été faite exclusivement pour elle. Sur cette photo, Harvey et elle dansaient, l'air tout excités à la pensée des aventures qui les attendaient. Ils avaient parlé non seulement de leur départ et des pays d'Europe qu'ils allaient enfin pouvoir découvrir, mais aussi de s'installer dans cette région, peut-être même à Heritage Cove, quand ils reviendraient.

Elle fit un autre pas et se trouva face à la photo du bal de l'année d'après. Elle savait qu'elle ne serait pas sur celle-là ni sur aucune des suivantes.

—Quand Barney a-t-il accroché toutes ces photos ? demanda-t-elle à Harvey, qui rassemblait le reste de ses outils tandis qu'elle arrivait aux tout derniers clichés.

—C'est moi qui l'ai fait pour lui l'année dernière, pour son anniversaire.

Il la rejoignit et regarda lui aussi les photographies.

—Cette grange a vu bien des choses au fil des ans, mais la plus importante a dû être le bal.

—Il faut absolument que Barney l'organise aussi cette année, et toutes les années à venir.

—Je ne sais pas, peut-être qu'il a raison, peut-être qu'il se fait trop vieux.

Elle lui décocha un regard perçant, alors il sourit et dit :

—Non, c'est toi qui as raison. Le bal de la Robe de mariée fait autant partie de lui que lui fait partie du bal.

—Que pouvons-nous faire ?

—Pour le faire changer d'avis ? Pas grand-chose, je crois.

—Dans ce cas, nous allons devoir nous rendre utiles. Nous en charger. Nous allons devoir organiser le bal tous les deux.

Harvey rit, jusqu'à ce qu'il prenne conscience qu'elle ne plaisantait pas.

—Je n'ai jamais organisé d'événement de ma vie, sauf si tu comptes le soixantième anniversaire de ma mère, c'est-à-dire du thé et des gâteaux pour huit personnes.

—Oh, allez, cela ne peut pas être si difficile que ça !

—Je ne te demande pas ça pour te provoquer, mais tu n'es là que pour quelques semaines, non ? Qui prendra le relais quand tu t'enfuiras à nouveau ?

Elle ignora le coup bas.

—Je resterai plus longtemps que prévu.

—Tu n'as pas un travail ? Un petit ami ? Une vie ?

—Tout cela peut attendre, ce qui est en jeu est plus important.

Il resta planté là à la fixer, comme s'il n'arrivait pas à croire aux mots qui sortaient de sa bouche. Elle espérait de tout cœur qu'il voyait à quel point tout cela était encore important pour elle, à quel point elle aimait Barney et ce village, même si elle leur avait tourné le dos. On pouvait avoir les deux, n'est-ce pas ? On pouvait avoir des racines et des ailes. On n'était pas obligé de renoncer à l'un ou à l'autre.

—Allez, Harvey… Il faut qu'on le fasse. Qu'est-ce que tu en dis ?

—J'en dis que je ne saurais même pas par où commencer. Si tu veux organiser le bal, eh bien, vas-y, mais ne compte pas sur moi.

Elle ignora sa résistance.

—Nous pourrions en parler à Barney, en apprendre le plus possible. Je crois que s'il voit que l'événement va avoir lieu, il ne pourra pas se retenir, il voudra participer, il se rendra compte que cela ne peut pas être fini. Je crois aussi que cela mettra un terme à ces histoires de déménagement et de maison de retraite.

—Tu as toujours eu tendance à t'enflammer quand il s'agissait de faire des projets, énonça Harvey avec un grand sourire. D'accord, parle-lui… mais je ne te promets rien.

—Très bien.

Tandis qu'ils ressortaient dans la cour et se dirigeaient vers le pick-up de Harvey, à l'arrière duquel il déposa sa boîte à outils, elle lui demanda :

—Comment se fait-il que tu sois revenu ici aussi rapidement, aujourd'hui ? Quand je t'ai croisé dans la Grand-Rue tout à l'heure, j'ai eu l'impression que tu ne reviendrais pas avant un petit moment. Tu venais voir si je m'en sortais, si j'avais réussi à convaincre Barney, ne serait-ce que de jeter un œil à la liste des exercices qu'il a à faire ?

—Bien sûr que non. Je me suis souvenu de la charnière à réparer et, comme c'est justement ici qu'il a fait cette chute, je ne veux pas que quoi que ce soit risque de provoquer un autre accident. Je deviens fou à force de penser à tout ce qui pourrait aller de travers.

Elle n'aurait jamais cru qu'il se rendait la vie impossible à ce sujet.

—Harvey, n'importe qui aurait pu tomber de cette échelle.

—Peut-être, mais ça ne m'empêche pas de regretter de ne pas avoir été là pour lui quand c'est arrivé. Nous savons aussi bien l'un que l'autre que cela aurait pu arriver à n'importe qui, mais Barney semble croire que c'est à cause de son âge. C'est comme si ce seul incident lui avait fait prendre conscience qu'il était âgé, et plus il parle comme il le fait, plus je m'inquiète.

—Il a encore beaucoup de temps devant lui, et c'est bien que tu gardes un œil sur lui.

Bien sûr, Harvey avait toujours veillé sur tout le monde. Sur elle, sur Barney, sur sa mère. C'était un homme bien, et elle n'avait jamais eu l'intention de le faire souffrir ; mais lui aussi l'avait déçue, après tout.

Avant qu'il monte dans son pick-up pour partir, elle se surprit à laisser échapper la question qui la taraudait :

—Pourquoi n'es-tu pas venu, ce jour-là ?

Il s'immobilisa. Il mit un moment à se retourner vers elle pour la regarder, son porte-clefs accroché autour de son majeur.

—Ce n'est peut-être pas une bonne idée d'exhumer tout ça.

—Je ne mérite pas que tu m'accordes un peu de ton temps ?

—Je ne suis pas venu ce jour-là, mais, en même temps, tu ne m'as pas attendu, rétorqua-t-il.

—Voulais-tu que je t'attende ?

Il semblait sur le point d'ergoter, mais il dut se raviser, car il se contenta de répondre :

—Non, je suppose que non. Je savais que tu avais besoin de t'en aller, donc tout s'est bien goupillé, en fin de compte.

—Harvey… l'appela-t-elle alors qu'il s'éloignait.

Il se dirigeait déjà vers la maison, disant qu'il voulait vérifier que Barney n'avait besoin de rien d'autre avant de partir.

Quand elle le rattrapa à l'intérieur, il enquiquinait Barney pour qu'il fasse ses exercices de rééducation.

—Ça risque de faire beaucoup, lui murmura-t-elle. Vas-y doucement.

—Tu n'es pas infirmière à ce que je sache, répliqua-t-il hargneusement, d'une voix beaucoup plus forte qu'elle.

Il ne s'était même pas retourné pour lui faire face, et toute trace de l'amabilité dont il avait fait preuve un peu plus tôt avait disparu. Elle avait semé le trouble en mentionnant le jour où elle était partie et il se défoulait à présent sur Barney.

—Barney, continua-t-il, plus vite tu feras ce que tu as à faire, plus vite tout rentrera dans l'ordre pour toi, pour nous tous.

Elle avait le sentiment que ce qui importait à Harvey n'était pas tant de pouvoir retrouver son propre lit que d'être débarrassé d'elle. Cela n'était pas près d'arriver s'ils essayaient bel et bien d'organiser le bal ensemble, cet été.

—Arrêtez de vous chamailler, tous les deux ! exigea Barney d'un ton sec. Maintenant, est-ce que quelqu'un veut bien me passer mon iPad ?

Harvey s'exécuta, visiblement à contrecœur.

—Laisse-moi ouvrir un peu les fenêtres, suggéra-t-elle. Il fait une chaleur étouffante, ici, même avec les portes ouvertes.

—Fais-toi plaisir.

Barney ne prit pas la peine de lever les yeux de son écran.

—J'avais oublié à quel point la campagne anglaise pouvait être charmante, commenta-t-elle, désireuse de détendre l'atmosphère.

Cela faisait longtemps qu'elle ne s'était pas réveillée en entendant le concert matinal des oiseaux, alors que le parfum de ce qui poussait dans le jardin cette période de l'année embaumait l'air, mais le matin même, à l'auberge, elle avait vraiment remarqué l'un et l'autre. Elle avait dormi à poings fermés, probablement parce qu'elle avait fait le plein d'air frais dans la journée, et elle s'était réveillée en entendant les trilles d'un oiseau dans le soleil matinal, tandis qu'un parfum délicat lui parvenait par la fenêtre ouverte.

Pour toute réponse, Barney émit un murmure évasif. Harvey, quant à lui, était occupé à préparer du thé. Elle renonça donc à lancer une conversation et ouvrit les fenêtres du salon ainsi que celle de la cuisine.

—Ça te dérange si j'ouvre aussi la fenêtre de ta chambre, Barney ?

Barney se contenta d'agiter la main comme pour indiquer qu'il préférait qu'elle arrête de lui poser des questions. Du moins, ce fut comme cela qu'elle interpréta son geste.

Les rideaux étaient encore fermés dans la chambre de Barney. Elle les ouvrit, puis elle entrebâilla la fenêtre, la bloquant à l'aide de sa poignée, et une brise légère entra aussitôt dans la pièce. Une couverture qui avait dû être posée sur le lit se trouvait maintenant sur le sol. Elle la ramassa, la replia soigneusement et entreprit de la ranger dans l'armoire, supposant que c'était là qu'elle allait.

Elle avait raison : il y avait deux autres couvertures sur l'étagère du haut. Elle se mit sur la pointe des pieds pour glisser celle qu'elle avait ramassée à côté des autres, mais, alors qu'elle tendait les bras, la couverture se prit dans un vêtement emballé dans une housse, pendu tout au bout de la tringle en dessous. Elle l'en dégagea tant bien que mal et la rangea sur l'étagère, puis elle regarda à quoi elle s'était accrochée. Elle s'était attendue à ce que la housse en plastique recouvre un costume ou un manteau d'hiver qui aurait été rapporté du pressing et qui ne verrait pas la lumière du jour avant encore plusieurs mois, seulement c'était quelque chose de blanc, trop long pour qu'il s'agisse d'une chemise. Elle écarta les autres vêtements pendus devant et découvrit une robe de mariée.

— Ne pose pas de questions, tonna la voix de Harvey.

Elle plaqua une main contre sa poitrine.

— Tu m'as fait peur !

— Parce que tu étais en train de fouiner ?

— Bien sûr que non, je ne fouinais pas.

L'armoire était toujours ouverte, et elle jeta un coup d'œil en direction de la porte de la chambre pour vérifier que Barney était encore dans son fauteuil, dans le salon.

— Je rangeais une couverture, et je suis tombée là-dessus par hasard. Pourquoi est-ce que Barney a une robe de mariée ?

— Comme je viens de te le dire, ne pose pas de questions. Dès que j'ai abordé le sujet, il m'a rembarré.

Elle s'apprêtait à refermer l'armoire, quand une pensée lui vint à l'esprit.

— Tu sais quoi, j'ai déjà vu cette robe…

— Ah bon ?

— Il y a des années. Du moins, je crois que c'était la même robe, mais je ne peux pas en être sûre, j'imagine. Attends une seconde…

Elle souleva le bas de la robe et écarta la housse en plastique.

—Oui, ça doit bien être la même… Regarde, il manque un bout de tissu, là, comme à celle que j'avais déjà vue.

Il s'approcha pour voir par lui-même.

—Je ne l'avais pas remarqué.

—Je suis venue ici, un jour après l'école, en hiver. J'avais oublié la clef de chez moi, et mes parents étaient encore au travail. Barney m'a fait un chocolat chaud, mais je n'arrivais pas à me réchauffer. J'étais toute tremblante, alors il m'a dit de m'allonger. Il est allé chercher des couvertures, je l'ai suivi, et c'est là que j'ai vu cette robe.

—Ah, tu parles de l'hiver où tu as attrapé la grippe et où tu me l'as refilée.

—Tu as une bonne mémoire.

Elle fit de son mieux pour ignorer le petit frisson qui la parcourut quand le bras de Harvey effleura accidentellement le sien.

—Je n'ai pas fait *exprès* de te la refiler, tu sais.

—Je crois que cela ne m'aurait même pas dérangé si ça avait été le cas, à l'époque.

Il soutint son regard, et elle sentit sa gorge se serrer.

—Je lui ai demandé ce que c'était que cette robe, ce jour-là, mais il n'a rien voulu me dire… et je présume qu'ensuite, je n'y ai tout simplement plus pensé.

—C'est peut-être une robe de rechange, tu sais, au cas où une dame aurait un problème vestimentaire pendant le bal.

Il haussa les épaules comme si c'était tout à fait vraisemblable.

—J'en doute.

Elle posa la main sur la robe, sous la housse en plastique.

—D'ailleurs, il manque un bout de tissu, rappelle-toi. Ce serait un sacré problème vestimentaire aux yeux de n'importe qui.

—Très juste.

—C'est une si belle robe… Vintage, à première vue.

La robe de soie damassée pesait lourd, sur son cintre. Melissa jeta un autre coup d'œil sous le plastique, et elle vit que le décolleté était garni d'un ruché et que des perles étaient cousues sur le bord des manches.

—Elle a l'air assez vieille.

Harvey se pencha à nouveau un peu plus près.

—Elle *sent* le vieux.

—Il y a un petit sac assorti, dit-elle, remarquant l'accessoire accroché au cintre, derrière la robe. La personne qui portait cette robe devait s'en servir pour mettre de petites choses, comme un rouge à lèvres ou du maquillage pour se faire une retouche le jour J. Attends, tu ne crois tout de même pas…

—Quoi ? Je n'ai pas la moindre idée de ce dont il s'agit, Melissa.

—Peut-être que c'est l'origine du bal de la Robe de mariée, la raison pour laquelle il a été organisé la toute première fois. Peut-être que la personne à laquelle appartenait cette robe est la raison pour laquelle Barney a lancé l'événement à Heritage Cove.

—Tu crois qu'il a assassiné sa femme et qu'il a conservé cette robe en souvenir ?

—Bien sûr que non, mais il nous a caché quelque chose.

—Je suppose que nous ne le saurons jamais, à moins de le lui demander.

—Vu son humeur…

Elle secoua la tête.

—Je ne vais pas tenter ma chance, ajouta-t-elle.

Elle jeta à nouveau un coup d'œil en direction de la porte pour vérifier qu'ils n'allaient pas être surpris en train d'examiner la robe, mais ils auraient intérêt à retourner dans le salon très bientôt, de toute façon, ou Barney commencerait à se poser des questions. Harvey prit soin de lui crier qu'ils ouvraient aussi les fenêtres de la chambre d'amis et de la salle de bains, ainsi que celle du couloir, qui donnait sur un buisson d'ajoncs et un grand parterre de fleurs, le long d'un muret qui séparait le jardin de la route.

— Qu'est-ce que tu fabriques ? siffla Harvey en la voyant ouvrir le pochon.

— Je jette juste un œil…

— Dépêche-toi, il va arriver d'une minute à l'autre.

— Bien sûr que non, il ne veut pas bouger à moins d'être obligé de le faire, tu te rappelles ?

Elle fouilla dans le petit sac et en sortit un papier. Elle s'apprêtait à lire ce qui était écrit dessus, mais n'alla pas plus loin que « Cher Barney », interrompue par la voix de Barney, qui les incita tous les deux à arrêter ce qu'ils étaient en train de faire.

— Qu'est-ce que vous mijotez, les jeunes ? leur cria-t-il.

Melissa s'empressa de remettre la lettre dans le sac et de refermer l'armoire.

Elle se rendit ensuite au bout du couloir et ouvrit la fenêtre pendant que Harvey s'occupait de celle de la salle de bains.

— J'adore qu'il nous appelle « les jeunes », lui chuchota-t-il quand ils se retrouvèrent à la porte du salon, la faisant frissonner.

Ils échangèrent un sourire, puis ils rejoignirent Barney.

— Désolée, la fenêtre du couloir était dure à ouvrir.

— Elle se coince toujours, c'est pour ça que je ne prends pas la peine de l'ouvrir d'habitude, répondit Barney.

Il leva les yeux de son iPad, assez longtemps pour scruter leurs visages à la recherche de signes de quelque espièglerie, comme il le faisait par le passé. Ne décelant rien, il reporta son attention sur ce qu'il regardait. De toute évidence, ils étaient plus doués pour cacher leurs émotions que quand ils étaient plus jeunes.

—Buvons ce thé avant qu'il ne refroidisse, proposa Melissa en se dirigeant vers le plan de travail de la cuisine.

—Je vais t'aider, enchaîna Harvey.

À voix basse, tout en prenant les tasses, elle lui dit :

—Il faudra que nous lisions cette lettre une autre fois.

—Ou bien nous pourrions juste respecter sa vie privée.

—Mais…

Il se contenta de hausser les épaules.

Peut-être avait-il raison. Quel droit avait-elle de fouiller dans les affaires de Barney ? Surtout après tout ce temps, surtout après son absence.

Harvey but son thé assez vite, puis il laissa Barney et Melissa faire quelques parties de cartes. Même s'ils ne parlèrent plus de robes de mariée ni du bal, elle savait qu'ils allaient devoir prendre en charge l'organisation du bal de la Robe de mariée très bientôt s'ils ne voulaient pas que l'événement soit purement et simplement annulé. Cela signifiait qu'elle allait devoir rester à la Cove un peu plus de temps que prévu, une perspective qui l'aurait auparavant angoissée, mais qui l'emplissait maintenant d'une joie anticipée, qui n'était pas déplaisante.

5

Harvey avait déjà un agenda flexible, mais, avec Melissa, il avait pu reprendre le travail, convaincu qu'elle s'occuperait bien de Barney en son absence. Il restait de toute façon joignable par téléphone en cas de besoin. Elle avait passé de nombreux moments avec Barney au cours de la semaine qui venait de s'écouler, à discuter et rattraper le temps perdu. Harvey en ressentait une profonde satisfaction qu'il n'avait pas éprouvée avant que Melissa revienne à la Cove pour l'homme auquel ils tenaient tant, tous les deux.

Ce jour-là, il travaillait le matin sur un chantier suffisamment proche de Heritage Cove pour pouvoir faire un saut chez Barney afin de lui dire bonjour, de voir comment il allait et de déjeuner sur le pouce avec lui.

—C'est beaucoup plus agréable de manger un sandwich ici qu'entouré de sciure et de désordre, affirma-t-il en prenant l'un des sandwichs au fromage et aux pickles qu'il avait préparés en vitesse.

—Je suis content d'avoir ta compagnie, répondit Barney.

À ce moment-là, une autre voix s'éleva de la porte de derrière :

—Il y a quelqu'un ?

—Par ici ! entonna Harvey, reconnaissant la voix de Tilly. Comment vas-tu, Tilly ?

—Je n'ai pas à me plaindre ! Je m'étais dit que Barney serait peut-être tout seul, alors je passais pour déjeuner avec lui et lui tenir compagnie.

—Je t'ai devancée, commenta Harvey. Serais-tu intéressée par un sandwich ? Il y en a pour tout le monde !

—Je ne veux pas vous déranger…

—Tu ne nous déranges pas du tout. J'étais sur le point de m'en faire un autre, ça me fait plaisir d'en profiter pour t'en faire un. Assieds-toi !

Elle retroussa les manches de son t-shirt couleur crème, qu'elle portait avec une longue jupe d'été rouge qui lui arrivait aux chevilles, et elle se laissa tomber sur le canapé.

—C'est la première fois que je m'assieds de toute la matinée !

—La vente de bougies se passe bien ? s'enquit Barney.

Harvey les laissa parler entre eux de la boutique, qui appartenait à l'origine à la grand-mère de Tilly, Shirley ; celle-ci était une amie proche de Barney, décédée dix ans plus tôt. Harvey était persuadé que c'était l'une des raisons pour lesquelles Barney avait soutenu Tilly quand son petit ami l'avait quittée et, comme ses parents habitaient à Nottingham, elle n'avait aucune famille vers laquelle se tourner. Le père de Tilly – le fils de Shirley – ne s'était jamais vraiment intéressé à ce commerce, il l'avait donc confié à sa fille. Harvey comprenait l'indifférence de cet homme : c'était une boutique assez féminine, avec tous ces parfums capiteux qui déferlaient sur la rue, ses bougies sophistiquées, de toutes formes et de toutes tailles, adaptées aux intérieurs les plus élégants. Tilly, quant à elle, avait repris l'affaire comme si la diriger était inscrit dans son matériel génétique.

—Assez parlé de moi ! Comment vas-tu, Barney ? demanda-t-elle après avoir remercié Harvey pour le sandwich, dans lequel elle mordit ensuite avec voracité.

—Comme tu peux le voir, je suis encore debout. Ou assis, plutôt. Harvey et Melissa sont constamment sur mon dos pour me faire bouger, je crois qu'ils veulent me faire danser la gigue.

Harvey regarda Tilly et lui fit non de la tête avant de s'attaquer à son deuxième sandwich.

—En parlant de danser, j'ai une nouvelle robe pour le bal !

Elle posa son sandwich sur son assiette pour leur décrire la robe en s'aidant de ses mains.

—Il y a des perles qui ornent tout le corsage…

Ses mains bougèrent au-dessus de sa poitrine.

—Elle m'arrive à peu près ici, continua-t-elle en plaçant une main à mi-mollet, et si je tournoie, elle se soulève à la Marilyn Monroe.

—Eh bien, *ça*, ça a l'air d'être une sacrée robe !

—J'ai tellement hâte de la montrer à tout le monde ! Et puis, on ne sait jamais, je me trouverai peut-être un cavalier ; je m'ennuie un peu depuis que Matt est parti. Je vais très bien, ajouta-t-elle avant que Barney ne puisse tenter de la consoler. Je suis contente d'être débarrassée de lui, mais cela ne signifie pas pour autant que ça ne me manque pas d'avoir quelqu'un.

Harvey comprenait très bien ce qu'elle ressentait. Quoi qu'il en soit, c'était le moment idéal pour mentionner l'événement.

—Barney ne va pas organiser le bal cette année.

Tilly avait repris son sandwich, mais elle arrêta son geste avant qu'il n'ait atteint sa bouche.

—Tu plaisantes, n'est-ce pas ?

Barney s'agita dans son fauteuil, l'air gêné, faisant mine de se concentrer sur la maquette de bateau qui était sur la cheminée depuis toujours, dans le souvenir de Harvey.

—Il croit qu'il est trop vieux pour ça.

—C'est n'importe quoi ! s'exclama Tilly.

—Cette chute m'a rappelé que je n'étais plus tout jeune, contra Barney. En parlant de ça, Tilly, ton amie Amber ne travaille-t-elle pas à Aubrey House ?

—Si, pourquoi ?

Elle ramassa un morceau de cornichon qui était tombé de son sandwich.

—Pourrais-tu lui demander de glisser un dépliant dans ma boîte aux lettres ? Il est grand temps que je commence à me renseigner sur des endroits plus adaptés que cette maison.

Tilly prit la dernière bouchée de son sandwich et mâcha d'un air pensif.

—Ça fait un peu beaucoup, non ? Pas de bal, cette histoire de résidence pour personnes âgées… Me serais-je trompée de maison ?

Elle regarda Harvey.

—Qu'as-tu fait de Barney ?

Barney tapota la main de Tilly.

—Le moment est venu, dit-il simplement.

Il remarqua soudain sur la table deux récipients en plastique qu'elle avait apportés, un grand bordeaux sur lequel était posé un plus petit turquoise.

—Qu'est-ce que c'est que tout ça ? lui demanda-t-il.

—Oh, eh bien, ça alors ! J'ai failli oublier…

Elle se leva d'un bond et alla chercher les boîtes.

—C'est ton dîner pour ce soir, ou pour un autre soir. C'est du poulet à la cocotte, avec une part de purée de pommes de terre.

—Je suis gâté !

—Tu mérites de l'être, Barney. Tu préfères que je mette ça au réfrigérateur ou dans le congélateur ?

—Au réfrigérateur, ça suffira. Je le mangerai demain. Ce soir, c'est rôti d'agneau au menu ! Benjamin va m'en apporter avant le service du soir au pub. Je devrais peut-être aller à l'hôpital plus souvent, si c'est pour qu'on me traite de cette manière !

—Ne dis pas des choses comme ça... même si ça me fait plaisir de t'aider. Je suis désolée de n'avoir pu venir te voir qu'une seule fois à l'hôpital, j'ai été très prise par la boutique.

—Il n'y a pas de problème. Vous avez tous votre vie, vous n'avez pas besoin de vous en faire pour une existence qui est presque terminée.

Harvey regarda Tilly et leva les yeux au ciel tandis qu'il lui tenait la porte du réfrigérateur ouverte, le temps qu'elle trouve une place pour les récipients au milieu de tout ce qu'il contenait déjà.

Une autre voix s'éleva soudain de la porte de derrière, restée ouverte : cette fois, c'était Ashley, la directrice de White Clover. Elle tenait à son bras un panier rempli de muffins.

—Comment va le patient ?

—Le patient va très bien et est très bien nourri ! répondit Barney en voyant le panier.

—Ce sont des mini-muffins à l'orange et aux graines de pavot, précisa Ashley en souriant.

Ses yeux verts étaient étincelants, et ses boucles acajou rebondissaient chaque fois qu'elle riait. C'était quelqu'un d'enjoué, exactement le genre de femme dont une organisation caritative avait bien besoin. Même quand elle ne souriait pas, elle avait l'air heureuse, et quand elle parlait, sa personnalité pétillante de vitalité éclatait au grand jour.

—Alors, Barney, mon petit doigt m'a dit que tu voulais annuler le bal de la Robe de mariée. Qu'est-ce que c'est que cette histoire ?

Harvey était tout ouïe. C'était une chose que Melissa et lui enquiquinent Barney au sujet du bal, c'en était une tout autre que les gens du coin s'y mettent aussi. Peut-être que cela allait résoudre le problème, d'autant qu'Ashley était personnellement intéressée dans cette affaire.

—Il est temps que j'arrête, c'est trop pour moi, confirma Barney. D'ailleurs, rends-moi service : il y a un dossier dans le secrétaire, là-bas... Va me le chercher, s'il te plaît.

Après avoir dit à Tilly et à Harvey de prendre un muffin, Ashley s'exécuta et apporta le dossier à Barney.

—Il y a tout ce dont je me suis déjà occupé, là-dedans, lui précisa-t-il en tapotant la chemise posée sur ses genoux. Il y a la liste de tout ce qu'il va falloir annuler, et la liste des personnes auxquelles j'ai vendu des billets et que je vais rembourser. Je suis désolé, je sais que ce n'est pas ce que tu veux pour White Clover, mais ma décision est prise.

—Oh, Barney ! se lamenta Ashley en posant une main sur la sienne. C'est vraiment dommage pour White Clover, mais ce n'est pas ce qui me préoccupe le plus. C'est toi, le plus important dans cette histoire, et l'idée seule du bal doit être angoissante. Je comprends que cela fasse trop pour toi, surtout maintenant, alors que tu viens juste de rentrer chez toi après un séjour à l'hôpital.

Harvey se demanda si Melissa et lui avaient été injustes de pousser Barney à changer d'avis.

—Tout le monde se soucie de toi en priorité, acquiesça Tilly.

—Tu as besoin d'aide pour annuler certaines choses ? le questionna Ashley, pragmatique.

—Je ne peux pas te demander ça.

—Bien sûr que si… mais avant de m'en occuper, j'ai une contre-proposition.

—Laquelle ? requit Barney.

—Eh bien, si ce n'est pas trop fatigant pour toi, pourquoi ne pas laisser quelqu'un d'autre se charger de l'organisation du bal ? C'est un événement que j'aimerais voir prolonger pendant encore des dizaines d'années. Il rassemble tout le monde, les gens l'attendent avec impatience toute l'année.

Barney soupira.

—Je crois que si ce n'est pas moi qui organise le bal, mais que quelqu'un d'autre s'en occupe, il vaut mieux qu'il trouve un lieu complètement différent. Du moins, si tu trouves quelqu'un d'autre pour s'en charger. Les gens ont des vies bien remplies.

Harvey regarda la grange par la fenêtre. Le bâtiment s'élevait bien au-dessus des genévriers, à l'autre bout de la cour.

—C'est la grange qui fait tout l'événement, tu t'en rends compte, n'est-ce pas ?

—C'est facile à dire pour toi, fiston, mais j'en ai assez.

—Pourquoi ne pas laisser quelqu'un d'autre se servir de la grange pour y donner le bal ? insista Harvey.

—Je ne confierai ma grange à personne, pas question.

—Je me proposerais bien pour m'en charger, dit Tilly, mais je suis nulle pour ce qui est d'organiser quoi que ce soit.

—Moi, je ne suis pas mauvaise, renchérit Ashley, mais entre mon travail à White Clover et le temps dont j'ai besoin pour m'occuper de mes parents âgés, je suis bien trop occupée, hélas.

Tilly parla à Ashley de sa nouvelle robe.

—J'avais vraiment hâte de la porter pour la première fois.

—Je comprends.

—Tu vas amener quelqu'un ? demanda Tilly.

Elle parlait comme s'il était impossible que l'événement soit annulé. Harvey était persuadé que la plupart des habitants du village réagiraient de la même façon.

—C'est peu probable, déclara Ashley en souriant. J'ai divorcé il y a trois ans, et je suis maintenant mariée à mon travail et heureuse de l'être !

Harvey assistait au bal tous les ans pour soutenir Barney, et pour faire partie de ce village où les gens se souciaient véritablement les uns des autres. Sa mère y allait aussi tous les ans, et la voir heureuse après tout ce temps lui faisait toujours chaud au cœur. C'était l'une des rares occasions pour lesquelles elle se pomponnait, sortait de chez elle et se rappelait qu'elle valait mieux que tout ce que son mari avait pu lui faire croire.

—Et toi ? suggéra Tilly en regardant Harvey. Pourquoi tu ne l'organiserais pas ?

Si elle avait été en meilleurs termes avec Melissa, il aurait pu croire qu'elles s'étaient concertées.

—Tu lui fais confiance, n'est-ce pas, Barney ?

—Bien sûr.

Ashley prit son sac à main.

—Il faut que j'y aille, mais tenez-moi au courant, s'il vous plaît ! J'espère que nous pourrons trouver une solution pour ne pas tout annuler, mais si c'est ce que tu décides de faire Barney, alors je le respecterai.

Il était temps pour Harvey de se remettre aussi au travail.

—Tu as besoin de quelque chose avant que je parte ? demanda-t-il à Barney.

—Je peux rester encore un petit moment, informa Tilly. Nous pouvons discuter un peu et, ensuite, il faudra que je retourne à la boutique.

—Melissa adorait ta petite boutique, commenta Barney avec malice, mettant de côté la chemise. Elle y a dépensé une petite fortune.

—C'est de l'histoire ancienne. Elle n'y est plus la bienvenue après ce qu'elle t'a fait, ce qu'elle *vous* a fait à tous les deux, en partant tout à coup comme ça.

—Allons, ne dis pas une chose pareille, la gronda Barney. C'est quelqu'un de spécial, et elle a eu ses problèmes au fil du temps.

—Peut-être qu'elle va bientôt s'en aller, s'obstina Tilly, avant de pouvoir faire du mal à qui que ce soit d'autre.

—Tilly, c'est vraiment très gentil de ta part de chercher à me protéger et d'être de mon côté, mais je suis ravi que Melissa soit de retour. Fais-moi plaisir, ne rends pas les choses encore plus compliquées qu'elles ne le sont déjà pour elle. Si tu la croises dans le village, sois gentille.

—C'est peut-être un peu tard pour ça.

—Oh là là… Eh bien, peut-être la prochaine fois, alors.

Harvey les laissa tous les deux. Il avait espéré qu'Ashley et Tilly pourraient le faire changer d'avis, mais la seule possibilité qu'ils envisageaient semblait l'impliquer, *lui*, et l'idée ne le tentait pas plus que quand Melissa la lui avait suggérée en premier lieu.

***

Melissa était de retour à la Cove depuis une semaine, et Jay lui manquait terriblement.

—Une semaine de congé tout seul, ce n'était vraiment pas la même chose, lui dit-il au téléphone quand elle l'appela avant d'aller retrouver Tracy au pub.

Elles s'étaient enfin prévu une soirée entre filles au Copper Plough, et Melissa espérait que Tracy était aussi impatiente qu'elle.

—Mais ça a quand même dû te changer les idées d'être à Bath, non ?

Jay avait suivi ses conseils et il était allé rendre visite à sa sœur plutôt que de rester à Windsor à se morfondre en pensant à sa fiancée.

—Oui, ma sœur est d'une compagnie agréable, ça m'a fait plaisir de la voir... Pas autant que ça m'aurait fait plaisir d'être avec toi, c'est tout. Comment ça va, avec Barney ? Tu as fini par réussir à le convaincre de faire ses exercices ?

Elle lui avait parlé de la difficulté d'amener Barney à voir ses exercices de rééducation comme quelque chose qui allait l'aider à se rétablir et non comme un pensum.

—Pas vraiment, mais je vais bien finir par y arriver.

—Tu n'as plus que deux semaines devant toi, tu crois y parvenir d'ici là ?

Elle grinça un peu des dents.

—À ce propos... J'envisage de rester plus longtemps.

Elle se lança dans une longue explication au sujet du bal de la Robe de mariée, de l'importance qu'il avait pour les habitants du village et pour Barney lui-même, et de la réticence à l'organiser que ce dernier manifestait pour la toute première fois.

—Honnêtement, je ne l'avais encore jamais vu aussi déprimé, ça ne lui ressemble vraiment pas.

—Eh bien, il faut dire que tu ne l'avais pas vu depuis longtemps.

—Ce n'est pas ça, c'est juste que… eh bien, cet événement est important pour lui. Je ne sais pas du tout pourquoi, mais c'est comme ça.

—Tu penses vraiment que ça l'aiderait que tu restes ?

—Je me demandais si je n'allais pas me proposer pour l'organiser.

Quand il se rendit compte qu'elle était très sérieuse, il répondit :

—C'est toi qui vois, mais, égoïstement, je préférerais que tu rentres.

—Je sais, et je vais rentrer…

Quand le moment serait venu, quand elle le sentirait. Elle devait faire cela. Elle devait être là pour Barney, cette fois, et ne plus jamais le laisser tomber.

Jay fit de son mieux pour manifester de l'intérêt pour le bal, et il la questionna sur son déroulement par le passé.

—Et ton travail ? s'enquit-il.

—Je vais demander un autre congé sans solde.

Elle avait déjà contacté les ressources humaines, mais elle ne voulait pas que Jay pense qu'elle ne l'avait pas pris en compte dans l'équation.

—Je ne le ferais pas si la situation n'était pas aussi désespérée.

Ils parlèrent ensuite de son emploi du temps à lui pour les deux semaines à venir, puis ils raccrochèrent. Avec un peu de chance, ils trouveraient des moments pour s'appeler, et, dans le cas contraire, ils pourraient au moins échanger des e-mails. C'était dur d'être séparés. Même si cela leur arrivait souvent, cette fois, c'était différent, car ici, à la Cove, elle avait l'impression de faire partie d'un tout autre monde.

***

—Cet endroit n'a pas changé du tout, commenta Melissa en prenant son verre au bar du Copper Plough.

Tracy et elle sortirent pour se trouver une table tout au bout de la cour de l'établissement.

—Ce qu'ils servent est toujours aussi bon... J'ai dîné ici, l'autre soir.

—C'est ce que j'ai entendu dire.

—J'avais oublié à quel point les informations circulaient, à Heritage Cove.

Melissa passa une jambe au-dessus du banc, puis l'autre, s'assit et posa son verre de chardonnay devant elle. C'était la période des longues soirées paisibles, et elle durerait jusqu'à la fin du mois d'août, quand l'été commencerait à laisser peu à peu la place à la beauté automnale. Le frêne derrière elles perdrait ses feuilles, qui resteraient vertes tandis qu'elles s'accumuleraient sur le sol, ajoutant une autre teinte à l'orange foncé et aux marrons alentour. La beauté d'un endroit comme Heritage Cove résidait dans le fait que le village était entouré de campagne en plus d'offrir une vue magnifique sur la mer. D'ailleurs, elle n'était même pas encore descendue sur la plage.

—Tu te souviens de la fois où nous avions été tout un petit groupe à ramasser des feuilles mortes que nous avions empilées au pied d'un banc, pour ensuite monter sur la table et sauter dedans ? lui demanda Tracy avec un grand sourire.

—Je me rappelle surtout que Terry n'était pas ravi !

—Il m'a dit que j'avais passé l'âge de faire des bêtises pareilles, que j'aurais dû donner l'exemple...

Melissa rit de l'imitation de Tracy, qui avait essayé de prendre la voix bourrue du patron. À l'époque, tout le monde l'appelait « le grand Terry », et les enfants avaient tous peur de lui à cause de sa taille. Cependant, il n'était pas le moins du monde menaçant, et il avait bon cœur ; il avait juste une prestance qui convenait bien au patron d'un pub. Il ne tolérait pas les simagrées, et il forçait le respect.

—L'été est vraiment une saison merveilleuse, observa Melissa en regardant autour d'elle. Mais c'est tout aussi beau en automne et en hiver, ici, à la Cove.

Seuls les habitants du coin disaient simplement « la Cove » au lieu de « Heritage Cove ».

—Je ne pourrais jamais quitter cet endroit.

Tracy n'avait pas prononcé ces mots pour suggérer que personne d'autre n'aurait dû en avoir envie, mais seulement parce qu'elle regardait aussi autour d'elle et qu'elle appréciait la tranquillité de la cour du pub, le parfum des fleurs d'été qui s'élevaient des parterres, le tintement doux des couverts d'une famille qui mangeait à quelques tables de la leur, les conversations enjouées des clients qui profitaient de la soirée.

—Je te comprends, je te comprends vraiment.

Melissa observa un papillon se poser à l'extrémité du banc sur lequel Tracy était assise, en face d'elle. Décidant assez vite de ne pas prendre part à leur échange, il s'envola et, battant des ailes, s'éloigna en direction des arbres.

—Ignore-moi, lâcha Tracy. Je deviens très sentimentale.

—Il n'y a rien de mal à ça.

—Non, mais je préférerais que tu me parles de toi, plutôt ! Ça fait si longtemps…

Tracy referma une main sur la pinte de cidre qu'elle avait commandée, ce contact retirant la buée apparue sur le verre.

—Je sais que ça fait longtemps et je suis désolée, crois-moi.

—Je n'allais pas à la pêche aux excuses, j'aimerais vraiment que tu me racontes un peu ta vie. Alors, dis-moi, je sais que tu travailles pour une compagnie aérienne, mais ce que j'ignore, c'est si c'est aussi exaltant que ça en a l'air !

—C'est très exaltant à bien des égards, mais c'est aussi un travail incroyablement dur.

—Tu parcours le monde, ça doit être tellement merveilleux…

—C'est une vie différente, c'est sûr, et j'ai eu la chance de découvrir toutes sortes d'endroits.

—Tu habites toujours à Londres ?

—Non, j'y ai été en location pendant quelque temps, mais ensuite, je me suis acheté un appartement à Windsor.

Tracy haussa les sourcils.

—Avec la famille royale ?

—Pas exactement ! pouffa Melissa. C'est un deux-pièces.

—Tu vis avec ton petit ami ?

—Jay a son propre chez-lui, une somptueuse maison de ville classée grade II dans le même quartier que mon appartement. Nous sommes presque tout le temps là, mais j'ai gardé mon chez-moi.

—Pourquoi ? Cela doit vous revenir cher d'avoir deux logements.

—Je suppose que je suis un peu réticente à sauter le pas, au cas où ça ne marcherait pas. C'est lamentable, n'est-ce pas ?

—Bien sûr que non. Je présume que, quand le moment sera venu, tu le sentiras.

—Cela fait une éternité qu'il me tanne pour que j'emménage avec lui… J'envisage de le faire avant Noël.

Elle prit son téléphone portable et présenta à Tracy quelques photos de la maison, y compris un cliché pris à Noël l'année précédente, montrant la couronne accrochée à la porte d'entrée. Ornée d'un gros nœud rouge, elle était vraiment révélatrice du luxe de l'intérieur de cette demeure qu'elle était presque sûre d'être prête à considérer elle aussi comme son chez-elle.

—Et que fait Jay, dans la vie ? demanda Tracy.

—Il est pilote.

—Ah, *lui*, je l'approuve !

Un grand sourire se dessina sur les lèvres de Tracy quand Melissa lui montra une photo de Jay en uniforme.

—Est-ce qu'il est aussi gentil qu'il en a l'air ?

—Oui, vraiment.

—Il doit te manquer.

—Bien sûr. Nous avions prévu de passer notre semaine de congé ensemble, la semaine dernière, mais quand Harvey m'a contactée…

Melissa s'interrompit à la mention du nom de son ancien petit ami.

—Tu ne te le serais jamais pardonné si Barney était parti sans que tu le revoies.

Elle se cacha derrière son verre et but un peu du vin sec et frais à petites gorgées, tout en laissant les paroles de Tracy faire leur chemin.

—Tu as raison à cent pour cent.

—Alors, pourquoi as-tu attendu si longtemps ?

—Quand je suis partie, j'en voulais à Harvey de ne pas être parti avec moi, comme nous l'avions toujours prévu. Au début, j'étais triste, mais ensuite, je suis devenue déterminée. Cela faisait tellement longtemps que je voulais partir… À la mort de mes parents, j'ai failli m'effondrer.

—Je sais, dit Tracy en posant une main sur la sienne. C'est dur de perdre un parent, et toi, tu as perdu les deux d'un seul coup.

—Je suis désolée de ne pas avoir été là quand ta mère est morte.

—Je sais que tu avais tes raisons.

—Aucune n'était assez bonne pour justifier que je ne sois pas là pour une amie.

—Ah, tu vas finir par me donner envie de pleurer si tu continues, et je ne veux surtout pas ça ! Et puis, j'avais Giles et les enfants, je n'étais pas toute seule.

—Si Barney n'avait pas fait cette chute, je ne serais pas ici en ce moment même.

—Alors, j'imagine qu'à quelque chose, malheur est bon, comme on dit, déclara Tracy. Et puis, il est tellement heureux que tu sois de retour ! Il s'est fait énormément de souci pour toi, quand tu es partie… En même temps, il faisait partie des rares personnes qui ne t'en voulaient pas de l'avoir fait.

—C'est vrai ?

—Il y avait des gens qui pestaient contre toi, qui t'en voulaient de lui avoir fait de la peine, qui disaient que tu lui avais jeté sa gentillesse au visage. Ils s'inquiétaient aussi pour Harvey, ils disaient qu'il était trop bien pour toi…

Tracy s'interrompit.

—Ça ne me surprend pas, c'est ce à quoi je m'attendais. Continue.

—Barney ne s'est pas une seule fois joint à ce concert de jérémiades. Pas une seule fois il n'a dit que tu n'aurais pas dû faire ce que tu avais fait, que tu aurais dû rester.

—Être ici me faisait souffrir. Chaque jour.

Melissa sentit sa gorge se serrer, assaillie par les souvenirs.

—Cette tristesse insupportable planait au-dessus de moi comme un brouillard qui ne se dissipait jamais. Il m'empêchait de voir la moindre bonne chose. Je remontais la Grand-Rue et je voyais Maman sortir de la boulangerie. Je ne parle pas de son fantôme, je veux dire que je voyais quelqu'un qui lui ressemblait et que mon cerveau me jouait des tours. C'était comme d'être tirée tout en haut de l'un de ces grands huit dans un parc d'attractions, puis lâchée brusquement dans le vide. Chaque fois que j'avais l'impression que mes parents étaient toujours là, c'était comme si je recevais une immense claque. Parfois, je rêvais que Papa était en bas, dans la cuisine, à la maison, et que j'étais réveillée par le bruit qu'il faisait en tapotant sa tasse avec sa cuillère au rythme d'une chanson, ce qu'il faisait dès qu'il se préparait une tasse de thé. Ça me rendait folle, quand il faisait ça… et quand je me réveillais de ces rêves, il m'arrivait même de lui crier d'arrêter, avant de me rendre compte que ce n'était pas réel.

—La douleur a dû te poursuivre, malgré tout, releva Tracy. Je sais que, quand j'allais en vacances à Scarborough, l'absence de Maman me faisait tellement souffrir qu'il y avait des jours où je voulais à peine mettre le nez dehors. Je m'apitoyais sur mon sort. Tout ce que je voulais, c'était parler à Maman, et je devais me contenter de Giles…

Tracy sourit et ajouta :

—En plus, je le lui ai dit, et il s'est excusé d'être un si piètre lot de consolation.

—Vous êtes vraiment toujours aussi heureux, tous les deux ?

—Nous avons nos moments difficiles, comme tous les couples, mais je l'aime de tout mon cœur, cet homme-là.

Melissa fut soudain tentée de parler à Tracy de ses fiançailles, néanmoins, touchant machinalement l'annulaire de sa main gauche, elle se ravisa, se disant que ce serait encore mieux de faire son annonce quand elle aurait une bague qui officialiserait la chose.

Elle attendit que la famille qui avait dîné à quelques tables de la leur passe à côté d'elles pour retourner dans le pub, puis elle reprit :

—Je suppose qu'être loin d'ici m'a permis d'éviter que tout ce qui s'était passé me soit rappelé constamment. Je devais me concentrer pour me débrouiller toute seule dans une grande ville, me repérer dans le métro londonien, que je n'avais encore jamais pris, et, progressivement, l'aventure m'a assez distraite pour me donner la sensation que j'étais soulagée d'un poids. La douleur était toujours présente, bien sûr, mais elle s'était bien atténuée. Ensuite, j'ai changé de métier. J'ai passé des entretiens pour devenir hôtesse de l'air, et le processus de candidature m'a bien occupée. Je n'errais plus dans les rues en étant accablée de tristesse ; au contraire, j'étais pleine d'espoir. J'avais enfin le sentiment que je pouvais recommencer à zéro.

—Il semblerait que partir était vraiment la bonne solution pour toi. Dis-moi, depuis ton retour, es-tu descendue sur la plage ?

—Pas encore, mais je vais le faire. Je crois que j'avais d'abord besoin de retrouver mes marques.

—Et le cimetière ?

Melissa tripota le dessous de verre, avec lequel on semblait avoir joué un nombre incalculable de fois.

—Je ne suis pas sûre de pouvoir y arriver.

—Je sais bien que cela ne les fera pas revenir, mais ça pourrait être agréable d'aller y déposer quelques fleurs, de t'y asseoir un moment…

Tracy n'insista pas. Elle avait toujours eu un don pour prodiguer des conseils, puis faire un pas en arrière pour laisser la personne concernée les digérer.

—Comment ça se passe avec Harvey, après tout ce temps ?

—Ce n'est pas épouvantable, mais nous n'avons pas parlé, du moins, pas réellement. Je crois que nous avons tous les deux peur de le faire. Comme je te le disais, je lui en ai longtemps voulu de ne pas être parti avec moi comme prévu. Je l'ai appelé plusieurs fois après mon départ, mais il ne m'a jamais répondu. Cela m'a mise tellement en colère que j'ai fini par arrêter.

—C'était ta façon de le punir.

—Oui, je suppose. J'avais peut-être besoin de trouver ma voie toute seule, sans personne pour me ralentir. Je crois que cela m'a rendue plus forte. Tu vois ce que je veux dire ?

—Oui, mais, écoute, ce n'est pas une mauvaise personne, au contraire. Essaie de lui parler à nouveau.

Melissa hocha la tête.

—Tu veux un autre verre ?

Elle avait fini le sien et elle se rendait compte qu'elle passait un moment aussi plaisant qu'elle l'avait espéré.

—Oui, avec plaisir !

Alors qu'elle passait à côté de Tracy pour rentrer dans le pub, son amie lui attrapa le poignet pour la retenir.

—C'est agréable… Ça m'a manqué.

—À moi aussi, tu ne peux pas imaginer à quel point.

Quand Melissa réapparut avec leurs boissons, elle se rassit à sa place et annonça à Tracy :

—Je suis déjà revenue, tu sais.

Tracy arrêta sa pinte au bord de ses lèvres.

—Ici ? À Heritage Cove ? Quand ? Je ne l'ai jamais su et personne ne m'en a jamais rien dit.

—C'est parce que personne ne l'a jamais su. Personne ne m'a vue. J'ai loué une voiture, et j'ai fait profil bas.

—Et alors, tu as traversé le village en voiture et tu es repartie aussitôt ?

—Pas exactement. Je me suis garée près de l'arrêt de bus et j'ai essayé de décider où j'allais aller en premier… et j'ai vu Harvey.

—Mais il ne t'a pas vue ?

—Non. Il était dans la Grand-Rue, il vaquait à ses occupations comme si de rien n'était. Il papotait et rigolait avec Tilly. C'est à ce moment-là que j'ai pris conscience qu'il était peut-être plus heureux sans moi. Il n'avait jamais *réellement* voulu quitter la Cove, en fait. C'était moi qui avais lancé cette idée, et il avait accepté de me suivre parce qu'il m'aimait. Il n'en avait jamais eu envie autant que moi. Je ne pouvais pas avoir l'égoïsme de me pointer pour le supplier de partir avec moi et, en même temps, je ne pouvais pas rester à la Cove pour lui. Avec un nouveau travail et dans une nouvelle ville, j'avais retrouvé une partie de moi-même. Alors j'ai fait demi-tour et je suis retournée à Londres.

Tracy secoua la tête.

—Tu n'as jamais été du genre à attendre que l'on te donne des explications.

—Parce que les explications impliquent en général des excuses, et qu'elles finissent souvent par blesser quelqu'un. J'avais assez souffert comme cela. J'avais réussi à me débrouiller toute seule, à me sortir d'un gouffre sombre dans lequel je ne voulais plus jamais retomber. Je me suis dit que repartir dans l'autre sens était probablement ce qu'il y avait de mieux à faire pour tout le monde.

—Harvey aurait fait n'importe quoi pour toi.

—C'était bien là une partie du problème. Nous avions tous les deux besoin d'être seuls pour découvrir ce que nous voulions réellement, nous avions besoin d'être nous-mêmes pendant quelque temps.

—Quel gâchis !

—C'est de l'histoire ancienne.

—Et ce n'est plus à l'ordre du jour ?

—Je suis avec Jay, j'ai tourné la page. Harvey aussi, j'imagine, même s'il n'a pas parlé d'une femme dans sa vie.

—Il y en a eu quelques-unes, je l'ai vu en compagnie de plusieurs…

—Je n'ai pas besoin de détails ! protesta Melissa.

—Il n'a jamais eu de relation sérieuse avec qui que ce soit d'autre, pas à ma connaissance.

Le fait que Harvey n'ait personne était peut-être le plus dur de tout : cela la poussait à repenser à ce qu'il y avait eu entre eux par le passé, et c'était difficile de ne pas chercher de signes susceptibles d'indiquer s'il restait encore quelque chose entre eux. Mais peut-être n'était-ce rien de plus que la nostalgie qui lui jouait des tours ?

—Combien de temps restes-tu ? s'enquit Tracy après avoir bu une grosse gorgée de son cidre.

—Au départ, je devais rester trois semaines, mais je vais prolonger mon séjour.

—Barney se rétablit bien, non ?

—Physiquement, oui, mais il n'est pas lui-même.

—Tu dois être inquiète si tu envisages de rester plus longtemps que prévu.

—Barney dit qu'il ne veut pas organiser le bal de la Robe de mariée, cette année.

Tracy eut l'air encore plus choquée que lorsqu'elle était tombée sur Melissa dans la rue pour la première fois depuis des années.

—Tu n'es pas sérieuse ? Il l'organise tous les ans, et il collecte beaucoup d'argent pour son œuvre caritative.

—Il s'entête dans sa décision.

Tracy rit.

—Tu sais, j'ai parfois du mal à croire qu'il n'y a aucun lien de parenté entre vous !

—Très drôle ! Mais, blague à part, je ne l'avais encore jamais vu comme ça. Tu te souviens de la fois où il avait fait tomber la jardinière qui est devant la porte d'entrée sur les doigts de sa main gauche alors qu'il essayait de la déplacer ?

—Un peu, que je m'en souviens ! Il avait poussé de ces jurons…

Cette fois-là, elles étaient occupées à l'aider à suspendre les rideaux que la mère de Tracy avait faits pour la fenêtre du salon de Barney, avec une doublure isolante qui permettrait de garder la chaleur à l'intérieur en hiver.

—Tu te rappelles aussi qu'après être allé à l'hôpital et s'être entendu dire qu'il avait un doigt cassé et que les autres étaient sérieusement contusionnés, il avait soutenu catégoriquement qu'il n'avait pas besoin que deux femmes lui courent après pour s'occuper de lui ?

—Oui, je m'en souviens. Je me rappelle qu'il s'était mis en colère contre moi quand je l'avais vu à l'arrêt de bus et que je lui avais proposé de porter ses sacs de courses jusque chez lui. Il avait été tellement méchant que j'en avais éclaté en sanglots… J'étais enceinte à l'époque, et mes hormones me jouaient des tours. Un peu plus tard, il était passé à la maison avec des fleurs et une boîte de chocolats, et il s'était excusé.

—Ce que je veux dire, reprit Melissa, c'est qu'il déteste rester à ne rien faire et laisser qui que ce soit prendre les choses en main à sa place. Ou, du moins, il *détestait* cela.

Tu te rappelles le bal de la Robe de mariée de l'année de mon bac ?

—La fois où les vents étaient tellement violents qu'il y avait eu une alerte à la radio pour dire aux gens de ne pas sortir de chez eux ?

—Exactement. Eh bien, il avait refusé d'accepter ça. Il avait quand même organisé le bal dans la grange. On aurait cru que ce serait la fin du monde si l'événement n'avait pas lieu.

—Je me souviens que ma mère avait dit qu'il était têtu comme une mule, se remémora Tracy. Elle avait dit qu'il lui rappelait mon frère l'année où la représentation du *Magicien d'Oz* avait été annulée à l'école à cause de la neige. Il voulait que tout le monde y aille quand même, quel que soit le danger, et il avait vociféré pendant des jours, je m'en souviens très bien.

—Je m'inquiète pour Barney, j'ai peur que cette chute lui retire son indépendance.

—Mais il était monté sur une échelle, cela aurait pu arriver à n'importe qui !

—C'est ce que tout le monde pense, à part lui ; il voit cet accident comme le signe précurseur que le pire reste à venir, que c'est le début de la fin.

—Ça semble un peu exagéré…

—C'était aussi ce que je me disais, mais maintenant je n'en suis plus si sûre. J'ai fait quelques recherches sur Internet, et j'ai découvert que sa réaction était assez fréquente parmi les personnes d'un certain âge.

—Tu sais, c'est rarement une bonne idée de chercher ce genre de choses sur Internet. J'ai fait cette erreur quand Giles ne se sentait pas bien, l'hiver dernier. J'ai été horrifiée en voyant tout ce qu'il aurait pu avoir, alors qu'en fait ce n'était qu'une mauvaise grippe combinée à la pire toux que j'aie jamais entendue.

—Tu es sûre qu'il n'exagérait pas l'importance de ses symptômes ?

—Non, non, il était vraiment malade, et j'ai franchement imaginé le pire après avoir fait des recherches sur Internet.

—Mais tu es d'accord que ça ne ressemble pas du tout à Barney, n'est-ce pas ?

—Bien sûr que je suis d'accord. Égoïstement, je voudrais que le bal ait lieu. J'ai fait suffisamment attention à mon alimentation cette année pour rentrer sans effort dans ma robe de mariée, qui aura peut-être juste besoin d'un peu de rembourrage au niveau de la poitrine, et Giles s'est mis au footing, alors il est déjà impatient d'enfiler son smoking.

—Vous ne seriez pas les seuls à être déçus. Je crois que si le bal est annulé, cela aura un effet plus dévastateur sur Barney qu'il ne s'en rend compte. J'ai suggéré à Harvey que nous nous chargions de l'organiser, mais Barney dit qu'il ne veut pas que le bal ait lieu dans la grange.

—Au moins, tu es ici, avec lui, maintenant… Ça doit tout de même aider. Il finira peut-être par changer d'avis.

Melissa étira ses lèvres, mais son sourire s'évanouit lorsqu'une pensée lui vint à l'esprit.

—À moins que…

—À moins que quoi ?

—À moins que ce soit ce qu'on dit, tu sais, que quand quelqu'un est sur le point de mourir, il tient le coup pour voir ceux qu'il aime avant de lâcher prise.

—Arrête, ne dis pas des choses pareilles. Et puis, tu sais quoi ? Si tu prolonges ton séjour, cela signifie que tu pourras assister au bal.

—S'il a bel et bien lieu.

—Je suis sûre que Barney ne peut pas sérieusement envisager de ne pas l'organiser.

—J'ai bien peur que si. Il parle déjà de tout ce qu'il faut annuler.

—Eh bien, dans ce cas, il faut que tu t'en occupes, tu lui dois bien cela. Oui, j'essaie de te culpabiliser pour que tu le fasses.

—Ça fonctionne !

Tracy se leva et prit sa pinte.

—Allez, viens, allons nous chercher quelques chips… Je meurs de faim ! Et puis, il commence à faire froid. Rentrons, et dis-moi ce que tu as l'intention de porter au bal, cette année… parce que, tu peux me croire, il aura lieu !

Elle avait raison. Le bal devait absolument avoir lieu, sinon, Barney aurait des regrets ; et peut-être qu'en intervenant pour faire en sorte qu'il ait lieu, elle commencerait à se faire pardonner le mal qu'elle lui avait fait.

6

Le matin même, il était tombé des trombes d'eau, et le village avait été plongé dans la grisaille. Cela aurait été impossible à deviner maintenant, alors que Harvey retournait à Tumbleweed House après avoir commencé à travailler de bonne heure sur un chantier : il déchargeait ses outils de l'arrière de son pick-up sous un ciel radieux, le soleil ayant émergé de derrière les nuages. Le seul signe de mauvais temps était les feuilles cireuses des buissons, auxquelles s'accrochaient encore des gouttes d'eau.

Tandis que Harvey se dirigeait vers la maison, il entendit la queue de Winnie frapper vigoureusement la porte d'entrée de l'autre côté. Comme il s'y attendait, la chienne se jeta sur lui dès qu'il eut ouvert, et il s'accroupit dans l'embrasure de la porte pour enfouir son visage dans sa fourrure tout en l'ébouriffant à deux mains, comme elle aimait qu'il le fasse. Gracie, une fille du coin, qui habitait Hollyhock Cottage, venait promener Winnie les jours où il devait travailler plus tard que prévu, ce qui permettait au moins à la chienne de changer un peu d'air.

— Je t'ai manqué, hein ? Oui, je sais ! rit-il, sans cesser de câliner Winnie.

Il allait devoir ressortir très bientôt pour aller voir comment allait Barney, et pour tenter une fois de plus de le convaincre d'essayer, au moins, de faire ses exercices de rééducation.

Il avait discuté avec sa mère la veille, alors qu'ils étaient assis dans la cour merveilleusement ensoleillée du petit cottage dans lequel elle habitait maintenant, et elle lui avait dit que, d'après elle, Barney avait juste besoin de temps. Elle avait toujours approuvé le lien qui unissait son fils et Barney, cet homme qui avait été comme un père pour lui quand il avait eu besoin d'une influence masculine positive dans sa vie. Ce n'était certainement ni son père ni son frère qui la lui auraient apportée.

Tout en se servant un verre d'eau au robinet de la cuisine, il dit à Winnie :

—Tu peux venir chez Barney avec moi, si tu es sage et que tu ne te fais pas remarquer.

Il savait que Winnie était déjà sortie, plus tôt dans la journée, parce que Gracie lui avait envoyé un message pour l'en informer, mais la chienne adorait avoir de la compagnie. Elle était dans un refuge quand il l'avait adoptée, et il estimait qu'elle avait eu une vie assez dure comme cela par le passé, alors il souhaitait la gâter. Cependant, il ne voulait surtout pas qu'elle fasse tomber Barney en bondissant dans tous les sens, surexcitée. Il ne se le pardonnerait jamais si Barney se retrouvait de nouveau à l'hôpital.

On tapa doucement à la porte d'entrée restée ouverte : c'était Melissa, et elle ne tressaillit même pas quand la chienne courut droit sur elle.

—Je ne te dérange pas, au moins ?

Elle s'était accroupie pour caresser Winnie, qui était ravie de recevoir cette nouvelle attention. Harvey se rappela que Melissa avait toujours adoré les chiens. Un jour, elle avait recueilli un chien errant, convaincue qu'elle allait pouvoir lui offrir un foyer, mais elle avait finalement découvert que c'était le chien d'un touriste arrivé au village plus tôt dans la journée et qu'il s'était égaré. Elle avait beaucoup pleuré quand elle avait dû rendre l'animal à son propriétaire. Elle s'était très vite attachée à lui. C'était dommage qu'elle soit capable de se détacher tout aussi vite.

—Pas du tout, répondit-il. Qu'est-ce qui t'amène ?

Il poussa la boîte à outils qu'il avait déposée à l'entrée plus loin sous le banc en bois du porche, pour qu'elle ne soit pas dans le passage.

—Il faut que je te parle, et je me suis dit que ce serait mieux de passer te voir que de te téléphoner.

La voix de Melissa le suivit pendant qu'il retournait dans la cuisine.

—D'accord ! Entre…

Cela lui faisait drôle de la recevoir chez lui, mais il fit semblant de rien et s'affaira à remplir le bol de Winnie d'eau fraîche. Du coin de l'œil, il vit Melissa s'asseoir à la vieille table de chêne abîmée parallèle au plan de travail qui donnait sur le jardin et, au-delà, sur les champs derrière Tumbleweed House. Dans le prolongement se trouvait l'évier ancien, qui ajoutait du caractère à la maison, et au-dessus de l'îlot qui le séparait de la table et de Melissa était accroché un râtelier en fer forgé ancien, qui était déjà là la première fois qu'il avait invité Melissa chez lui et que sa mère leur avait préparé des milk-shakes aux baies de sureau, à l'époque où leurs petites jambes touchaient à peine le sol quand ils étaient assis sur ces mêmes chaises, aussi patinées que la table et maintenant délabrées. Cette fois-là, Melissa avait dit qu'elle trouvait que c'était super d'avoir toutes ses casseroles et ses poêles suspendues ; il s'était dit que c'était une remarque bizarre, mais il s'en était fichu : il était simplement heureux de recevoir une amie et que son père ne soit pas là.

—Comment s'appelle-t-elle ? lui demanda-t-elle.

Elle n'avait d'yeux que pour la chienne. Peut-être était-ce sa façon à elle de gérer la gêne qu'elle devait ressentir à se retrouver chez lui après tout ce temps.

—Je te présente Winnie, répondit-il en souriant, content de pouvoir se concentrer aussi sur l'animal. Je peux t'offrir quelque chose à boire ?

—Je veux bien, merci.

—Du thé ? Du café ? Ou bien je pourrais te préparer une tisane de baies de sureau.

Elle eut un air surpris.

—Je n'aurais jamais cru…

—Que je continuerais à m'occuper des sureaux ?

—Eh bien… non. Je pensais que cette activité cesserait.

—Jamais. Cela fait partie de cet endroit.

—C'est vrai…

Les souvenirs semblaient rester en suspens entre eux, jusqu'à ce qu'il brise le silence.

—Maman a toujours plaisir à venir quand les baies sont mûres, nous les cueillons ensemble.

—Comment va-t-elle ?

Il repensa à la façon dont sa mère avait essayé de déchiffrer son expression quand il avait mentionné Melissa, un peu plus tôt. Il s'était empressé de changer de sujet, parce qu'il n'avait pas besoin de remuer le passé – du moins, pas avec quelqu'un d'autre que Melissa.

—Elle va bien, elle a préféré s'installer dans son propre cottage que de rester ici. Et elle est enfin libérée de mon père, c'est le principal…

—Je suis vraiment contente qu'elle soit heureuse.

—Elle m'a demandé de tes nouvelles quand elle a appris que tu étais de retour au village. Elle t'a toujours bien aimée, tu le sais, ajouta-t-il lorsqu'une drôle d'expression passa sur le visage de Melissa. Maman n'est pas du genre à être rancunière, donc ne t'inquiète pas pour ça si tu la croises par hasard.

Elle eut l'air soulagée. Après avoir accepté sa proposition de tisane de baies de sureau, elle reprit :

—Je me rappelle que ta mère disait sans cesse que les baies de sureau…

—Renforcent le système immunitaire, compléta-t-il, finissant sa phrase pour elle en riant. Elle répétait ça à longueur d'hiver ! Qui sait si c'est seulement vrai ? Quoi qu'il en soit, j'ai entretenu les arbustes. En été, nous cueillons les baies, puis nous les faisons sécher et nous les congelons, alors nous en avons des réserves abondantes toute l'année.

Il entreprit de lui préparer la boisson. Il mit quelques cuillerées de baies séchées dans une théière en verre dont il ne se servait pas souvent, mais qu'il sortait quand quelqu'un lui rendait visite. Il y ajouta un bâton de cannelle, comme sa mère le faisait toujours, versa de l'eau bouillante sur le tout et, laissant la tisane infuser sur la table, sortit deux tasses en porcelaine dans un état correct. La dernière fois qu'il avait fait cela, c'était environ un mois plus tôt, quand Barney avait été convaincu d'avoir le rhume des foins. Il était venu le trouver pour lui demander ce qui était connu dans le coin comme le remède hivernal par excellence des Luddington, même si l'on était alors en plein mois de mai et que le soleil était au zénith.

—Tu as apporté beaucoup de changements dans la maison ? s'enquit Melissa.

—Rien de très important. J'ai refait quelques peintures, quelques réparations çà et là, le sol ici, et j'ai aménagé le grenier, bien sûr, ce qui fait un bel espace supplémentaire.

Il m'arrive encore d'y monter pour écouter la pluie marteler le toit, certains jours.

Elle savait quels souvenirs il avait du grenier, elle savait qu'il avait l'habitude de s'y cacher pour échapper à son père, il le lui avait dit plusieurs fois.

Tandis qu'il servait la tisane, elle alla se tenir à la fenêtre de la cuisine et son regard se porta au-delà des sureaux, à l'endroit où les arbres bordaient l'extrémité de la propriété et où le terrain plongeait vers le bas, de sorte qu'on ne pouvait pas voir plus loin.

—On dirait que tu es au milieu de nulle part, remarqua-t-elle.

—C'est ce que j'aime dans cet endroit.

Il posa les deux tasses sur la table.

Dès que Melissa vint se rasseoir, Winnie installa une patte sur son genou, réclamant son attention. Melissa lui prit la tête entre les mains et la gratta sous le menton et entre les oreilles.

—Dis-le-moi si elle t'embête, dit-il.

—Pas du tout ! D'après ce que je vois, elle a l'air d'avoir très bon caractère. Tu dois lui manquer quand tu es au travail toute la journée.

—Je crois que oui…

Il rit en voyant Winnie se rouler sur le dos dans l'espoir d'inciter Melissa à se pencher pour lui gratouiller le ventre.

—Elle t'a bien embobinée !

—Elle est adorable.

—Elle aime que l'on s'occupe d'elle. Gracie est disponible pour l'emmener se promener quand je travaille plus tard que prévu, alors ça se goupille bien.

—Gracie, de Hollyhock Cottage ?

Melissa goûta sa tisane et hocha la tête d'un air approbateur.

—Tu te souviens d'elle ?

—Bien sûr, elle venait de quitter le lycée et de commencer à travailler au pub, la dernière fois que je l'ai vue.

—Eh bien, elle ne travaille plus au pub, elle travaille à Cambridge trois jours par semaine, et elle fait ses études en parallèle.

—Tant mieux pour elle !

—Parce que, comme ça, elle peut échapper à la vie dans un petit village, tu veux dire ?

—Harvey, je...

Il soupira, agacé par la stupidité de sa propre remarque. Il regrettait de ne pas être plus doué pour lâcher prise. Il avait vraisemblablement pris l'habitude de refouler ses émotions quand il était enfant, et cela le poursuivait.

—C'était gratuit, je te prie de m'excuser.

—Je suis venue te voir pour te reparler de Barney.

Winnie donna un autre coup de truffe dans le bras de Melissa, qui rit, mais se concentra cette fois sur son infusion pendant qu'elle était encore chaude.

—Je suis désolé, dit-il, les journées doivent lui paraître longues. En hiver, elle est contente de rester à l'intérieur au coin du feu, mais en été, elle a tout le temps envie de sortir.

—Ça me rappelle quelqu'un, tiens...

Désarçonné par le souvenir qu'elle avait de cet aspect de sa personnalité, qu'elle connaissait, il fit mine de reporter son attention sur Winnie et alla lui chercher une friandise dans le placard. Melissa avait totalement raison, cependant : quand il était enfant et adolescent, il adorait être dehors, et c'était toujours le cas aujourd'hui. Durant les longs étés de son enfance, il quittait la maison dès qu'il se réveillait, pour rentrer juste avant son couvre-feu, et chaque fois que son père était en déplacement, il savourait sa liberté et restait dehors jusqu'à la tombée de la nuit. Sa mère l'y avait autorisé, sachant à quel point ils se sentaient tous emprisonnés lorsque son mari était là.

—Nous pourrions emmener Winnie faire un tour, suggéra Melissa après avoir bu sa dernière gorgée de tisane. Il fait beau pour le moment.

—Même s'il ne faisait pas beau, ce n'est pas ce qui dérangerait Winnie... Gracie l'a fait sortir sous une pluie battante ce matin, et elle m'a dit qu'elle avait adoré ça !

—Eh bien, tu es bizarre, toi ! lança Melissa à Winnie.

Comme elle se penchait à nouveau pour lui gratter le ventre, un rayon de soleil se prit dans ses cheveux, leur donnant des reflets d'un rouge ardent.

—Qu'est-ce que tu en penses, Winnie ? Tu veux aller te promener ?

—Oh là là, qu'est-ce que tu as fait !

Winnie remuait si énergiquement la queue que celle-ci frappait le sol dans un bruit mat. La tête dressée, elle les regardait tour à tour.

—Ne prononce jamais le mot en P à moins d'être tout à fait sérieuse !

—Bien sûr que je suis sérieuse...

Peut-être qu'une petite promenade était une bonne idée. Ils pourraient parler tout en marchant, et ils seraient certainement beaucoup moins gênés qu'ils l'étaient en ce moment même. Il finit à son tour sa tisane ; le reste de la théière attendrait.

—Winnie, c'est ton jour de chance !

Il lui suffit de prendre la laisse et d'en faire tinter la chaîne pour que Winnie se mette dans tous ses états, allant jusqu'à courir après sa propre queue tant elle était excitée. Quand elle était aussi déchaînée, lui mettre sa laisse n'était pas si simple, mais il finit tout de même par y arriver, et ils sortirent tous les trois de la maison.

—Je peux ? demanda Melissa, tendant la main pour qu'il lui donne la laisse de Winnie, qui tirait dessus, pleine d'enthousiasme.

—Je t'en prie… mais attention, elle a de la force !

Melissa prit la laisse en riant et la raccourcit un peu quand Winnie l'entraîna brusquement en avant.

—Du calme, Winnie ! On croirait que tu n'es jamais sortie de ta vie…

—Tu es descendue sur la plage depuis ton retour ? s'enquit Harvey quand ils arrivèrent au bout de la petite rue, qui débouchait sur la Grand-Rue.

Sur leur gauche se trouvait la boutique de bougies, sur leur droite le salon de thé, et en face d'eux la chapelle, devant laquelle passait le sentier qu'ils avaient emprunté si souvent ensemble pour descendre sur la plage.

Elle s'éclaircit la gorge.

—Pas encore. C'est toujours pareil ?

—Bien sûr que oui. Il n'y a pas grand-chose qui change par ici.

—Je me demandais si la plage avait été découverte par une foule de touristes.

Ils traversèrent la route.

—Je crois que les ronciers les rebutent, pour la plupart, en particulier les fainéants qui ne vont nulle part sans voiture. La majorité des touristes préfèrent aller se garer sur le parking juste à la sortie du village et descendre tranquillement le chemin bien plus praticable pour aller à la plage là-bas.

Il lui jeta un regard à la dérobée.

—Pourquoi hésites-tu à y aller ? Ne me dis pas que tu es devenue une vraie citadine et que tu ne peux plus te donner la peine de descendre jusqu'à la plage !

—Bien sûr que non. Ça fait longtemps, c'est tout.

Ils avaient souvent fait la course jusqu'en bas, pour arriver sur le sable doré hilares et haletants. Cependant, il se rappelait dans quelle souffrance elle était plongée quand elle avait quitté le village, les souvenirs qui l'assaillaient tous les jours parce qu'elle était là. Elle l'avait profondément blessé en s'en allant pour ne jamais revenir, et c'était plus facile pour lui de se laisser happer par cela que par quoi que ce soit d'autre. Seulement, il voyait bien à sa réaction à la question qu'il lui avait posée que la situation était plus difficile pour elle qu'il n'en avait eu conscience.

Alors qu'ils arrivaient en haut du sentier, il décida qu'une distraction leur ferait du bien.

—Serais-tu intéressée par une glace ? J'ai un peu de monnaie dans la poche, c'est moi qui invite.

—Avec plaisir !

Melissa rencontra Zara, qui vendait les glaces, et, après avoir choisi chacun une glace miel-chocolat, ils prirent la direction de la plage.

—Je me demande qui a racheté la vieille boutique, commenta-t-il, songeur, se retournant brièvement pour jeter un coup d'œil au bâtiment à l'abandon derrière l'arrêt de bus, presque caché tout au bout d'une grande parcelle d'herbe.

Il avait entendu Zara parler avec un autre client de cette boutique où l'on vendait autrefois des seaux et des pelles, des jouets gonflables et d'autres accessoires de plage.

—Il faudra que tu me tiennes au courant de l'évolution des choses.

La remarque, qui lui rappelait qu'elle ne resterait pas là définitivement, lui donna à réfléchir.

—Tiens-moi ça, s'il te plaît…

Il lui confia sa glace le temps de retirer la laisse de Winnie.

—Elle peut se balader librement à partir d'ici.

—Elle sait très bien où elle va ! rigola Melissa en regardant Winnie s'en aller en courant, aussi vite que possible.

Le son de son rire se mêla à la brise, qui apportait déjà avec elle l'odeur de la mer, le bruissement lointain des vagues, les cris stridents des mouettes.

—Je l'amène souvent ici. Elle m'a fait peur plusieurs fois en s'élançant dans l'eau en courant !

Il ouvrit la voie, repoussant les ronces et veillant à ne pas les laisser repartir en arrière dans la direction de Melissa. Même s'il descendait souvent sur la plage, il n'y était pas allé avec elle depuis bien longtemps, et cela lui faisait une drôle d'impression. Cela avait toujours été leur endroit de prédilection. C'était là qu'elle était venue pleurer après la mort de ses parents, là qu'il était venu hurler la colère que lui inspirait son père, un lieu où ils avaient partagé un pique-nique romantique composé de croissants, de confiture de fraises et de crème fraîche, une surprise qu'elle lui avait faite quand il avait obtenu son premier travail. Il l'entendait encore pousser un cri perçant au moment où une mouette lui avait arraché au vol le croissant qu'il avait dans la main. Elle avait dit que cette mouette avait gâché le pique-nique, alors que lui avait trouvé l'incident hilarant. Voir les expressions passer sur le visage de Melissa lui avait toujours fait quelque chose qu'il ne parvenait pas vraiment à expliquer. Et le soir où il n'était pas allé la rejoindre comme prévu, le soir où il ne l'avait pas retrouvée à l'arrêt de bus pour qu'ils quittent Heritage Cove ensemble, il n'avait pas vu l'expression de profonde déception sur son visage, mais il n'avait pas eu besoin d'être là pour l'imaginer et pour qu'elle reste gravée à jamais dans sa mémoire.

Le sentier se fit encore plus étroit tandis qu'ils descendaient, suivant Winnie. Le bruit de la mer et la saveur vivifiante et salée de la brise se faisaient plus intenses à mesure qu'ils approchaient de la plage. Il n'y avait rien de tel. C'était ce qu'il s'était dit, à l'époque où Melissa et lui lançaient des idées de villes du monde qu'ils pourraient visiter – Londres, Tokyo, New York, Paris, Sydney – et de plages sur lesquelles ils pourraient s'allonger, en France, en Espagne, aux Maldives, avec un peu de chance. Leur liste avait été interminable, mais, quand les circonstances l'avaient obligé à rester au village, il s'était rendu compte qu'il n'en était pas si mécontent. Il regretterait toujours d'avoir fait faux bond à Melissa, cependant il avait bien dû la laisser partir. Elle aurait pu lui en vouloir s'il ne l'avait pas fait ; et elle était restée partie pendant si longtemps qu'il était très clair qu'une vie loin de Heritage Cove lui convenait bien plus à elle qu'elle ne lui conviendrait jamais à lui.

Il s'arrêta au meilleur point de vue pour regarder la mer, les vagues qui venaient se briser sur le sable, en contrebas. Puis, finissant sa glace, il se tourna vers Melissa quand elle vint se placer à côté de lui, frottant son petit haut pour en faire tomber quelques miettes de son cône tombées dessus. Il s'efforça d'ignorer la mèche toute douce et fragrante qui lui effleura la joue parce qu'elle se tenait assez près de lui pour admirer la vue, la bouffée d'un parfum léger et troublant qu'il ne connaissait pas.

Il reprit son chemin quand Winnie, impatiente, revint les chercher en bondissant, la langue pendante à cause de l'effort.

—Suis-nous quand tu veux, informa-t-il Melissa.

Il s'aventura plus avant en direction de la plage, sur le sentier tortueux et inégal semé de petites formations rocheuses dans lesquelles on pouvait se prendre le pied si l'on n'y faisait pas attention. Il y avait bien une rambarde en bois d'un côté, mais elle était branlante et n'aurait probablement pas servi à grand-chose à celui qui aurait posé la main dessus pour se soutenir, mais Harvey n'en avait pas besoin de toute façon, car il connaissait cet endroit comme sa poche.

Quand Melissa le rejoignit sur la plage, il jouait avec Winnie et lui lançait pour la troisième fois un bâton pour qu'elle aille le chercher et qu'elle le lui rapporte.

Melissa retira ses sandales pour sentir l'eau fraîche entre ses orteils.

—J'avais oublié à quel point c'était beau, ici.

La plage, contrairement à ce que pouvait laisser imaginer l'étroitesse du chemin qui y menait, ouvrait sur une large crique ovale. Le sable y était doré, la mer calme et peu profonde sur une grande étendue.

—Tu dois voir des plages magnifiques à longueur de temps.

—J'en ai vu beaucoup, mais voyager est épuisant, d'autant plus que le temps entre deux vols n'est pas toujours long.

Il lança à nouveau le bâton et regarda Winnie le rapporter cette fois à Melissa plutôt qu'à lui.

—Merci, Winnie, ça fait plaisir de voir envers qui tu es loyale !

Melissa rit, ramassa le bâton et le lança dans une autre direction.

—Elle est vraiment adorable… J'aimerais beaucoup avoir un chien, un jour.

—Ça risque d'être compliqué avec ton travail.

—Oui, c'est sûr.

Ils avaient toute la plage pour eux seuls, comme cela avait été le cas un nombre incalculable de fois par le passé. Comme cela leur plaisait tant, à l'époque. En la voyant sourire, le visage levé vers le soleil, il fut brusquement ramené au jour où il était allé à Londres pour la voir, des mois après son départ. Tracy avait eu des nouvelles de Melissa, elle avait sa nouvelle adresse, et il avait décidé d'aller la trouver, ne serait-ce que pour lui expliquer pourquoi il ne s'en était pas tenu à leurs projets, pourquoi il avait gardé ses distances pendant si longtemps, et pourquoi il avait dû rester à Heritage Cove. Il était sur le point de traverser la route quand il l'avait vue sortir et se tenir sur la première marche du seuil d'une maison, qui était probablement composée de plusieurs appartements. La tête renversée en arrière comme en ce moment même, elle souriait à un homme. Collés l'un contre l'autre, ils s'étaient embrassés, puis elle lui avait fait au revoir de la main. Harvey était resté cloué sur place. Comme elle ne l'avait pas vu, il était parti. Elle avait une nouvelle vie, et il n'en faisait pas partie. Il était retourné à Heritage Cove, il avait demandé à Tracy de ne pas parler à Melissa de sa petite excursion, et il avait fait de son mieux pour tourner la page.

—Alors… Barney, commença Melissa, jetant à nouveau le bâton pour Winnie. Comment va-t-il, à ton avis ?

—Pareil que la dernière fois que nous en avons parlé.

—C'est exactement ce que je pensais. Je ne lui ai pas encore dit que nous allions organiser le bal de la Robe de mariée tous les deux.

—Houlà ! Attends une minute, qui a dit que c'était décidé ?

—Je t'en prie, Harvey, je crois que c'est le seul moyen pour que le bal soit maintenu, et je crois aussi qu'il en a autant besoin que tout le monde.

Elle se tourna vers lui, retenant d'une main les cheveux que le vent ne cessait d'enrouler autour de son visage. Cela le démangeait de tendre la main vers elle pour lui écarter les cheveux des yeux et les lui coincer derrière l'oreille.

Il ne protesta pas, car il supposait qu'elle avait raison.

—Tu n'es pas la seule à suggérer que je m'en charge. Tilly et Ashley ont toutes les deux eu la même idée.

—Barney est d'accord ? Il accepterait que le bal ait lieu s'il n'est pas obligé de l'organiser lui-même ?

—Nous n'avons encore rien décidé, et je ne lui en ai pas reparlé depuis. Je ne voulais pas qu'il se mette dans tous ses états… Tu sais comment il est.

—C'est vrai qu'il a l'air de s'énerver quand le sujet de la conversation ne lui plaît pas.

Harvey eut un grand sourire.

—Je n'aurais jamais cru que je le verrais un jour se lasser d'un sujet de conversation, quel qu'il soit.

—Moi non plus. D'ailleurs, je veux lui demander ce que c'est que cette robe. Tu ne trouves pas ça bizarre ?

—Si, mais ne t'aventure pas sur ce terrain-là, je te le dis. Je n'oublierai jamais son expression le jour où je lui ai posé une question sur le sujet. Je ne sais pas ce qu'il cache, mais, quoi que ce soit, il ne veut vraiment pas que nous le découvrions.

—Peut-être, mais je pense sincèrement que cela nous permettrait de comprendre certaines choses.

Elle ramassa le bâton et le lança encore une fois pour Winnie.

—Il était un peu bizarre, la dernière fois que je suis allée le voir, aussi.

—Comment ça ?

—Tout a commencé quand j'ai accidentellement donné un coup dans le modèle réduit de bateau qui est sur la cheminée et qu'il est tombé. Je l'ai rattrapé juste à temps. Pendant que j'époussetais les étagères de la cuisine, j'ai jeté un coup d'œil dans sa direction, et j'ai vu qu'il l'avait pris sur ses genoux et qu'il le regardait fixement, comme s'il était très précieux, comme s'il était rattaché à des souvenirs.

—Il faisait du bateau avant, ça doit être pour ça…

Harvey laissa le bruit apaisant de la mer déferler sur eux. Il avait beau se faire beaucoup de souci pour Barney, l'une des choses positives qui ressortaient de tout cela était que le terrain d'entente sur lequel ils se retrouvaient au sujet de l'homme qui était si important pour eux deux réduisait l'écart qui s'était creusé entre elle et lui. Ils ne se concentraient plus sur ce qui s'était passé entre eux, car ils étaient bien trop occupés à essayer de faire avancer les choses avec Barney, et il n'en était pas mécontent.

Un souvenir lui revint soudain en mémoire.

—Tu te rappelles la fois où tu t'étais brûlé la main à la corde qui était accrochée dans l'arbre, à côté de la grange, quand tu étais petite ?

—Comment pourrais-je l'oublier ?

Elle se tint instinctivement la paume en repensant à l'événement qui avait eu lieu des années plus tôt.

—Ça m'avait fait tellement mal ! Barney m'avait emmenée dans la maison, il m'avait lavé la main, et il avait appliqué une lotion spéciale dessus. Il s'était mis à me parler du bateau et des cordes qui lui irritaient les mains, et de la façon dont il soignait sa peau après coup. Je voyais l'amour qu'il avait pour les bateaux… Il m'avait même dit qu'il avait passé beaucoup de temps dans une marina quand il était gamin.

—Il ne m'a pas parlé de ça depuis des années. À l'époque où je construisais la scène dans la grange, il l'évoquait beaucoup. Il me parlait de la façon de haler les bateaux, de la force nécessaire pour naviguer, de la frustration qu'il éprouvait parce qu'il n'avait plus autant de force qu'autrefois… et puis, tout à coup, c'était comme s'il avait eu un déclic, et il a arrêté d'en parler, comme ça.

Cette fois, ce fut lui qui lança le bâton à Winnie.

—Qu'as-tu trouvé d'autre de bizarre chez lui, l'autre jour, à part le fait qu'il fixait le modèle réduit de bateau ?

—Il a commencé à dire qu'il comprenait très bien pourquoi j'avais quitté la Cove. Il m'a dit de ne pas remettre à plus tard le moment de faire la paix avec ceux que j'aime. Il a déclaré : « Mon plus grand regret est de ne pas avoir fait plus d'efforts. »

—Avoir fait plus d'efforts dans quel domaine ?

—Je n'en ai pas la moindre idée. Il m'a dit ensuite de ne pas faire la même erreur que lui, il a dit qu'il avait perdu quelque chose et que c'était sa faute, qu'il ne s'était pas assez battu et qu'il avait laissé sa douleur occulter tout le reste. J'étais tellement déterminée à ne pas parler des raisons pour lesquelles je suis partie, tellement concentrée sur ma propre douleur, que je me suis empressée de changer de sujet. Ce n'est que plus tard que je me suis demandé ce qu'il avait bien pu vouloir dire par là, et ce qu'il nous avait caché. Parce que, maintenant, c'est évident qu'il y a quelque chose. Tu ne crois pas…

—Quoi ?

—Peut-être qu'il a perdu quelqu'un dans un accident de bateau. Cela expliquerait sa tristesse et le fait qu'il ait ce modèle réduit bien en vue depuis toujours.

—La plupart des gens mettraient plutôt une photo au premier plan, c'est sûr.

—Exactement. Moi, j'ai une photo encadrée de Maman et Papa sur la table de chevet à côté de mon lit, chez moi…

La voix de Melissa se brisa.

—Enfin, reprit-elle, peut-être que je me fais des idées.

—Peut-être, mais seul Barney pourra nous dire la vérité.

Harvey prit une profonde inspiration et soupira.

—Il dit qu'il ne veut pas parler de cette robe, et apparemment, il ne veut pas non plus parler de bateaux. Je crois que nous ferions mieux de ne pas insister, pas tant qu'il conserve l'état d'esprit dans lequel il est actuellement, en tout cas.

—Oui, je suppose que tu as raison.

Elle remit encore ses cheveux derrière ses oreilles, mais ils refusaient de rester en place avec ce vent.

—Cette chute l'a changé. Il est comme détaché, et il passe bien trop de temps assis dans son fauteuil.

—Quand je suis avec lui, je suis tiraillée entre le laisser récupérer et l'enquiquiner pour qu'il bouge, admit-elle. Je suis tentée de lui parler de la robe et de la lettre que nous avons trouvée dans le petit pochon, mais je ne suis pas assez courageuse. Je crois que, maintenant que je suis ici, je n'ai pas envie que quelque chose vienne se mettre entre nous.

Winnie rapporta son bâton, le laissa tomber entre ses pattes, et se coucha dans le sable pour le mâchouiller.

—Peut-être que je me fais des films à propos de cette robe. Après tout, ça pourrait très bien être une robe de rechange pour une invitée du bal, n'est-ce pas ?

Harvey la regarda avec une expression dubitative.

—Ça n'explique pas la lettre.

—J'aurais vraiment voulu la lire en entier…

—Moi, je me sentais mal à l'aise de fouiner, je trouvais que ce n'était pas bien.

—Est-ce que cela t'arrive de te demander si Barney a déjà été marié ? Il n'a jamais rien dit de tel depuis que nous le connaissons, mais il a bien dû avoir quelqu'un de spécial, à un moment ou à un autre.

—Probablement, mais tout le monde ne finit pas par se marier. Certaines personnes se porteraient mieux si elles ne s'étaient jamais mariées.

C'était assurément le cas de sa mère.

—Cela ne signifie pas pour autant qu'il y a un mystère que nous devons élucider.

Il fit un pas en arrière au moment où la mer montait un peu sur le sable. Une mouette s'envola, décrivit des cercles au-dessus de leur tête, de plus en plus haut, et s'éloigna en direction du sentier qu'ils avaient emprunté pour venir là.

—À moins de demander à Barney, je ne vois pas comment nous pourrions faire pour en apprendre davantage.

—Je pense que si nous en apprenions plus sur cette robe, nous saurions pourquoi il a lancé le bal de la Robe de mariée. Nous ne lui avons jamais posé de questions à ce sujet, ni toi ni moi. Et si c'était ce qui le retenait maintenant ? Et s'il ne s'agissait pas uniquement de la chute, de l'âge, mais plutôt de quelque chose d'enfoui dans son passé, qui pesait toujours sur lui ? Peut-être qu'il n'ira pas mieux tant qu'il ne se sera pas libéré de ce poids.

—Nous ferions peut-être mieux de laisser tomber. Nous ne sommes peut-être pas en droit de fouiner dans ses affaires.

—Je n'ai pas non plus envie de fouiner, je veux respecter sa vie privée, seulement je veux qu'il redevienne lui-même, et je crois qu'il n'y arrivera pas à moins de remettre de l'ordre dans ses pensées.

—Tu es à ce point persuadée qu'il y a anguille sous roche ?

—Honnêtement, je crois que ce qui a poussé Barney à organiser le bal de la Robe de mariée pour la première fois est la clef de toute cette histoire. Et si nous comprenons ses motivations, nous arriverons peut-être à communiquer avec lui et à lui faire prendre conscience de ce que l'événement représente pour lui, lui rappeler pourquoi il ne peut pas y renoncer, pourquoi il ne peut renoncer à rien.

Harvey remarqua que Melissa avait les yeux brillants de larmes. Il esquissa un mouvement pour lever le bras et tendre la main vers son visage, mais il se ravisa à la dernière seconde et garda son bras le long de son corps.

—Je suis convaincue qu'il y a eu une « Mme Barney » à un moment donné, continua-t-elle.

—Tu te laisses emporter par ton imagination… Enfin, je suppose que c'est possible.

—Tu vois, dit-elle avec un grand sourire. Tu es d'accord avec moi !

—Peut-être même qu'il s'est débarrassé d'elle, suggéra-t-il, s'efforçant de conserver son sérieux. Peut-être qu'elle est enterrée sous la grange et qu'il y organise le bal tous les ans pour danser sur sa tombe.

Fidèle à elle-même, Melissa serra les dents et, furibonde, s'éloigna à grands pas vers les marches.

—Si tu n'as pas l'intention de me prendre au sérieux, je ne me fatiguerai plus à te parler.

—Je suis désolé ! lui cria-t-il.

Il voulait juste détendre l'atmosphère en faisant un peu d'humour. Elle semblait très tendue, inquiète, et son retour au bercail, si c'était ainsi que l'on pouvait formuler les choses, n'aurait pas dû se passer de cette façon.

—Viens, Winnie ! lança-t-il quand il se rendit compte que Melissa n'allait pas s'arrêter pour l'attendre.

***

Melissa avait oublié à quel point Harvey pouvait être têtu, mais elle ne put rester agacée bien longtemps, car Winnie la rattrapa et trotta à ses côtés. Elle s'arrêta avant d'atteindre la route, attendit Harvey pour qu'il remette sa laisse à la chienne, et ils reprirent ensemble la direction de Tumbleweed House.

Harvey réchauffa la tisane de baies de sureau et leur en servit une autre tasse, pendant que Melissa réfléchissait encore à un moyen de faire avancer les choses avec Barney. Elle avait bien conscience qu'elle ne serait pas là pour bien longtemps.

—Je ne veux pas partir en sachant qu'il n'est pas redevenu lui-même.

—Je comprends, tu as un délai, répondit Harvey. Mais tout ne peut pas fonctionner selon ton emploi du temps.

—Je ne suggérerais jamais une chose pareille.

Elle refusait de mordre à l'hameçon. Elle aurait voulu qu'il lui parle franchement, qu'il lui dise ce qu'il pensait, seulement, comme d'habitude, il garda tout pour lui.

—J'ai prolongé mon séjour, ce qui signifie que je serai là pour le bal. J'ai pris un congé sans solde, réservé plus longtemps au Heritage Inn. Je fais tout ce que je peux. Je veux juste que ce bal ait lieu, voir si c'est la recette miracle pour récupérer notre Barney.

Le fait qu'elle formule les choses de cette façon sembla apaiser Harvey.

—J'espère que tu as raison. Et c'est une bonne chose que tu restes, pour Barney, je veux dire. Au minimum, cela lui fera plaisir.

Elle se détendit un peu, sentant moins d'accusations fuser, que ce soit en paroles ou dans la façon dont il la regardait. Parfois, elle avait du mal à savoir ce qu'il pensait.

—Ce sont ces histoires de maison de retraite qui me font le plus peur, lui avoua-t-elle. J'ai vu une brochure d'Aubrey House chez lui, quelqu'un a dû la glisser dans la boîte aux lettres.

Harvey secoua la tête.

—Il a demandé à Tilly de dire à son amie qui travaille là-bas de passer lui en déposer une.

Le cœur de Melissa sombra.

—Je ne m'étais pas rendu compte que c'était lui qui l'avait demandée.

—Il restera toujours notre Barney, quoi qu'il arrive, affirma Harvey. C'est peut-être toi et moi qui avons besoin d'accepter que les choses changent.

Il rit de sa propre remarque quand il vit sa réaction.

—Je n'ai pas cru une seule seconde que tu serais d'accord avec moi !

Elle poussa un gémissement de frustration et remua sa tisane pour mélanger les petits morceaux de baies de sureau séchées qui étaient passés à travers le filtre.

—Je n'arrive pas du tout à convaincre Barney de faire ses exercices de rééducation, continua Harvey. Tu as réussi, toi ?

—À ton avis ?

—S'il les fait, il se sentira mieux, et s'il se sent mieux, il redeviendra lui-même. Il est coincé dans un cercle vicieux.

—Écoute, je sais que tu n'en as pas envie, mais je crois vraiment que nous devrions nous charger de l'organisation du bal de la Robe de mariée. Puisque l'idée t'a déjà été suggérée, Barney sera d'accord, et je ne vois pas pourquoi il s'opposerait à ce que je t'aide.

Harvey gémit.

—Pourquoi est-ce que je savais que tu allais à nouveau me parler de ça ?

—Parce que tu sais que j'ai raison. Si nous lui disons que nous allons nous charger de tout pour préparer la grange, qu'il n'aura rien à faire, il acceptera peut-être.

—Tu sais, autrefois, il aurait détesté ne pas s'en occuper.

—Et peut-être que cela reviendra, mais cette année, ce sera à nous de le faire.

—Je ne sais absolument pas par où commencer.

Il avait l'air aussi affolé que l'aurait été n'importe quel homme à qui l'on aurait confié l'organisation d'un énorme événement sur le thème du mariage.

—Nous allons nous en sortir.

Elle sourit timidement, ne sachant pas s'il allait accepter ou l'envoyer promener. Depuis son arrivée, elle n'avait pas arrêté de le croiser, et elle s'était surprise à essayer en permanence de déchiffrer ses humeurs, ses réactions, ses paroles.

Elle posa sa tasse vide.

—Je sais que tu ne me croiras peut-être pas, mais je me suis sentie coupable, pendant toutes ces années, de ne plus le voir.

Elle s'était aussi sentie coupable de ne plus voir Harvey, mais lui dire cela aurait été beaucoup plus difficile. Elle n'était pas encore prête à lui avouer qu'elle avait eu la sensation qu'une partie d'elle lui avait été arrachée quand elle était partie, à admettre à quel point elle avait été blessée quand il ne s'en était pas tenu à leurs projets. Elle n'était pas prête à lui confesser qu'elle l'avait imaginé un nombre incalculable de fois à ses côtés, à vivre une nouvelle vie loin de Heritage Cove, la vie dont elle avait rêvé et qu'elle croyait qu'il voulait aussi.

—Et si nous allions tous les deux chez Barney pour commencer à faire des projets concrets ? suggéra-t-elle comme il ne disait rien et qu'elle voyait un petit muscle tressauter dans sa mâchoire contractée. Il ne faut jamais remettre au lendemain ce que l'on peut faire le jour même. J'espère juste qu'il n'a pas déjà tout annulé officiellement, parce que cela nous compliquerait la tâche. Et puis, la grange… Enfin, elle avait l'air en bon état quand je l'ai vue, l'autre jour, mais est-ce qu'elle est bien entretenue ou est-ce qu'il y a des choses à réparer ?

Elle sursauta violemment quand il lui posa les mains sur les épaules dans un geste rassurant.

—Chaque chose en son temps. D'abord, je vais aller nous chercher des sandwichs à la boulangerie.

—Bonne idée. C'est l'heure du déjeuner, après tout.

Elle disait n'importe quoi, trahissant l'effet que lui avait fait le contact de ses mains.

—Ensuite, nous irons chez Barney. Il faut que j'examine la grange, que je répare deux ou trois poutres un peu branlantes, et que je vérifie qu'il n'y a rien d'autre à retaper. Il faut qu'elle soit sûre à cent pour cent pour le bal.

—Quand je pense que nous grimpions sur ces poutres… murmura-t-elle, toujours consciente de ses mains sur ses épaules. Cela m'étonnerait que des gamins fassent ça, maintenant. J’ai une amie, à Londres, qui a des jumeaux, et elle est sans cesse sur leur dos, je ne l’imagine pas les laisser courir en liberté dans une grange en compagnie d’un vieux monsieur.

Elle parlait encore pour ne rien dire, cédant à la nervosité.

—Nous avons eu une belle enfance. Grâce à la Cove.

Harvey retira enfin ses mains de ses épaules, et cela lui fit tout drôle.

Cependant, il était maintenant temps d’aller chez Barney. Elle espérait de tout cœur que leur plan fonctionnerait, qu’organiser le bal avec Harvey serait la solution pour permettre à Barney de redevenir lui-même.

7

— Comment te sens-tu ? demanda Melissa à Barney dès qu'ils arrivèrent chez lui.

Barney ne répondit pas tout de suite : il était trop occupé à regarder Harvey, qui entrait derrière elle.

—Bien, finit-il par réagir. Mais qu'est-ce que vous faites, tous les deux ?

—Nous sommes venus te voir, évidemment, déclara Harvey.

—Ensemble ?

Barney avait l'air dubitatif.

—Nous avons bien parlé, expliqua-t-elle.

—Il était temps.

—Melissa veut dire que nous avons parlé *de toi*, précisa Harvey.

—Quelque chose me dit que vous êtes venus pour m'enquiquiner encore un peu, grommela Barney, et que vous vous dites que ça va peut-être marcher si vous vous y mettez à deux. Eh bien, j'aime autant vous dire…

—Écoute-nous, l'interrompit Harvey.

—C'est à propos du bal de la Robe de mariée, commença Melissa.

— Je vous ai déjà dit qu'il n'aurait pas lieu, cette année. À quoi bon ? C'est beaucoup de travail, et je n'ai pas envie de voir des gens partout envahir cet endroit.

Harvey s'assit dans le fauteuil à côté de celui de Barney et, les avant-bras posés sur ses cuisses, se pencha en avant.

— Et si nous organisions tout l'événement ?

— Voyons, c'est ridicule ! Tu n'étais pas intéressé l'autre jour, quand Tilly a essayé de te suggérer l'idée. Quant à toi, ajouta Barney en s'adressant cette fois à Melissa, tu seras rentrée chez toi avant même que le bal ait lieu.

— J'ai déjà tout arrangé avec mon employeur et prolongé mon séjour, indiqua-t-elle.

Barney ne put cacher sa surprise.

— Et vous avez l'intention de vous en occuper ensemble ?

— Aussi insensé que cela puisse paraître, oui.

Harvey alla s'asseoir sur l'accoudoir du canapé.

— C'est ridicule, répliqua Barney.

— Hé ! Ce n'est pas une si mauvaise idée que ça, protesta Melissa. Nous sommes grands, et nous savons tous les deux en quoi consiste l'événement.

— Je ne pense pas que ce soit une bonne idée, vous vous disputeriez ou vous ne vous parleriez même pas. Ce n'est pas facile de travailler ensemble, vous savez. Et puis, de toute façon, c'est trop tard maintenant, j'ai attendu trop longtemps.

— Depuis quand est-ce que tu es du genre à baisser les bras ? lui demanda-t-elle.

Barney haussa les épaules et ferma les yeux. Harvey suggéra qu'ils prennent une feuille de papier et un stylo pour faire une liste de tout ce qu'il y avait à faire. Elle avait déjà tiré une chaise à la table, dont une extrémité était repliée et qui n'était dépliée en entier que lorsqu'il y avait plus de monde.

Barney ne bougea pas.

—Je suis très bien ici, ronchonna-t-il depuis son fauteuil.

—Pas de problème ! s'exclama Harvey en fouillant dans le secrétaire pour en sortir un bloc-notes et un stylo. Melissa et moi allons nous asseoir ici, à table, et il faudra que tu nous écoutes, parce que nous allons avoir besoin de ta contribution.

—J'imagine que je peux bien faire ça.

—Alors, par quoi devons-nous commencer ? le questionna Harvey. La date a été fixée, mais est-ce que les gens croient que le bal est annulé ?

—Il est possible que j'aie commencé à faire courir le bruit.

Melissa écrivit tout en haut de la feuille de papier.

—Réannoncer l'événement.

Ils allaient devoir s'assurer que tout le monde savait que le bal n'était en aucun cas annulé.

—As-tu déjà remboursé des gens, Barney ?

—Non, tout l'argent des billets a été soigneusement mis de côté. Je n'ai tout simplement pas trouvé le temps de m'en occuper.

—Tant mieux, ça fait une chose de moins à faire ! enchaîna Harvey. Mais nous allons devoir faire taire toutes les rumeurs, veiller à faire assez de pub pour vendre encore plus de billets, aux gens qui ont hésité jusqu'à maintenant. La plupart des habitants du village sautent sur l'occasion et achètent leurs billets tout de suite, mais les gens de passage peuvent les acheter plus tard, et quelques ventes supplémentaires seront les bienvenues pour couvrir les frais et collecter plus d'argent pour White Clover.

—Tu as une liste des personnes déjà inscrites ? demanda Melissa à Barney.

—Il y a une chemise dans le secrétaire, la liste est dedans, répondit-il. Vous auriez intérêt à faire passer le message rapidement pour que les gens sachent que le bal est maintenu, sinon ils vont faire d'autres projets, et ils vont vouloir récupérer leur argent, ce qui ferait tout un pataquès.

—Ne t'inquiète pas, nous allons nous en occuper…

Alors même qu'elle prononçait ces mots, Melissa échangea avec Harvey un regard sceptique. Elle n'avait jamais organisé d'événement important, elle avait peur d'oublier quelque chose, et Barney, malgré ses commentaires occasionnels, n'était pas franchement enthousiaste ou encourageant.

—Et puis, si les gens ont fait d'autres projets, continua-t-elle, eh bien, ils pourront toujours les annuler.

—Tu es bien autoritaire ! clama Harvey, mais avec le sourire.

Il alla chercher la chemise dans le secrétaire.

—Il va nous falloir de la musique…

Elle prit son stylo pour l'ajouter à la liste.

—Je l'ai annulée, indiqua Barney depuis son fauteuil.

Harvey fronça les sourcils et fouilla dans la chemise pour trouver les informations nécessaires. Ils passèrent également en revue les autres détails : les fleurs pour décorer la grange, un prix pour la tombola, les tickets de celle-ci qu'il faudrait vendre avant l'événement, le service de traiteur, les toilettes mobiles à louer et à installer derrière la grange.

—Il nous faudra aussi un gâteau, ajouta Harvey dans un soupir. Il y a toujours un gâteau.

Il sourit à Melissa.

—Annulé ! leur cria Barney.

Melissa secoua la tête.

—Ajoute-le à la liste.

Celle-ci était déjà assez longue. Ils allaient avoir du pain sur la planche et, une fois de plus, elle se sentit coupable à la pensée de tout le temps qu'elle allait passer loin de Jay. Peut-être lui enverrait-elle un long et tendre e-mail, plus tard, avant de se coucher. De cette façon, même s'il était en train de travailler ou de dormir, il aurait le plaisir de le lire quand il serait disponible.

Quand Harvey et elle eurent enfin dressé la liste de tout ce qu'ils allaient avoir à faire pour organiser le bal de cette année, ils firent des jeux de société avec Barney tout en parlant du bal, et si Melissa ne se trompait pas, le moral de Barney semblait déjà s'être amélioré un peu lorsqu'elle entreprit de préparer le dîner pour eux trois. Peut-être avait-elle eu raison : cet événement allait leur ramener le vrai Barney.

***

Le lendemain, Harvey alla faire imprimer des prospectus, qu'ils distribueraient pour rappeler aux gens que l'événement aurait bien lieu, et pour encourager de nouvelles ventes de billets. Melissa alla à la boulangerie après avoir discuté avec Jay, qui n'allait pas tarder à s'envoler pour Singapour. Elle lui avait envoyé un e-mail la veille au soir, et le matin même ils s'étaient appelés en FaceTime. Il lui avait dit d'arrêter quand elle s'était encore une fois excusée parce qu'elle ne rentrerait pas avant plusieurs semaines, et il avait eu l'air plutôt content de se préparer pour aller au travail, ce qui l'avait grandement rassérénée.

Malheureusement, au moment où elle s'apprêtait à pousser la porte de la boulangerie, elle tomba sur Tilly, qui en sortait avec un sandwich emballé qu'elle venait d'acheter. La vendeuse de bougie n'avait pas du tout l'air de s'être radoucie depuis la dernière fois que leurs chemins s'étaient croisés, alors Melissa s'engouffra dans la boutique sans un mot, pour s'occuper de la question du gâteau pour le bal.

—Contente de te revoir parmi nous ! lui dit Jade avec enthousiasme.

—Merci, Jade.

Melissa lui fit part du désintérêt de Barney, elle lui dit qu'il ne comptait plus organiser le bal, et elle lui demanda s'il était possible de préparer un gâteau à temps pour l'événement.

Jade eut un sourire gêné.

—J'aimerais pouvoir t'aider, je t'assure, mais je ne suis pas sûre de pouvoir…

—Mais il vous achète le gâteau chaque année.

—Ce genre de choses requiert beaucoup d'organisation et de temps.

Melissa se demanda si l'accueil et le sourire de Jade n'avaient été que pour la forme.

—Est-ce que c'est à cause de moi ?

Jade contourna le comptoir pour venir de son côté, coinçant derrière ses oreilles ses cheveux noirs coupés au carré. Elle avait les mêmes taches de rousseur que quand elle était enfant, sur l'arête de son nez et parsemant ses pommettes hautes. Ses yeux verts étaient bienveillants, et elle semblait comprendre le désarroi de Melissa.

—Nous adorons tous Barney, mais nous avons tous beaucoup d'estime pour toi aussi, et cela n'a pas dû être facile de partir après tout ce que tu as traversé. Je t'en prie, ne crois pas que je te rende la vie difficile à cause de ce que tu as fait.

Melissa poussa un profond soupir.

—Je suis désolée, c'est juste que je veux vraiment que les choses se déroulent sans heurts.

—Je sais bien. En temps normal, j'aurais déjà commencé à préparer le gâteau, mais dès que Barney a annulé sa commande, j'en ai accepté d'autres. C'est une période de l'année chargée, il y a beaucoup de mariages en été.

Melissa sentit son cœur se serrer.

—Est-ce que tu connais quelqu'un qui pourrait m'aider ? Ça ne me dérange pas de prendre la voiture pour faire appel aux services d'une pâtisserie éloignée du village.

—Je crois que les autres pâtisseries seront dans la même situation, il y en a beaucoup qui s'organisent encore bien plus à l'avance que moi…

Elle hésita quelques instants.

—Attends ici une minute, laisse-moi voir ce que je peux faire.

Elle sortit par la porte de derrière et revint avec un grand registre dont plein de bouts de papier dépassaient dans tous les sens. Elle l'ouvrit et le cala contre son tablier rouge taché de farine. Avec un air pensif, elle parcourut l'une des pages du bout des doigts.

—Il y a une possibilité…

—C'est vrai ?

L'espoir de Melissa monta en flèche, et elle joignit les mains contre sa poitrine.

—Oui, je crois que je vais pouvoir te caser ici… Ça ne me dérange pas de travailler tard quelques soirs pour m'en occuper, confirma Jade en hochant la tête, du moment que tu me promets que le bal ne sera pas de nouveau annulé.

Melissa la serra dans ses bras.

—Il ne le sera pas, c'est promis !

Jade tourna à nouveau les pages du registre jusqu'à la fin.

—Tu as de la chance, j'avais conservé les détails de la commande au cas où l'événement aurait lieu l'année prochaine.

— Eh bien, au moins, ça fait une chose dont je ne dois plus me préoccuper.

— Tu n'as pas beaucoup de temps devant toi pour tout organiser, tu es sûre d'être prête à relever le défi ?

— Totalement, à cent pour cent !

— Ce sera agréable de t'avoir dans le coin un peu plus longtemps que prévu… et encore mieux quand Barney sera de nouveau dans son état normal, à descendre la Grand-Rue et à nous mener tous par le bout du nez.

— J'espère que cela arrivera très bientôt.

Melissa n'aimait pas du tout entendre que les autres aussi trouvaient que Barney avait changé depuis sa chute, mais c'était une raison supplémentaire pour veiller à ce que le bal ait lieu et à ce qu'il se déroule sans accroc.

— À quoi va ressembler le gâteau ? se risqua-t-elle à demander, maintenant qu'elle savait que ce problème-là était réglé.

— Tu connais Barney, il aurait pu avoir un gâteau plus impressionnant ailleurs, mais il voulait faire appel à un commerce du coin. Nous avons opté pour un fraisier tout simple.

— Le goût de l'été, comme toujours, dit Melissa avec un sourire. Barney m'a dit un jour que les premières années, quand il organisait le bal, il choisissait chaque fois un gâteau aux fruits recouvert d'un glaçage, mais qu'il en restait toujours beaucoup le lendemain. Un jour, sur un coup de tête, il a essayé quelque chose de différent, et il n'a plus jamais rien changé.

— C'est vrai, se remémora Jade. Nous avions fait un gâteau au citron, un gâteau à la pêche et à la crème, une fois, et une autre année, un gâteau au citron et aux baies de sureau.

—Je te confirmerai le nombre exact de participants quand nous serons sûrs que tout le monde aura été prévenu que le bal est maintenu.

—C'est parfait, et en attendant, je vais me baser sur les chiffres des années précédentes et prévoir un peu plus large, juste au cas où. Entre toi et moi, personne ne va se désister, c'est sûr. Barney est très apprécié de tous, et le bal aussi. C'est l'un des meilleurs galas de bienfaisance de la région. Si tu as des affiches, apporte-m'en une, je l'accrocherai à la vitrine.

—Ce serait super ! Harvey est justement allé en faire imprimer, je t'en apporterai une.

—Apporte-m'en toute une pile, j'en distribuerai aux clients.

—Merci. Nous arriverons peut-être à attirer des gens qui n'habitent pas le village.

Jade eut un air sceptique.

—C'est sympa de voir de nouvelles têtes, sauf si ce sont celles de voyous comme ceux auxquels nous avons eu droit il y a trois ans. Ils ont bien failli vandaliser la grange. Nous aurions été obligés d'appeler la police si Harvey n'était pas intervenu… On aurait dit le videur d'une boîte, il les a jetés dehors et après il a monté la garde à la porte. Plus personne n'aurait osé se frotter à lui après l'avoir vu à l'œuvre !

—J'imagine !

Harvey aurait fait n'importe quoi pour protéger Barney et sa propriété, ainsi que la communauté, et les femmes avaient dû se pâmer d'admiration devant lui après cet incident. Elle l'imaginait très bien en smoking, il avait dû être parfait dans le rôle. La première fois qu'elle l'avait vu en costume, quand il l'avait emmenée à son tout premier bal de la Robe de mariée, elle en était restée sans voix.

Incroyablement séduisant, Harvey Luddington était le plus beau parti du village, et elle avait par le passé été la fille que toutes les célibataires de Heritage Cove enviaient.

—Eh bien, espérons qu'il ne se passera rien de semblable cette année.

—N'oublie pas de contacter le journal local, ils couvrent l'événement d'habitude.

—Ce n'était pas sur notre liste, mais je veillerai à ce que nous les contactions, répondit Melissa. Cela devrait être un événement inoubliable.

—Ça l'est toujours. Je n'arrive pas à croire que Barney ait seulement songé à l'annuler !

—Il est assez exaspérant, lorsqu'il a pris une décision. Il a l'air de penser qu'il a passé l'âge à cause de sa chute, et il refuse d'entendre que cela aurait pu arriver à n'importe qui.

—Ça doit être encore plus frustrant après ne pas l'avoir vu pendant si longtemps.

—Oui, confirma Melissa, évitant le regard de Jade pour faire mine de contempler la vitrine.

—Hé, il n'y avait pas de sous-entendu… Les gens d'ici savent très bien que chacun a son histoire. Aucun d'entre nous n'a à écrire celle de quelqu'un d'autre.

—Personne ne m'avait encore jamais dit ça, merci.

—Je t'en prie. Et, tiens ! Prends un muffin à l'orange et aux graines de pavot, je te l'offre.

Jade saisit un muffin à l'aide d'une pince, le glissa dans un sachet et le tendit à Melissa.

—Cela m'a fait plaisir de te voir, n'hésite pas à repasser de temps en temps.

—Je n'y manquerai pas, c'est promis.

De retour à l'auberge, Melissa passa deux coups de téléphone : l'un à la fleuriste, l'autre à l'entreprise de location de toilettes mobiles pour confirmer leur réservation, qui heureusement n'avait pas encore été annulée. Elle s'attela ensuite à la prochaine tâche, et prit sa voiture pour aller chez le traiteur qu'elle n'arrivait pas à joindre par téléphone. Chaque fois qu'elle avait appelé, elle était tombée sur le répondeur, et elle n'avait pas envie de laisser un message. Le traiteur se trouvait dans le village voisin, et elle s'était dit que ce serait plus rapide d'y aller en personne, mais quand elle arriva sur place, elle comprit pourquoi il était injoignable. La boutique était définitivement fermée, comme l'annonçait une grande pancarte en travers de la porte. Barney avait fait appel à ses services en début d'année et avait laissé un message vocal pour annuler, alors il ne s'était probablement rendu compte de rien.

Elle s'était assise devant la porte close du traiteur et avait passé quelques coups de téléphone, mais elle n'avait réussi à trouver personne.

Elle retourna à Heritage Cove, se demandant ce qu'ils allaient bien pouvoir faire pour le buffet. D'habitude, il y avait un véritable festin, de quoi plaire à tout le monde – des assiettes de canapés raffinés, de la friture de goujons, des crudités accompagnées de différentes sauces, des friands à la saucisse et à la pomme, des beignets de crevettes –, toute une liste de choses préparées par des professionnels.

Elle se gara devant l'auberge au moment où Sandy en sortait pour arroser le panier suspendu accroché à l'entrée.

— Vous avez l'air stressée, dit la jeune fille en se mettant sur la pointe des pieds et en inclinant son arrosoir au-dessus du panier.

Un filet d'eau dégoulina sur le côté et éclaboussa le sol de béton. Melissa lui expliqua que Harvey et elle se chargeaient d'organiser le bal.

—J'y suis allée l'année dernière, glissa Sandy avec un sourire en arrosant l'autre côté du panier. C'était ma première fois. J'avais vu mes parents y aller tous les ans et j'avais vraiment hâte de me joindre à eux.

Ses cheveux blonds étaient attachés en queue-de-cheval, et elle n'avait pas pris la peine de lisser les boucles qu'elle avait héritées de sa mère.

—Au début, mon petit copain a paniqué quand il m'a vue sortir une robe blanche… Il n'est pas d'ici, et je pense qu'il a cru que j'essayais de l'amener par la ruse à se marier avec moi !

Melissa rit.

—Je peux comprendre que cela l'ait inquiété.

—Je ne suis pas du tout prête pour ça.

—Ce n'est pas plus mal. Déploie d'abord tes ailes, déclara Melissa en souriant.

Au moment même où elle prononçait ces mots, Tracy sortait pour aider une cliente âgée à porter sa valise.

—Ne va pas lui mettre des idées dans la tête ! scanda Tracy après avoir fait au revoir de la main à sa cliente.

Sandy, qui venait de finir d'arroser la jardinière pleine de fleurs roses et violettes éclatantes, à la fenêtre, leva les yeux au ciel et rentra.

—Je ne lui mettais pas d'idées folles en tête, je te le promets, indiqua Melissa.

—Je plaisantais ! Même si je suis faite pour Heritage Cove et que je nourris secrètement l'espoir que mes enfants restent ici pendant que je vieillis, je vais m'inspirer de Barney et leur donner ma bénédiction quoi qu'elles décident de faire. Tu veux te joindre à moi dans le jardin, derrière, pour manger quelque chose ? Je peux demander à Giles de nous préparer une petite salade composée en vitesse.

— Avec plaisir !

Melissa avait couru dans tous les sens, et cela lui ferait du bien de faire une pause. Elles entrèrent pour échapper à la chaleur ; à cette heure de la journée, on se serait cru en Méditerranée plutôt que sur la côte est de l'Angleterre.

Dans la cuisine, Giles prit leur commande de salade composée et Tracy remplit une carafe de citronnade avec plein de glaçons, puis elles sortirent et s'installèrent à une table de style bistrot.

Elles venaient de s'asseoir quand Melissa dut s'excuser pour répondre à un appel de Jay. Ils venaient de se parler, mais il avait oublié de lui rappeler qu'elle devait profiter d'être là pour aller voir son petit cottage. Il avait vu une maison magnifique à vendre dans la vallée de la Loire, et lorsqu'il lui en avait envoyé des photos, elle avait été obligée de reconnaître qu'elle était belle, que c'était un vrai refuge. Cependant, à présent qu'ils reparlaient de son cottage, elle se rendait bien compte qu'elle n'était plus aussi pressée de s'en débarrasser qu'au moment où elle était arrivée Heritage Cove. Avoir Jay au téléphone, plus tôt et maintenant, lui rappelait également qu'elle menait une vie très différente, loin de la Cove, à un rythme plus rapide, complètement indépendante de cet endroit. Penser à sa vie de tous les jours était une sorte de garde-fou qui la protégeait de toute incertitude. Depuis son retour au village, les frontières étaient de plus en plus floues, et il y avait des jours où elle avait du mal à y voir clair. Elle se rendait compte que ses sentiments pour Harvey oscillaient tantôt entre le regret et la nostalgie, tantôt entre la frustration et le besoin de tirer enfin un trait sur tout ce qui s'était passé.

Giles leur apporta leurs salades et leurs couverts à table, tandis que Tracy servit la citronnade et en tendit un verre à Melissa.

—Cette salade a l'air tellement bonne ! s'exclama Melissa, joyeuse. J'ai l'impression que Giles se plaît bien en cuisine.

—Ça, c'est sûr !

Elle s'attaqua à sa salade, de la laitue fraîche, croquante, et de la roquette piquante, mêlées de poulet sauce cajun, de tomates et de morceaux juteux de poivron rouge.

—Mes compliments au chef ! renchérit-elle.

Tracy, savourant elle aussi son déjeuner, revint sur le coup de téléphone que Melissa venait de recevoir.

—C'était ta moitié qui t'appelait ?

—Oui, je lui manquais. Je vais être partie assez longtemps, comme j'ai prolongé mon séjour.

—Je suis sûre qu'il comprend. Il s'agit de Barney.

Tracy croyait manifestement que Melissa en avait confié beaucoup plus à Jay au sujet de sa vie à Heritage Cove qu'elle ne l'avait fait en réalité.

—Pourquoi ne l'inviterais-tu pas à te rejoindre ici ? Personnellement, j'adorerais rencontrer ton mystérieux pilote !

Melissa n'était pas sûre de vouloir partager cette partie de son histoire avec Jay. Jusque-là, elle avait réussi à séparer sa nouvelle vie dans le Berkshire de celle qu'elle avait eue à Heritage Cove, et cela lui convenait très bien. Jay savait qu'elle avait perdu ses parents, il comprenait qu'elle n'avait pas envie de s'attarder sur ce qui s'était passé, et il la laissait se retrancher dans ses pensées chaque fois qu'elle en éprouvait le besoin. Ce qu'il ne savait pas, c'était que, lorsqu'elle avait quitté Heritage Cove, elle avait aussi quitté l'homme avec lequel elle imaginait passer le restant de ses jours. Quand elle et Jay avaient commencé à sortir ensemble, elle avait décidé de ne plus regarder en arrière, de se tourner vers l'avenir.

—En parlant d'hommes, poursuivit Tracy, décalant sa chaise pour ne pas avoir le soleil dans les yeux, comment est-ce que Harvey prend ton retour et le fait que vous êtes obligés de passer du temps ensemble pour organiser le bal ? J'ai vu Barney tout à l'heure, et il m'a tout raconté. Heureusement que vous vous êtes proposés, tous les deux, c'est tout ce que je peux dire !

—Il le fallait bien, mais c'est de la folie de devoir trouver ce qui a été annulé et ce qui ne l'a pas été, et ce qu'il reste encore à faire.

—Tu n'as toujours pas répondu à ma question, releva Tracy en plantant sa fourchette dans un morceau de tomate.

Elle n'allait manifestement pas la laisser s'en tirer à si bon compte et éviter le sujet de Harvey.

—*Bizarre* est le terme qui décrirait probablement le mieux comment c'est entre nous, répondit Melissa.

Elle récapitula ce dont ils devaient encore se charger, et ce dont ils s'étaient déjà occupés.

—Je peux vous aider pour ce qui est de trouver un traiteur...

Tracy, qui avait maintenant terminé sa salade, posa ses couverts et sortit son téléphone portable.

—Je vous dirais bien de faire appel à Giles, mais l'événementiel n'est pas son truc, donc il faudrait que vous soyez vraiment désespérés pour qu'il s'en charge. Je vais t'envoyer les coordonnées de contacts que j'ai... Précise-leur que tu appelles de ma part. J'ai fait appel aux deux le jour où le four de l'auberge est tombé en panne une première fois juste avant le quatre-vingtième anniversaire d'une cliente et une deuxième fois une semaine plus tard, alors que nous venions de le faire réparer et que nous étions censés préparer le dîner dominical pour vingt-cinq personnes à l'occasion du premier anniversaire de l'auberge !

—Quel cauchemar !

—Oui, c'était vraiment horrible. Je peux te dire que je n'avais jamais été aussi stressée de ma vie.

Le téléphone de Melissa émit un petit *ding* au moment où elle recevait le message de Tracy avec les coordonnées des traiteurs.

—Ces deux traiteurs sont extra, leur cuisine est excellente… Demande-leur une dégustation, si tu peux.

—Je le ferai, merci…

Melissa fit une drôle de tête et Tracy comprit d'emblée ce qu'elle pensait.

—Vas-y, fais-le tout de suite, je vais en profiter pour rapporter nos assiettes et vérifier que l'on n'a pas besoin de moi à l'accueil. Je reviens.

Quand Tracy la rejoignit, Melissa avait appelé les deux traiteurs.

—Le premier était déjà pris, mais j'ai réservé le deuxième sur ta recommandation et à la condition d'avoir droit à une dégustation avant le bal. Je vais arranger quelque chose avec Barney.

—Parfait ! Encore une chose que tu peux cocher sur ta liste. Je suis contente d'avoir pu t'être utile.

Tracy fit tinter son verre contre celui de Melissa, comme pour porter un toast.

—Mes parents parlaient tout le temps de ce bal, tu sais. Ils adoraient se faire beaux pour y assister. Maman était chaque fois enchantée de constater qu'elle rentrait toujours dans sa robe, et Papa s'était acheté un nouveau costume pour l'occasion – celui qu'il portait à son mariage avait connu des jours meilleurs. Ils y sont allés tous les ans jusqu'à ce que Maman meure et que Papa parte en maison de retraite.

—C'est vraiment horrible de perdre un parent.

—Atroce. Mais c'est dans l'ordre des choses. Je suppose que je peux m'estimer heureuse de les avoir eus auprès de moi si longtemps, ils ont pu connaître leurs petites-filles…

Tracy se couvrit le visage.

—Je suis désolée, je n'ai pas réfléchi.

—Tu n'as pas à t'excuser pour ça. Nous sommes tous dans des situations différentes, et j'ai eu de la chance aussi, d'une autre façon. Maman et Papa m'ont offert la plus merveilleuse enfance dont on puisse rêver, et ce n'est pas donné à tout le monde.

Elle savait qu'elles penseraient l'une comme l'autre à l'enfance de Harvey, à son père qui dominait la famille et lui donnait si peu d'amour.

Son verre de citronnade à la main, Melissa se détendit et ferma les yeux. Le soleil était derrière elle maintenant, et il réchauffait le dos de sa robe légère et sa peau pâle, protégée par de la crème solaire.

—Je suis descendue sur la plage, l'autre jour.

—Enfin ! Alors… ?

—C'était aussi beau que dans mon souvenir. J'ai trempé mes orteils dans l'eau… Après tout ce temps, c'était comme… eh bien, comme de revenir à la maison. Est-ce bizarre, étant donné que ce n'est plus chez moi, ici ?

—Tu seras toujours chez toi, ici. Tu as vécu à la Cove des dizaines d'années, ce n'est pas quelque chose qui s'oublie comme ça.

—Tu as sûrement raison. Et Winnie adore cet endroit, elle n'a pas arrêté de courir dans tous les sens dans le sable pour aller chercher un bâton qu'elle me demandait sans cesse de lui lancer, elle m'a fait travailler dur !

—Winnie ?

Tracy grimaça.

—Oui, je sais qui est Winnie, ajouta-t-elle. Ce que je te demande, en réalité, c'est comment ça se fait que tu étais sur la plage avec Harvey ?

—Nous parlions de Barney.

—Bien entendu.

—Ne va pas t'imaginer des choses, Tracy.

—Je ne m'imagine rien, rétorqua Tracy, dont l'expression suggérait le contraire. Tu es allée au cimetière ou pas encore ?

—Pas encore.

Melissa tourna la tête au moment où un client sortait de l'auberge et s'installait à une table à l'autre bout du jardin pour lire le journal.

—Je suis une très mauvaise fille pour mes parents, n'est-ce pas ?

—Non, certainement pas. Je pourrais y aller avec toi, si tu voulais. Peut-être même que cela t'aiderait de t'y rendre. Je sais que je me sens plus proche de ma mère quand j'y vais.

Melissa aurait préféré répandre les cendres de ses parents dans la mer, laisser l'eau les emporter, mais ils avaient tous deux précisé dans leurs testaments qu'ils souhaitaient être enterrés au cimetière. Les gens disaient toujours que c'était bien d'avoir une tombe sur laquelle se recueillir, alors peut-être était-ce ce qu'ils s'étaient dit aussi, peut-être avaient-ils fait ce choix pour elle et pour son frère. Cela dit, elle trouvait que cela ne l'aidait absolument en rien. Elle n'avait pas mis les pieds au cimetière depuis le jour de l'enterrement de ses parents. Billy était parti et, même si Harvey et Barney avaient été là pour elle, elle n'avait plus réussi à trouver un sens au monde et au rôle qu'elle était censée y jouer sans personne à ses côtés qui sache exactement ce qu'elle traversait.

Tracy ramena la conversation sur ce dont elles parlaient un peu plus tôt.

—Tu te souviens de ton premier bal de la Robe de mariée ?

—Oui ! J'avais déniché une robe blanche de bal de débutantes dans une friperie de Norwich.

—C'est vrai, et tu l'aimais tellement que tu l'as portée année après année. Harvey ne pouvait pas te quitter des yeux.

Melissa s'en souvenait très bien ; et c'était réciproque.

Tracy fit un signe de la main à Sandy, qui était sortie pour couper quelques roses rose pâle supplémentaires, comme celles que Melissa avait vues dans les petits vases de la salle de restaurant.

—Tu sais, j'ai été jalouse quand tu es partie. Je m'étais déjà rangée, et je savais que l'époque des voyages et de la rigolade était bel et bien révolue pour moi.

—Tu as d'autres choses dans ta vie.

—Ça, c'est sûr… et je ne pourrais pas quitter la Cove. Je pourrais partir pour des vacances, mais pas pour de bon. C'est le genre d'endroit qui te saisit et qui ne veut plus te lâcher.

Pour Melissa, un chez-soi était une question de sensation plus que de lieu. Après la mort de ses parents, elle s'était aperçue qu'être là était trop douloureux pour elle, toutes sortes de choses venaient les lui rappeler à tout moment. Cependant, avec son attention tournée vers Barney et son rétablissement, ce n'était que maintenant qu'elle se rendait compte qu'après ces quelques années d'absence, elle n'avait pas été assaillie par les souvenirs qu'elle redoutait autrefois. Elle avait eu des moments de nostalgie, plus courts que par le passé, et ils n'avaient pas tous été désagréables. Elle en avait un juste là, assise dans ce beau petit jardin, alors qu'elle repensait au déjeuner dominical avec ses parents à l'occasion de la fête des Pères, une année. Sa mère n'avait pas arrêté de répéter à son père de ne pas rester en plein soleil parce qu'il allait attraper une insolation, et son père lui avait répliqué que c'était le premier jour de beau temps depuis des semaines, après les orages violents qui avaient balayé la côte est, et qu'il avait bien l'intention d'en profiter.

Avant qu'elle ne quitte Heritage Cove, un souvenir comme celui-là l'aurait bouleversée, elle aurait fondu en larmes, aurait regagné précipitamment le cottage qui avait appartenu à ses parents et se serait réfugiée sous sa couette pour dormir dans l'espoir d'oublier un temps son chagrin ; mais, maintenant, elle restait là à écouter Tracy parler de la Cove, et elle ne s'effondrait pas.

—Où en est Barney, avec ces exercices que tu dis qu'il doit faire ? lui demanda Tracy en chassant une mouche du bord de son verre de citronnade.

—À ma connaissance, il n'en fait aucun. Il a un programme de rééducation à suivre, et ce vieux têtu refuse de le respecter. C'est exaspérant.

—C'est dommage, ça me manque de le croiser dans la Grand-Rue et de le voir arriver ici pour papoter un peu.

—Ce qui m'inquiète, c'est qu'il ne s'en rend pas compte, il ne voit pas qu'en faisant un tout petit effort, il pourrait recommencer à faire exactement ce qu'il faisait avant. On pourrait s'attendre à ce qu'il ait envie de se rétablir, seulement c'est comme s'il avait abandonné. Je suis contente d'organiser le bal de la Robe de mariée, mais ce qui me terrorise, c'est… J'ai peur qu'il ne tarde pas à…

La voix de Melissa se brisa et elle ne parvint pas à terminer sa phrase.

—Du calme, mon chou.

Tracy posa une main sur la sienne.

—Aucun d'entre nous n'est immortel, mais Barney a encore des années devant lui. Nous veillons les uns sur les autres ici, personne ne le laissera souffrir sans rien dire, et Harvey est toujours dans les parages.

—Je suis contente que Harvey soit là pour lui.

Cela réconfortait un peu Melissa de savoir que Barney et Harvey étaient toujours aussi proches, et que quelqu'un surveillerait Barney quand elle repartirait.

—Cet homme remuerait ciel et terre pour Barney. Il en ferait probablement autant pour quelqu'un d'autre de ma connaissance…

Melissa secoua la tête.

—Autrefois, oui, mais plus maintenant. Il y a des jours où il a l'air d'être content que je sois là, et d'autres où il a l'air pressé de me voir partir.

—Ça m'étonnerait beaucoup.

—Pourquoi est-ce qu'il n'est pas venu me chercher, Tracy ?

—Tu te souviens de ce que je t'ai dit la dernière fois que nous avons parlé de ça ? Il faut que tu lui poses la question. Vous êtes les deux seuls à savoir ce que vous ressentiez vraiment, au fond. Cela ne sert à rien d'essayer de le deviner ou de demander à d'autres d'avancer des hypothèses.

—Tu as sûrement raison… mais je pense que je vais tenter de me concentrer sur l'organisation du bal dans un premier temps. D'ailleurs, en parlant de ça, je ferais mieux de m'y remettre !

Elle finit sa citronnade. Elle allait monter dans sa chambre pour faire un brin de toilette avant d'aller retrouver Harvey pour distribuer les prospectus, mais elle avait une autre question à poser à Tracy.

—Je voulais te demander quelque chose... Est-ce que cela arrive que quelqu'un veuille assister au bal de la Robe de mariée, mais n'arrive pas, pour une raison ou une autre, à se trouver une tenue ?

—Drôle de question ! Avoir une tenue n'est-il pas une condition *sine qua non* ? Si vous ne rentrez plus dans votre robe ou dans votre costume et que vous n'en avez pas d'autre, vous ne venez pas ! s'esclaffa Tracy. C'est écrit noir sur blanc sur le billet. Ça fait partie de l'événement.

—Tu es cruelle ! répondit Melissa, riant elle aussi. Mais je suis sérieuse : est-ce que c'est déjà arrivé ?

—Pas que je me souvienne. C'est arrivé à plusieurs femmes, moi y compris, de ne pas réussir à rentrer dans leur robe de mariée même après un régime draconien, mais nous l'avons toutes fait retoucher pour l'occasion, reprendre ou élargir considérablement ici ou là, en fonction de l'évolution de notre silhouette. Certaines robes sont probablement méconnaissables par rapport à ce qu'elles étaient autrefois, mais tout le monde joue le jeu et s'amuse. Ça fait partie de l'événement, et c'est un moyen infaillible de briser la glace pour les plus timides : on commence à parler de problèmes d'essayages de robes et de costumes, on rigole, et c'est aussi simple que ça ! Quant à celles qui sont assez âgées pour assister au bal mais qui n'ont pas encore de robe, elles en achètent une, comme tu l'avais fait. Je peux te demander où tu veux en venir avec cette question ?

Elles retournèrent à l'intérieur et regagnèrent la cuisine fraîche et agréable.

—J'ai trouvé une robe, chez Barney. Bien rangée au fond de son armoire. Elle est belle, magnifique, même… Je dépenserais une petite fortune pour une robe comme celle-là, aujourd'hui, s'il n'y avait pas un bout de tissu découpé dans le bas.

—À t'entendre, on dirait qu'elle t'a tapé dans l'œil… Est-ce que monsieur le pilote et toi songez à officialiser les choses ?

—Elle ne m'a pas tapé dans l'œil, mais tu ne trouves pas que c'est bizarre que Barney ait cette robe dans son armoire et qu'il n'en ait jamais rien dit ? Je me rappelle l'avoir déjà vue il y a des années, quand j'étais bien plus jeune.

Tracy haussa les épaules.

—Peut-être que quelqu'un l'a oubliée chez lui, un jour, et ne l'a jamais réclamée.

—Comment ça, cette personne serait venue au bal dans cette robe et serait repartie toute nue ?

—Très juste. Eh bien, la seule explication que je vois, c'est que c'est une robe de secours, au cas où quelqu'un n'en aurait pas, comme tu l'as toi-même suggéré… et peut-être que le morceau de tissu découpé indique qu'il l'a achetée quelque part pour une bouchée de pain, qu'il avait l'intention de la faire raccommoder, mais qu'il n'a jamais eu le temps de s'en occuper.

—Tu as peut-être raison. Peut-être que je me fais des idées et que j'accorde trop d'importance à cette robe.

—Probablement, et tu as déjà assez à faire avec les préparatifs du bal, énonça Tracy, les lèvres étirées. Et puis, Barney va finir par se ressaisir, j'en suis sûre.

Elle donna un coup de torchon sur la planche à découper pour en faire tomber quelques miettes qu'elle jeta dans la poubelle à côté de la porte de la cuisine.

—Je suis vraiment contente que tu sois là, Melissa.

—Et moi, je suis heureuse d'être là, répondit Melissa en souriant à son amie.

C'était vrai, elle était heureuse d'être là ; et c'était bien là le problème.

***

À eux deux, Harvey et Melissa passèrent la majeure partie de l'après-midi et le début de la soirée à distribuer des prospectus pour le bal de la Robe de mariée aux commerces du coin, aux maisons de la Cove et dans un périmètre un peu plus large, puis ils se retrouvèrent chez Barney.

Ils burent une tasse de thé avec Barney, puis ils ressortirent et se dirigèrent vers la grange. Harvey regarda Melissa. Même si le roux de ses cheveux était légèrement plus clair, il était toujours aussi éclatant que des années plus tôt, comme si elle était toujours la jeune fille dont il était tombé amoureux. Il aurait voulu pouvoir réprimer ses sentiments, mais cela lui était un peu plus difficile chaque jour. Avant qu'elle revienne à la Cove, il aurait dit qu'il l'avait oubliée, mais, maintenant qu'elle était là, il se rendait bien compte que ce n'était pas le cas du tout. Plus il passait de temps avec elle, mieux il se souvenait de ce qu'ils avaient partagé par le passé, et plus il avait conscience de ce qu'elle partageait désormais avec quelqu'un d'autre.

—J'ai appelé l'entreprise de location de tables et de chaises, lui précisa-t-elle en ouvrant les portes de la grange. Nous y sommes presque.

Il alla placer un escabeau à une extrémité du bâtiment. Il fallait à présent qu'il examine toutes les poutres, ce qu'il faisait de temps en temps pour vérifier qu'elles ne pourrissaient pas et qu'il n'y avait ni moisissures ni aucun autre signe de détérioration. Repérer le plus tôt possible d'éventuels problèmes était crucial et, au fil du temps, il avait réparé certaines poutres et remplacé certaines pièces. Au moins, il n'aurait pas à se soucier du sol, puisqu'il était dallé et qu'il ne demandait donc aucun entretien. Il lui suffirait ensuite d'inspecter les murs de la grange pour contrôler qu'il n'y avait aucun clou qui dépassait, aucune écharde susceptible de blesser quelqu'un ou de se prendre dans une tenue.

—Attends, je vais tenir l'escabeau, dit Melissa quand il grimpa sur la marche la plus élevée.

—Ce n'est pas la peine.

Il voulait retirer les toiles d'araignées au-dessus de la porte. Il ne tarderait pas à y en avoir de nouvelles, mais cela ne faisait pas de mal de profiter de l'occasion pour faire un brin de ménage.

—Si tu tombes aussi, je vais devoir organiser tout cet événement toute seule, et je ne m'en sens vraiment pas capable.

Il baissa les yeux vers elle et sourit.

—D'accord.

Quand il eut terminé et qu'il redescendit de l'escabeau, elle se tenait si près qu'il ne put faire autrement que de la frôler, et il sut tout de suite que le contact l'avait troublée autant que lui.

—Je vais rentrer pour voir si je peux convaincre Barney de faire au moins un exercice avec moi, lança-t-elle, s'empressant de partir en direction de la maison.

Elle était peut-être en couple avec quelqu'un d'autre, mais il n'était pas mécontent de voir qu'il lui faisait toujours de l'effet.

—Bonne chance, oblige-le à t'écouter !

— Je donnerai un coup de balai quand je reviendrai, lui cria-t-elle par-dessus son épaule tout en s'éloignant.

Comme il l'avait prévu, il entreprit de vérifier s'il n'y avait pas d'échardes ou de clous dépassant des cloisons, et s'occupa de tous ceux qu'il trouva.

— Toc, toc ! entonna une voix à la porte alors qu'il se tenait au coin de la grange.

Il leva la tête et vit Casey, une jeune femme qui était venue s'installer à Heritage Cove avec sa famille deux ans plus tôt, et avec laquelle il était sorti plusieurs fois.

— Salut, Casey ! Ça va ? Qu'est-ce qui t'amène ?

— Je me demandais si tu avais eu le temps de réfléchir à ma proposition…

Constatant son air perplexe, elle précisa :

— Pour être mon cavalier au bal.

— Ah, ça…

— Tu avais oublié, n'est-ce pas ?

— Non…

Il afficha un grand sourire.

— Si, reconnut-il.

— J'en étais sûre.

Il cherchait une excuse pour décliner l'invitation de cette jeune femme superbe, avec ses yeux verts si vifs, ses cheveux blond angélique et ses formes généreuses, qu'elle n'avait pas peur de mettre en valeur avec des vêtements moulants qui ne laissaient pas beaucoup de place à l'imagination ; mais à ce moment-là, Melissa – qui n'avait manifestement pas réussi à convaincre Barney – réapparut avec un balai, prête à s'affairer. Il ne put pas faire autrement que de faire les présentations.

Casey les regarda tour à tour.

— J'ai entendu dire que c'était vous deux qui organisiez le bal, cette année.

—Décidément, les nouvelles vont vite ! s'exclama Melissa. Je crois que nous allons y arriver.

—Je peux vous donner un coup de main, si besoin est. Harvey a mon numéro, ajouta Casey effrontément.

Harvey vit quelque chose passer dans le regard de Melissa. De la jalousie, peut-être ? Une partie de lui l'espérait.

—Eh bien, j'ai fait ce que j'avais à faire ici pour aujourd'hui, déclara-t-il.

Même si la proposition de Casey était amicale, il y avait comme un malaise.

—Tout est en bon état, et la scène est prête à accueillir le groupe.

—Ils t'ont rappelé ? demanda Melissa.

—Je croyais que c'était toi qui t'en occupais, répondit-il, perplexe.

—Non...

Avant qu'il puisse ajouter quoi que ce soit, elle tourna les talons et lui lança par-dessus son épaule :

—Je m'en occupe tout de suite.

Elle marmonna quelque chose d'autre, mais il n'arriva pas à entendre quoi.

Casey, visiblement surprise par le départ soudain de Melissa, revint à la raison de sa visite.

—Je t'en prie, dis-moi que tu as besoin d'une cavalière. Je ne peux pas aller au bal toute seule, c'est pitoyable.

—Alors, tu serais ravie de pouvoir m'utiliser ?

—Hé, n'hésite pas à m'utiliser en retour ! répliqua-t-elle avec un grand sourire.

Elle aurait bien aimé, mais il n'avait pas l'intention de le faire. S'il y avait bien une chose qu'il savait à propos des femmes, c'était que les mener en bateau était une mauvaise idée. C'était pour cette raison que cela n'était jamais allé plus loin, entre Casey et lui. Ils s'étaient contentés de batifoler un peu, à l'occasion de deux ou trois soirées au pub. Elle ne méritait pas que l'on se moque d'elle, à plus forte raison maintenant qu'il avait la tête ailleurs.

—C'est une vraie proposition que je te fais, tu sais, continua-t-elle en tendant une main vers son bras et en l'effleurant du bout des doigts.

Elle laissa retomber sa main quand elle vit que cela ne provoquait aucune réaction.

—Tu me rejettes à cause de la rouquine.

—Melissa ?

—N'essaie même pas de prétendre le contraire, déclara-t-elle avec bonne humeur. J'ai entendu parler de vous deux, mais je n'aurais probablement pas cru que tu étais toujours amoureux d'elle si je ne l'avais pas constaté de mes propres yeux.

—C'est de l'histoire ancienne entre Melissa et moi. Elle est en couple avec quelqu'un d'autre.

—Peut-être, mais pas toi, tu es célibataire.

—Il n'y a rien entre elle et moi, je t'assure.

Il rangea son marteau dans sa boîte à outils.

—J'ai bien vu la façon dont elle te regarde, dont tu la regardes, bla-bla-bla.

Casey n'hésitait jamais à dire ce qu'elle pensait, et elle était très agréable à fréquenter. Sa personnalité pleine de vitalité avait tendance à vous entraîner avec elle.

—Je suis contente pour toi, contente qu'elle soit de retour, je veux dire.

—Elle n'est pas de retour, elle ne fait que passer, précisa-t-il tandis qu'ils sortaient de la grange. Et elle a un petit ami, qu'elle va aller retrouver d'ici quelques semaines.

—Eh bien, j'espère que son nouveau copain est au courant que sa petite amie est amoureuse d'un autre homme.

Il secoua la tête, écartant cette remarque, et remit la boîte à outils à l'arrière de son pick-up.

—À plus tard, Casey !

—Ne fais pas la tête comme ça ! Et si on allait prendre un verre au pub ? En amis, je connais les conditions ! Allez, il n'y a personne dans le coin… et je m'ennuie.

Il soupira entre ses dents.

—Tu vas m'attirer des problèmes.

—Je vais essayer.

—Bon, d'accord ! Laisse-moi le temps d'aller prévenir Barney et de reconduire le pick-up à la maison, je te retrouverai au pub.

Quand Melissa sortit et l'entendit dire à Casey qu'il la rejoignait au pub, son expression lui indiqua que Casey avait peut-être raison au sujet de la fille qui lui avait brisé le cœur, autrefois.

Ils étaient tombés amoureux l'un de l'autre des années plus tôt, mais peut-être ne s'étaient-ils jamais véritablement détachés l'un de l'autre.

8

Melissa était satisfaite de ce qu'ils avaient accompli dans le cadre de l'organisation de l'événement de l'année à Heritage Cove. Même si elle en avait pris un coup en voyant Harvey avec Casey, la veille au soir – cette dernière l'avait invité à aller au pub avec elle et avait semblé suspendue à ses lèvres –, elle s'était efforcée de se concentrer sur tout ce qu'il restait à faire pour que le bal de la Robe de mariée se déroule sans anicroche. Elle avait confirmé la commande de fleurs, avait réussi à réserver le groupe et avait contacté le journal local. Elle avait échangé quelques e-mails avec Jay, prenant soin, toutefois, d'éviter de mentionner son petit cottage à la Cove, et elle avait fait une longue promenade dans la campagne, remplissant ses poumons d'air frais, ce qui avait eu sur elle un effet apaisant.

Du moins, jusqu'à ce qu'elle aille chez Barney à l'heure du dîner, ce soir-là. Giles avait préparé un plat de lasagnes si conséquent qu'en le voyant, Barney avait tout de suite dit qu'il suffirait à nourrir une famille de quatre personnes et proposé à Harvey de se joindre à eux. Quand il était arrivé, Harvey n'avait pas arrêté de parler de Casey, disant qu'elle voulait qu'il fasse partie de son équipe pour les quiz qui avaient lieu au pub, parce qu'il était, apparemment, une arme secrète. Melissa avait fini par se demander s'il allait aller au bal avec Casey, et l'idée ne la mettait pas particulièrement de bonne humeur.

Une fois qu'ils eurent débarrassé la table, Harvey alla chez sa mère pour réparer la porte de son appentis, qui était sortie de ses gonds. Melissa s'affaira quant à elle à vider le lave-vaisselle pour Barney.

Ce dernier ne tarda pas, depuis son fauteuil, à lui crier :

—Qu'est-ce que c'est que tout ce boucan ? Je ne vais bientôt plus avoir de vaisselle, si tu es aussi brutale !

Elle prit une profonde inspiration et ralentit.

—Désolée, Barney.

—Qu'est-ce qu'il a encore fait ?

—De qui tu parles ?

Elle se mit sur la pointe des pieds pour glisser une pile de quatre assiettes dans le placard d'angle, près de la cuisinière.

—Tu vois très bien de qui je parle. Harvey, évidemment. Ce doit être à cause de lui si tu es de si mauvaise humeur, tout à coup.

—Je suis de très bonne humeur, merci bien. Et Harvey n'a rien fait du tout.

—On pourrait s'y tromper, rétorqua-t-il.

—Tu veux une tasse de thé ?

Sa question fut interrompue par quelqu'un qui frappa à ce moment-là à la porte d'entrée.

—Qui ça peut bien être ? ronchonna Barney. Il est 20 heures passées.

Et il estimait qu'*elle* était de mauvaise humeur ?

—J'y vais, dit-elle.

Il était content d'avoir de la visite d'habitude, et elle espérait qu'il ne tarderait pas à être dans un meilleur état d'esprit. Cependant, quand elle alla ouvrir et qu'elle vit l'uniforme de la dame qui se tenait sur le pas de la porte, elle sut tout de suite que ce n'était pas cette visiteuse-là qui allait arranger les choses.

—Je suis l'infirmière, annonça la dame en suivant Melissa en direction du salon. Je suis désolée, je n'ai pas pu venir plus tôt, j'ai eu un emploi du temps épouvantablement surchargé.

Harvey lui avait dit qu'une infirmière devait passer, mais cela lui était complètement sorti de l'esprit.

—Qu'est-ce que vous faites ici ? lui demanda Barney d'un ton sec.

—Barney…

Melissa lui posa une main sur l'épaule.

—Sois gentil, lui chuchota-t-elle. Ne t'en prends pas à elle !

Elle se tourna vers l'infirmière et articula silencieusement :

—Désolée…

La dame se contenta de sourire, et elle s'assit en face de Barney, prête à prendre les choses en main. Melissa espérait que l'infirmière aurait plus de chance qu'elle et qu'elle réussirait à le convaincre qu'il n'était pas trop vieux pour se rétablir complètement, à condition de faire ses exercices.

Elle prit une pile de draps qu'elle avait lavés la veille, les laissa seuls tous les deux, et en profita pour aller faire le lit de la chambre d'amis dans laquelle Harvey avait passé quelques nuits. Il lui arrivait encore de dormir là, mais il rentrait chez lui la plupart du temps, parce que Barney avait insisté pour qu'il le fasse, et il n'avait laissé derrière lui qu'une brosse à dents et un tube de dentifrice.

Elle s'appuya au chambranle de la fenêtre et regarda la grange, au-delà du toit pointu. Même si elle appréciait sa solitude à l'auberge, elle se demandait si Barney aurait été plus en forme si elle avait dormi chez lui. Elle serait là tout le temps, et il y aurait alors peut-être un espoir de le persuader de faire ce qu'il avait à faire pour se rétablir.

Elle repensa à toutes les fois où elle avait dormi là quand elle était enfant. Tous les étés, Harvey et elle insistaient pour passer des soirées et des nuits dans la grange. Ils disposaient des balles de foin, puis leurs sacs de couchage et leurs oreillers dessus. Ils ne pouvaient le faire que quand le père de Harvey était en déplacement, mais cela les avait toujours beaucoup amusés, et c'était toute une aventure pour eux quand l'orage éclatait. Barney était souvent resté dans la grange pour garder un œil sur eux, et une nuit où il y avait eu un orage violent, Harvey et elle avaient attrapé un fou rire en entendant ses ronflements sonores, qui rivalisaient avec le tonnerre au-dehors. Ils n'avaient cessé de rire que lorsqu'un long grondement sourd suivi d'un coup de tonnerre retentissant fasse tellement peur à Melissa que Harvey avait pris sa main dans la sienne et l'avait rassurée. Ils étaient en sécurité, ils seraient toujours en sécurité.

Après avoir fait le lit de la chambre d'amis, elle redescendit l'escalier, et elle fut soulagée, alors qu'elle remontait le couloir, d'entendre le doux murmure de voix. Au moins, Barney parlait à l'infirmière. Ne voulant pas les interrompre, elle ne le rejoignit pas tout de suite. Elle se demanda si Harvey et elle avaient oppressé Barney et si quelqu'un d'impartial était exactement ce dont il avait besoin.

Comme elle s'arrêtait à la porte de la chambre de Barney, ses pensées se tournèrent une fois de plus vers l'armoire où était pendue la robe à laquelle il manquait un bout de tissu. Elle voulait absolument jeter un coup d'œil à la lettre qu'elle avait trouvée, alors, sûre de ne pas être prise la main dans le sac – étant donné que Barney n'allait pas se lever d'un bond de son fauteuil et arriver en courant –, elle entra dans la pièce sur la pointe des pieds et ouvrit la porte de l'armoire, lentement, au cas où elle grincerait. Elle défit la fermeture éclair de la housse en plastique et glissa une main dedans pour en sortir le petit sac qui contenait la lettre. Elle déplia l'unique feuille de papier, sur laquelle il y avait un symbole bleu à demi effacé qui ressemblait un peu à une ancre, et elle commença à lire.

Cher Barney,
C'est avec beaucoup de tristesse et de regret que je t'écris cette lettre ; et c'est lâche de ma part de le faire pendant que tu n'es pas là, mais il le faut, parce que je sais que tu ne me laisserais pas partir, sinon.
Alors que je t'écris ces mots, tu es au travail, occupé à faire tout ton possible pour nous bâtir un avenir à tous les deux ; mais je ne peux plus faire partie de cet avenir. Après tout ce qui s'est passé, j'ai le sentiment de ne pas avoir d'autre solution que de m'en aller, pour découvrir où est ma place dans ce monde. Je crois sincèrement que nous pouvons être à nouveau heureux, mais je ne suis plus sûre que nous puissions y parvenir ensemble. Notre douleur nous a brisés, nous ne pouvons pas nous remettre de cela.
Sois heureux, mon amour. Tu es l'homme le plus gentil que j'aie jamais connu ; ne perds jamais ta gentillesse, je t'en prie.
Avec tout mon amour, pour toujours,
Ta Lois

Melissa remit la lettre dans le petit pochon, le rangea avec la robe et revérifia qu'elle ne risquait pas d'être prise sur le fait. Elle s'en voulait un peu de faire ce qu'elle faisait, mais elle se mit à quatre pattes pour regarder ce qu'il y avait d'autre, caché dans cette armoire. Elle trouva des tas de chaussures, quelques ceintures de cuir enroulées, un ticket de caisse décoloré, un pot contenant des boutons de rechange, et enfin une paire de pantoufles, dont les semelles étaient trouées. Elle se demanda pourquoi Barney ne les avait jamais jetées et, alors qu'elle les soulevait, elle découvrit qu'elles cachaient une photo. En noir et blanc, elle n'était pas très grande, mais elle était dans un cadre. Elle la sortit de l'armoire et réprima un éternuement en essuyant la poussière qui la recouvrait.

Son cœur martelant sa poitrine, elle examina la photographie. Elle était sûre que c'était Barney, car elle avait vu deux autres photos de lui au même âge à peu près, l'une sur laquelle il était assis sur un bateau, portait un gilet de sauvetage et se tenait à la corde d'une voile, l'autre sur laquelle il mangeait un *fish and chips* en compagnie de sa mère, sur une plage. Sur cette photographie encadrée, la femme qui se tenait à côté de lui devait être Lois. Elle était d'une beauté classique, elle avait des traits délicats, des cheveux bruns enroulés sur le dessus de sa tête, et de petites mèches bouclées de chaque côté du visage. Elle avait dans les mains un petit bouquet de fleurs, et elle regardait l'appareil photo en souriant, tandis que Barney contemplait son épouse comme s'ils étaient seuls au monde. Comparant le corsage de la robe de mariée sur la photo au corsage de celle accrochée dans l'armoire, Melissa n'eut plus aucun doute : c'était la même robe, et ce devait être celle de Lois.

Elle remit la photo où elle l'avait trouvée et reposa les vieilles pantoufles par-dessus. Elle rangea ensuite les chaussures, les ceintures et tout le reste, espérant que l'on ne pouvait pas voir qu'elle y avait touché. Complètement chamboulée, elle avait besoin de sortir. Elle passa donc sans un mot devant les portes fermées, sortit par la porte de devant et contourna la maison pour aller dans la cour. Là, elle s'assit sur la grosse souche et elle essaya d'appeler Harvey, mais il ne décrocha pas. Elle ne savait pas exactement ce qu'elle allait lui dire, de toute façon, mais elle avait envie de parler à quelqu'un. Pourquoi Barney n'avait-il jamais mentionné Lois ? Elle ne pensait pas que celle-ci était morte, puisqu'elle lui avait laissé un mot d'adieu, mais beaucoup de gens se mariaient puis se séparaient, et il n'y avait pas de quoi avoir honte.

Quand l'infirmière sortit de la maison, Melissa s'arracha à ses pensées. Elle passa sous l'arche entre les genévriers et jeta un coup d'œil à travers la fenêtre la plus proche de la porte pour vérifier que Barney ne regardait pas dans cette direction. Toutefois, elle ne craignait rien, car il avait l'air d'être concentré sur la télévision.

—Comment va-t-il ? demanda-t-elle à l'infirmière.

—Aussi bien que l'on peut s'y attendre.

L'infirmière, une femme grande et élancée du nom de Penny, qui avait dû se baisser pour passer sous le linteau de la porte entre le couloir et le salon, ferma adroitement la boucle de cuir de son sac d'une seule main, serrant de l'autre une chemise contre sa poitrine.

—Il est aussi têtu que mon beau-père, c'est un homme brut de décoffrage, qui fera face aux choses à sa façon et à celle de personne d'autre, et à son rythme.

—Ça ne m'en dit pas beaucoup plus…

Melissa aida Penny à ouvrir le loquet du portail et attendit qu'elle ait mis ses affaires sur la banquette arrière de sa Peugeot bleu ciel, garée devant la maison.

—Sa hanche guérit lentement. Ne le poussez peut-être pas trop, contentez-vous d'être là pour lui. Je suis sûre que nous ne tarderons pas à voir une différence. Il a de la chance que ce soit l'été. Les mois d'hiver sont durs, surtout pour les personnes âgées, qui ont parfois plus de mal à se remettre d'un séjour à l'hôpital à cette période-là de l'année.

Tandis que l'infirmière s'éloignait au volant de sa voiture, Melissa eut envie de lui crier que Barney n'était pas vieux, qu'il débordait de vitalité et d'énergie, mais elle commençait peu à peu à se rendre compte que des années s'étaient écoulées depuis son départ, et qu'il était peut-être temps qu'elle accepte que les choses avaient changé. Et si c'était véritablement le dernier bal de la Robe de mariée, si Barney en avait vraiment assez, alors elle se devait de faire en sorte que ce soit le plus merveilleux de tous.

***

Harvey avait bu une bière avec sa mère après avoir réparé la porte de l'appentis, et il faisait déjà nuit quand il arriva chez lui.

Alors qu'il se dirigeait vers la porte d'entrée, il vit que la lumière extérieure était allumée et que Melissa était assise sur le seuil, à l'attendre.

—Barney va bien ? lui demanda-t-il tout de suite.

Elle se rendit compte qu'il avait été pris de panique en la voyant.

—Je suis désolée, je ne voulais pas te faire peur. Il ne s'est rien passé, Barney va bien. L'infirmière est venue le voir.

—Ah, oui, je voulais te rappeler sa visite…

—Il n'y a pas de problème. Au moins, il a eu l'air de bien vouloir lui parler, et elle pense qu'il va finir par se rétablir.

Il ouvrit la porte et, dès qu'ils furent entrés, Winnie réclama l'attention de Melissa.

—Alors, pourquoi cette visite tardive ? s'enquit-il.

—C'est à propos de la robe…

Melissa gratouilla Winnie autour des oreilles, comme la chienne aimait qu'on le fasse.

Il alluma la lampe dans le coin de la cuisine, près de la table.

—Et il faut que tu m'en parles maintenant ? Cela ne pouvait pas attendre demain ?

—J'ai lu la lettre, celle dans le petit sac.

Il fonça les sourcils et secoua la tête.

—Ce n'étaient pas tes affaires.

—Peut-être pas.

—Bon, allez, vas-y, crache le morceau. Que disait cette lettre ?

Elle la lui récita presque mot pour mot.

—Il n'a jamais parlé d'une Lois, n'est-ce pas ?

—Pas que je me souvienne.

Il s'assit et essaya de se concentrer sur le sujet plutôt que sur la présence de Melissa, ici, chez lui, une fois de plus. Il avait imaginé cela plusieurs fois au fil des ans, notamment depuis qu'il avait racheté la maison et qu'il l'avait faite sienne, mais il s'était toujours efforcé de revenir à la réalité, empêchant ses pensées de s'aventurer trop loin dans cette voie.

—Barney a enduré plus d'épreuves que nous n'en avons connaissance, commenta Melissa en s'asseyant à son tour. Je ne sais pas qui était cette Lois, mais elle a dû lui briser le cœur, et nous ne savons absolument pas pourquoi.

Il ne voyait toujours pas pourquoi cela ne pouvait pas attendre le lendemain matin.

—Je crois qu'il ne s'est jamais vraiment remis de ce qui s'est passé entre eux, poursuivit-elle, et je pense… eh bien, je ne peux pas m'empêcher de penser que sa mauvaise humeur et le fait qu'il n'éprouve pas le désir de redevenir lui-même ont aussi quelque chose à voir avec Lois.

Il soupira.

—Quoi qu'il ait pu se passer, cela doit remonter à des années, à avant qu'il vienne s'installer à la Cove. Je sais bien que je suis un homme et que je ne suis pas censé comprendre les émotions aussi bien que vous, les femmes, mais je suis à peu près sûr que, depuis le temps, il aura réussi à se remettre de s'être fait larguer par une femme et qu'il aura tourné la page.

—Tu n'es pas obligé de formuler les choses de manière aussi insensible.

—Ce n'est pas insensible, c'est réaliste. Je pense que tu accordes beaucoup trop d'importance à toute cette histoire. Maintenant, il est tard, et je dois me lever de bonne heure demain matin pour aller sur un chantier.

Et puis, plus elle restait assise là, en face de lui, plus il avait envie de tendre le bras vers elle, de la prendre par la main, de l'attirer vers lui et de reprendre là où ils s'étaient arrêtés. Peut-être avait-elle raison, après tout, peut-être que tourner la page n'était pas si facile pour Barney ; cela ne l'était certainement pas pour lui. Cependant, il n'avait pas l'intention de le lui avouer.

—Et puis, tout le monde ne se remet pas aussi bien d'un cœur brisé, se contenta-t-il de dire.

—Est-ce que nous parlons de Barney et de Lois ou de nous, là ?

—Peut-être des deux.

Il prit soin de garder les yeux rivés sur la chienne, qui avait reporté son attention sur lui.

Au bout d'un moment, Melissa le questionna :

—Est-ce que je devrais dire quelque chose à Barney ?

—Si tu le fais, il saura que tu as fouillé dans ses affaires.

—Je détesterais qu'il m'en veuille et qu'il ne souhaite plus me parler.

—Il ne ferait jamais une chose pareille.

Il s'empressa de changer de sujet quand le regard qu'elle posait sur lui se fit un peu trop insistant.

—Bravo pour tout ce dont tu t'es occupée aujourd'hui, le groupe, le journal, la fleuriste…

—Je me sens mieux, maintenant que c'est fait. La question du groupe m'inquiétait. Je les ai appelés, ils m'ont dit qu'ils étaient déjà pris, comme on le craignait, mais ils m'ont rappelée moins d'une heure plus tard… J'aime autant te dire que je n'étais pas tranquille, je n'ai pas la moindre idée de la marche à suivre pour engager un groupe, et ceux que j'avais repérés étaient bien trop chers, ou alors c'étaient des groupes de gamins de quinze ans qui auraient probablement joué du heavy metal toute la soirée, et cela n'aurait pas été apprécié du tout !

L'idée amusa Harvey.

—Mieux vaut ne pas y penser !

Le silence se fit.

—Je me demande pourquoi Barney n'a jamais mentionné cette Lois, finit-il par dire.

—Ah ! Alors, tu es curieux, toi aussi.

—D'accord, je le reconnais, ça m'intrigue. C'est bizarre, tu as raison. Surtout au vu de notre histoire, de ce que j'ai ressenti quand tu es partie… Ce n'est pas une pique, précisa-t-il quand elle tressaillit, mais il aurait été le parfait exemple d'un homme qui va de l'avant malgré tout, après une rupture amoureuse.

—Le parfait exemple ? Ou un très mauvais exemple ? Enfin, je veux dire, il ne parle jamais de ce qui s'est passé, il a une robe de mariée dans son armoire… Peut-être qu'il n'a pas voulu partager son histoire avec toi au cas où tu aurais suivi la même voie que lui et n'aurais jamais tourné la page.

—Tu peux aller regarder dans mon armoire, si tu veux : je n'ai que des vêtements d'homme, pas de robe !

—Je pense que ce ne sera pas nécessaire.

Il adorait la façon dont son visage tout entier s'illuminait quand elle souriait, le fait qu'elle n'aurait pas pu cacher son amusement même si elle avait essayé de le faire.

—Je devrais peut-être laisser tomber, souffla-t-elle. Qu'est-ce que tu en penses, Winnie ?

Elle ébouriffa la fourrure de la chienne, et Winnie se roula sur le dos pour se faire gratter le ventre.

—Peut-être que Barney a conservé cette robe sans arrière-pensée et qu'il l'avait plus ou moins oubliée, ou peut-être qu'il l'a bel et bien gardée pour en avoir une de rechange, ou pour la donner à quelqu'un. Tu le connais, il tient à ce que tout le monde se sente inclus, au sein de la communauté, à faire tourner les commerces du coin, à ce que les nouveaux venus ne restent pas à l'écart…

—Même s'ils préféreraient parfois le rester, ajouta-t-il en souriant. Il paraît que Lucy, qui remplace le forgeron, restait dans son coin au début, mais que Barney a insisté pour qu'elle rencontre un peu tout le monde : il l'a accostée dans la Grand-Rue un après-midi, et il ne lui a pas vraiment laissé le choix, il l'a invitée à prendre le thé et il l'a présentée aux habitants de la Cove !

— Je le reconnais bien là ! J'ai croisé Lucy, elle a l'air sympa. Je me demande si elle est là pour de bon.

— Connaissant Barney, il va se comporter avec elle comme si c'était le cas.

Melissa marqua un temps d'arrêt, puis elle enchaîna :

— Je sais que tu crois que j'essaie de trouver des explications qui n'existent peut-être pas, de réparer un cœur brisé qui ne pourra peut-être jamais être réparé, mais il y a quelque chose dans cette histoire de robe, dans cette histoire de bal de la Robe de mariée, qui me chiffonne. Je crois que ce dont Barney ne parle pas, quoi que ce soit, l'a profondément affecté sans qu'aucun d'entre nous s'en aperçoive, et je crois que cela l'affecte encore aujourd'hui et que c'est ce qui lui donne envie d'abandonner.

— Je comprends ce que tu ressens, mais nous faisons tout ce que nous pouvons en nous chargeant de l'organisation du bal cette année ; et Barney a dit qu'il serait là pour nous observer de loin.

— Tu vas y assister, toi ?

— Au bal ? Évidemment. J'y suis allé tous les ans depuis mes dix-huit ans.

— Même après...

— Même après ton départ, poursuivit-il à sa place.

— La vie continue, hein ?

— Quelque chose comme ça.

— Tu te souviens de l'année où nous avons grimpé sur les poutres, où nous nous sommes glissés dessus et où nous avons cassé un bout de bois ?

Son sourire radieux réapparut.

— Ce n'est pas nous qui l'avons cassé, le bois était pourri.

— Il était peut-être pourri, mais c'est à cause de nous qu'il s'est détaché !

—Tu sais, je crois que c'est la première fois que j'ai vu Barney vraiment en colère. Je m'étais enfui en courant et je m'étais caché.

—Oui, et il avait mis deux heures à te trouver, lui rappela-t-elle. Il était dans tous ses états.

—J'avais l'habitude de voir mon père se mettre dans des colères noires, je n'allais certainement pas rester dans les parages pour voir Barney en faire autant.

—Il m'en a parlé, tu sais.

—De mon père ?

—Du soir où tu t'es enfui pour lui échapper. Il était effondré de penser que tu pouvais avoir peur qu'il te frappe.

—Je pense que je n'ai jamais vraiment cru une chose pareille, j'ai cédé à la panique, c'est tout.

Melissa caressa une dernière fois Winnie avant de se lever.

—Je ferais mieux de retourner à l'auberge. Je voulais juste te parler et te tenir au courant à propos de la lettre.

—Tu m'as attendu longtemps ?

—Non, pas du tout, et c'était probablement plus dur pour Winnie que pour moi… Je l'entendais s'agiter de l'autre côté de la porte !

—Ça ne m'étonne pas.

Il se leva aussi.

—Je vais te raccompagner.

—Harvey, ce n'est pas loin, et nous sommes à la Cove, je ne crains rien.

—Ne discute pas.

Il prit la laisse de Winnie, qui fut tout de suite partante pour cette promenade nocturne inattendue. Il ferma la porte à clef derrière eux, et ils descendirent la petite rue.

Au bout de quelques mètres, il tendit la main pour arrêter Melissa.

— Tu entends ça ?

Il vit ses yeux pétiller à la clarté de la lune.

— Des grillons ! répondit-elle avec un sourire rayonnant. J'adore les entendre striduler. Ça me donne l'impression d'être en vacances.

La remarque lui fit un drôle d'effet. En principe, elle était bel et bien en vacances, mais s'apercevrait-elle un jour que Heritage Cove n'avait pas changé, que c'était toujours le même lieu que celui qu'elle aimait par le passé ?

La conversation se tourna de nouveau sur le bal et sur tout ce qu'ils avaient déjà organisé.

— Ça avance bien, observa-t-il. Nous avons vendu pas mal de billets supplémentaires grâce aux prospectus que j'ai fait faire.

Elle croisa les doigts des deux mains.

— Nous y sommes presque ! Tout le monde a l'air d'être surexcité. Tracy et Sandy n'arrêtent pas d'en parler, Jade aussi, chaque fois que je la vois, et Celeste a hâte de danser ! Maman disait toujours que c'était la seule occasion qu'elle avait de danser depuis son mariage… J'adorais les regarder se préparer pour aller au bal, Papa et elle, et les voir partir ensemble comme un couple de jeunes mariés et non comme un couple marié depuis des années.

Elle lui jeta un coup d'œil.

— Quand on était plus jeunes, toi et moi, on disait toujours qu'on irait, un jour, qu'on boirait du champagne dans ces grandes flûtes dans lesquelles on ne pouvait pas mettre son nez, et qu'on serait les derniers sur la piste de danser à la fin de la soirée !

Le silence régnait sur Heritage Cove à cette heure-là, et les pattes de Winnie produisaient un petit bruit mat à un rythme régulier tandis qu'ils remontaient la Grand-Rue. Ils parlèrent des danses dont ils se souvenaient, des habitants du village qui étaient ravis d'avoir l'occasion de se parer de leurs plus beaux atours, jusqu'à ce qu'ils tournent au coin de la rue et arrivent devant l'auberge.

Melissa se baissa pour donner encore un peu d'amour et d'attention à Winnie. *Quelle chanceuse, cette chienne !*

— Tu sais ce que je pense que nous devrions faire ?

— Quelque chose me dit que tu as un plan, souligna-t-il avec une moue amusée.

— Je pense que nous ne devrions pas attendre le bal pour montrer à Barney de quoi il retourne. Nous devrions le mettre dans l'ambiance, raviver ses souvenirs, faire en sorte qu'il se réjouisse à la perspective de cette soirée. Cela lui donnerait peut-être envie de sortir de son fauteuil et de se remuer !

— Qu'est-ce que tu as en tête, au juste ?

— Passe me prendre ici quand tu auras fini ta journée, demain, et tu le découvriras !

On aurait presque dit qu'ils se donnaient un rendez-vous galant ; mais, quoi qu'il puisse se passer entre Melissa et lui à l'avenir, il était sûr d'une chose, c'était que son retour à la Cove n'aurait pas pu tomber à un meilleur moment pour Barney. S'il y avait bien quelqu'un qui pouvait faire des miracles, avec lui, c'était elle.

9

Deux jours plus tard, après s'être levée incroyablement tôt pour réaliser cette surprise, Melissa s'était attendue à découvrir Barney assis dans son fauteuil quand elle avait frappé à la porte de derrière, mais elle n'avait eu aucune réponse. Heureusement qu'il lui avait donné un double des clefs quelques jours auparavant, sans quoi elle se serait empressée d'aller trouver Harvey pour lui demander les siennes.

—Je suis ici, dans la chambre ! lui cria Barney lorsqu'elle entra à la hâte.

Elle craignait qu'il soit tombé ou qu'il se soit blessé, mais elle n'aurait pas dû s'inquiéter : il était couché dans son lit, et il avait l'air d'aller parfaitement bien.

—J'ai frappé, expliqua-t-elle.

—Tu n'as pas besoin de te stresser comme ça pour moi, il n'y a rien de mal à faire la grasse matinée une fois de temps en temps.

—C'est vrai, mais ça ne te ressemble pas, c'est tout.

—Les choses ont changé, Melissa, tu le sais très bien.

Elle le savait, mais elle n'avait pas l'intention de l'encourager dans cette voie.

—Et si je te préparais ton petit déjeuner préféré ?

Sans attendre de réponse, elle se dirigea vers la cuisine. Harvey et elle avaient mangé des sandwichs au bacon le matin même, aux premières lueurs de l'aube, avant de venir chez Barney sans se faire remarquer pour mettre leur projet à exécution. La veille, quand Harvey était venu la retrouver à l'auberge, ils étaient allés chercher de quoi décorer la grange et, après au moins quatre heures de travail acharné, il ne leur restait plus qu'une chose à faire : montrer le résultat à Barney.

Une demi-heure plus tard, Barney était assis à la table qu'il avait déjà quand elle était petite fille, à l'époque où c'était lui qui lui préparait du pain perdu.

—Alors, que me vaut ce plaisir ? lui demanda-t-il lorsqu'il eut presque terminé son petit déjeuner surprise.

Elle lui avait aussi pressé un jus de pomme frais à l'aide du pressoir, et il en but une gorgée avec un plaisir évident.

—Tu t'ennuies à ce point-là à l'auberge que tu en sois réduite à venir voir un vieil homme aussi tôt ?

—Je suis à Heritage Cove pour te voir, alors cela ne devrait pas t'étonner. Et puis, il est 9 heures, ce n'est pas si tôt que ça.

—Depuis que je te connais, Melissa, tu n'as jamais été du matin… et tu es encore pire en hiver.

—C'est vrai, mais j'ai grandi, j'ai trouvé du travail, tu sais, j'ai des responsabilités d'adulte.

—J'aime bien continuer à vous voir comme des enfants, Harvey et toi, c'est plus amusant comme ça.

Dès qu'il eut fini de manger, elle lui retira prestement son assiette et la plongea dans l'eau savonneuse dans l'évier.

—Pourquoi es-tu si pressée ? s'enquit-il en la voyant consulter sa montre pour la énième fois.

—Tu verras, annonça Harvey en entrant par la porte de derrière avant qu'elle n'ait pu répondre. Allez, va t'habiller, maintenant !

Barney leva les yeux au ciel et, s'aidant de son déambulateur, s'éloigna d'un pas traînant pour faire ce qu'on lui demandait de faire.

Quand elle revint, elle décida de prendre les choses en main et de l'inciter à se passer du déambulateur. Elle passa son bras dans le sien pour l'entraîner dehors, entre les arbres, jusqu'à la grange.

Harvey les attendait devant les portes en bois.

—Tu es prêt ?

—Qu'est-ce que vous mijotez ?

Barney n'avait jamais aimé être dans l'ignorance.

Melissa lui tenait toujours le bras.

—Tu sais que tu es tout pour nous, et nous sommes honorés que tu nous fasses confiance pour organiser le bal cette année. Je sais que tu étais réticent à accepter qu'il ait lieu ici, mais nous voulons te montrer à quel point cela va être spécial.

Quand Harvey ouvrit les deux battants de la porte, elle observa la réaction de Barney. De toute évidence, il ne s'était pas attendu à voir autre chose que les habituelles poutres nues au-dessus de sa tête, quelques balles de foin renversées ici et là, de la paille éparpillée sur le sol, le pressoir à pommes dans un coin avec la table d'appoint et un panier rempli de pommes qui attendait que l'on s'en occupe. Les yeux écarquillés, il promena son regard sur le décor, qui semblait déjà prêt pour le bal annuel. À la place du bois brut partout, des toiles blanches accrochées aux poutres créaient un plafond de fortune et faisaient l'effet de gros nuages moutonneux, entre lesquels s'ouvrait un ciel de possibilités. La mère de Harvey les avait aidés à se procurer le tissu, par l'intermédiaire d'un contact qu'elle avait et qui avait sauté sur l'occasion d'aider la communauté. Les balles de foin étaient disposées de manière plus stratégique que d'ordinaire, la scène avait été dégagée, et ce qui l'encombrait habituellement – des plateaux de pommes, quelques outils et un ou deux paniers en osier – avait été remplacé par trois pupitres à partitions et une chaise. C'était facile d'imaginer un groupe jouer d'abord les chansons qui donneraient envie à tout le monde de bouger, puis celles qui parlaient de l'amour ambiant sur un tempo plus lent.

Elle s'était procuré des guirlandes blanches, qui couraient le long des murs, ainsi que des guirlandes lumineuses, suspendues d'une poutre à l'autre au-dessus de leur tête et enroulées autour des piliers. Sur les tables, elle avait placé des vases de délicats lisianthus blancs, qui ne tiendraient pas jusqu'au jour du bal et qu'elle devrait donc remplacer – mais la dépense supplémentaire valait le coup pour avoir une décoration florale maintenant. Le dossier des chaises était orné de gros nœuds blancs, et Benjamin, du pub, leur avait donné deux vieux tonneaux en bois que lui et Harvey avaient apportés le matin même, à une heure où il n'y avait encore personne dans les rues, pendant qu'elle montait la garde pour être sûre qu'ils ne tomberaient pas sur Barney. À présent, des bocaux contenant des bougies étaient posés sur les tonneaux et, le jour du bal, il y aurait aussi un tronc qui servirait à recueillir d'autres dons au profit de White Clover. Deux jours plus tôt, à la demande de Melissa, Tracy leur avait fait don d'un gros album qui n'avait jamais servi, et qui trônait maintenant sur le tonneau le plus éloigné de la porte en entrant, à côté d'un stylo dans un socle en bois : il ferait office de livre d'or, et les invités pourraient rédiger un message dedans pour marquer l'occasion.

Melissa fit quelques pas en arrière, la main tendue.

— D'ici peu, cette grange sera de nouveau remplie de monde, de tous les habitants de Heritage Cove que tu connais et que tu aimes, Barney.

Elle se rapprocha de lui.

— Cette année, comme tu es en convalescence, tu pourras jouer le rôle que tu voudras. Nous ne t'obligerons à rien. Par contre, j'aimerais vraiment suivre la tradition. Tu danses toujours avec moi… peu m'importe si tu as besoin de t'appuyer à quelque chose, je veux cette danse !

— Eh bien…

Barney s'éclaircit la gorge.

— Je suppose que ça ne se refuse pas.

Harvey la laissait prendre les choses en main, mais il avait observé attentivement leur échange, et elle le regarda avec gaieté. Leurs efforts payaient-ils enfin ?

Elle reporta son attention sur Barney.

— Tu voudras bien essayer, pour moi ? Essayer quelques-uns des exercices, peut-être, faire un effort ?

— Je peux faire ça pour toi.

Elle sourit de plus belle.

— Quelques-uns de mes plus beaux souvenirs sont ceux de moments passés dans cette grange et du bal… Tout ce que je regrette, c'est de l'avoir raté pendant toutes ces années avant de revenir pour y assister de nouveau.

— Tu es ici, maintenant, répondit Barney en prenant sa main dans la sienne, et c'est tout ce qui compte.

***

Voir la réaction de Barney avait conforté Melissa dans l'idée qu'elle avait bien fait de venir. Barney et

Heritage Cove faisaient partie d'elle, elle les avait simplement tenus à distance pendant quelque temps ; c'était un peu comme de se cacher sous les couvertures quand on avait peur. Elle avait eu peur de faire face à un endroit où elle avait non seulement de bons souvenirs, mais aussi des souvenirs douloureux auxquels elle voulait échapper. À présent qu'elle était de retour, elle se rendait compte qu'elle ne pouvait plus faire cela.

Elle quitta l'auberge après avoir déjeuné dans le jardin – de fromage et de jambon servis sur de grosses tranches de pain, le tout accompagné de cornichons et de salade. Elle avait mangé avec ses lunettes de soleil sur son nez, le journal ouvert devant elle comme si elle lisait, cependant ses pensées étaient restées tournées vers ce qui l'attendait ensuite.

Elle emprunta le petit sentier gravillonné qui conduisait à la chapelle. L'herbe trop haute qui le longeait d'un côté, ne demandant qu'à être tondue, oscillait au vent. Elle continua son chemin, passa devant la chapelle et la contourna pour aller derrière. Elle ne s'arrêta que lorsqu'elle fut arrivée tout au bout de la zone herbeuse, où se dressait une unique pierre tombale. Là, elle s'accroupit et déposa une composition florale qu'elle avait achetée chez le fleuriste niché dans une petite rue derrière le pub. Elle la déposa aussi délicatement que si la pierre, en dessous, avait pu sentir ses mouvements, et elle disposa le lierre qui entourait les œillets blancs et les roses jaunes de sorte que la création fleurie soit parfaitement placée.

Elle resta assise dans l'herbe un moment, dans le silence que seul le cri d'une mouette venait briser de temps en temps. Quand une fourmi chemina sur sa peau, elle se releva, frotta sa robe pour en faire tomber les brins d'herbe qui s'y étaient accrochés, et se tint à côté de la pierre tombale. Elle posa une main dessus, puis elle tendit le bras et effleura du bout des doigts l'épitaphe, les mots simples, les adieux qui ne seraient jamais suffisants, qui l'empêchaient de partager d'autres instants avec sa mère ou avec son père, ses parents, le centre de son univers.

Elle repensa à toutes les fois où, quand elle était enfant, ils avaient couru tous les trois sur le sentier tout proche pour descendre sur la plage, sa mère craignant qu'elle tombe tant elle courait vite, son père riant et l'encourageant à continuer à faire l'enfant sans jamais s'inquiéter pour un peu de terre.

Quand la vie était-elle devenue si dure ? Quand le fait d'être adulte avait-il éclipsé tout le reste, tout ce qui était amusant, toute la liberté dont on jouissait sans s'en rendre compte quand on était plus jeune ?

—Vous me manquez, murmura-t-elle, la main toujours posée contre la pierre tombale.

Ce ne fut qu'en prononçant ces mots qu'elle prit conscience que les larmes lui étaient montées aux yeux. Elle ne pouvait plus les retenir. Elle regarda en l'air et fit tout son possible pour les empêcher de couler, sans succès.

Un oiseau passa dans le ciel, planant comme s'il était parfaitement insouciant, et elle reporta son attention sur la sépulture de ses parents.

—Pourquoi a-t-il fallu que vous m'abandonniez ? Ce n'est pas juste… Ce n'est pas juste… Ce n'est pas juste…

Elle ne se préoccupait plus des larmes, qui s'étaient accumulées depuis des années et cherchaient à s'échapper.

Elle ne se rendit compte de la présence de quelqu'un d'autre que lorsqu'une main se posa sur son épaule. Elle n'eut même pas peur tant elle avait été, tant elle était encore, plongée dans ses pensées, inconsciente de ce qui l'entourait.

—C’est tellement injuste, répéta-t-elle plusieurs fois, tandis que la personne en question la prenait dans ses bras.

Tilly la laissa sangloter contre son épaule jusqu’à ce qu’elle ait pleuré toutes les larmes de son corps.

—Ça va mieux ? lui demanda-t-elle quand ses sanglots s’espacèrent enfin.

Melissa leva le visage vers elle.

—Je suis désolée, je t’ai pleuré dessus…

—Ne t’en fais pas pour ça.

Elle s’assit en tailleur dans l’herbe et retira ses tongs ornées de perles, dans la chaleur de l’été.

Melissa se posa à côté d’elle.

—Est-ce que c’est la première fois que tu viens ici depuis que tu as quitté Heritage Cove ?

Ses cheveux étaient attachés en un chignon haut, et elle portait une robe fluide impression cachemire, l’uniforme traditionnel qu’elle endossait à sa boutique et qui lui convenait très bien pour son style décontracté et son confort.

—C’est la première fois depuis l’enterrement. Je ne suis même pas venue ici le jour où je suis partie.

—Tu dis ça comme si tu t’en excusais.

—Tu ne trouves pas ça horrible ?

—Pourquoi est-ce que tu te soucies de ce que je pense ?

—Je sais que tu m’en veux à cause de ce que j’ai fait à Barney.

Tilly prit une profonde inspiration.

—J’ai peut-être été un peu dure de m’en prendre à toi comme je l’ai fait quand je suis tombée sur toi, la première fois. Ce n’était pas sympa.

—Il ne faut pas que tu aies pitié de moi parce que tu m’as vue pleurer.

Tilly sourit.

—Cela ne se résume pas à ça. Barney m'a beaucoup soutenue, tout au long de cette année. Je ne m'explique pas exactement pourquoi c'était beaucoup plus facile pour moi de me confier à lui qu'à qui que ce soit d'autre, mais c'était le cas, et en retour, je veille sur lui. Je sais à quel point tu as manqué à Barney, il ne s'en est jamais caché, et je crois que, quand j'ai appris que tu étais revenue, la seule chose que j'ai eue en tête, c'était que tu allais repartir. Tu as le droit, bien sûr ; c'est juste que je sais à quel point cela va être dur pour Barney, cette fois encore.

—Je sais que je l'ai fait souffrir, mais je crois qu'il comprend pourquoi je suis partie.

Surtout si Lois en a fait autant, pensa Melissa.

—Sûrement. Il a toujours été juste, et compréhensif, aussi.

—Tu sais, mes parents seraient furieux s'ils savaient que j'ai quitté la Cove comme une voleuse. Ils aimaient autant ce village que Barney.

—Je parie qu'ils seraient fiers de toi parce que tu es revenue quand on avait besoin de toi.

—Tu crois ?

—J'en suis sûre.

Tilly gémit et se releva péniblement.

—J'ai mal aux jambes d'avoir été assise par terre aussi longtemps ! Ça te dirait qu'on aille se prendre un éclair à la boulangerie ? Ensuite, tu pourrais venir faire un tour dans ma boutique… J'ai beaucoup de nouveautés, par rapport à la dernière fois que tu es venue.

—Ça marche ! Donne-moi juste une minute de plus ici.

Tilly acquiesça d'un hochement de tête et la laissa seule.

Melissa demeura assise là quelques instants dans une contemplation silencieuse, et quand une brise légère vint agiter la composition florale, elle quitta le cimetière, sachant qu'elle ne resterait plus jamais aussi longtemps sans venir s'y recueillir.

***

Melissa vit bien trop de choses qui la tentèrent dans la boutique de bougies – une paire de bougies ivoire magnifiques, en forme de gouttes, dans des photophores en verre, des bougies flottantes bordeaux et jaune à mettre dans d'élégants récipients en verre, des bougies parfumées à l'orange, au thym et à la menthe, et de sublimes bougeoirs en faïence pour bougies chauffe-plats. Elle repartit avec les bougeoirs pour son appartement à Windsor, persuadée qu'elle ne tarderait pas à revenir à la boutique et à faire chauffer sa carte bleue.

Après avoir tant pleuré plus tôt dans la journée, le soulagement l'enveloppait. Elle ne s'était pas attendue à fondre en larmes ni à voir Tilly et, à plus forte raison, à faire la paix avec elle. Elle s'était attendue à aller au cimetière, à se sentir incroyablement triste et à être tentée de s'enfuir en courant. Cependant, ce n'était pas ce qui s'était produit. Après être allée à la boulangerie avec Tilly, elle l'avait suivie bien volontiers dans sa boutique ; elles avaient parlé de tout et de rien – de son appartement, des boutiques branchées de la région, des nouveautés de Tilly –, puis Tilly avait déclaré qu'elle ne pouvait plus éviter les gens. Ils allaient tous la voir au bal, il était temps pour elle et pour ceux qui la jugeaient de passer à autre chose. Elle l'avait donc entraînée au salon de thé, où elles avaient vu Etna, la propriétaire, et Patricia, qui travaillait là. Toutes les deux avaient fait comme si elles avaient vu Melissa la semaine précédente, ne posant aucune question à part pour savoir si Tilly et elle voulaient du thé ou des scones, ce qu'elles avaient décliné. Elles avaient ensuite remonté toute la Grand-Rue, marchant la tête haute ; tous ceux qu'elles connaissaient les avaient saluées d'un signe de tête, tandis que les autres avaient tout simplement vaqué à leurs occupations sans leur prêter attention.

En fin d'après-midi, après un coup de téléphone de Jay, Melissa se sentait plus détendue qu'elle ne l'avait été depuis bien longtemps. Il ne lui avait pas reparlé de l'idée d'un pied-à-terre en France, car elle avait été trop occupée à discuter du bal de la Robe de mariée et du bon déroulement des préparatifs. Néanmoins, elle savait qu'il était temps pour elle d'arrêter de repousser l'inévitable et d'aller voir son petit cottage.

Elle quitta l'auberge à pied, dépassa l'arrêt de bus et prit la route juste derrière, qui conduisait au centre équestre. Elle longea les paddocks, dans lesquels des chevaux paissaient pendant qu'un groupe de cavaliers en sellaient d'autres pour aller faire une promenade. Enfin, elle arriva devant le cottage où elle avait été un bébé, une petite fille, une adolescente peu sûre d'elle, puis une jeune femme, la fille heureuse de deux parents qui l'adoraient, avant de devenir une adulte en deuil qui ne savait plus où elle en était. Il y avait toujours une brique branlante dans l'allée, à l'endroit où elle rencontrait le trottoir – elle posa son pied dessus pour vérifier. Les parterres de fleurs sous la fenêtre du rez-de-chaussée avaient conservé la courbe familière que son père leur avait donnée, un été, quand il les avait préparés pour que sa mère y plante des bulbes et ajoute une touche de couleur à la petite pelouse, par ailleurs impeccable et bien entretenue. Il ne restait plus qu'une touffe de tulipes ; les autres avaient disparu pour une autre saison, et des œillets d'Inde orange vif avec une rangée de delphiniums d'un bleu profond avaient commencé à sortir de terre pour prendre leur place. La porte d'entrée, autrefois du même bleu que ces delphiniums, s'était décolorée au fil des ans, et la peinture s'était écaillée autour de la boîte aux lettres. Sa mère n'avait jamais planté ces roses, à côté de la porte. Elle se demanda si les locataires aimaient faire du feu dans la cheminée les soirs d'hiver, s'ils juraient quand il fallait nettoyer l'âtre le lendemain matin, mais s'ils se rendaient compte à chaque fois que cela valait la peine quand ils s'installaient confortablement au coin du feu et regardaient les flammes danser. Elle avait envie de savoir si la deuxième marche de l'escalier grinçait encore à moins que l'on passe sur le côté, à l'endroit où elle n'était pas recouverte de moquette, et si l'on pouvait toujours entendre les hennissements des chevaux du centre équestre, au loin, lorsqu'on ouvrait la fenêtre de derrière.

Elle avait tant de bons souvenirs rattachés à ce cottage ! C'était drôle de penser qu'une partie de sa vie était contenue entre ces murs, et qu'il en serait toujours ainsi. Tant de choses étaient restées les mêmes, et pourtant tout avait changé. Elle songea aux résidences secondaires potentielles que Jay et elle avaient cherchées sur Internet, y compris à la dernière qu'il avait trouvée, et elle prit conscience qu'elle n'avait jamais rien voulu d'autre que ce petit cottage. Elle avait beau ne plus vivre ici, elle ne voulait pas couper les liens qui l'unissaient à ce lieu. Peut-être le ferait-elle un jour, toutefois, elle n'était pas encore prête pour le moment.

Quand elle vit apparaître à la fenêtre le visage d'un petit garçon qui cherchait à savoir qui s'intéressait à ce point au cottage, elle tourna les talons et s'en alla.

De retour dans la Grand-Rue, elle n'avait plus qu'un seul endroit où aller maintenant : la plage, où elle avait passé tant de temps à réfléchir au fil des ans. Quand elle passa devant la chapelle, elle sourit, remarquant que la douleur ne lui étreignait pas le cœur, qu'elle ne ressentait pas le besoin de se préparer psychologiquement alors qu'elle longeait le cimetière. Au contraire, elle éprouvait un sentiment de paix.

Son sourire s'élargit quand elle arriva à l'endroit du sentier où l'on apercevait la mer pour la première fois. Elle descendit sur la plage, ramassa une poignée de galets et alla se tenir au bord de l'eau.

Là, immobile, elle respira l'air marin, salé et vivifiant, et laissa la brise caresser sa peau. Le bruit des vagues la détendit, elle sentit ses épaules se décontracter. Elle adorait la sensation de l'air de la mer sur sa peau. Après être venue ici la dernière fois, quand elle avait regagné le Heritage Inn, elle avait essayé de se brosser les cheveux, et elle avait dû tirer sur les mèches collées les unes aux autres par les résidus de sel pour les démêler. Elle savait que la même chose se produirait aujourd'hui.

Elle tenta de faire des ricochets avec les galets, l'un après l'autre, sans succès. Elle venait de lancer le dernier quand un galet passa juste à côté de son épaule droite et fit deux, trois, quatre ricochets à la surface de l'eau.

—Tu n'as jamais su faire de ricochets, observa Harvey, apparaissant à ses côtés.

—Toi, tu as toujours été doué pour ça, affirma-t-elle avec un sourire.

Décidément, tout le monde semblait surgir de nulle part aujourd'hui, au moment où elle s'y attendait le moins.

—Ça m'a toujours énervée au plus haut point, ajouta-t-elle.

Elle n'eut pas besoin de tourner la tête vers lui pour savoir que ses lèvres s'étiraient.

Elle ramassa un autre galet.

—Je peux ? lui demanda-t-il en lui prenant le poignet.

Comme elle ne chercha pas à dégager son bras, il lui montra comment poser le galet contre son majeur tout en formant un C avec son pouce et son index.

—Il faut que tu fasses un angle d'environ vingt degrés et que tu le lances latéralement, d'un petit coup de poignet.

—Comme ça ?

Elle positionna sa main comme il lui avait dit de le faire.

—Oui, vas-y.

Elle lança le caillou, puis elle essaya avec un autre et avec un troisième, qui fit deux ricochets avant de sombrer dans les profondeurs de l'eau.

—Entraîne-toi, lui dit Harvey.

Elle s'assit sur le sable, tandis que l'eau clapotait doucement à quelques mètres d'elle. Il faisait plus frais cet après-midi, comme si l'été en avait déjà eu assez pour aujourd'hui, mais avec son cardigan au-dessus de sa robe en coton à rayures bleu marine et blanches, elle était bien.

—Comment se fait-il que tu ne sois pas au travail ?

—J'y étais, j'y suis allé après avoir montré la grange à Barney avec toi, mais j'ai fini ma journée. J'ai commencé très tôt ce matin, tu te souviens ?

Il y eut un silence.

—Cela doit te plaire d'avoir des horaires variables.

—Oui, d'autant plus que ça me permet de passer du temps ici.

—Tu sais que je suis allée dans plein de pays différents et que j'ai vu beaucoup de belles plages, déclara-t-elle. Mais celle-ci est spéciale.

—Rien ne vaut le bord de mer anglais. Il a beaucoup de cachet. C'est dommage que nous ne puissions pas réserver cette plage aux habitants du quartier, comme on le fait à Londres avec ces jardins magnifiques auxquels on n'accède qu'avec une clef.

—J'aime ta façon de penser, répondit-elle avec un grand sourire.

Il ramassa un autre galet et joua avec avant de le lancer à la surface de l'eau pour faire des ricochets.

—Comment te sens-tu ? Qu'est-ce que ça te fait, maintenant, d'être de retour ici ?

Elle devina à sa voix qu'il n'était pas sûr de bien faire en lui posant cette question.

—Ça va mieux, disons. Je suis allée au cimetière aujourd'hui.

—Comment c'était ?

—Traumatisant.

Alors même qu'elle prononçait ce mot, elle sourit. Elle lui raconta que Tilly avait fait son apparition, qu'elles avaient discuté, passé du temps ensemble, et que Tilly l'avait obligée à aller d'abord au salon de thé, puis dans la Grand-Rue, la tête haute, pour qu'elle passe à autre chose.

—Tilly est quelqu'un de bien. Elle peut être un peu abrupte, mais je suis content qu'elle te laisse souffler.

—J'ai dépensé une petite fortune dans sa boutique... C'était peut-être son but véritable !

—Tu vas retourner à Windsor avec une valise supplémentaire, si tu ne fais pas attention.

—Arrête !

—Ton chez-toi te manque ?

—J'en ai assez de vivre avec une seule valise et dans une seule pièce. Je m'ennuie, sauf quand je suis avec Barney.

Ou avec lui, mais elle n'allait pas le lui avouer. L'autre soir, lorsqu'elle était allée chez lui pour lui parler de la lettre qu'elle avait lue, elle savait au fond que c'était une excuse. Elle avait eu envie de le voir, envie de vérifier qu'il n'avait pas retrouvé Casey après être allé chez sa mère, et le soulagement qu'elle avait éprouvé en le voyant arriver seul l'avait aussitôt emplie de culpabilité, car elle avait alors pensé à Jay. Quand elle avait commencé à sortir avec lui, elle avait eu l'impression qu'il n'était pas question d'émotions compliquées, et elle s'en réjouissait après tout ce qui s'était passé. Cependant, maintenant qu'elle passait tant de temps avec Harvey, elle était assaillie par le doute et avait du mal à savoir où elle en était. Une partie d'elle aspirait à partir, à retrouver son quotidien, son travail, Jay ; une autre partie avait le sentiment que sa place était ici. Plus elle passait de temps avec Harvey, plus c'était compliqué. Elle savait que le fait qu'elle soit en compagnie d'un autre homme ne ferait à Jay ni chaud ni froid, mais ce qu'il y avait eu entre Harvey et elle ne l'aurait peut-être pas laissé indifférent. Or, plus elle évitait de mentionner son nom lors de leurs conversations, que ce soit au téléphone ou par e-mail, plus cela devenait délicat de parler de lui.

Harvey arrêta de faire des ricochets pour s'asseoir à côté d'elle, et il regarda les vagues douces arriver dans la crique, déferler et emporter autant de grains de sable que possible en se retirant.

—Tu as vu que Barney a eu les larmes aux yeux ce matin, quand nous lui avons montré la grange ?

—Oui, et j'en suis ravie.

Il grimaça, et elle lui donna un petit coup de coude.

—Pas parce que nous l'avons fait pleurer, mais parce qu'il est à fond. Même si ce n'est pas lui qui organise le bal, je crois que la soirée va bien se passer et que cela va peut-être lui donner envie de s'en occuper l'année prochaine.

—Et toi, où seras-tu l'année prochaine ?

Elle haussa les épaules, puis elle l'interrogea :

— Qu'est-ce qui t'amène ici, au fait ?

Il ne promenait pas Winnie, alors elle se demandait s'il ne l'avait pas suivie sur la plage. Apparemment, ses soupçons étaient fondés.

— Je t'ai vue descendre sur le sentier, et je voulais te parler de Barney. J'ai réfléchi à ce que tu as dit, aux raisons qui se cachent derrière les motivations pour organiser le bal à l'origine.

— Tu ne me trouves pas ridicule ?

— Non, pas du tout. Je n'y avais pas pensé avant, mais quand je suis parti de chez lui ce matin, après lui avoir montré la grange avec toi, je me suis souvenu d'une conversation que j'avais eue avec lui il y a quelques années. J'étais tombé sur le journal dans lequel il y avait un article sur l'événement, et pour une raison ou pour une autre, je me suis demandé ce qui lui avait donné l'idée de commencer à organiser le bal de la Robe de mariée et pourquoi il avait choisi cette organisation caritative en particulier, et je lui ai posé des questions…

— Tu te souviens de ce qu'il t'a dit ?

— Il a affirmé qu'il avait eu l'idée de quelqu'un d'autre et qu'il avait juste trouvé que c'était une bonne chose pour un événement communautaire. Il n'a pas répondu à ma question sur l'œuvre caritative. Si ma mémoire est bonne, il a esquivé cette question-là, et il a changé de sujet. Il m'a dit que le plus important était d'aider la communauté.

— Il a toujours pensé aux autres.

— C'est vrai, et il le fait toujours. Tu sais, il était très triste quand tu es partie pour aller à Londres, non seulement parce qu'il ne te verrait plus, mais parce qu'il pensait que tu serais perdue dans une foule, que tu ne connaîtrais probablement pas tes voisins, que les gens ne veillaient plus les uns sur les autres.

—Il m'a dit tout cela aussi, avant que je parte, mais il n'a jamais cherché à me retenir.

—Il n'aurait jamais fait une chose pareille, il a bien trop d'estime pour toi.

—Et toi, pourquoi n'as-tu pas cherché à me retenir, Harvey ? Que tu ne sois pas parti avec moi, soit, mais tu ne m'as jamais dit de ne pas partir non plus.

Les muscles des avant-bras de Harvey tressautèrent quand il se leva et qu'il frotta son jean pour en faire tomber le sable.

—Concentrons-nous sur Barney, d'accord ?

—Il faut qu'on parle, Harvey.

Elle se leva à son tour et, comme il s'éloignait, le suivit.

—Je ne cherche pas le conflit…

Elle ne s'était pas attendue à ce qu'il se retourne aussi brusquement qu'il le fit. Leurs corps se touchaient presque et, comme le vent soulevait ses cheveux, qui lui fouettaient le visage, elle sentit un mélange de son propre shampooing à la lavande et d'un parfum plus terreux, viril, qui venait de lui.

Il leva une main pour lui écarter les cheveux du visage et, à cet instant précis, elle vit du regret dans ses yeux, et peut-être même de l'amour ; mais peut-être se faisait-elle des idées.

—Hé, salut, vous deux !

La voix qui s'était élevée derrière Harvey avait rompu le charme. C'était Tracy, qui arrivait sur la plage avec son chien, Canaille.

—Salut !

Melissa se baissa pour caresser la chienne, mais celle-ci n'avait qu'une idée en tête : s'élancer vers l'eau en courant.

Le vent s'était levé, et Tracy peinait elle aussi à tenir ses cheveux à l'écart de son visage.

—Canaille adore venir ici, et il y a des jours où c'est elle qui commande et où il *faut* que je l'amène ici.

Elle regarda tour à tour Harvey et Melissa, mais si elle perçut quoi que ce soit, elle n'en laissa rien transparaître.

—Je vais vous laisser discuter entre copines, dit Harvey en leur faisant au revoir de la main et en se dirigeant vers les marches qui conduisaient au sentier.

Melissa le regarda partir tandis que Tracy encourageait Canaille à sortir de l'eau pour qu'elles puissent se promener avec elle sur la plage. La chienne avait une énergie sans bornes, mais elle obéit quand même.

—Je l'ai déjà promenée dans Heritage Cove, précisa Tracy, mais je savais en venant ici que la plage l'épuiserait. Ensuite, elle va probablement passer le reste de la journée à dormir dans le jardin.

Elle lança une balle assez loin devant elles pour que Canaille s'élance à sa poursuite.

Tout en marchant, Melissa parla à Tracy de Barney et de la réaction qu'il avait eue en voyant ce que Harvey et elle avaient fait de la grange.

—Je pense que j'avais raison quand je soupçonnais le bal d'avoir plus d'importance pour lui qu'il n'a bien voulu nous le dire.

—Comment ça ?

—Je ne veux pas parler de lui dans son dos, mais, crois-moi, cela va plus loin qu'on le croit.

—Est-ce que Harvey sait que c'est ce que tu penses ?

—Nous en avons parlé, oui. Et ce n'est pas la peine de faire cette tête, cela ne signifie rien.

—Bien sûr que non. Vous aviez l'air assez proches quand je suis arrivée, il y a une minute.

Tracy lança la balle que Canaille était revenue déposer à ses pieds encore plus loin. Elle avait toujours été une très bonne joueuse de cricket à l'école, au grand dépit des garçons, car elle arrivait à lancer la balle beaucoup plus loin que n'importe lequel d'entre eux.

—Nous sommes à nouveau amis, je suppose.

Tracy laissa couler.

—Si tu as une intuition concernant Barney – et je ne chercherai pas à en savoir plus –, alors pourquoi ne pas lui demander ce qu'il en est ?

—Barney n'est pas le genre de personne à laquelle il est facile de soutirer des informations.

—J'imagine bien.

—Il nous a confié des choses. Il nous a parlé de sa jeunesse, de sa scolarité, des farces que lui et ses copains faisaient. Il nous a parlé de son arrivée à la Cove et de son installation chez lui, du rôle que la grange avait joué dans son choix de maison ; mais il y a un grand vide entre sa jeunesse, quand il vivait ailleurs, et son arrivée ici, un laps de temps dont il ne parle jamais. Il y a quelque chose de triste quelque part, et je crois que c'est ce qu'il a en tête depuis sa chute, les choses qu'il a perdues ou laissées passer. Il n'arrête pas de me mettre en garde, de me dire de ne pas en faire autant, de ne pas avoir de regrets. Je ne peux pas m'empêcher de penser que si nous arrivions à découvrir de quoi il retourne, l'encourager à faire face à ce qui s'est passé, quoi que cela puisse être, alors peut-être qu'il tournera enfin la page une bonne fois pour toutes, et qu'il redeviendra lui-même.

—Nous nous réjouirions tous de cela à la Cove. Je disais justement à Etna, ce matin, que ça me manquait de le voir flâner dans la Grand-Rue, et elle, ça lui manque de bavarder avec lui autour d'une tasse de thé et d'un scone.

Tracy grimaça en voyant la quantité de bave sur la balle quand Canaille la lui rapporta, cette fois-ci, mais elle la ramassa quand même et la lui lança, puis elle se rinça la main dans la mer.

—Il faut dire ce qui est : s'il y a bien deux personnes qui connaissent mieux Barney que qui que ce soit d'autre, c'est Harvey et toi. Faites ce que vous estimez être le mieux. Si vous voulez en savoir davantage, pourquoi ne pas mener votre petite enquête ? De toute évidence, si Barney a refusé jusque-là de vous en dire plus, il ne va pas commencer à le faire maintenant.

Melissa sourit.

—Je suis sûre que tu es une mère géniale… Tu as l'air d'avoir tellement de sagesse !

—Je doute que mes filles pensent la même chose !

Tracy rit et gronda Canaille, qui s'était désintéressée de la balle pour courir dans l'eau, avant de revenir s'ébrouer tout près d'elles.

—Elle t'a éclaboussée ?

—Un peu, mais ça ne me dérange pas. Alors, tu ne trouves pas que nous sommes indiscrets et que nous mettons notre nez dans les affaires de Barney ?

—Il ne vous laisse pas d'autre solution. Et puis, vous le faites parce que vous vous inquiétez pour lui. À mes yeux, cela justifie tout.

Le seul problème, c'était que Melissa ne savait absolument pas par où commencer.

10

Quarante-huit heures après la rencontre de Melissa et de Harvey sur la plage, c'était le jour où lui et ses collègues devaient percer le plafond pour installer un nouvel escalier dans la maison où ils travaillaient. Les propriétaires étaient partis pour la journée, afin de les laisser s'atteler à la tâche et de ne pas subir le bruit. Ce serait pour eux un moment enthousiasmant que de découvrir à quoi ressemblait le résultat final. Harvey se rappelait cette étape à Tumbleweed House ; elle avait marqué un nouveau départ, qui lui avait permis de débarrasser l'endroit de ses souvenirs douloureux.

Harvey et son collègue Bruce allèrent chercher le nouvel escalier dans le jardin et, à eux deux, l'apportèrent à l'intérieur. Les marches d'angle avaient déjà été fixées à leur place et, avec quelques manœuvres et deux ou trois jurons de Bruce quand il faillit se coincer les doigts – il semblait ne jurer que lorsqu'il n'était pas avec ses enfants –, l'escalier fut mis en place. Harvey prit la visseuse et fixa les vis tout en haut, puis il s'essuya le front du revers de la main.

—Je vais avoir bien besoin d'une bonne bière ce soir, après tout ça, déclara Bruce après avoir lâché un dernier juron pour faire bonne mesure parce qu'il s'était cogné le coude sur le coin d'un mur.

—Je te comprends, affirma Harvey en serrant une vis plus bas dans l'escalier.

Il posa son outil quand l'un des gars lui tendit une tasse de thé.

—Santé !

Assoiffé, il but quelques longues gorgées, puis il prit un peu de recul pour admirer leur travail.

—C'est parfait, si je puis me permettre !

—C'est toujours le meilleur moment, commenta Bruce, et aussi l'un des plus durs.

—Je ne sais pas, j'aime bien mettre l'escalier et les supports en acier en place.

La boisson lui avait fait du bien, et il continua sur sa lancée.

—Tu as pris tes billets pour le bal ?

En plus d'avoir distribué des prospectus un peu partout, il mentionnait régulièrement le bal au travail pour être sûr que tout le monde était au courant de l'événement de l'année et pour rappeler aux gens qu'il aurait lieu très bientôt.

—*Mon billet*, au singulier, tu veux dire, répondit Bruce avec un grand sourire.

Il délaissa sa tasse. Maintenant que l'escalier avait été mis en place, il entreprit de poser les plaques de plâtre et prépara l'encollage.

—Tu n'as personne à inviter ?

—J'y travaille ! s'exclama Bruce en riant.

Il n'avait pas eu beaucoup de rendez-vous galants depuis que sa femme et lui s'étaient séparés, même s'il soignait davantage son apparence et qu'il faisait de la musculation dans une salle de sport. Il avait confié à Harvey que c'était un bon endroit pour rencontrer des femmes, mais, jusque-là, il n'avait pas prouvé ce qu'il avançait.

—Et toi ? Melissa et toi reprenez là où vous vous étiez arrêtés ?

—Certainement pas.

—Qui est-ce qui offre le déjeuner aujourd'hui ? cria Tim de là où il travaillait, à l'étage.

—C'est moi ! clama Harvey. J'irai le chercher après avoir aidé Bruce à monter les plaques de placo.

Il avait réussi à esquiver les questions de Bruce au sujet de Melissa comme si de rien n'était, et tous deux se concentrèrent pour soulever une plaque en la tenant chacun d'un côté, avant de la placer contre le mur.

Lorsqu'ils eurent terminé, Harvey nota sur son téléphone portable ce que les autres voulaient manger, puis il quitta la résidence mitoyenne à la périphérie de Heritage Cove et fit le court trajet en voiture jusqu'au village pour aller à la boulangerie. Il y en avait une industrielle dans le village voisin, mais Celeste et Jade faisaient les meilleurs sandwichs de la région ; et puis, à Heritage Cove, les gens se soutenaient les uns les autres, et ils soutenaient donc aussi les petits commerces. S'ils ne l'avaient pas fait, le village aurait perdu son caractère et son cachet. Ce n'était pas qu'ils se complaisaient à vivre dans le passé, ou qu'ils étaient fermés au changement, c'était juste ainsi que les choses fonctionnaient depuis toujours.

À la boulangerie, il passa sa commande pour ses collègues – le sempiternel jambon-beurre pour Clarke, un œuf-cresson pour Tim, un friand au rôti de bœuf et au raifort pour Bruce –, puis il laissa Celeste, qui adorait expérimenter de nouvelles saveurs, choisir pour lui. La semaine précédente, elle lui avait préparé un bagel aux graines de pavot fourré au saumon fumé, aux câpres, aux tomates juteuses et à l'oignon rouge ; aujourd'hui, elle lui en confectionna un au porc effiloché et aux champignons

Portobello, avec une montagne de sauce piquante aux chipotles.

Celeste, qui portait son habituel tablier blanc, se mit de la farine sur les avant-bras en disposant une nouvelle fournée de gros pains sur la grille. Elle mémorisa sa commande et enfila des gants en plastique pour découper le long pain ciabatta et préparer la garniture de chaque sandwich. Elle faisait une fente sur le côté du pain quand la porte s'ouvrit, laissant s'engouffrer une brise fraîche bienvenue.

Lucy, la remplaçante du forgeron, entra et regarda Celeste concocter le sandwich de Harvey.

—Ça a l'air intéressant…

Après avoir entendu de quoi il était composé, elle annonça :

—Je prendrai la même chose, s'il vous plaît !

Harvey rit en observant Celeste ajouter une dose généreuse de sauce pimentée.

—Tu devrais peut-être y aller doucement sur la sauce, conseilla-t-il à Lucy. Il paraît qu'elle arrache la tête !

—Ça ne me fait pas peur, répondit Lucy en souriant.

—Tu te plais à la Cove ?

Il ne la voyait pas souvent, mais quand il la voyait, elle avait l'air contente, elle était toujours polie sans jamais trop en révéler sur elle.

—Je m'habitue petit à petit. Je trouvais que c'était un peu calme au début, mais il n'y a plus beaucoup de villages ou de villes qui ont autant de cachet.

—Fred a intérêt à faire attention, ou tu vas finir par prendre sa place pour de bon ! Comment va-t-il ?

—Il est toujours chez sa sœur, dans le Cambridgeshire… Il me donne des nouvelles de temps en temps, mais il a fait des sous-entendus plusieurs fois pour me faire comprendre qu'il n'était pas sûr d'avoir envie de revenir définitivement.

Celeste dressa l'oreille, en même temps qu'elle mettait le sandwich emballé de Harvey dans le sac avec les autres et commençait à préparer celui de Lucy, étalant d'abord le porc effiloché dans le pain ciabatta et prenant ensuite d'autres champignons Portobello.

—Fred disait qu'il travaillerait jusqu'à ce qu'il ne tienne plus debout…

La tête légèrement inclinée sur le côté, elle ajouta :

—Ce serait vraiment dommage qu'il ne revienne pas.

Quand Lucy lui fit remarquer qu'elle avait de la farine dans les cheveux, un sourire étira les taches de rousseur qui couraient sur l'arête du nez de Celeste et sur ses pommettes hautes. Elle et Jade étaient toutes les deux grandes et élancées, elles avaient la peau de porcelaine typique des Irlandaises et des cheveux plus noirs que l'ébène, et la farine se voyait plus sur elles qu'elle ne l'aurait fait sur n'importe qui d'autre.

—Pour ce que ça vaut, releva Lucy tout en faisant tomber la farine pour Celeste, qui avait toujours ses gants et ne les retirerait que lorsqu'elle aurait fini de manipuler les ingrédients, il a avait l'air plutôt enjoué quand je l'ai eu au téléphone, et il a l'intention de revenir dans quelques semaines pour le bal. Quand j'ai pris sa place, il était vraiment à cran… Peut-être qu'il avait besoin de repos, et que le fait de s'arrêter pendant quelque temps lui a fait prendre conscience qu'il y a de bons côtés mais aussi de mauvais à travailler autant.

—C'est mieux pour lui d'être avec sa sœur, affirma Harvey en remettant sa carte dans son portefeuille après avoir payé. Elle n'a que deux ans de moins que lui, ils seront de bonne compagnie l'un pour l'autre.

—C'est bien qu'il ait quelqu'un, remarqua Lucy en souriant.

Harvey se demanda quelle était l'histoire de Lucy ; il n'avait entendu parler d'aucun homme et n'en avait vu aucun en sa compagnie. Avait-elle quelqu'un, elle aussi ? Elle était séduisante. Quoi qu'il en soit, elle tenait manifestement à ce que l'on respecte sa vie privée, alors il ne lui posa pas de questions.

—Merci, Celeste !

Il prit le grand sac en papier qui contenait tous les sandwichs tandis que Celeste et Lucy continuaient à bavarder, faisant des hypothèses sur ce que l'ancienne boutique de plage allait bien pouvoir devenir. D'après Celeste, le nouveau propriétaire avait l'intention de la démolir et de faire construire tout autre chose à la place. Harvey les laissa entre elles : il n'avait jamais été doué pour faire la conversation, et il avait toujours envié à Barney sa capacité à discuter de tout et de rien avec tout le monde. Il connaissait d'ailleurs peu d'hommes aussi bavards que lui.

Il remonta dans son pick-up, garé devant la boulangerie, posa les sandwichs côté passager et mit le contact, mais, avant qu'il n'ait redémarré, une voix lui demanda :

—Qu'est-ce qui te fait sourire ?

C'était Melissa, qui avait passé la tête à la vitre baissée du côté passager.

—J'ai faim, et d'ici une vingtaine de minutes, je vais pouvoir mordre dans un sandwich plein d'une sauce piquante aux chipotles qui arrache la tête.

Elle lorgna le sac qui contenait les sandwichs soigneusement emballés.

—J'y ai goûté hier… Ça va te plaire. Elle fait la sauce elle-même, tu sais !

—Une femme aux multiples talents.

—Tu as une minute ou tu dois te dépêcher de retourner travailler ?

—J'ai une minute.

Pour elle, il en avait beaucoup plus.

—Monte !

Elle s'installa côté passager et posa le sac sur ses genoux, mais il eut d'abord le plaisir d'avoir un aperçu de sa cuisse quand son short remonta sur ses jambes.

—Je crois que nous devrions retrouver Lois, lâcha-t-elle sans préambule.

Son premier réflexe aurait été de lui demander pourquoi se donner cette peine, mais au lieu de cela, il répondit :

—C'est une belle idée, mais comment suggères-tu que nous nous y prenions ?

—Je ne sais pas exactement, mais... est-ce que tu voudras bien m'aider ?

—Tu es sérieuse ?

—Je n'ai jamais été aussi sérieuse de ma vie. Quand Barney a vu la grange transformée et prête pour le bal, nous avons tous les deux remarqué l'émotion qui se lisait sur son visage. Le fait qu'il ait cette robe, cette lettre, qu'il ne nous ait jamais parlé de Lois, mais qu'il dise qu'il regrette de ne pas s'être battu davantage, tout cela me laisse à penser qu'il n'a jamais tiré un trait sur son passé. Ça l'empêche d'aller de l'avant. J'en suis sûre. C'est pour ça qu'il m'exhorte à faire en sorte de ne pas avoir de regrets, et je crois que c'est pour ça qu'il n'a même pas envie d'essayer de retrouver son état normal. Et regardons les choses en face : il ne va jamais rien nous dire.

—Là-dessus, tu as raison.

—Alors, tu veux bien m'aider ?

Il gonfla les joues.

— Tu ne penses pas que nous devrions comprendre le message et accepter l'idée qu'il n'ait pas du tout envie que nous nous immiscions dans ses affaires ?

— C'est trop important pour que nous fassions comme si de rien n'était, Harvey. Je me fais peut-être des idées, mais je préfère tenter quelque chose que de ne rien faire du tout.

— Tu as peur que son état s'aggrave après ton départ.

— Peut-être. Et ce n'est pas que je me donne trop d'importance, ou quoi que ce soit.

— Ce n'était pas ce que je sous-entendais. Je comprends, tu as peur qu'il continue dans cette voie et qu'il finisse par abandonner totalement si on ne le pousse pas un peu.

— Exactement. Quoi qu'il ait pu se passer entre lui et Lois, il doit y faire face pour pouvoir ensuite tourner la page.

— Tu es une éternelle optimiste, déclara-t-il.

— Et toi, tu es pessimiste ! répliqua-t-elle.

— Il risque d'être en colère si nous nous en mêlons.

— Si nos recherches n'aboutissent à rien, poursuivit-elle avec un sourire résigné, il ne le saura jamais, n'est-ce pas ?

— Je ne peux pas m'empêcher de me demander si, à soixante-treize ans, il n'a pas le droit qu'on lui fiche la paix, de prendre ses propres décisions, que nous les approuvions ou non.

Elle y réfléchit, mais très peu de temps, puis elle souleva le sac qu'elle avait sur les genoux, descendit du pick-up et le reposa sur le siège côté passager. Elle se pencha de nouveau à la vitre, et lança :

— Ce soir, 19 heures, dans la cour du pub, on discutera. Bon appétit !

Là-dessus, elle le laissa retourner au travail et essayer de se concentrer.

Cependant, cette fois, ce n'était pas Barney qui occupait ses pensées, c'était elle, la complicité qu'il n'avait pas ressentie depuis longtemps et qui s'intensifiait progressivement depuis qu'elle était revenue au village. Et la façon dont elle venait de lui parler, à l'instant ? Il n'y avait aucune tension, juste de la camaraderie dans son ton ; peut-être même qu'elle flirtait un peu et que les choses se dirigeaient vers une situation qu'ils souhaitaient tous les deux.

Mais peut-être qu'il se faisait des illusions, qu'elle ne tarderait pas à remonter dans sa voiture, à repartir pour le Berkshire, et qu'elle oublierait tout de cette brève parenthèse ?

***

Melissa faisait souvent du shopping quand elle était à l'étranger ; c'était un bon moyen de tuer le temps entre deux vols, et cela lui permettait de faire de bonnes affaires et de trouver des choses uniques. En conséquence, la garde-robe de son appartement était pleine à craquer, et quand elle avait fait ses bagages pour venir à la Cove, elle avait donc pu remplir sa valise de toutes sortes de tenues, pour ne pas être contrainte à passer son temps à faire des lessives. Cela signifiait aussi qu'elle avait l'embarras du choix, et elle avait essayé trois robes différentes avant de décider de ce qu'elle allait mettre pour aller retrouver Harvey au pub. Agacée par sa propre indécision, elle finit par opter pour une robe portefeuille à pois, nouée à la taille, au décolleté orné de volants.

La journée n'avait pas été si caniculaire que ça en comparaison des autres à cette période de l'année, mais, ce soir, il faisait lourd, la température n'ayant presque pas baissé. Tandis qu'elle se dirigeait vers la table à pique-nique à laquelle Harvey était déjà assis dans la cour du Copper Plough, et alors qu'elle était jusque-là détendue, elle se sentit soudain nerveuse sous son regard. C'était presque comme si le temps s'était arrêté et qu'ils étaient les mêmes Harvey et Melissa qui se retrouvaient ici autrefois pour boire un verre après le travail, le même couple qui avait remporté le quiz du pub un nombre incalculable de fois, les mêmes personnes qui avaient cru qu'elles seraient ensemble pour toujours. Elle s'apprêtait à lui demander ce qu'il voulait boire, mais elle vit en se rapprochant qu'il avait déjà commandé deux bières.

—Merci, dit-elle en s'asseyant et en faisant tinter sa bouteille contre la sienne. À ta santé !

—À ta santé !

Il but une gorgée de bière.

—Tu es très en beauté. Pardon… Est-ce que j'ai toujours le droit de dire ça ?

Elle sourit.

—Bien sûr que oui.

—Tu ne t'attachais jamais les cheveux comme ça, avant…

Elle s'était fait un chignon souple d'où s'échappaient de petites mèches.

—C'est de la flemme. Je devrais vraiment les attacher plus soigneusement.

—Surtout pas.

Gênée d'être au centre de l'attention, elle changea de sujet pour parler de Barney et de ce qu'ils devaient faire.

—Je ne suis toujours pas convaincu que découvrir les secrets de Barney soit une bonne idée, admit Harvey, mais je m'efforce de rester ouvert d'esprit.

— Je ne veux pas non plus contrarier Barney, et j'hésite aussi, mais je ne suis ici que jusqu'au lendemain ou surlendemain du bal, alors je n'ai plus de temps à perdre.

— Et si nous ne trouvons rien du tout ?

— Dans ce cas, nous laisserons tomber.

Elle tâcha d'ignorer le courant électrique qui sembla la parcourir au moment où il renversa la tête en arrière pour finir sa bière, révélant la barbe naissante qui descendait sur sa gorge. Elle se rappelait s'être griffé le visage dessus quand ils étaient allongés l'un à côté de l'autre, le fait que cette barbe se faisait de plus en plus douce lorsqu'il ne se rasait pas pendant quelque temps.

Il la surprit en train de le dévisager, mais elle fut tirée d'affaire quand il échangea quelques mots avec deux hommes qui passaient à côté de leur table. Il fit les présentations et lui dit qu'ils travaillaient pour la même entreprise que lui. Ils étaient installés à l'autre bout de la cour du pub, avec un petit groupe d'amis : la femme de l'un d'entre eux avait mis au monde un deuxième fils plus tôt dans la journée, et ils arrosaient ça.

Pendant que les hommes bavardaient, elle les observa. C'était l'une des raisons pour lesquelles elle n'avait pas parlé à Jay de sa vie à Heritage Cove : il n'aurait pas compris. Il n'avait jamais habité dans un village ou dans une petite ville, où les gens se connaissaient tous et où ils savaient généralement tout de la vie les uns des autres. Ils n'avaient jamais pris le temps de faire connaissance avec qui que ce soit dans leur rue, pas même avec leurs voisins. Tout le monde était tellement pris par sa vie quotidienne trépidante que personne n'avait le temps de s'arrêter pour échanger un simple bonjour avec qui que ce soit ; on se contentait de se saluer d'un rapide sourire.

Jay n'était pas un adepte des pubs chaleureux comme celui-ci, il préférait les établissements modernes et spacieux que ceux pittoresques au charme suranné, les bars et les restaurants chics où l'on servait à prix d'or des parts qui vous laissaient sur votre faim, plutôt que les pubs on l'on pouvait manger des repas copieux et desquels il était impossible de repartir le ventre à moitié vide.

—J'ai l'impression qu'ils ont déjà *bien* arrosé la naissance de ce bébé, rigola Harvey quand les deux hommes rejoignirent leur groupe d'amis.

—Je suis désolée, est-ce que tu voulais te joindre à eux ?

—Je peux faire ça n'importe quel autre jour.

Elle jeta un coup d'œil en direction du petit groupe, tout à sa célébration ; les pintes étaient alignées sur la table.

—J'espère que ça ne dérangera pas la femme de ce gars de le voir revenir éméché…

—Elle est à la maternité pour deux ou trois jours, alors je crois qu'il profite au maximum de sa liberté tant qu'il peut, pendant que son père joue les baby-sitters.

Il but quelques petites gorgées de bière, puis il lui demanda :

—Et toi ? Tu te vois avec des enfants, dans le futur ?

D'où venait cette question ?

—Je n'y ai pas réfléchi.

—Ah bon ? Même pas avec ta moitié ? Vous avez bien dû en parler… Je t'ai toujours imaginée avec une famille, un jour.

—Je pourrais te dire la même chose.

—Je n'ai pas rencontré la bonne personne.

Elle avala une longue rasade de bière.

—Il faut qu'on mette au point un plan, à propos de Barney.

Elle crut le voir lever légèrement les yeux au ciel, mais elle n'en était pas sûre.

—Par où proposes-tu que nous commencions ?

—J'y ai bien réfléchi…

Entre le moment où elle avait choisi sa tenue et celui où elle s'était maquillée pour aller retrouver l'homme qui n'était pas son fiancé, et pas même son petit ami.

—Tu te rappelles qu'il nous a dit qu'il avait habité dans un village du Norfolk ?

—Ça limite le champ des possibles, grommela-t-il d'un ton empreint d'ironie.

Elle reposa sa bouteille sur la table avec brutalité, ratant le dessous de verre en carton. C'était ça qui était dur, entre eux : le fait de ne pas savoir s'il était content de passer du temps avec elle pour tenter d'aider Barney, ou s'il lui en voulait encore de la façon dont les choses s'étaient déroulées et qu'il ne pouvait surmonter.

—Écoute, nous ferions peut-être mieux de laisser tomber. De toute évidence, tu es tellement persuadé que nous n'allons rien trouver que tu n'as même pas envie d'essayer.

—Je n'ai jamais dit ça. Je te prie de m'excuser d'avoir fait de l'ironie. Continue.

Elle sentit les larmes lui monter aux yeux, ce à quoi elle ne s'était certainement pas attendue par cette douce soirée d'été, dans l'une des plus jolies cours de pub qu'elle avait vues depuis bien longtemps. Il y avait des jardinières pleines de fleurs de couleurs vives aux fenêtres, du lierre grimpant à feuillage panaché couvrait les murs, les grappes mauves de la glycine qui passait au-dessus de la porte de derrière ajoutaient une touche de couleur, et les parterres de fleurs bien entretenus embaumaient l'air d'une agréable fragrance estivale.

—Je suis vraiment désolé, Melissa. Je suis un abruti.

—Oui…

Cependant, ses larmes n'étaient pas dues à la façon dont il l'avait rabrouée, car elle pouvait supporter qu'il lui donne un peu de fil à retordre ; elles avaient davantage à voir avec sa confusion grandissante. Ces derniers jours, elle avait la sensation d'avoir deux vies : une ici et une à Windsor. C'était comme si elle avait achevé de faire le deuil de ses parents en allant sur leur tombe et en faisant face à ses émotions, et qu'il lui fallait maintenant encore gérer les émotions que lui inspirait l'homme assis en face d'elle.

—Nous devons faire ça avant que je parte, dit-elle d'une voix tremblante. Je ne peux pas supporter l'idée que ce soit le début de la fin pour Barney.

—Tu as toujours eu un don pour le théâtre, la taquina-t-il.

—Si tu fais allusion à mon exécrable interprétation dans *Aladin* à la salle des fêtes, alors je te demanderai de ne plus la mentionner ! Ce n'était pas mon heure de gloire… J'avais oublié la moitié de mon texte.

—Tu t'en étais très bien sortie.

Il sourit en repensant à la soirée qu'ils évoquaient, puis il but une gorgée.

—Bon, alors ! Qu'avais-tu en tête pour nous lancer dans notre quête de réponses ?

—Je pense que nous devrions nous intéresser à ce village du Norfolk. Barney nous a dit qu'il y avait habité, nous savons à quel point il aimait faire du bateau, il nous a parlé d'une marina où il passait beaucoup de temps quand il était enfant et adolescent… Ce que nous ne savons pas, c'est ce qui s'est passé pour qu'il vienne s'installer à Heritage Cove.

—Je n'arrive pas à me souvenir du nom de ce village.

—Moi non plus. Nous allons donc devoir mener notre petite enquête pour le retrouver.

—Je relève le défi ! lança-t-il avec un grand sourire, sortant son portable au même moment qu'elle.

À eux deux, ils trouvèrent sur Internet des cartes et des listes de villes et de villages du Norfolk, mais aucun nom ne leur évoqua l'endroit dont Barney leur avait parlé. Il y en avait bien un qui leur disait quelque chose, mais ils se rappelaient tous les deux que c'était un lieu où Barney leur avait dit être allé en vacances plusieurs fois quand il était gamin. Un autre leur était familier, mais Harvey finit par se remémorer que ce n'était que parce qu'il y avait eu un festival de rue dans ce village et que Barney avait fourni les pommes pour un concours de fabrication de cidre.

Ils avaient bien entamé leur deuxième verre quand le téléphone portable de Melissa sonna et que le nom de Jay s'afficha à l'écran. Elle le laissa tomber sur le répondeur, mais elle se sentit aussitôt coupable.

—Je devrais vraiment le rappeler…

—Il n'y a pas de problème, fais ce que tu as à faire, déclara Harvey.

Si cela le dérangeait, il n'en laissa rien transparaître.

—Le nom du village nous reviendra peut-être au moment où nous nous y attendrons le moins. Nous bloquons peut-être encore plus parce que nous restons assis ici à essayer de nous en souvenir. Va passer ton coup de téléphone, il faut que j'aille retrouver Winnie, elle a été beaucoup toute seule aujourd'hui.

—Je peux toujours l'emmener se promener quand tu es trop occupé.

Lui faisait-elle cette proposition dans l'intérêt de Winnie, ou pour pouvoir être plus proche de Harvey ? Elle n'avait pas vraiment envie de savoir ce qu'il en était réellement.

—C'est gentil, je te le ferai savoir.

Il rassembla les bouteilles vides.

—J'irai voir Barney demain matin, et je verrai si je peux l'amener à parler de ce village dont le nom nous échappe.

—Fais preuve de subtilité.

—Cela va sans dire, répondit-il.

Là-dessus, il lui effleura l'épaule, ce qui la fit frissonner, et il s'en alla.

***

Le lendemain, Harvey alla voir Barney, et il le regarda suivre son petit train-train dans la cuisine.

—Tu te déplaces beaucoup mieux. Ça fait plaisir de te voir quitter ce fauteuil !

—Ce fauteuil et moi sommes de bons amis. J'ai besoin de repos, tu te souviens ?

Harvey regretta sa remarque, car Barney s'était empressé d'aller se rasseoir dans le fauteuil en question.

—N'oublie pas de te méfier de Winnie : elle a tendance à se mettre dans le passage, et je ne voudrais pas qu'elle te fasse trébucher.

La chienne était actuellement couchée par terre entre la table et le fauteuil, où elle ne gênait personne et était à portée de main de Barney.

—Elle ne me dérange pas, arrête de te tracasser. Je suis content qu'elle soit là, ça me manque, d'avoir un chien.

—Tu pourrais en prendre un.

Barney agita une main dans l'air pour écarter la suggestion. De son autre main, il continua à gratouiller les oreilles de Winnie, comme elle aimait qu'on le fasse.

—Je suis trop vieux. Il me survivrait, ce ne serait pas juste.

—Si tu continues à dire ce genre de choses, tu vas finir par te faire vieillir pour de vrai.

Harvey prépara du thé pour eux deux et posa la tasse de Barney sur la table, à côté de son fauteuil.

—C'est dommage que tu ne sois pas assez en forme pour descendre sur la plage.

—J'aimerais bien l'être.

—Bientôt, peut-être.

—Peut-être. J'aimerais vraiment pouvoir respirer l'air marin, c'est à ça que j'ai été habitué en grandissant.

Harvey sauta sur l'occasion pour creuser un peu plus.

—Dans le Norfolk, c'est ça ?

—Oui, c'est ça, sur la côte. Au bord de la mer. Mais ce ne serait pas une bonne idée pour moi de m'aventurer sur le sentier qui descend à la plage. Je sais bien que tu ferais à peu près n'importe quoi pour accélérer mon rétablissement, mais, même toi, tu dois bien te rendre compte que ce serait de la folie. Le sol est inégal, et la rambarde n'est pas assez solide pour que je puisse m'y appuyer… Ça attendra !

—D'accord.

Harvey n'avait pas l'intention d'argumenter ; il préférait parler de l'endroit où Barney avait grandi que de la Cove.

—Où est-ce que tu as grandi déjà, dans le Norfolk ?

—Je me demande si Melissa est déjà descendue sur la plage, lâcha Barney, changeant brusquement de sujet.

—Oui. Elle y est allée avec moi pour promener Winnie, et je l'y ai revue quelques jours plus tard.

—Elle allait toujours là-bas pour réfléchir autrefois, remarqua Barney en souriant. Vous vous y rendiez tous les deux pour ça, si ma mémoire est bonne, et pour vous faire des mamours.

Leur conversation déboucha naturellement sur l'évocation légère du temps où ils étaient enfants et où ils apprenaient à se servir du pressoir à pommes et grimpaient sur les poutres, des folles journées d'été au cours desquelles ils restaient dehors jusqu'à pas d'heure, des courtes journées d'hiver où ils rentraient de plus en plus tôt chez eux et où ils leur manquaient.

—J'aimerais que mes propres enfants grandissent à Heritage Cove, un jour, confessa Harvey.

—Tes enfants ? Trouve-toi d'abord une femme.

—Ouais, j'y travaille.

Harvey fit un clin d'œil à Barney et souffla sur son thé.

—Casey ne ferait pas une bonne épouse ?

—Je ne t'avais encore jamais entendu utiliser cette expression.

—C'est une expression horrible, je te l'accorde, mais je ne vois pas comment formuler les choses autrement. Peut-être qu'en plus d'avoir eu une fracture de la hanche, je commence à avoir le cerveau ramollo avec l'âge.

—Certainement pas. D'ailleurs, je vais t'acheter des sudokus pour t'occuper, ça te changera de cette télévision que tu n'arrêtes pas de regarder et ça t'aidera à garder l'esprit vif pendant encore des années.

—Alors… Casey ?

—C'est juste une amie.

—Et Melissa ? Vous êtes amis, tous les deux, maintenant qu'elle est de retour ?

—Elle n'est pas de retour, elle n'est là que provisoirement, pour toi, et elle ne va pas tarder à aller retrouver sa moitié.

—Dommage. Je crois qu'elle se rend compte de ce qu'elle manque, loin de Heritage Cove.

—Et moi, je crois qu'elle a exactement ce qu'elle voulait en voyageant et en découvrant le monde. C'était ce dont elle avait toujours rêvé.

Comme ils avaient fini leur thé, Harvey emporta leurs tasses vides, les rinça dans l'évier de la cuisine et les mit dans le lave-vaisselle.

—Tu as beaucoup voyagé, quand tu étais jeune ?

—Pas vraiment. J'avais un emploi à plein temps et je travaillais dur. Trop dur.

—C'est la vie, j'imagine.

—Parfois, il faut lever les yeux du chemin qu'on est en train de fouler pour s'apercevoir que la vie ne se résume pas au travail et à l'argent.

—C'est très philosophique.

—C'est juste un conseil, Harvey. Donne une chance à Melissa.

—Elle a eu sa chance, nous l'avons eue tous les deux.

—Je ne suis pas d'accord. J'ai bien remarqué la façon dont vous vous regardiez encore, tous les deux. Ne sois pas aussi catégorique au point de ne pas voir ce qui se trouve juste sous tes yeux. Et ne fais jamais une croix sur quelqu'un, même si ce quelqu'un t'a fait souffrir. Bats-toi pour cette personne, n'abandonne pas.

—On dirait que tu parles d'expérience.

—Je dis n'importe quoi, je suis désolé.

Barney se leva.

—Et maintenant, il faut que j'aille m'allonger un peu.

À en juger par sa façon de parler, Melissa avait vu juste quand elle avait supposé qu'il y avait quelque chose qui le retenait. Il semblait avoir des regrets dont il ne leur avait jamais fait part, et peut-être pourraient-ils l'aider s'ils en découvraient davantage.

Cependant, Harvey se demandait si Melissa et lui devaient écouter Barney et suivre ses conseils, discuter de ce qui s'était passé entre eux pour pouvoir enfin se détacher du passé et se tourner vers l'avenir.

11

Cela faisait près d'une heure que Melissa était assise à la porte de derrière de Tumbleweed House, à attendre Harvey. Elle voulait le voir dès qu'il rentrerait chez lui, pour savoir s'il avait réussi à faire dire à Barney le nom du village où il avait grandi.

—J'ai essayé, l'informa-t-il en descendant de son pick-up, devinant la raison de sa présence et ce qu'elle s'apprêtait à lui demander. Il a changé de sujet et je n'ai pas pu le remettre sur les rails.

Il ouvrit à Winnie pour qu'elle se joigne à eux, et Melissa la caressa aussitôt.

—Cet homme est bien trop têtu, se plaignit-elle.

—À qui le dis-tu !

Winnie semblait sur le point de s'installer au soleil quand Gracie apparut ; la chienne se ravisa donc et courut vers sa fidèle promeneuse.

—Salut, vous deux, salut, Winnie !

Melissa trouva que cette façon de s'adresser à Harvey et à elle donnait l'impression qu'ils formaient un couple. Elle lui jeta un coup d'œil furtif, mais cela ne semblait pas l'avoir dérangé. Plus inquiétant encore : cela ne la dérangeait pas non plus. Elle regarda Winnie se coucher par terre, mais cette fois près de Gracie pour recevoir le maximum de caresses.

— Je crois que tu es trop fatiguée pour aller te promener, déclara Gracie à la chienne.

Comme pour lui donner tort, Winnie se leva, s'étira et se secoua.

— Je vais chercher sa laisse, lança Harvey en riant.

— Et d'autres sacs à caca ! lui cria Gracie tandis qu'il s'éloignait, les yeux marron pétillant d'une lueur amusée.

Elle se tourna vers Melissa et ajouta :

— J'ai été prise de court hier, quand j'ai emmené Winnie se promener. J'avais trois sacs, et elle a fait quatre cacas ! J'ai dû laisser le dernier, je m'en suis vraiment voulu… et un peu plus tard, en descendant sur la plage, j'ai marché dans une autre crotte de chien. Je suppose que c'est ce qu'on appelle le karma !

Melissa eut un grand sourire.

— Sûrement !

— À partir de maintenant, je vais faire attention à emporter plein de sacs avec moi.

— Tu as un chien, toi aussi ?

— Non, je ne peux pas me le permettre financièrement pour le moment, mais un jour, j'en aurai un, c'est sûr. Et toi ?

— Je bouge tout le temps à cause de mon travail, je ne peux pas… et puis, j'habite en appartement, alors ce ne serait pas bien.

Elle caressa Winnie, de la tête à la queue.

— Celle-ci adore le plein air et les grands espaces, les taches de soleil dans lesquelles elle peut se coucher en rond…

Elle s'interrompit ; elle parlait avec une telle familiarité, comme si Winnie et cet endroit faisaient partie de sa propre vie.

— Tu es hôtesse de l'air, c'est ça ? lui demanda Gracie. Ça doit être tellement glamour !

Elle ébouriffa ses boucles châtaines, se servant de ses deux mains pour les secouer avant de retirer le chouchou qu'elle avait autour du poignet et de les attacher en catogan.

— C'est ce que les gens ont tendance à croire, mais la réalité est légèrement différente... J'adore mon travail, cela dit. Il m'a permis d'aller dans toutes sortes d'endroits que je n'aurais jamais découverts autrement.

— J'aimerais beaucoup voyager un jour, mais le problème, pour moi, c'est l'argent.

— Où aimerais-tu aller ?

— La station de ski Aspen au Colorado est tout en haut de ma liste, j'ai toujours rêvé d'y aller... mais pour le moment, je dois me contenter de vacances au Royaume-Uni !

— Cela peut être tout aussi merveilleux.

— Des amis et moi avons loué des lodges à Center Parcs l'année dernière, c'était génial. Cette année, j'ai réservé un chalet avec une amie sur la côte, dans un très joli petit village appelé Leafbourne. Nous avons toute une semaine devant nous, il y a un bon pub à proximité, on aura la possibilité de se promener sur la plage, il y a un barbecue et un spa... J'ai trop hâte !

— Cela ne m'étonne pas ! s'exclama Melissa joyeusement alors que Harvey revenait avec la laisse de Winnie et la tendait à Gracie.

La jeune femme leur fit au revoir de la main et s'éloigna avec la chienne enthousiaste.

— C'est ça, lâcha Harvey, debout à côté de Melissa, qui était toujours assise sur la marche du seuil.

— De quoi tu parles ?

Elle mit une main au-dessus de ses yeux pour les protéger du soleil et leva le visage vers lui pour s'apercevoir qu'il souriait d'un air béat.

—Leafbourne. C'est le village où Barney a grandi.

—Non ! C'est impossible, ce serait une trop grande coïncidence… et puis, pourquoi ne l'avons-nous pas trouvé sur les cartes quand nous avons regardé ?

Il sortit son téléphone portable et commença à chercher.

—Parce qu'il n'est pas vraiment dans le North Norfolk, pas officiellement… Il est tout en haut, alors nous ne l'avons pas vu quand nous consultions le plan.

—Je ne me souviens pas de ce nom. Par contre, je me rappelle qu'il nous parlait de ce qu'il y avait là-bas – une mare avec des canards, un *fish and chips* où il allait tous les vendredis, l'école avec son immense terrain de sport… Je me rappelle qu'il nous avait raconté la fois où son meilleur ami et lui avaient emprunté un petit bateau pour aller en mer sans permission, et le savon qu'on leur avait passé ensuite…

Elle rit.

—Cette histoire m'amusait toujours. Vérifie s'il y a bien un port de plaisance à cet endroit.

Peut-être étaient-ils sur une piste, après tout.

Harvey fit une nouvelle recherche sur son portable.

—Oui, répondit-il, il y en a bien un. Je suis sûr que c'est ce village.

Il tourna le téléphone vers elle pour qu'elle puisse voir l'écran aussi.

—Ça fait longtemps, cela dit, des années qu'il a habité là-bas, souffla-t-elle.

—On ne sait jamais, un grand nombre de ces endroits sont des entreprises familiales, il y aura peut-être quelqu'un sur place qui connaîtra Barney et qui sera au courant de ce qui s'est passé.

Elle sentit ses espoirs s'évanouir.

—Je suis sûre qu'il y a plus d'une marina dans le Norfolk… Je ne cherche pas à être pessimiste, je t'assure, j'essaie juste d'être réaliste.

—Attends-moi ici, je vais aller voir Barney pour savoir si c'est bien ce village.

—Tu vas lui demander cash, comme ça ?

—Fais-moi confiance, je vais très bien m'y prendre. Ensuite, si c'est le bon village, nous aviserons.

—Bonne chance ! lui cria-t-elle.

Ils n'ajoutèrent rien, mais ils savaient aussi bien l'un que l'autre qu'elle resterait exactement où elle était, et qu'elle se détendrait au soleil en attendant son retour.

***

Melissa monta dans le pick-up à côté de Harvey.

—Alors, comment as-tu fait pour que Barney te confirme le nom du village sans lui dire pourquoi tu voulais le savoir ?

—Facile ! Dès que je suis arrivé, j'ai repéré l'un des jouets à mâcher de Winnie. Je l'ai ramassé et j'ai fait comme si c'était pour le récupérer que j'étais venu. Je lui ai dit que Gracie passait un peu de temps avec Winnie parce qu'elle allait bientôt partir en vacances, et quand j'ai dit qu'elle allait à Leafbourne, je l'ai vu tressaillir, alors j'ai ajouté : « Ce n'est pas là que tu as grandi ? »

—Et il a répondu, comme ça ?

—Il n'avait aucune raison de ne pas le faire, il ne peut pas deviner que nous allons aller là-bas dans l'espoir de grappiller des informations à son sujet. D'ailleurs, je doute que nos recherches aboutissent à grand-chose, mais avant que je me décourage, mets ta ceinture, et allons-y !

Elle s'exécuta et demanda :

—Est-ce qu'on peut d'abord passer à White Clover ? Je me disais que quelqu'un saurait peut-être quelque chose. Barney leur fait des dons depuis des années, depuis que le bal de la Robe de mariée a commencé, alors ils doivent bien avoir quelques réponses. Je n'ai jamais pensé à leur poser de questions jusqu'à présent. Ça vaut le coup d'essayer ! ajouta-t-elle quand il la regarda d'un air sceptique.

Espérant trouver quelque chose, ils firent donc avant toute chose un détour par White Clover.

—Ne me dis pas qu'ils ne savaient rien non plus ! lâcha Harvey quand elle remonta dans le pick-up un quart d'heure plus tard. Ou alors ils ne veulent rien dire ?

—C'est plutôt ça. Quand j'ai parlé à Ashley, j'ai eu la sensation qu'elle savait quelque chose, mais qu'elle ne voulait pas en dire plus. Elle s'est lancée dans un long discours sur le fait qu'ils avaient des donateurs qui les soutenaient depuis des décennies, qui ne s'arrêtaient plus une fois qu'ils avaient commencé. Ensuite, elle s'est mise à me parler de leurs donateurs de l'étranger, alors je me suis enfuie dès que j'en ai eu l'occasion.

—C'est vrai qu'elle est bavarde, pouffa Harvey.

—C'est clair ! Ce n'est pas étonnant que Barney s'entende bien avec elle… Enfin, quoi qu'il en soit, je comprends qu'il y ait des règles de confidentialité, donc je n'ai pas trop insisté. Bon, allons-y ! J'espère seulement que nous aurons plus de chance à Leafbourne.

Il quitta le petit parking et ils prirent la route qui leur permettrait, un peu plus loin, de s'engager sur la quatre voies. En chemin, ils parlèrent surtout du village et des souvenirs que Barney avait évoqués au fil des ans. Ils étaient d'accord sur le fait que c'était étrange qu'il n'ait pas une seule fois fait une gaffe et laissé échapper le nom de Lois.

Melissa lui indiqua la direction quand c'était nécessaire. En pleine semaine, et en dehors des heures de pointe, le trajet ne leur prit pas plus d'une heure et demie.

— Tu tourneras à gauche au rond-point, l'informa-t-elle quand ils eurent quitté la quatre voies. Il faut vraiment que tu investisses dans un GPS, je n'ai presque plus de batterie à force d'utiliser celui de mon téléphone !

— Nous arrivons à trouver notre chemin, non ? Et il y a un chargeur dans la poche derrière ton siège, si tu en as besoin.

— Ce n'est pas la question. Si je n'étais pas là, tu ne pourrais pas avoir les yeux rivés sur ton propre téléphone. Comment tu ferais, dans ce cas-là ?

— Oh, je ne sais pas… J'utiliserais peut-être une vraie carte en papier ?

— Très drôle.

— Tout n'a pas besoin d'être flambant neuf pour fonctionner.

— La technologie a été inventée pour nous faciliter la vie, répliqua-t-elle.

— Ne laisse pas Barney t'entendre dire des choses pareilles, déclara-t-il en ralentissant.

Il s'engagea sur une route de campagne étroite qui donnait sur un autre rond-point, puis encore un autre après.

Elle rit.

— Oh, je t'en prie, il est pire que moi ! Il est tout le temps sur son iPad, que ce soit pour payer ses factures ou pour jouer à des jeux qui font travailler son cerveau…

ou, du moins, c'était le cas avant qu'il se mette à regarder autant la télévision.

Ils continuèrent leur chemin. La route était bordée de grands arbres de chaque côté, et la campagne s'étendait sur leur gauche tandis qu'ils se rapprochaient de leur destination.

—C'est vraiment peu probable que nous trouvions quelque chose, tu sais, commenta Harvey.

—Je sais.

—Je ne veux pas que tu sois déçue… Bon sang ! grommela-t-il. Je ne veux pas *être* déçu. Maintenant que tu m'as fait me poser des questions, j'ai envie d'en savoir plus.

Elle observa le paysage défiler derrière la vitre. Était-ce totalement insensé ? Au moins, ils s'embarquaient là-dedans ensemble. Quoi qu'il puisse se passer, quoi qu'ils puissent trouver ou non, la présence de Harvey à ses côtés rendrait toute déception moins accablante. Elle avait bien conscience qu'elle ne resterait pas éternellement à Heritage Cove, et elle détestait l'idée de quitter Barney alors qu'il était dans cet état ; il n'était plus que l'ombre de l'homme qui avait été si présent dans sa vie avant qu'elle ne s'en aille. Il y avait des petits moments où il lui semblait entrapercevoir celui qu'il était autrefois, mais cette impression fugace s'évanouissait aussitôt.

Le ciel commença à se faire menaçant alors qu'ils repéraient enfin le panneau d'entrée dans Leafbourne. Harvey ralentit pour respecter la limitation de vitesse, et ils s'engagèrent dans le village. Il tendit le bras pour lui poser une main sur le genou, brièvement, et exerça une pression rassurante.

—Ne t'inquiète pas.

Elle se sentit aussitôt coupable, honteuse de sa réaction auprès d'un homme qui n'était pas Jay : elle avait la bouche toute sèche et une douce chaleur l'envahissait.

— Je ne m'inquiète pas.

— Si, tu t'inquiètes, tu fronces les sourcils.

Elle ne put que faire une plaisanterie et le regarder avec un grand sourire exagéré pour lui prouver qu'il se trompait.

— J'ai faim, avoua-t-il au moment où ils apercevaient tous les deux le *fish and chips*. Et toi ?

— Assez pour qu'on s'arrête ici, répondit-elle.

Harvey se gara sur la place de stationnement juste devant.

— Tu crois que c'est le même *fish and chips* que celui où allait Barney il y a des années ?

— Qui sait ? Mais tant qu'ils servent une bonne portion de frites accompagnées d'oignons au vinaigre, ça me va !

— Toi et tes oignons au vinaigre… marmonna-t-il pendant qu'ils entraient dans le restaurant.

Cela lui valut un bon coup de coude dans les côtes.

Le stationnement était limité à une demi-heure là où ils s'étaient garés, alors ils emportèrent leurs paquets de frites et le friand de Harvey pour aller manger sur un banc, dans un espace vert.

— Je ne vois pas de marina, dit-il, gardant la bouche entrouverte pour en laisser s'échapper un petit nuage de vapeur.

— Tu vas te brûler la langue si tu ne fais pas attention.

Elle avala son dernier oignon au vinaigre.

— C'est de la faute de mon estomac, il ne pouvait pas attendre que ça refroidisse !

Elle fit de son mieux pour ne pas penser à cette partie de son corps ; comme il le mentionnait, une image s'imposa à elle : celle de son ventre musclé et de la ligne de poils aguicheuse sous son nombril, qu'elle avait entraperçue le jour où elle lui avait tenu l'escabeau dans la grange, et où il avait tendu les bras vers les poutres au-dessus de sa tête.

—Ces oignons sont délicieux… Une tonne de vinaigre, une petite pincée de sel, ça ne peut pas rater.

Dans le doute, parler de nourriture ou du temps était souvent une bonne diversion.

Incapable d'attendre plus longtemps que ses frites refroidissent, elle laissa à son tour un nuage de vapeur s'échapper de sa bouche, ce qui fit rire Harvey.

Côte à côte, ils finirent leur repas.

—J'ai trop mangé, déclara-t-il en rassemblant leurs déchets pour aller les jeter dans une poubelle, non loin de là.

—Bon ! Allons voir si nous pouvons trouver cette marina.

Maintenant qu'ils étaient à Leafbourne, elle voulait faire tout son possible pour découvrir quelque chose. S'ils ne trouvaient rien, peut-être serait-elle contrainte, avant de retourner à Windsor, de demander carrément à Barney de lui parler de son passé. Elle commençait à désespérer.

De nouveau dans le pick-up, ils n'avaient remonté que deux rues de plus lorsqu'ils tombèrent sur le port. Harvey s'arrêta sur le bas-côté, de sorte à ne pas gêner la circulation. On pouvait voir la rivière s'étirer derrière et continuer son chemin en serpentant à travers la campagne. Il y avait un bateau, dont les voiles couleur crème claquaient au vent, et un hors-bord qui avançait en haletant dans la direction opposée.

Melissa salua d'un signe de tête un jeune homme appuyé contre un panneau blanc, une cigarette à la main.

—J'imagine bien Barney venir ici, exposa-t-elle à Harvey. Tout le village est tellement joli…

Elle baissa sa vitre pour mieux observer le lieu, les pelouses environnantes et les bâtiments de l'autre côté de la rue, une propriété au toit de chaume ainsi qu'une rangée de petits cottages ravissants. Ils avaient tous des noms, mais elle ne pouvait pas les voir à cette distance. Elle entendait le clapotis de l'eau, le moteur faiblissant d'un bateau qui venait se mettre à quai.

N'ayant aucun espace où se garer, Harvey redémarra pour aller un peu plus loin, à l'endroit où la route faisait le tour d'une place en face de laquelle il y avait un pub, avec des paniers suspendus remplis de fleurs de couleurs vives, et dont l'enseigne se balançait doucement au vent. Les lumières tamisées aux fenêtres laissaient imaginer l'atmosphère douillette de l'intérieur, même en plein été. Comme il ne pleuvait pas encore, ils se garèrent là et retournèrent à pied à la marina, qui n'était qu'à deux cents mètres.

Le jeune homme était toujours appuyé au panneau ; il devait en être à sa deuxième cigarette, retardant le plus possible le moment de reprendre le travail.

Ils entrèrent dans le bureau du port et attendirent qu'on s'occupe d'eux.

—Nous aurions sûrement patienté une demi-heure de plus si tu ne portais pas ce short, chuchota Harvey quand un employé d'une vingtaine d'années les remarqua enfin et s'approcha d'eux, les yeux rivés sur elle.

—Je peux vous aider ? demanda le jeune homme en s'essuyant les mains sur un chiffon déjà graisseux. Pour louer un petit bateau à rames, c'est de l'autre côté ; sinon, il reste un bateau à moteur, ou des canoës si vous préférez, précisa-t-il, sans prendre la peine de dissimuler le fait que les jambes de Melissa l'impressionnaient.

Ignorant son regard admiratif, elle répondit :

—Nous ne sommes pas là pour louer un bateau. Nous aimerions en savoir davantage sur quelqu'un que nous connaissons, qui a habité à Leafbourne et qui a passé beaucoup de temps ici, à la marina.

—D'accord. Eh bien, ça fait sept ans que je suis ici, alors je devrais pouvoir vous aider.

—L'homme dont je vous parle est légèrement plus âgé.

—Quel âge a-t-il ?

—Il a un peu plus de soixante-dix ans.

Le jeune homme émit un sifflement.

—Dans ce cas, vous allez devoir parler à quelqu'un d'autre. Hé, Grand-père ! brailla-t-il sans s'écarter.

Elle grimaça, craignant d'avoir le tympan percé.

—Ils sont obligés de crier, lui expliqua Harvey en riant quand le jeune homme se fut éloigné. Il y a du bruit dans ce genre d'endroit...

En effet, une cacophonie de martèlements se faisait entendre.

—Et en mer, ils doivent hurler à longueur de temps, alors ils n'ont probablement qu'un seul niveau sonore.

Le jeune homme revint vers eux.

—Vous allez devoir revenir...

Il avait une clef à molette à la main et s'apprêtait manifestement à s'atteler à la tâche, mais il trouva quand même le temps de reluquer Melissa.

—Il faudra que vous parliez à Bill, c'est lui qui est là depuis le plus longtemps.

Harvey le remercia d'un signe de la main.

—On va au pub ? proposa-t-il à Melissa.

—Ça marche, même si je n'ai vraiment plus faim.

—C'est juste pour attendre quelque part, indiqua-t-il en lui tenant la porte ouverte. Nous ne pouvons pas rester ici, ce gamin va finir par rêver de toi cette nuit. Manifestement, ils n'ont pas l'habitude de voir une belle femme sur leur chantier naval.

Tandis qu'ils reprenaient la direction du pub, elle s'efforça d'ignorer le « belle femme » ; c'était ce genre de commentaires qui lui faisait confondre le passé et le présent.

Ils prirent leurs boissons au bar, puis ils allèrent s'installer sur une banquette à une extrémité de la salle.

—Dommage que je doive me contenter d'un jus d'orange, j'aurais bien bu quelque chose d'un peu plus fort, affirma Harvey. Alors, dis-moi, que fait ton petit ami pendant que tu n'es pas là ?

Elle aussi aurait bien bu un verre de vin, surtout si elle devait répondre à des questions comme celle-là, mais elle voulait rester alerte au cas où ils auraient l'occasion de parler à quelqu'un qui serait au courant de quelque chose. De plus, avec leur passé qui planait constamment au-dessus d'eux, elle devait rester concentrée en présence de Harvey. Elle se demandait s'ils finiraient par échanger à cœur ouvert, ou si elle allait quitter Heritage Cove sans qu'ils aient trouvé le courage de le faire.

Elle posa son verre de Coca sans en boire une deuxième gorgée.

—Il travaille.

Elle avait essayé de le joindre par téléphone la veille au soir, après être partie du pub. Elle avait le besoin impérieux d'entendre sa voix, peut-être pour soulager sa conscience lourde, parce qu'elle se sentait coupable d'avoir passé la soirée en compagnie de Harvey, mais elle s'était ravisée et s'était contentée de lui envoyer un message.

—Vous habitez ensemble ?

—Par intermittence, mais j'ai mon propre appartement.

—Tu aimes vivre près de Londres ?

—C'est bien pour le travail, c'est simple et pratique pour aller à l'aéroport.

Il la bombardait de questions, et elle s'efforçait de répondre du tac au tac, mais elle espérait que leur conversation ne se résumerait pas à cela.

—Et toi, comment se passe ton travail ? s'empressa-t-elle de lui demander avant qu'il n'ait pu lui poser une autre question.

—J'ai des journées bien remplies, comme je les aime. Il y a beaucoup de gens qui préfèrent ajouter un étage à leur maison ou aménager un grenier existant plutôt que de déménager.

—Tu espères toujours t'établir à ton compte un jour ?

—Tu as bonne mémoire !

Il la regarda en souriant et posa le bras sur la table, si près d'elle que sa main risquait de toucher la sienne.

—Pour le moment, c'est plus simple d'être salarié, le temps que j'apprenne le métier. Je veux être sûr de savoir ce que je fais avant de monter ma propre entreprise, si tant est que je saute le pas un jour.

Elle avait un peu peur de se montrer indiscrète, mais elle osa quand même l'interroger :

—Est-ce qu'il t'arrive de songer à quitter Tumbleweed House ? Je me demandais si tu pouvais avoir envie de changement, parfois.

—À cause des souvenirs que j'ai dans cette maison, tu veux dire.

—Eh bien, je me suis dit…

—Que ce serait plus simple de recommencer à zéro, que cela me permettrait d'oublier tout ce qui s'est passé ?

Non, ce ne serait pas si facile. Et puis, mon père a privé notre famille d'assez de choses. C'est lui qui a mis fin à la culture de sureau, il a vendu une partie de nos terres, et il nous a pris beaucoup personnellement, à Maman, à moi et à mon frère Daniel. Il était temps de récupérer quelque chose, alors j'ai décidé de rester.

—Tant mieux pour toi.

Harvey était quelqu'un de fort, non seulement physiquement, mais aussi sur le plan émotionnel.

—Comment va Daniel ?

—Il est parti sans se retourner. Je n'ai pas de nouvelles de lui.

Il l'observait attentivement.

—Tu as envie de dire quelque chose, ajouta-t-il. Je le vois bien.

—Il y a beaucoup de gens qui donneraient n'importe quoi pour avoir un frère ou une sœur, tu sais.

—Ouais, eh bien, dans certains cas, il vaut mieux être enfant unique.

—Peut-être qu'il a des regrets, lui aussi. Il n'est jamais trop tard pour tirer un trait sur le passé.

—Ce n'est pas aussi simple que ça.

Elle ne voulait pas l'énerver, et parler de Daniel lui avait toujours fait cet effet, alors elle changea de sujet.

—Ta mère a dû être heureuse quand tu as racheté la maison.

—Oui, répondit-il en souriant, visiblement soulagé qu'elle ait abandonné le sujet de son frère. Maintenant, quand elle me rend visite, elle arrive à se souvenir des jours meilleurs, de l'époque où la maison appartenait à ses propres parents, des moments où Papa n'était pas là, quand nous étions enfants… J'ai fait beaucoup d'heures supplémentaires pour payer la maison et pour pouvoir garder les terres qui restaient, et je suis très content de l'avoir fait.

Ils se rapprochaient dangereusement du sujet de leur relation et de la façon si abrupte dont elle s'était terminée, et elle n'avait pas envie d'en parler, alors elle réorienta la conversation vers la raison de leur venue à Leafbourne.

—Je suppose que cette marina est notre dernière chance… et c'est une chance très mince, mais je te remercie d'avoir bien voulu venir jusqu'ici avec moi.

—Je l'ai fait avec plaisir.

Quelque chose dans la voix de Harvey lui indiqua que c'était vrai.

Elle but sa boisson à petites gorgées, jusqu'à ce qu'il ne reste plus que la rondelle de citron et les glaçons qui cliquetaient au fond du verre.

—Si nos recherches ne donnent rien, je vais être obligée de demander carrément à Barney de quoi il retourne.

—Nom de Dieu ! Tu es courageuse…

—Le temps file, et je ne veux pas repartir sans avoir eu une conversation sérieuse avec lui, je veux qu'il sache qu'il peut tout nous dire, que nous ferons tout notre possible pour l'aider. Honnêtement, étant donné qu'il parle à tout le monde, cela me surprend qu'il ait réussi à garder le moindre secret.

Harvey acquiesça en riant. Tandis qu'il finissait sa boisson, ils évoquèrent d'autres habitants de la Cove, ceux qui étaient partis après Melissa, d'autres qui étaient arrivés, et l'école, qui était si bien cotée qu'elle attirait de nouvelles personnes au village. Quand ils se rendirent compte que l'homme qu'ils voulaient voir, Bill, devait être de retour au port, des nuages encore plus sombres s'étaient amoncelés dans le ciel et il avait commencé à pleuvoir.

Ils coururent donc du pub jusqu'à la marina, et ils se ruèrent dans le bureau en s'esclaffant, passant sans doute pour deux fous. Ce n'étaient vraisemblablement pas quelques gouttes qui allaient changer quoi que ce soit pour les hommes du coin, qui travaillaient aussi bien dedans que dehors, peu importe le temps. L'un d'eux passait au papier de verre le flanc d'un bateau, un autre semblait fixer une voile, un autre encore donnait des coups de marteau sur le côté d'une barque. Aucun d'eux ne paraissait se soucier de la pluie ou du vent.

—J'ai cru comprendre que vous me cherchiez, dit Bill en s'avançant vers eux, l'air enjoué.

Il posa sa clef anglaise avant de tendre la main pour serrer celle de Melissa d'abord, puis celle de Harvey. Sa peau en disait long sur l'aspect pratique de son travail : les outils et les matériaux dont il se servait ainsi que le temps passé en mer l'avaient rendue toute sèche.

—Nous essayons d'en apprendre davantage sur l'un de nos amis, qui a habité ce village. Barney Walters, expliqua Harvey.

Bill haussa les épaules. Ses vêtements – un jean et un grand pull marin dans lequel il y avait tellement de trous qu'il aurait pu le mettre même par beau temps – étaient aussi abîmés que bon nombre des bateaux eux-mêmes. Celui qui se trouvait dans le hangar était en train d'être réparé et astiqué, et une odeur de vernis flottait dans l'air.

—Désolé, je n'ai jamais entendu parler de lui.

—Il a passé beaucoup de temps dans cette marina, alors nous nous sommes dit que quelqu'un se souviendrait peut-être de lui, essaya Melissa.

Par pitié, faites que nous ne soyons pas venus jusqu'ici pour rien ! Même si les gens du coin ne savaient pas ce qui s'était passé entre Barney et Lois, ils pourraient peut-être leur en dire plus sur celui que Barney était à cette époque-là, voire les orienter vers quelqu'un qui en savait davantage. Au pub, elle s'était rendu compte que ce village ressemblait beaucoup à Heritage Cove : les gens du coin bavardaient par petits groupes, et tous ceux qui entraient saluaient les autres et leur serraient la main, ce qui semblait indiquer qu'ils formaient une communauté unie.

—C'était en quelle année ? demanda Bill. Ça fait une éternité que je suis ici.

—Ça devait être il y a cinquante ans, peut-être un peu moins, répondit-elle.

Il siffla.

—Ça remonte à loin, même pour un vieux schnock comme moi… Ce chantier naval a changé de propriétaire il y a environ quarante-cinq ans. Je suis arrivé cinq ou six ans avant ça, et je suis là depuis tout ce temps.

—Est-ce que c'est une entreprise familiale ?

—Oui, mais ce n'est plus la même famille de propriétaires que quand j'ai commencé à travailler ici. Ça appartient maintenant aux Royston. Ils y tiennent autant que moi. C'est autant un passe-temps qu'un métier, pour moi. Comme dit le proverbe, choisissez un travail que vous aimez, et vous n'aurez pas à travailler un seul jour de votre vie, n'est-ce pas ?

—C'est vrai, confirma Melissa en souriant.

—Vous dites que ce Barney était du coin ?

—Il a grandi ici, précisa Harvey.

—Je suis désolé, je ne suis arrivé à Leafbourne que quand j'ai commencé à faire ce travail. Excusez-moi, une minute…

Bill avait vu un couple entrer dans le hangar.

Melissa regarda au-dehors. Ses yeux se posèrent sur le panneau contre lequel était appuyé, un peu plus tôt, le jeune homme qui fumait une cigarette ; maintenant qu'il s'était remis au travail, le panneau était parfaitement visible. Sur le fond blanc était dessinée une ancre bleu marine, autour de laquelle était enroulée une corde formant une torsade complexe, et les mots « Marina » et « de Leafbourne » étaient écrits en arc de cercle, respectivement au-dessus et en dessous de l'ancre.

Elle posa une main sur le bras de Harvey.

—Regarde le panneau.

—Je regarde.

—Ça ne te rappelle rien ?

—Je dois dire que non.

—Oh mon Dieu, qu'est-ce que je raconte ? Bien sûr que non, tu n'as pas vu la lettre dans le sac assorti à la robe de mariée !

Harvey avait l'air toujours aussi perplexe qu'au début de cette conversation.

—Éclaire ma lanterne.

—Il y avait la même ancre et les mêmes mots en haut de la lettre. Enfin, les mots étaient à peine visibles, c'est pour ça que je n'avais pas fait le rapprochement, et l'ancre était à demi effacée, mais j'arrive quand même à la reconnaître maintenant que je la vois en vrai. Lois avait dû écrire sa lettre sur une belle feuille de papier à en-tête comme certaines personnes en utilisent, surtout si elles ont…

—Une entreprise familiale, dit-il en même temps qu'elle.

Bill était occupé à emmener les visiteurs dehors et à leur indiquer la direction de la salle des fêtes, car il s'était avéré que ce n'était pas la marina qu'ils cherchaient, en fin de compte. Pendant qu'ils l'attendaient, une idée vint à l'esprit de Melissa, et elle la suggéra à Harvey :

—Et si nous ne nous renseignions pas sur la bonne personne ?

Il s'appuya contre le bureau juste à côté d'eux et croisa ses bras puissants sur son torse.

—Tu crois que c'est Lois qui avait un rapport avec cet endroit, et non Barney ?

—C'est possible, non ?

Quand Bill réapparut, indifférent à la pluie, elle lui demanda :

—Avez-vous déjà entendu parler d'une certaine Lois ? Elle doit avoir à peu près le même âge que notre ami, même si je n'en suis pas sûre.

—Ce prénom ne me dit rien, je suis désolé.

—Comment s'appelait la famille à laquelle appartenait le chantier naval avant qu'il ne soit vendu ? s'enquit Harvey.

Bill réfléchit.

—Les Charleston, qu'ils s'appelaient, et je peux vous dire qu'ils étaient aussi hautains que leur nom le laisse à penser, ricana-t-il. M. Charleston, eh bien, tout ce qui l'intéressait, c'était d'être propriétaire d'une entreprise. Il avait deux ou trois bateaux lui-même, mais il n'aimait pas le métier. C'est ça qui lui manquait. D'ailleurs, sa femme était tout le temps rigide, je ne sais pas s'il aimait réellement quoi que ce soit. Pour être honnête avec vous, j'ai été bien content quand ils ont vendu. Ce sont les Royston qui ont repris l'affaire, et eux, ils aiment vraiment les bateaux, ça se voit. La famille tout entière est passionnée, et ça fait une sacrée différence, je vous prie de me croire. M. Royston ne s'intéresse pas qu'à l'argent, tandis que les Charleston… eh bien, disons que nous aurions pu fabriquer et vendre des boîtes de conserve. Si ça avait rapporté autant, ils s'en seraient foutus. Pardon pour mon langage, ajouta-t-il en regardant Melissa.

—Il n'y a pas de mal, enchaîna-t-elle avec un sourire, se rendant compte que Bill aimait autant parler que Barney il y avait encore peu de temps. J'imagine qu'ils n'avaient pas d'enfants, si ? Les Charleston ?

Une main posée sur la hanche de sa salopette beige, Bill réfléchit.

—Ils avaient un fils, c'était lui qui tenait la comptabilité… Il nous payait toujours en retard.

Il leva les yeux au ciel.

—N'importe où ailleurs, il se serait fait virer, mais vous savez ce que c'est : comme c'était l'entreprise de Papa, il avait un boulot à vie.

—Ils n'avaient qu'un fils ? demanda Harvey.

—Oui, un seul… et je ne souhaiterais à personne un père comme celui qu'il avait.

Melissa et Harvey échangèrent un regard. Elle savait mieux que quiconque ce qu'il avait enduré avec son propre père.

Abattus d'aboutir à une impasse, ils remercièrent Bill de leur avoir consacré du temps.

—C'est très gentil de votre part, dit Harvey.

—Je suis désolé de ne pas avoir pu vous être plus utile.

—Ce n'est pas votre faute, répliqua Melissa. C'était il y a longtemps.

Harvey ouvrit la porte, et une dame entra d'un air affairé avec un paquet de *fish and chips*.

—Tu me gâtes ! lança Bill.

Il offrit un grand sourire à la dame, qui devait être sa femme. Il ajouta, en regardant Harvey et Melissa, qui s'apprêtaient à sortir :

—Les journées sont longues quand on ne voit pas l'être aimé. Ces jeunes me posaient des questions sur les Charleston.

La dame, beaucoup plus petite que lui, avait un foulard vert pomme sur la tête pour se protéger de la pluie. Elle fit une grimace qui indiquait qu'elle avait la même opinion de la famille Charleston que son mari.

—Ce nom me rappelle de vieux souvenirs…

Elle restait tout contre Bill et, voyant combien ils étaient encore amoureux à leur âge, Melissa les enviait.

—C'était une drôle de famille, ils étaient très sérieux, pas du tout comme les propriétaires actuels. Vous avez un lien de parenté avec eux ? sonda-t-elle Melissa.

—Non, nous essayons juste de trouver quelques informations sur l'un de nos amis, Barney Walters.

—Ce nom ne me dit rien, je suis désolée.

Melissa sourit.

—Ce n'est pas grave.

Harvey et elle se confondirent à nouveau en remerciements, puis ils dirent au revoir à Bill et à sa femme tandis que lui déballait le paquet de poisson pané et de frites brûlantes. Néanmoins, la voix de Bill les arrêta au moment où ils s'apprêtaient à partir en courant dans l'espoir de ne pas se faire tremper, la pluie s'étant mise à tomber plus fort pendant qu'ils étaient à l'abri à l'intérieur.

—Maintenant que j'y pense, les Charleston avaient quand même bien une autre enfant, en quelque sorte, mais pas à eux. Ils avaient recueilli une adolescente.

—Ah oui, je me souviens d'elle ! s'exclama la dame, regardant son mari d'un drôle d'air. Elle était très belle, elle faisait tourner les têtes.

—Vous vous rappelez comment elle s'appelait ? interrogea Melissa, reprenant aussitôt espoir.

Bill secoua la tête, mais sa femme répondit :

—Lois.

—Je n'en suis pas sûr, admit Bill.

Sa femme avait manifestement meilleure mémoire que lui.

—Si, je m'en souviens, parce que l'un de vous l'appelait tout le temps « Lois Lane ».

—Ah oui, c'est vrai ! confirma Bill avec entrain.

Sa femme se hérissa.

—C'était une belle nana, je le reconnais.

—Je n'avais d'yeux que pour toi déjà à l'époque, tu le sais très bien.

Il la serra contre lui et lui déposa un baiser sur la joue, la faisant rougir.

—Je ne la connaissais pas très bien, reprit la femme de Bill, mais je savais qu'elle avait perdu ses parents à un très jeune âge. Je crois que les Charleston étaient son oncle et sa tante. Ils l'avaient recueillie et élevée. J'ose à peine imaginer à quel point ils devaient être sévères, étant donné la façon dont ils se comportaient avec leurs employés… Nous ne la voyions pas souvent ici, mais il y avait eu une histoire avec un garçon, ça avait fait tout un foin. C'est à ce moment-là que les Charleston ont vendu et qu'ils sont partis.

—Tout un foin ? répéta Melissa.

—Lois s'était mariée avec ce garçon, ils avaient eu un bébé, si je me souviens bien… mais après, plus rien. Je ne les ai plus jamais vus dans le village.

—C'est vrai, renchérit Bill, ses souvenirs apparemment déclenchés par ceux de sa femme. Tous les trois sont devenus un sujet tabou dans le coin. M. Charleston refusait de parler d'eux, même quand les gens posaient des questions, et ensuite, ils ont disparu.

—Je présume que vous ne savez pas où ils sont allés ?

—Aucune idée, mon petit, dit la dame, dont la voix s'adoucit alors qu'elle percevait la déception de Melissa.

Harvey et Melissa remercièrent à nouveau Bill et sa femme, qui leur avaient au moins permis d'établir un lien entre Lois et cet endroit. Entre le papier à lettres à en-tête, le prénom et le fait que c'était le village où Barney avait grandi, on pouvait être sûr qu'il s'agissait bien de la même Lois. Quant au garçon mêlé à cette histoire qui « avait fait tout un foin », Melissa était prête à parier qu'il s'agissait de Barney.

Ils repartirent en courant en direction du pub et sautèrent dans le pick-up.

—Il pleut des cordes, pesta-t-elle en frissonnant, les cheveux collés au visage. Ça m'apprendra à croire que je peux sortir en mini-short !

Harvey attrapa un pull-over de derrière son siège.

—Tiens, mets ça…

—Tu n'en as pas besoin ?

Il fit jouer ses biceps.

—Certainement pas, je ne suis pas une chochotte !

Elle sourit et enfila le pull-over. Ce ne devait pas être un pull de rechange qui restait dans le véhicule, car il sentait bien trop bon pour cela. La laine du col lui grattait le cou, mais ce n'était pas une sensation désagréable. Avec le chauffage dans l'habitacle, elle ne tarda pas à se réchauffer.

—Qu'allons-nous faire, maintenant ? demanda-t-elle à Harvey.

—Aucune idée. Enfin, nous savons désormais que Lois habitait ici et qu'il y a eu des histoires, et tu peux être sûre que Barney y était mêlé.

—C'est exactement ce que je pense.

Il la regarda quand elle sortit son téléphone portable.

—Qu'est-ce que tu manigances ?

Ses cheveux la gênaient, alors elle les coinça derrière ses oreilles tandis qu'elle réfléchissait à tous les liens possibles.

—Je cherche le nom Charleston sur Internet, combiné au prénom Lois, aux mots *charité* ou *philanthrope*, et au nom de Barney, aussi… J'ai une intuition.

Harvey se mit en marche arrière et, coincé entre deux voitures mal garées, manœuvra pour regagner la route qui leur permettrait de quitter Leafbourne.

Il n'eut pas besoin d'indications, car c'était beaucoup plus simple de prendre la direction de Heritage Cove que cela ne l'avait été de venir jusque-là, et elle continua donc à faire des recherches sur son téléphone pendant qu'il conduisait sur la route presque déserte. La pluie tambourinait contre le pare-brise, que les essuie-glaces balayaient à toute vitesse dans un chuintement. Elle commençait à avoir mal aux cervicales à force de garder la tête baissée sur son portable.

—Fais une pause, ça peut attendre, suggéra Harvey.

Frustrée, elle renversa la tête en arrière contre l'appui-tête, ferma les yeux et essaya d'imaginer le Barney et la Lois qu'elle avait vus sur la photo dans l'armoire, et quels problèmes ils avaient bien pu avoir pour se séparer et pour qu'il ne parle plus jamais à personne de ce qui s'était passé, alors qu'ils avaient l'air si heureux. Elle pensa à Lois, à l'éducation stricte qu'elle avait reçue chez son oncle et sa tante, et au fait qu'elle avait perdu ses parents très jeune. Elle-même était terriblement en colère parce que les siens lui avaient été arrachés, mais, au moins, elle était adulte quand cela s'était produit. Cela ne rendait pas la chose moins douloureuse, évidemment, mais elle avait pu passer plus de temps avec eux que Lois. Et puis, elle avait aussi eu Harvey, dont la vie à la maison n'était pas heureuse du tout, avec un père qui le tourmentait, une mère qui n'arrivait pas à s'échapper, un frère qui était parti et qui n'était même plus en contact avec sa propre famille. Elle le regarda du coin de l'œil tandis qu'il était concentré sur la route, et elle se rendit compte qu'elle avait eu de la chance d'avoir de si merveilleux parents dans sa vie pendant tant d'années. Ils avaient formé une famille heureuse, en plus. Pour tout cela, elle s'estimait privilégiée.

Incapable de s'en empêcher, elle reprit son investigation sur Internet pendant que Harvey conduisait toujours. Toutefois, il n'y avait qu'un nombre limité de combinaisons des noms de Barney et de Lois, du nom de famille que Bill leur avait donné, de celui de Leafbourne, et elle fit encore chou blanc. Elle essaya une nouvelle approche quand elle repensa à White Clover. Comme l'oncle et la tante de Lois étaient apparemment à la marina pour réaliser des profits, elle avait cherché à en apprendre davantage à leur sujet en tapant des termes liés aux affaires et à la marina, mais ce ne fut que lorsqu'elle les eut tous épuisés qu'elle entra le mot *philanthropique*, le prénom de Lois et son nom de famille, et qu'elle fit une découverte qu'elle considérait comme capitale.

Elle se redressa sur son siège, le cœur battant la chamade.

—J'ai trouvé un article sur Lois !

Elle le parcourut rapidement.

—Il parle d'une certaine Lois, membre de la famille Charleston… La famille tout entière est connue dans les milieux philanthropiques… Lois joue un rôle très actif dans un hôpital pour enfants… En fait, on dit même ici qu'elle en a été ambassadrice bénévole pendant quelque temps. Elle a participé à un nombre incalculable de collectes de fonds… Cet article chante vraiment ses louanges !

—Alors, tu crois qu'elle soutient des organisations caritatives au profit des enfants et que c'est pour ça que Barney le fait aussi ?

—C'est possible. Peut-être qu'ils en soutenaient tous les deux quand ils étaient ensemble, et que c'est la partie de leur relation qui a perduré, ce qui les lie encore aujourd'hui.

Elle reporta son attention sur son portable et chercha le numéro de téléphone de White Clover.

—Qui appelles-tu ? s'enquit Harvey.

À peine eut-il prononcé ces mots qu'il dut se concentrer sur la route : un crétin venait de lui faire une queue de poisson, pour ensuite se déporter sur la gauche pour faire la même chose à quelqu'un d'autre, et couper deux voies. Harvey ralentit pour mettre de la distance entre eux et ce chauffard.

—Pourrais-je parler à Ashley, s'il vous plaît ? demanda-t-elle quand on décrocha. C'est de la part de Melissa.

—Je croyais que tu disais qu'elle avait plaidé la confidentialité, s'étonna Harvey.

Elle se mit un doigt dans l'oreille pour mieux entendre Ashley quand on la lui passa. La pluie continuait à marteler le pare-brise, et elle devait écouter attentivement.

—J'ai une question, à propos de ce dont je t'ai déjà parlé tout à l'heure… Ne t'inquiète pas, je ne vais pas te demander de me dévoiler quoi que ce soit ou de me donner des informations ; mais peux-tu me rendre un service ?

Ashley lui dit qu'elle l'écoutait, et Melissa poursuivit.

—Je sais que tu conserves une liste de tes donateurs, tu es très efficace, pour ça…

La flatterie ne pouvait pas faire de mal, n'est-ce pas ?

—Je vais te donner un nom, et je voudrais simplement que tu raccroches si c'est celui d'une personne qui est sur ta liste de donateurs. De cette manière, tu ne me dirais rien à proprement parler, c'est ça ? Et nous en resterions là.

Melissa ferma les yeux, soulagée, quand Ashley accepta, puis elle énonça :

—Lois Charleston.

Quand Ashley raccrocha, Melissa sut qu'ils étaient enfin un peu plus près de découvrir le secret que Barney ne leur avait jamais confié.

12

Harvey s'arrêta au bout de l'allée, devant Tumbleweed House.

—J'ai du vin, si ça t'intéresse, lança-t-il, s'attendant totalement à ce que Melissa décline la proposition. J'ai vraiment besoin de boire un verre après la journée que nous avons passée.

—Avec plaisir.

Surpris et ravi qu'elle accepte son invitation, il précisa :

—Cela nous aidera peut-être à savoir ce que nous allons faire maintenant.

Il avait plu des cordes tout au long du trajet jusqu'à Heritage Cove. Melissa avait reçu un appel de Jay, et même s'il n'avait pas aimé écouter cette demi-conversation, il s'était dit que c'était peut-être une bonne chose, car cela lui avait rappelé qu'il se faisait des illusions depuis qu'elle était revenue, à se demander s'ils pouvaient redevenir aussi proches qu'ils l'avaient été par le passé. En temps normal, il lui arrivait de penser à sa vie sentimentale le soir, quand il était seul chez lui, assis sur la terrasse avec une bière pour toute compagnie, et il se demandait alors s'il était vraiment destiné à se ranger un jour. Cependant, ces derniers temps, avec le retour de Melissa, c'était devenu une obsession qui hantait ses pensées tous les jours. Peut-être ce coup de téléphone était-il exactement la dose de réalité dont il avait besoin. Elle était avec ce pilote maintenant, et il n'aurait pas pu rivaliser avec cela. Elle avait un mode de vie glamour, elle était toujours par monts et par vaux, elle découvrait le monde comme elle en avait rêvé. Il n'avait quant à lui pas vu grand-chose en dehors de la campagne et des villages environnants lorsqu'il se tenait dans un grenier qu'il aménageait et qu'ils faisaient tomber le toit.

Winnie attendait déjà derrière la porte, comme toujours, et quand ils entrèrent, la queue de la chienne battit vigoureusement contre les murs tandis qu'elle réclamait des caresses à celui ou celle qui voudrait lui en faire le plus.

Même si, dehors, la température avait chuté, la maison avait été fermée toute la journée et elle avait conservé sa chaleur, alors Harvey ouvrit la fenêtre de la cuisine avant de prendre une bouteille de vin dans le casier encastré dans l'un des placards. Il servit deux verres et les apporta à table. Melissa s'était assise et elle utilisait son pied pour caresser le ventre de Winnie, qui s'était tout de suite installée à côté de sa chaise tant elle était habituée à elle.

— Pose ce téléphone ! somma-t-il Melissa quand il la vit s'emparer de son portable. Il est temps d'arrêter.

— Tu as raison. J'ai besoin de faire une pause.

Elle le posa retourné sur la table, puis elle retira la pince qui retenait ses cheveux pour laisser ses boucles auburn tomber en cascade sur ses épaules.

Il dut détourner le regard : c'était une image qui s'imposait assez souvent à lui comme cela quand il n'y prenait pas garde, car il lui avait lui-même détaché ses cheveux un nombre incalculable de fois. Il faillit lui proposer d'aller s'installer dans le salon pour être plus à l'aise, mais il craignait de finir par se ridiculiser s'il s'engageait dans cette voie. La cuisine était peut-être plus sûre.

—J'ai pensé à White Clover…

Il fallait absolument qu'il parle, ne serait-ce que pour arrêter de la contempler.

—Eh bien, qui est-ce qui n'arrive pas à décrocher, maintenant ? entonna-t-elle avec un grand sourire.

—Je me demandais si Barney et Lois avaient une raison particulière pour soutenir cette organisation caritative plutôt qu'une autre. White Clover soutient les familles qui ont perdu un enfant. Ils ne sont pas de Leafbourne, et il y a des œuvres de charité bien plus grandes et bien plus connues qui collectent des fonds pour la même cause, alors pourquoi celle-là ?

Il se passa une main sur le menton, et sa barbe naissante lui gratta la paume.

Melissa fronça les sourcils.

—Est-ce que je comprends bien où tu veux en venir ?

—Tu crois que c'est possible que Barney et Lois aient perdu un bébé ?

—J'imagine que c'est possible. Mais de ne jamais en parler, pas même quand nous disions pour plaisanter que nous étions les enfants qu'il n'a jamais eus… ! Nous pensions que c'était gentil de dire ça, mais si ça se trouve, c'était la chose la plus douloureuse à entendre pour lui. Il n'en a jamais rien laissé paraître.

—Nous nous trompons peut-être…

Quand elle le regarda, les yeux brillants comme si elle éprouvait une partie de la peine de Barney, il ajouta :

—Nous ne nous trompons pas, hein ?

—Je ne crois pas, répondit-elle en secouant la tête. C'est un crève-cœur. Depuis tout ce temps, il est seul, et il cache quelque chose de terriblement douloureux à tous ceux dont il est proche. Je ne sais pas comment il a fait pour tenir pendant toutes ces années.

—Je crois que Barney a fait la même chose que toi. Il s'est enfui, il a laissé sa douleur derrière lui.

Comme elle ne dit rien, il lui demanda :

—Est-ce que ton petit ami en sait beaucoup sur ta vie ici, à la Cove ?

—Il en sait assez.

—Est-ce qu'il sait que tes parents sont morts ?

—Bien sûr.

—Est-ce qu'il sait que tu les as perdus tous les deux en même temps, dans un accident sur une route que tu vois tous les jours, dans le village où tu as passé la majeure partie de ta vie ?

Elle avança la mâchoire inférieure.

—Il n'a pas besoin de connaître tous les détails sordides. Et pourquoi me poses-tu toutes ces questions, tout à coup ?

—Parce que Barney et toi avez fait la même chose. Vous avez emporté vos problèmes avec vous, et vous n'y avez pas fait face.

Ils se fixèrent pendant quelques instants, et ce fut elle qui brisa le silence.

—Je ne peux pas parler pour Barney, mais en ce qui me concerne, c'était plus facile de partir et de devenir quelqu'un d'autre, sans bagage émotionnel, sans personne pour constamment me poser des questions à ce sujet ou y faire allusion, loin de toutes les choses qui m'y faisaient penser à la Cove.

—Est-ce que je faisais partie de ce bagage ?

—Bien sûr que non.

—Pourtant, tu es partie, comme ça.

—Et toi, tu n'es pas venu avec moi ! cria-t-elle, se surprenant visiblement autant qu'elle le surprit.

Elle se pencha en avant, prit la bouteille de vin et se resservit.

Il ne manqua pas de remarquer qu'elle ne le resservait pas, *lui*, alors il le fit lui-même.

—J'avais mes raisons. T'es-tu seulement déjà demandé lesquelles ?

—Je savais que tu n'en avais pas autant envie que moi, mais j'aurais voulu que tu me le dises.

—Pourquoi ? Tu voulais partir, cela ne pouvait pas attendre, tu le savais, et je le savais aussi. D'ailleurs, tu avais déjà réservé la chambre d'hôtel à Londres, tu avais un boulot à temps partiel pour commencer, et tu avais des économies. Rien n'aurait pu te convaincre de t'arrêter pour regarder en arrière.

Il fit tourner doucement le pied de son verre entre ses doigts.

—Je t'ai suivie, tu sais. Pas le jour où tu es partie, beaucoup plus tard. C'était près d'un an après ton départ. Les choses s'étaient tassées de mon côté, et un jour, j'ai craqué, tout simplement. Je m'en voulais terriblement de t'avoir laissée partir. J'ai persuadé Tracy de me donner ton adresse, et j'ai pris le train pour Londres. J'ai attendu dans ta rue, sur le trottoir en face de ton immeuble, et je t'ai vue. Tu étais sur la première marche du seuil, tu embrassais un homme… et c'est à ce moment-là que j'ai compris. Tu avais tourné la page, j'arrivais trop tard.

Melissa blêmit. Même Winnie n'arrivait plus à capter son attention.

—Je croyais que tout était fini entre nous. Tu ne m'as jamais appelée. J'avais envie de te supplier de reconsidérer la question, mais ton silence m'avait indiqué tout ce que j'avais à savoir.

—Et pourtant, non.

Il se leva, son verre de vin à la main, et alla se tenir à la fenêtre pour regarder les sureaux ; quand il voyait les terres qui faisaient partie de la propriété baignées de la lumière dorée du soleil, il se disait qu'il n'aurait jamais pu vivre ailleurs.

—Je suis moi aussi revenue ici, tu sais, avoua-t-elle d'une voix éthérée qui sembla flotter dans la cuisine.

Il se tourna vers elle. Elle était toujours assise à la table, et elle faisait courir un doigt sur le bord de son verre.

—Quelques semaines après être partie, ajouta-t-elle. Je t'ai vu dans la rue, devant la boulangerie.

—Mais tu ne m'as pas dit bonjour… et tu n'as pas vu Barney, pour autant que je sache, à moins qu'il m'ait aussi caché ça.

—Non, je n'ai pas vu Barney, mais je t'ai vu, *toi*, et j'ai d'abord été en colère quand j'ai eu l'impression que la vie suivait tranquillement son cours pour toi, comme si ce qui s'était passé entre nous ne m'était arrivé qu'à moi, comme si cela n'avait eu aucun effet sur toi. C'est à ce moment-là que je me suis rendu compte que partir était mon rêve, mais que cela n'avait jamais été le tien.

Elle baissa les yeux sur la table.

—Je pleurais quand j'ai redémarré, mais je savais qu'il fallait que je te laisse partir. Je voulais que tu sois heureux, je n'ai jamais souhaité que ton bonheur.

—Et moi le tien.

Les yeux de Melissa s'emplirent de larmes, mais elle les retint.

—Je n'arrive toujours pas à gérer mes émotions, même après tout ce temps, parce que je n'ai jamais compris pourquoi tu n'étais pas parti avec moi. Est-ce qu'il y a quelque chose que je ne sais pas ?

Il se passa une main dans les cheveux et but une autre gorgée de vin.

—Je n'arrive pas à croire que personne ne t'ait rien dit... Enfin, j'ai demandé à Tracy de ne pas le faire, parce que je ne voulais pas que tu aies pitié de moi, mais maintenant que vous êtes de nouveau amies toutes les deux, je pensais qu'elle te l'aurait dit quand même.

—Tout ce qu'elle m'a dit, c'est que je devrais te parler. Alors, je te pose la question : pourquoi, Harvey ?

Il se rassit en face d'elle.

—Mon père a fait son apparition sans crier gare, le soir où toi et moi avions prévu de quitter la Cove, et c'est pour cette raison que je n'ai pas pu partir avec toi.

—Qu'est-ce qui s'est passé ?

—Il est devenu fou furieux, voilà ce qui s'est passé. Il s'est comporté comme s'il était juste parti acheter une bouteille de lait et qu'il s'attendait à ce qu'on soit tous là à l'attendre à son retour, avec le dîner sur la table. Mais Maman et moi étions en train de discuter autour d'un verre de vin, elle nous souhaitait bonne chance, à toi et à moi, pour l'année à venir, et elle me disait qu'elle prendrait le train pour nous rendre visite à Londres, ou n'importe où ailleurs, en fonction de l'endroit où nous nous trouverions. Elle me disait qu'elle était heureuse que je vole de mes propres ailes, même si ce n'était pas pour toujours. Elle me disait qu'elle-même n'avait jamais eu la chance de le faire.

—Je suppose que ton père ne l'a pas entendu de cette oreille...

—Cela faisait bien longtemps que nous avions arrêté de croire qu'il reviendrait un jour. Il a dû faire exprès de passer par la porte latérale, que nous laissions souvent ouverte pour faire un courant d'air quand il faisait chaud. Tout à coup, il a surgi de nulle part dans la cuisine, et il avait tout entendu. Il a accusé Maman d'être une ingrate – je ne te répéterai pas les adjectifs qu'il a employés pour la décrire –, il a dit que j'étais encore pire, il m'a demandé quel genre d'homme vivait encore chez ses parents à l'âge adulte... Je lui ai répondu : « Peut-être le genre d'homme qui devait protéger sa mère de son salaud de mari. »

Le visage de Melissa se décomposa. Elle en savait assez sur Donnie Luddington pour imaginer comment il avait pu prendre cette remarque. Enfant, Harvey et elle n'avaient pas passé beaucoup de temps à Tumbleweed House, et elle avait gardé ses distances quand Donnie était là.

— C'était stupide de ma part de dire ça, de la pure provocation ! Il s'est aussitôt jeté sur moi, Maman s'est mise à pousser des cris perçants, il m'a donné un coup de poing dans la figure... Je ne me suis pas laissé faire, et je l'ai poussé tellement fort que je l'ai fait traverser la baie vitrée.

Elle plaqua une main sur sa bouche, un geste qu'elle avait tendance à faire, mais qu'il avait oublié. Il la taquinait toujours à ce propos par le passé, il lui demandait si elle croyait qu'en se couvrant la bouche, elle empêcherait le pire d'arriver, elle empêcherait les choses de se réaliser. Tous deux regardèrent la baie vitrée en question, dont on n'aurait jamais pu deviner qu'elle avait un jour volé en éclats. Elle était située sur le côté de la maison et, autrefois, sa mère avait mis un grand pot en pierre rempli de fleurs de saison devant, sur les dalles. Il n'y avait plus rien à cet endroit aujourd'hui, à part le lierre qui s'était emparé de la clôture juste en face, les tiges ligneuses enchevêtrées qui rampaient le long du bois.

—Il est allé voir la police, reprit-il. Je ne suis pas parti avec toi, parce que… comment aurais-je décemment pu partir ?

Il regarda l'expression de Melissa changer tandis qu'elle se rendait compte qu'il avait eu de vraies bonnes raisons pour ne pas partir avec elle, qu'il ne s'était pas simplement dégonflé, qu'il n'avait pas juste changé d'avis. Il s'était retrouvé coincé.

—Je ne pouvais pas abandonner ma mère, même si elle m'a dit que ce n'était pas à moi de payer les pots cassés. Je ne pouvais pas être sûr qu'il ne reviendrait pas, et j'étais terrifié à l'idée que la police engage des poursuites contre moi, parce qu'il était salement amoché à cause du verre brisé. Je ne pouvais pas me traîner un casier judiciaire et m'attendre à ce que tu acceptes ça.

—Tu me sous-estimes, Harvey.

La voix douce qui l'avait réconforté tant de fois au fil des ans lui fit l'effet d'une caresse. Elle lui avait manqué, et il se demandait où ils en seraient aujourd'hui s'il lui avait dit la vérité dès le départ.

—Ce n'était pas ce que je souhaitais pour toi, Melissa. Je savais à quel point tu avais besoin de partir, alors je t'ai rendu ta liberté. Après nous avoir laissés vivre dans l'angoisse et la peur pendant deux mois, mon père a fait la première chose correcte de sa vie, il a dit à la police qu'il ne portait pas plainte, que c'était un accident, et il est parti pour la deuxième fois, et pour de bon.

—Comment sais-tu qu'il ne reviendra pas ?

—Au début, je m'attendais vraiment à ce qu'il revienne, mais un jour, Maman a reçu une lettre de sa belle-sœur dans laquelle celle-ci lui annonçait qu'il était mort subitement d'une rupture d'anévrisme. Ç'a été très rapide, il n'a pas souffert d'après ce qu'elle nous a dit. J'aurais voulu qu'il souffre, j'aurais voulu qu'il ait aussi peur que moi les jours où il me hurlait dessus, les jours où il courait après Daniel et moi, où il nous terrorisait, où il nous donnait des coups de ceinturon parce que nous avions fait des bêtises… mais il était parti pour de bon, et le soulagement que j'ai vu sur le visage de Maman, même si elle ne l'a jamais exprimé avec des mots, était tout ce dont j'avais besoin pour savoir que c'était une bonne nouvelle et que je n'avais pas à me sentir coupable.

—Pourquoi n'es-tu pas venu me retrouver quand tu as su que ton père était sorti de ta vie pour toujours ?

—Je l'ai fait.

Le jour où il avait pris le train pour aller à Londres était le lendemain des funérailles de son père. Il n'y avait pas assisté, mais on leur avait dit la date, et ce jour-là, sa mère et lui s'étaient assis sur le pas de la porte de Tumbleweed House, main dans la main, et ils avaient regardé les bourdons s'affairer autour des sureaux dans l'espoir de trouver ce qu'ils étaient venus chercher. Ni lui ni elle n'avaient versé une larme, et elle lui avait dit d'aller chercher Melissa.

Soudain, Melissa comprit.

—C'était le jour où tu m'as vue avec Jay.

Il hocha la tête.

—Et tu as cru que je t'avais complètement oublié…

Quand il se contenta de hausser les épaules, elle ajouta :

—Et *moi*, j'ai cru que tu n'avais pas une seule fois regretté de ne pas être parti avec moi.

Il tendit le bras sur la table et prit sa main dans la sienne.

—Je ne l'ai pas regretté, parce que tu faisais tout ce que tu avais prévu de faire, tu étais partie et tu avais trouvé quelque chose pour atténuer ta douleur. Moi, je venais juste de me libérer de la mienne, je disais adieu à une enfance qui aurait été bien pire sans toi et sans Barney… Je me suis dit que je devais faire ce que tu avais fait, que je devais trouver ma voie, et que tu finirais par revenir un jour si c'était ce que tu voulais vraiment. Les années ont passé, j'ai supposé que cela n'arriverait jamais, et j'ai fait de mon mieux pour l'accepter.

La sonnerie du portable de Melissa les interrompit.

—C'est Barney, il vaut mieux que je décroche.

Il prit conscience qu'il avait dû oublier son propre téléphone dans le pick-up, et il fut pris de panique à l'idée que Barney avait peut-être eu besoin d'eux pendant qu'ils étaient partis en vadrouille pour jouer les détectives et fouiner dans sa vie privée.

—Il est à côté de moi… dit Melissa. Oui… Nous sommes ensemble.

Ses joues prirent une teinte rose pâle alors qu'elle tendait son portable à Harvey.

—Ça va, Barney ?… Oui, Melissa est à la maison.

Il leva les yeux au ciel.

—Tu as besoin de moi ?

Il écouta ce que Barney avait à lui dire, puis il raccrocha.

—Il faut que j'y aille.

—Mais tout va bien, n'est-ce pas ?

Il finit son vin, et elle en fit autant.

—Il y a une fuite dans le toit. Ça fait peut-être un moment, mais avec la pluie qui est tombée aujourd'hui, il vient juste de s'en rendre compte. J'ai des bâches en plastique dans mon appentis, je vais les emporter avec moi et voir si ça peut suffire pour l'instant.

—Fais attention à toi, dit-elle. La nuit va bientôt tomber.

Peut-être était-ce à cause du vin ou parce qu'ils avaient dissipé les malentendus entre eux, mais il lui prit le menton au creux de la main.

—Ne t'inquiète pas pour moi, Melissa Drew.

Elle resta là, les yeux plongés dans les siens, puis elle sembla se rappeler qu'il n'était plus son petit ami.

—Je ferais mieux de retourner à l'auberge.

Le charme était rompu. Il prit ses clefs, caressa Winnie, qui ouvrit un œil pour le regarder d'un air somnolent, et il ferma la porte derrière eux. Puis il alla chercher son téléphone dans le pick-up avant de se diriger vers l'appentis. Il avait trop bu pour conduire, alors il allait devoir emporter les bâches sous son bras et aller chez Barney à pied. Il espérait que ce dernier pourrait lui tenir l'échelle.

—J'ai une autre idée pour obtenir des informations sur Barney et sur ce qui s'est passé, déclara Melissa tandis qu'ils descendaient la petite rue côte à côte, en direction de la Grand-Rue. Je vais écrire au journal qui a publié l'article sur Lois.

—Cet article était récent ?

Il remonta les bâches en plastique dans ses bras, car elles n'étaient pas faciles à porter quand elles n'étaient pas pliées correctement.

—Il a été publié il y a moins d'un an.

—Ils n'auront pas les mêmes conditions de confidentialité que White Clover ?

—Probablement, mais le nom du journaliste qui a écrit l'article était indiqué, et j'ai trouvé son adresse mail, alors je vais lui envoyer une lettre à l'attention de Lois et lui demander s'il veut bien la lui transmettre.

—Et que vas-tu dire, dans cette lettre ?

—Je ne sais pas encore.

—Tu as besoin d'un coup de main ?

Elle sourit. Elle esquissa un mouvement comme pour se rapprocher de lui, mais elle sembla se raviser.

—Je vais me débrouiller. Bon ! Tu ferais mieux d'aller t'occuper de la fuite de Barney... et, pour l'amour du ciel, fais attention à toi : je n'ai pas besoin d'avoir deux infirmes sur les bras !

Tandis qu'il la regardait s'éloigner dans la direction opposée à celle qu'il devait prendre pour aller chez Barney, il songea que cela ne lui aurait pas déplu qu'elle soit aux petits soins pour lui. Cela lui avait vraiment fait plaisir de passer toute la journée et la soirée en sa compagnie.

Il se demandait seulement si elle ressentait la même chose que lui à ce moment précis.

13

Le lendemain, contente de voir que la pluie avait cessé, Melissa enfila une robe légère bleu pâle bordée de blanc, puis elle prit la direction de chez Barney. Ils y avaient rendez-vous avec le traiteur pour pouvoir goûter à tout et confirmer leurs choix pour le bal. Elle avait été ravie de constater que Barney était de bonne humeur quand elle l'avait appelé, un peu plus tôt, afin de lui redire à quelle heure elle arriverait. Elle lui avait rappelé que Harvey et lui avaient réservé cette dégustation, mais il n'avait pas oublié ; peut-être était-ce le signe que les préparatifs de cet événement commençaient à avoir sur lui l'effet escompté. Peut-être que leur ingérence et leur excursion à Leafbourne pour en découvrir davantage n'étaient pas nécessaires, ce qui ne serait pas une mauvaise chose étant donné qu'elle n'avait pas eu de réponse à l'e-mail qu'elle avait envoyé au journaliste.

—Dans quel état est le toit ? s'enquit-elle auprès de Harvey dès qu'elle arriva chez Barney.

—Il y a encore quelques mois, je serais monté sur ce toit moi-même, intervint Barney.

C'était une autre preuve de l'amélioration de son état : il s'immisçait dans toutes les conversations, et elle sut au petit signe de tête approbateur que Harvey lui adressa qu'il pensait la même chose qu'elle. Malheureusement, Barney gâcha tout en prenant la brochure d'Aubrey House et en la feuilletant.

—Tu devrais jeter ça à la poubelle, l'interpella Harvey.

—Pourquoi ? C'est ma décision si je veux aller là-bas.

—Mais tu fais partie de Heritage Cove, insista Melissa.

Barney tourna la brochure vers eux.

—Regardez le code postal... Ça dépend de Heritage Cove. Entre ma chute et le toit qui fuit, le temps est venu.

Elle n'avait pas l'énergie de protester.

—Alors, le toit ? demanda-t-elle encore à Harvey.

—C'était une tuile déplacée, expliqua-t-il. La pluie s'infiltrait le long de la cheminée, probablement depuis un moment. J'ai déjà revérifié, et le couvreur viendra plus tard dans la journée pour s'en occuper.

Ils échangèrent un sourire, et elle se rendit soudain compte que Barney les observait.

—J'ai hâte de goûter à toutes ces bonnes choses, lança-t-elle, s'agitant nerveusement.

Elle n'avait que trop conscience elle-même du changement dans son comportement et dans celui de Harvey, maintenant qu'ils avaient pris le temps de se parler à cœur ouvert. Elle l'avait senti la veille au soir, quand ils avaient discuté autour d'un verre de vin, puis à nouveau quand ils s'étaient éloignés de chez lui à pied, et elle avait ensuite dormi plus profondément que d'habitude, comme si elle avait enfin été soulagée d'un poids.

Cependant, sa tentative de diversion ne fonctionna pas.

—Au fait, tu ne m'as pas dit ce que tu faisais à Tumbleweed House hier soir, Melissa, s'informa Barney.

—Nous mettions juste deux ou trois choses au point pour le bal.

— Comme quoi ?

Cette inquisition fut interrompue par l'arrivée du traiteur. Pour esquiver toute question supplémentaire, elle s'empressa d'aller lui ouvrir.

Harvey, Barney et elle goûtèrent aux tartelettes au fromage, au bœuf à la sauce onctueuse accompagné de mini-Yorkshire puddings, aux corolles de pâte filo aux légumes, aux sandwichs au thon et au concombre coupés en triangles, aux chips de tortilla, ainsi qu'aux carottes et aux concombres coupés en julienne trempés dans des sauces crémeuses, à la tarte au chocolat surmontée de crème chantilly, et au tiramisu au chocolat blanc et au cointreau.

— Je crois que je ne mangerai plus jamais de ma vie, déclara Melissa quand les traiteurs eurent rassemblé tous leurs Tupperware et qu'ils s'en furent allés.

— Vous vous êtes bien débrouillés pour le trouver, les complimenta Barney. Il est meilleur que le précédent, ce qu'il propose est plus varié. C'est peut-être pour ça que l'autre a fait faillite, d'ailleurs.

— Tu peux remercier Tracy, répliqua-t-elle. C'est elle qui me l'a recommandé. Maintenant, nous avons ses coordonnées pour l'année prochaine.

Harvey lui fit un clin d'œil, parfaitement conscient du but de cette remarque, et quand il soutint son regard, elle trouva une excuse pour partir, prétextant qu'elle devait aller sortir sa lessive de la machine à laver de l'auberge et pendre son linge avant de ne plus avoir de vêtements à enfiler.

Elle devait surtout mettre un peu de distance entre Harvey et elle. Depuis qu'il lui avait pris le menton au creux de la main chez lui la veille au soir, ses sentiments étaient montés en flèche et elle se sentait tiraillée, ne sachant plus quoi faire. Elle avait une vie ailleurs, mais elle avait aussi quelque chose à Heritage Cove, et ce qui était encore très clair avant la chute de Barney ne l'était plus du tout à présent.

***

Melissa passa les quelques jours suivants à faire coïncider ses visites chez Barney avec les moments où Harvey était au travail, dans la mesure du possible. Elle lui avait envoyé un message pour lui dire qu'elle n'avait pas eu de réponse à la lettre qu'elle avait transmise à Lois par l'intermédiaire du journaliste, et ils avaient convenu qu'il était temps de mettre un terme à leur enquête. Ils allaient tout simplement devoir accepter le fait que, pour une raison ou pour une autre, Barney voulait garder certaines choses pour lui et faire sa vie comme il l'entendait. Ils commençaient même tous les deux à se rendre compte que s'il souhaitait aller vivre dans une maison de retraite et arrêter d'organiser le bal de la Robe de mariée, alors ils seraient bien obligés de l'accepter aussi.

Après avoir passé l'après-midi à jouer aux cartes avec Barney, elle eut le plaisir de retrouver Tracy au pub pour passer la soirée avec elle. Le soleil brillait encore dans le ciel, et une brise légère faisait voleter les manches du haut lilas qu'elle portait avec un jean. Elles bavardèrent à propos du bal pendant un moment, puis, tout en ouvrant trois paquets de chips à partager, Tracy lui demanda :

—Comment Jay prend-il le fait que tu aies prolongé ton séjour ici ?

—Il est très pris par son travail, répondit Melissa avec un haussement d'épaules. Ça aide, j'imagine.

Ils ne s'étaient pas parlé depuis quelques jours, mais elle lui avait envoyé un e-mail et elle lui avait dit qu'elle était sur le point de réussir à organiser l'événement de l'année. Elle savait bien qu'elle avait un peu radoté quand elle lui avait évoqué le groupe, le traiteur, la décoration de la grange, mais elle ne voyait pas quoi lui dire d'autre à propos de Heritage Cove.

—Est-ce que quelqu'un a invité Lucy à aller au bal ? demanda Tracy quand elle vit la remplaçante du forgeron arriver dans la cour du pub, une bouteille de bière à la main.

Melissa prit quelques brisures de chips à la crevette de l'un des paquets qui scintillaient au soleil.

—Je suppose qu'elle a reçu une invitation... En tout cas, elle a forcément eu l'un des prospectus que Harvey a distribués. Elle doit être au courant.

—J'ai l'impression qu'elle est ici toute seule, commenta Tracy, fronçant les sourcils. Ce n'est pas bien.

—Nous pourrions lui proposer de se joindre à nous, mais il ne faudrait pas qu'elle se sente obligée d'accepter.

Tracy appela Lucy et l'invita à s'asseoir avec elles, et la jeune femme accepta bien volontiers.

—Nous étions en train de parler du bal, l'informa Tracy. Tu vas y aller ?

—J'ai mon billet, mais...

—Mais... ? dit Tracy, l'encourageant à continuer.

—Ce qu'il me manque, c'est un cavalier, admit Lucy d'un air gêné.

—C'est le cas de la moitié des gens qui y vont, expliqua Melissa. Ce n'est pas ce genre de bal.

—C'est vrai ? Ce n'est pas réservé aux couples ? Pourtant, j'avais cru comprendre en voyant l'invitation qu'il y aurait plein de femmes et d'hommes mariés dans les tenues qu'ils portaient le jour de leur mariage, alors je croyais...

—Pas du tout, répliqua Tracy.

—À mon premier bal de la Robe de mariée, je portais une robe blanche de bal de débutantes, raconta Melissa. Elle était magnifique, et j'étais heureuse de faire enfin partie des invités. Cela ne faisait que trop longtemps que j'observais l'événement de loin !

—Ce qu'elle veut dire, c'est qu'elle l'observait d'en haut, en équilibre sur les poutres de la grange, narra Tracy avec un grand sourire. Oui, elle et Harvey grimpaient sous la charpente, sur les poutres – qui n'étaient déjà pas si solides que ça, à l'époque –, et ils assistaient au bal ! Ils n'étaient même pas cachés, mais personne n'a jamais rien dit.

—C'est vrai que j'ai entendu dire que Harvey et toi étiez ensemble, glissa Lucy à Melissa.

Tracy sourit.

—Elle a un petit ami qui est pilote de ligne, maintenant.

Melissa se garda bien de préciser que c'était son fiancé. Il lui avait fait sa demande, elle lui avait donné une réponse qu'elle croyait sincère, ils avaient prévu d'aller acheter une bague de fiançailles ensemble, mais à présent… eh bien, désormais, elle ne savait plus du tout où elle en était. Elle n'était pas fière de constater que ses sentiments avaient changé. Jay ne méritait pas son indécision et, même si elle n'avait pas envie que son séjour à Heritage Cove se termine, elle savait qu'elle allait bientôt devoir retourner à Windsor et décider de ce qu'elle allait faire. Peut-être y parviendrait-elle quand elle verrait Jay.

Elle se dit que la meilleure chose à faire dans l'immédiat était de changer de sujet.

—Alors, Lucy, tu viendras au bal ?

—Je n'ai rien à me mettre… et je vous assure que ce n'est pas une excuse. Dans ma branche, il n'y a guère d'occasions de porter du blanc, à plus forte raison une belle robe blanche adaptée à une soirée.

—Je n'ai rien à me mettre non plus, avoua Melissa.

Le visage de Tracy sombra.

—Melissa, c'est insensé !

—Eh bien, encore tout récemment, je ne savais pas que j'allais y aller, et puis, j'ai été bien occupée.

—Très bien, c'est décidé ! déclara Tracy en reposant brutalement sa pinte à demi vide sur la table en bois. Il faut que nous allions faire du shopping. Toutes les trois. Demain. Si on attend encore, vous risquez de ne plus rien trouver.

Elle prit son portable et écrivit un message.

—Voilà, c'est réglé, je me suis fait remplacer à l'auberge, et je peux être libre pour 10 heures. Et vous ? s'enquit-elle, les regardant tour à tour.

—Je peux prendre une ou deux heures dans la matinée, répondit Lucy.

Elles reportèrent toutes les deux leur attention sur Melissa.

—Je déjeune avec Barney, mais je n'ai rien de prévu avant, alors je suis partante !

—Parfait. Nous irons à la boutique dont je t'ai parlé, près d'Ipswich. Je sais qu'ils ont de très jolies robes d'été blanches en solde, j'étais presque tentée de m'en acheter une moi-même.

—Voilà qui n'incite pas à se marier : après, tu te retrouves coincée avec la même robe tous les ans pour ce bal ! Nous avons de la chance, ajouta-t-elle après sa plaisanterie en regardant Melissa, nous, nous pouvons en choisir une neuve.

Alors qu'elles riaient toutes les trois, Melissa se demanda si elle serait exactement dans la même position que Tracy un an plus tard. Son avenir était-il vraiment au côté de Jay, ou revenir à Heritage Cove avait-il tout changé ?

***

Quand Melissa était allée se coucher la veille au soir, elle était impatiente de faire sa virée shopping avec Tracy et Lucy. Cependant, après avoir reçu un étrange coup de téléphone d'Ashley, elle les avait prévenues qu'elle était obligée d'annuler, et elle se rendait maintenant à White Clover. Elle espérait qu'on n'allait pas la traîner devant un comité d'éthique parce qu'elle avait cherché à obtenir des informations confidentielles.

Elle se gara et, quand elle entra, Ashley l'accueillit avec un sourire et lui demanda :

—Tu n'étais pas occupée, si ?

—Je devais aller m'acheter une robe pour le bal.

—Je suis vraiment désolée, mais il fallait que je te parle, et je ne pouvais le faire qu'ici.

Curieusement, en disant cela, Ashley la fit ressortir et referma la porte derrière elles.

—Est-ce que je vais avoir des ennuis ?

Ashley éclata de rire.

—Bien sûr que non ! J'ai une visiteuse. C'est Lois.

Melissa resta un instant bouche bée.

—Tu es sérieuse ? Elle est ici ? Maintenant ?

—Ce doit être la même Lois que la femme que tu recherches. Nous n'avons qu'une seule Lois dans nos fichiers. Que se passe-t-il, Melissa ?

—Je ne suis pas encore sûre de le savoir moi-même.

Melissa avait espéré, au mieux, un e-mail du journal en réponse au sien. Elle n'aurait jamais cru que Lois se présenterait ici ; elle était vraiment prise au dépourvu.

—La Lois qui m'attend à l'intérieur nous a contactés il y a quelques mois pour nous proposer d'organiser un bal de la Robe de mariée au profit de notre structure là où elle habite, en Irlande. Jusqu'à maintenant, je n'avais plus entendu parler d'elle et elle est arrivée tout à coup. Elle s'est présentée comme étant l'une de nos donatrices, et elle m'a rappelé sa proposition.

—Quelque chose me dit que c'est à cause de moi qu'elle est là plutôt qu'en rapport avec le bal ou White Clover.

—C'est ce que je me suis dit en repensant aux questions que tu m'avais posées… Je ne sais pas de quoi il retourne, et je ne te le demanderai pas, mais est-ce que tu veux aller la voir et prendre le relais ? Cela ne sert à rien que je joue les intermédiaires.

Melissa s'appuya contre la porte.

—Elle est vraiment ici, en ce moment même ?

Le journaliste avait dû faire suivre son e-mail sans la prévenir.

—Je me suis excusée et je lui ai dit que j'allais demander à l'organisatrice du bal, ici à Heritage Cove, de venir lui parler. Ce n'est pas un mensonge à proprement parler, puisque tu prends part à l'organisation.

Tout ce que Melissa avait indiqué dans sa lettre à Lois, c'était qu'elle était proche de Barney Walters, qu'il avait fait un séjour à l'hôpital et qu'il n'était plus le même depuis. Elle avait ajouté que, depuis qu'il vivait à Heritage Cove, Barney organisait un bal chaque année au profit de l'association caritative White Clover, et qu'à la suite de son accident, il avait décidé d'annuler l'événement. Elle en était restée là, car ces informations étaient suffisantes pour voir si Lois était préoccupée, si elle se souciait assez de lui pour prendre contact.

Et maintenant, elle était là. Elle attendait à l'intérieur.

Ashley posa une main sur le bras de Melissa.

—Prends quelques minutes ici, réfléchis à ce que tu vas dire.

—D'accord.

Melissa ferma les yeux et secoua la tête. Elle n'avait pas beaucoup de temps devant elle, et il n'y avait qu'une seule personne dont elle avait besoin en cet instant. Harvey.

Cependant, il ne décrocha pas quand elle l'appela, alors elle n'avait pas d'autre solution que de faire face à la situation toute seule.

Elle retourna à l'intérieur et suivit Ashley dans un couloir étroit jusque dans la cuisine, où une bonne odeur s'élevait d'une cafetière pleine. Elle avait beau ne pas en boire, elle adorait ce parfum. Il faisait presque un peu trop chaud dans la pièce. Il n'y avait qu'une unique fenêtre étroite, très en hauteur sur l'un des murs, et elle était déjà ouverte, mais elle ne laissait pas entrer beaucoup d'air frais.

Elle se présenta, et Lois et elle se serrèrent la main. La dame à la peau pâle et aux poignets fins – un bracelet délicat tombait de la manche de son chemisier en coton bleu ciel – était, sans l'ombre d'un doute, celle de la photo que Melissa avait trouvée.

—Melissa… Vous êtes la jeune femme qui m'a écrit, n'est-ce pas ?

—Oui.

Lois se mit à parler de tout et de rien, comme si cela pouvait l'aider à calmer sa nervosité évidente.

—Cette organisation caritative est merveilleuse. Je la soutiens depuis de nombreuses années, je le faisais déjà quand elle était basée près de Colchester… mais cette région est bien plus agréable, elle n'est pas très différente de celle où je me suis installée, en Irlande. Je suis en pleine campagne, c'est tellement verdoyant…

—Il me semblait bien que vous aviez une pointe d'accent.

—Quand on a beaucoup déménagé, comme moi, les accents commencent à se mélanger. On prend un peu de celui-ci, un peu de celui-là et, au bout du compte, les gens ne savent plus vraiment d'où on vient.

Ses lèvres fines, mises en valeur par un brillant de couleur claire, révélaient des dents bien alignées. Quant à ses rides d'expression, elles étaient si marquées qu'elles indiquaient une vie heureuse.

—Je ne savais pas si vous alliez seulement réagir à ma lettre, dit Melissa.

—J'ai commencé à vous écrire une réponse, je m'y suis reprise à plusieurs fois, et puis j'ai fini par me dire : « Pourquoi ne pas aller voir cette jeune femme ? » Je me suis dit que j'allais aller à Heritage Cove, puis venir ici, à White Clover, et que je déciderais sur le moment si je voulais ou non me manifester. Je n'étais pas sûre d'en être capable.

—Croyez-moi, je vous comprends tout à fait.

—Au fil des ans, j'ai lu de nombreux articles dans lesquels on parlait d'un bal de la Robe de mariée organisé tous les ans au profit de White Clover. J'envisageais de lancer le même genre d'événement là où j'habite, ou au moins de laisser quelqu'un d'autre à la barre, de le financer et de faire des suggestions à l'arrière-plan. C'est une si belle idée, elle m'a emballée, et j'avais déjà commencé à me renseigner sur la question.

Elle marqua une pause et regarda Melissa droit dans les yeux.

—Je n'aurais jamais deviné que c'était Barney qui était derrière tout cela.

—C'est un événement important. Cela fait plus de quarante ans qu'il s'en occupe.

—Et vous dites que, depuis son accident, cela ne l'intéresse plus ? demanda Lois d'une voix tremblante.

—Il va un peu mieux maintenant, mais il n'est pas aussi excité par l'événement que nous le souhaiterions, et il s'acharne à refuser de faire les exercices de rééducation que les médecins lui ont recommandé de faire pour se rétablir plus vite. Il est très têtu, et quand il a décidé quelque chose, c'est difficile de le faire changer d'avis.

Lois fixait ses mains, posées sur ses genoux. Elle souriait, comme si elle avait des pensées qu'elle voulait garder pour elle, mais qu'elle avait du mal à empêcher de transparaître.

—Il a toujours été têtu. Il ne s'est jamais laissé mener par le bout du nez, et on n'a jamais pu lui dire quoi faire, sauf s'il avait déjà l'intention de le faire.

Elle leva les yeux vers Melissa.

—Êtes-vous la fille de Barney ?

Melissa sourit.

—Non, mais il est comme un père pour moi depuis très longtemps.

—Est-ce qu'il s'est marié ? L'est-il, actuellement ?

Avant que Melissa n'ait pu répondre, Lois s'excusa.

—Je suis désolée, je pose trop de questions.

—J'y répondrai bien volontiers. Je peux vous dire tout ce que je sais de Barney, si vous voulez.

Lois avait sorti un mouchoir en papier de son sac à main, et elle se tamponnait les yeux.

—Je suis désolée, ma chère, veuillez m'excuser. Je n'aurais jamais cru me retrouver un jour dans une situation comme celle-ci… Ce n'est pas rien. Après tout ce temps !

—Cela ne m'étonne pas.

Melissa attendit que Lois se soit ressaisie, puis elle lui dit :

—J'ai essayé au fil des ans de poser des questions à Barney au sujet de la vie qu'il menait avant de venir s'installer à Heritage Cove, mais il ne m'a jamais fait de réponses claires, à part pour me parler de bateaux.

—Cet homme adorait le bateau, en effet. C'était une vraie passion pour lui. Il m'emmenait en faire sur la rivière…

—Cela devait être romantique.

Lois lui rendit son sourire.

—J'en garde de merveilleux souvenirs.

Melissa poursuivit.

—Barney n'est pas marié, et il n'a jamais eu d'enfants, mais il faut que vous sachiez qu'il s'est toujours occupé de moi et d'un ami proche, Harvey, comme si nous étions les siens ; et, pour Harvey, cela a eu une importance toute particulière, parce qu'il a eu une enfance épouvantable. Barney a toujours été là pour nous quand nous avons eu besoin de lui.

—Je ne saurais pas dire si cela me rend triste ou heureuse, admit Lois.

Melissa tendit le bras vers elle et prit sa main dans la sienne.

—Soyez heureuse. Il y a de quoi, c'est un homme extraordinaire.

Elle laissa à Lois un moment pour se remettre de ses émotions. Elle en profita pour remplir la bouilloire et leur préparer à toutes les deux une tasse de camomille.

La vapeur qui se dégageait de la tisane montait en volutes dans l'air. Même si elle était bouillante, Lois en but quelques gorgées.

—Puis-je vous demander comment vous avez entendu parler de moi, Melissa ? Vous dites que Barney ne vous a pratiquement rien dit quand vous lui avez posé des questions, alors je me demande comment vous avez appris mon existence.

Melissa se sentait coupable et elle avait honte d'admettre qu'elle avait fouiné.

—Il y a une robe, commença-t-elle, une robe de mariée… Harvey l'a trouvée par hasard il n'y a pas longtemps, pendue dans l'armoire de Barney, et quand il lui a demandé d'où elle venait, Barney l'a rembarré. Cela m'a fait réfléchir. Je me suis souvenue que je l'avais déjà vue il y a des années. Je l'avais complètement oubliée… mais j'ai pensé à la réaction que Barney avait eue à l'époque et à celle qu'il venait encore d'avoir, et je me suis demandé ce qu'il nous cachait, à Harvey, à moi, à nous tous qui tenons tant à lui. J'ai commencé à me demander pourquoi il organisait le bal de la Robe de mariée tous les ans, pourquoi il soutenait cette organisation caritative plutôt qu'une autre, pourquoi il manquait un bout de tissu dans le bas de cette robe, pourquoi elle était toujours pendue dans son armoire, et pourquoi il ne nous avait jamais dit qu'il avait été marié, autrefois.

Lois plaqua une main sur sa bouche et ses yeux s'emplirent de larmes.

—Je vous ai fait de la peine ! s'affola Melissa. Ce n'était pas mon intention, je suis vraiment désolée…

—Cette robe est à moi, déclara Lois.

—Je l'avais deviné, lui répondit Melissa avec douceur. Elle était accompagnée d'une lettre, d'une lettre d'adieu de vous.

Lois laissa échapper un petit gémissement plaintif, mais Melissa n'était même pas sûre qu'elle s'en était rendu compte.

—Je lui ai fait beaucoup de mal…

Lois prononça ces mots comme si elle s'avouait enfin à elle-même cette vérité. Elle ajouta :

—Pour qu'il conserve la robe et la lettre pendant toutes ces années…

Melissa attendit patiemment, ne souhaitant pas précipiter les choses, mais elle vérifia tout de même l'heure pour ne pas se mettre en retard pour son déjeuner avec Barney. Si elle avait du retard, il l'appellerait, et elle ne voulait pas qu'il le fasse alors qu'elle était assise là en compagnie de Lois.

Avec son mouchoir en papier maintenant détrempé qui se désagrégeait entre les doigts, Lois regarda Melissa.

—Harry était notre petit garçon. Il était âgé de dix mois quand nous l'avons perdu.

Une boule se forma dans la gorge de Melissa. Harvey et elle avaient déjà deviné la vérité, mais cela ne lui faisait pas pour autant un moins grand choc d'entendre qu'ils avaient raison. Tandis que son propre chagrin la submergeait, elle prit pleinement conscience qu'elle n'était pas la seule personne à avoir perdu un être cher ; pendant tout ce temps, Barney avait souffert lui aussi, en secret, sans partager sa douleur avec qui que ce soit.

—Il n'en a jamais rien dit, précisa-t-elle à Lois, maîtrisant sa voix pour qu'elle ne tremble pas, alors même qu'elle était au bord des larmes.

Lois prit sa tasse de tisane d'une main qui tremblotait, mais elle se ravisa et la reposa sans boire.

—J'ai bien peur de ne pas avoir réussi à faire face quand Harry est mort ; et je n'ai pas non plus laissé Barney m'aider. Je me suis tournée vers mon oncle et ma tante, parce que je ne pouvais pas endurer la douleur de Barney en plus de la mienne. S'il y a un morceau de tissu découpé dans ma robe, c'est parce que je m'en suis servie pour faire une robe funéraire pour Harry. Je voulais lui fabriquer une tenue de mes propres mains, et ma robe de mariée était ce qu'il fallait à mon petit ange, parce que c'était à la fois une partie de moi et une partie de Barney. Harry avait été conçu lors de notre nuit de noces…

Elle laissa échapper un petit rire nerveux.

—Pardon, est-ce que cette information est trop intime ?

—Non, ça ne me dérange pas.

—Barney et moi n'avions pas beaucoup d'argent à l'époque. Roger et Joan, mon oncle et ma tante, étaient devenus mes tuteurs légaux à la mort de mes parents, et ils avaient toujours essayé de nous aider financièrement, mais Barney insistait pour qu'ils gardent leurs distances, surtout après la mort de Harry. Il était si fier… Il ne les avait jamais vraiment aimés, et c'était réciproque. Mon oncle et ma tante estimaient que je pouvais trouver mieux que lui. L'important n'était pas de savoir qui j'aimais, c'étaient mon avenir et ma stabilité. Il y avait un conflit de personnalités entre eux trois que je n'avais pas envisagé. Je croyais que cela s'arrangerait lorsque nous serions mariés, que Joan et Roger accepteraient Barney, mais cela n'a pas été le cas. C'était déjà terrible avant que je donne naissance à Harry, mais ensuite cela n'a fait qu'empirer. Ils se disputaient tout le temps, et j'étais entre le marteau et l'enclume. Mon oncle et ma tante ne voyaient pas en lui l'homme travailleur qui m'adorait, ils voyaient un gamin trop jeune pour se marier et avoir un enfant, ils voyaient un garçon qui s'intéressait davantage aux bateaux qu'à quoi que ce soit d'autre. Un jour, il a emprunté une embarcation pour aller en mer sans permission, et je crois que cela a été la goutte d'eau. À ma grande honte, je dois reconnaître que j'ai mis de la distance entre Barney et moi quand nous avons perdu

Harry. Je l'aimais, mais l'aimer me rappelait ce que nous avions perdu. Mon oncle et ma tante ont pris la décision de vendre leur entreprise, ils ont dit que ce serait une bonne chose pour nous tous de quitter Leafbourne, et j'ai vu la lumière au bout d'un tunnel très sombre, parce que c'était une échappatoire, une façon de fuir la douleur. Barney et moi avons divorcé sans jamais nous revoir, et j'ai tourné la page. C'était la seule façon pour moi de continuer à avancer sans m'effondrer ; et chaque fois que je pensais à Barney, je m'efforçais de me répéter que nous étions mieux séparés, que nous nous serions fait du mal, qu'être ensemble nous aurait empêchés tous les deux de nous remettre de notre chagrin.

—Je vous comprends mieux que vous ne pouvez l'imaginer, Lois, affirma Melissa. Merci de m'avoir raconté tout cela, je sais que cela n'a pas dû être facile.

Elle regarda Lois, qui revivait manifestement ses souffrances passées, prendre sa tasse en tremblant et boire un peu de tisane, cette fois.

—Je dois avouer que nous nous posions des questions au sujet de la robe. Harvey a avancé l'hypothèse selon laquelle Barney aurait supprimé sa femme et aurait gardé la robe en souvenir.

Lois rit, comme si parler de tout cela avait eu quelque chose de cathartique, même si cela avait aussi été horriblement douloureux.

—Barney a dû avoir fort à faire avec vous deux dans sa vie !

—Nous lui avons donné du fil à retordre, reconnut Melissa.

—Il y a autre chose…

—Vous pouvez tout me dire, l'encouragea Melissa. Honnêtement, je ne vous jugerai pas.

—Le dernier élémént qui m'a convaincue que quitter Barney et Leafbourne était la meilleure chose à faire, c'est que Roger est revenu de la marina, un jour, et qu'il m'a dit qu'il y avait encore vu Barney traîner… Ce n'était pas inhabituel, ils étaient tout un petit groupe de clients réguliers, et ils payaient en général rubis sur l'ongle, en dehors de la fois où Barney s'était laissé aller à chiper un bateau ; mais cette fois-là, Roger m'a dit qu'il avait vu Barney avec une autre femme, il m'a affirmé qu'il avait une liaison.

—Et c'était vrai ?

—J'ai honte de reconnaître que je n'ai même pas pris la peine d'en parler à Barney. Cela m'étonnerait, mais c'était l'excuse ultime qu'il me fallait pour m'en aller. Chaque fois que je regardais Barney dans les yeux, je voyais Harry. Je voyais notre beau bébé, et je ne pouvais plus le supporter. Je n'arrivais pas à échapper à la douleur, et je n'arrivais pas non plus à y faire face. Je me sentais prise au piège. Il fallait que je m'enfuie. Alors, j'ai quitté Barney en lui laissant la lettre et ma robe de mariée. Jusque-là, je ne l'avais pas jetée, même si elle était bel et bien fichue, parce que cela ne me semblait pas être la chose à faire après m'être servie du tissu pour quelque chose d'aussi lourd de sens. Je la lui ai donc laissée pour qu'il puisse choisir quoi en faire.

—Je crois qu'il ne l'a jamais fait, observa Melissa.

Elle se rendait compte mintenant que la robe avait sans doute été la moindre des choses auxquelles il avait dû faire face tout seul.

—Je crois que sa façon de s'en sortir a été de quitter Leafbourne pour venir s'installer ici, où personne ne le connaissait. Peu de temps après, il a dû se lancer dans l'organisation du bal de la Robe de mariée pour collecter des fonds au profit de White Clover.

Elle sourit à Lois.

—Je comprends pourquoi maintenant, et peut-être que c'est ce qui l'a sauvé, alors que personne ne savait ce qu'il avait vécu.

—Barney avait toujours rêvé de fonder une famille, expliqua Lois. Peut-être que c'est vous et votre ami Harvey qui l'avez sauvé.

—Je l'espère vraiment… et je dirais qu'il a été heureux, jusqu'à ce qu'il fasse cette chute. C'est un pilier de la communauté, il est aimé et respecté de tous… Oh mon Dieu, on dirait que j'essaie de vous le vendre !

—Oh non, je vous en prie ! s'exclama Lois en tendant la main pour exercer une pression sur celle de Melissa, lui enjoignant de continuer. Je veux vraiment en savoir plus. Dites-moi tout à son sujet, s'il vous plaît !

Melissa s'exécuta bien volontiers. Elle lui raconta comment, quand elle était enfant, elle s'était liée d'amitié avec l'homme à la vaste grange en lui apportant un panier d'œufs. Elle lui parla des pommiers auxquels Harvey et elle grimpaient, de leurs jeux dans la grange après l'école, et des fois où ils avaient assisté au bal depuis les poutres, jusqu'à ce qu'on leur interdise de le faire. Elle lui expliqua que Barney faisait toujours tout pour que tout le monde se sente inclus à la Cove, lui dit qu'il passait le plus clair de son temps à flâner dans la Grand-Rue, à parler aux gens, qu'il l'avait soutenue lorsqu'elle avait décidé de quitter le village parce qu'elle en avait terriblement besoin. Elle lui parla aussi davantage de la chute qu'il avait faite, lui apprit qu'il n'était plus lui-même, qu'il envisageait d'aller vivre dans une maison de retraite et qu'il avait renoncé à organiser l'événement qu'il orchestrait chaque année et qu'il aimait tant.

—Merci, Melissa, merci de m'avoir dit que Barney a une belle vie. J'ai toujours eu peur qu'il n'ait pas réussi à trouver sa voie après ce qui s'est passé.

—Et vous, avez-vous réussi à trouver votre voie quand vous avez quitté Leafbourne et Barney ?

Au fond, Melissa savait que cette question portait autant sur elle-même que sur Lois et Barney.

—On ne se remet jamais de la mort d'un enfant, mais on apprend à vivre avec, à continuer à avancer malgré tout. Je me suis remariée, j'ai eu deux autres enfants, j'ai été heureuse et j'ai trouvé une certaine paix intérieure. Hélas, mon mari est mort il y a quelque temps, mais mes enfants et mes petits-enfants m'apportent beaucoup de joie.

—Waouh, vous avez des petits-enfants !

—Ils me donnent du fil à retordre, mais je m'amuse bien avec eux quand j'ai l'énergie !

Soudain, le téléphone de Melissa émit un petit *ding* : c'était un message de Barney, qui lui rappelait à quelle heure elle était censée allée chez lui pour qu'ils déjeunent ensemble. Elle s'empressa de lui répondre pour lui assurer qu'elle serait là. Il y avait des jours où elle se demandait s'il ne craignait pas qu'elle s'enfuie à nouveau sans le prévenir. Elle ne ferait jamais une chose pareille, et elle détestait l'idée qu'il puisse redouter cela.

Gardant son portable à la main, elle demanda :

—Aimeriez-vous voir une photo de Barney ?

Lois répondit oui en souriant, et elle saisit timidement le téléphone quand Melissa le lui tendit après avoir ouvert l'une des photos qu'elle avait de Barney. Alors qu'elle était chez lui deux jours plus tôt, il était allé dans la cuisine entre deux parties de cartes pour couper des parts du gâteau au chocolat et à l'orange que Celeste leur avait apporté de la boulangerie ; Melissa avait à ce moment-là entraperçu le Barney d'autrefois et elle avait réussi à le prendre en photo, pendant qu'il affichait un grand sourire et la taquinait, les yeux pétillants, au sujet du jeu auquel il allait la battre ensuite.

Incapable de contenir totalement la vague d'émotion qui la submergeait, Lois annonça, les yeux embués de larmes :

— J'aimerais vraiment le voir en personne.

Le cœur de Melissa se gonfla de bonheur.

— J'espérais que vous diriez ça ! Est-ce que vous voulez que je lui en parle d'abord ?

— Je pense que je suis restée loin de lui assez longtemps comme cela. Il est temps… même si j'ai bien conscience qu'il est tout à fait possible qu'il m'envoie promener !

Melissa rit.

— Eh bien, je suppose que nous ne le saurons que si nous tentons le coup… alors, allons-y !

Tandis qu'elle repartait avec une Lois nerveuse, Melissa se dit que le moment était venu de voir si l'apparition de cette dernière était l'élément qui permettrait de faire revenir l'homme que Barney était avant sa chute, de lui prouver qu'il n'avait pas tant changé que cela, de l'obliger à faire face à sa propre douleur pour pouvoir ensuite aller de l'avant.

14

Harvey gara son pick-up dans la cour chez Barney. Il était en avance pour le déjeuner, et quand il entra dans la maison et ne vit aucun signe du propriétaire, il ressortit, passa entre les arbres et se dirigea vers la grange. La porte était entrouverte, ce qu'il n'avait pas remarqué en arrivant. Il l'ouvrit et trouva Barney assis sur une balle de foin, la tête renversée en arrière, appuyée contre le mur derrière lui.

—Qu'est-ce que tu fabriques ?

—J'avais envie de voir la grange, c'est tout.

Barney se leva, se dirigea d'un pas traînant vers son déambulateur et, sans un mot de plus, quitta les lieux. Harvey le suivit pendant qu'il regagnait lentement la maison.

—Assieds-toi dans ton fauteuil, je vais t'apporter un verre d'eau, lui dit-il quand ils furent à l'intérieur.

Barney ne protesta pas. Au moins, le fait qu'il ait eu envie de sortir et d'aller dans la grange, déjà décorée et prête pour le bal, suggérait un vague intérêt pour l'événement.

—Tu es toujours satisfait de la façon dont nous avons décoré la grange ? lui demanda Harvey.

—Vous avez fait un travail remarquable tous les deux.

—Melissa a mené tout le monde par le bout du nez, et nous sommes presque prêts.

Cela dit, elle faisait profil bas depuis quelques jours : elle l'évitait depuis qu'ils avaient commencé à se rapprocher. Elle l'avait appelé un peu plus tôt, mais il n'avait pas osé décrocher, se demandant s'il n'allait pas finir par lui dire exactement ce qu'il ressentait.

—Je suis ravi de l'entendre. Elle ne laissera personne tout gâcher.

—Moi non plus, Barney, moi non plus.

—En parlant de Melissa…

Barney jeta un coup d'œil à l'horloge. Comme il se laissait à nouveau aller en arrière dans son fauteuil, Harvey remarqua qu'il avait au moins repris des couleurs.

—Où est-elle ? s'étonna Barney. Cela ne lui ressemble pas d'être en retard.

Harvey se demanda si c'était pour cela qu'elle l'avait appelé, pour s'excuser et les prévenir qu'elle ne viendrait pas. Il jeta un coup d'œil autour de lui.

—Je croyais que nous allions déjeuner ensemble.

—Oui, oui, répondit Barney avec un grand sourire. Benjamin va nous apporter de quoi manger. Je me suis dit qu'étant donné que c'était peut-être mon dernier été ici, dans cette maison, je me devais de recevoir convenablement les deux personnes que j'aime le plus au monde, de prendre soin de vous.

—Arrête de dire que c'est ton dernier été, franchement, je n'ai jamais rien entendu d'aussi ridicule.

—Je me fais vieux, ça ne sert à rien de le nier.

—Qu'est-ce que Benjamin va nous apporter de bon ? s'enquit Harvey, se disant qu'il valait mieux changer de sujet.

Cependant, il n'eut pas de réponse à sa question, car la voix de Melissa s'éleva à ce moment-là de l'arrière de la maison.

—Barney, c'est moi ! chantonna-t-elle.

Elle entra dans le salon avec un sourire rayonnant qui éveilla instantanément les soupçons de Barney.

—Qu'est-ce que tu mijotes ? l'interrogea aussitôt ce dernier.

—Je suis contente que tu sois assis…

Le sourire de Melissa s'était un peu estompé quand elle s'était approchée de son fauteuil pour s'accroupir devant lui et poser ses mains sur les siennes.

—Il y a quelqu'un ici, avec moi, qui veut te voir.

—Ce n'est pas ce fichu journaliste de la gazette, au moins ? Il me tanne à propos des photos, le soir du bal… Je lui ai déjà dit qu'il pourrait en prendre autant qu'il voulait.

—Non, ce n'est pas le journaliste, répliqua Melissa en regardant Harvey, puis en reportant son attention sur Barney.

Ils tournèrent tous les trois la tête lorsqu'une autre voix s'éleva à la porte de derrière.

—Il y a quelqu'un ?

Harvey vit une femme qui devait avoir à peu près l'âge de Barney, aux cheveux gris coupés au carré. Son sac pendait à son poignet, et ses mains jointes devant elle indiquaient qu'elle était extrêmement nerveuse. En une fraction de seconde, il comprit de qui il s'agissait. Il regarda Melissa, puis Barney ; et, enfin, il regarda Lois.

—Entrez ! lança Melissa à Lois, qui hésitait dans l'embrasure de la porte, ne sachant pas ce qu'elle devait faire.

Barney, anormalement silencieux, restait parfaitement immobile.

Lois fit quelque pas dans sa direction. Comment Melissa avait-elle fait son compte ? Et Barney allait-il les remercier pour leur ingérence, ou allait-il avoir envie de les tuer ?

Comme Barney semblait ne pas trouver ses mots, Harvey se chargea de briser le silence en se présentant à leur visiteuse bouleversée.

—Je suis ravi de vous rencontrer, Lois.

—Moi de même, répondit-elle.

Cependant, toute son attention était concentrée sur Barney, et sur lui seul, tandis que lui continuait à la fixer, assis dans son fauteuil, l'air incrédule, clignant les yeux de temps en temps, comme si cette apparition risquait de se volatiliser.

—Tu es là, fut tout ce qu'il finit par dire, sans détacher son regard de Lois.

—Je suis là, répéta-t-elle avec un sourire, s'asseyant courageusement sur le canapé en face de lui.

Harvey entendit Melissa retenir son souffle ; il lui indiqua d'un petit signe de tête de le suivre dehors pour laisser Barney et Lois en tête à tête.

—Tu savais qu'elle allait venir ? lui demanda-t-il dès qu'ils furent sortis.

Melissa lui expliqua brièvement qu'Ashley l'avait convoquée à White Clover, où elle avait rencontré Lois, et lui raconta l'histoire que cette dernière avait partagée avec elle.

—J'ai essayé de t'appeler tout à l'heure… Je ne savais pas quoi faire.

Il s'assit à côté d'elle sur la grosse souche, assez large pour deux.

—Barney et Lois ont vécu des choses épouvantables, souffla-t-il, secouant la tête. Ce n'est pas étonnant qu'ils aient tous les deux cédé sous la pression.

Elle chassa une mouche obstinée de son bras.

—Cela a dû être une période atroce pour eux... Je n'arrive toujours pas à croire qu'elle soit là ! Je me demande si Barney a fini par retrouver sa langue.

—Je ne l'avais encore jamais vu aussi silencieux, déclara Harvey avec un grand sourire.

La situation de Barney et de Lois était très différente de celle qu'il vivait avec Melissa, leur histoire remontait à des dizaines d'années et non à cinq ans, mais il voyait bien les similitudes entre les deux. Lois avait quitté Barney, Melissa l'avait quitté ; Lois et Barney avaient vécu des choses très douloureuses et y avaient fait face chacun de leur côté ; Melissa et lui aussi.

Ils restèrent dehors à profiter du soleil, tout en continuant à discuter de ce que Lois avait dit à Melissa. Au moment même où ils envisageaient d'aller à l'épicerie pour s'acheter une boisson fraîche et de quoi manger, n'osant pas s'aventurer à l'intérieur, Barney et Lois apparurent dans la cour.

—Le repas est dans le four, je le fais réchauffer, annonça Barney comme si c'était un jour comme n'importe quel autre.

Harvey se rua vers lui, car Barney n'avait pas pris son déambulateur. Il se tenait au bras de Lois, mais celle-ci était mince, tout en elle était délicat, et Harvey ne voulait pas que Barney s'appuie sur elle de tout son poids et qu'il l'envoie valdinguer.

—Tu t'agites encore pour rien, grogna Barney, avec le sourire toutefois. Je me déplace très bien tout seul.

—Jusqu'à maintenant, tu avais besoin de ton déambulateur, lui fit remarquer Melissa, et tu as à peine bougé depuis que tu es sorti de l'hôpital. Tu vas encore y atterrir si tu ne fais pas attention.

Barney et Lois se regardèrent comme s'ils s'étaient vus la veille. Sans la quitter des yeux, il déclara :

—Je vais très bien, il en faudra plus que ça pour me terrasser. Je voulais montrer la grange à Lois... Ensuite, nous pourrons manger les pâtes que Benjamin nous a préparées. Il vient de passer, et il nous a aussi apporté de la salade verte.

Harvey se rendit compte que Melissa et lui avaient dû être vraiment captivés l'un par l'autre pour ne même pas entendre Benjamin passer.

—Ça m'étonne qu'il se débrouille si bien, lui chuchota-t-il tandis qu'ils suivaient Barney et Lois en direction de la grange.

Il ouvrit les deux battants de la porte en grand, les maintint en place à l'aide de leurs crochets, et le soleil inonda l'intérieur de la grange, projetant sa lumière sur la scène, sur les balles de foin dorées, sur les tonneaux qu'ils avaient installés, sur les photographies accrochées au mur.

—Il n'y a rien de tel que l'amour dans l'air pour redonner des forces, lui glissa Melissa à voix basse quand Barney et Lois entrèrent, côte à côte et les mains jointes.

Melissa et Harvey se seraient presque sentis de trop.

—Au moins, nous n'allons pas être obligés d'aller jusqu'à l'épicerie pour boire quelque chose. Je vais aller nous chercher du jus.

Pendant que Melissa l'attendait dehors, dans la cour, il alla chercher deux verres de jus de pomme. Le sien ne survécut pas au trajet tant il avait soif.

Melissa but également le sien à grandes gorgées.

—Ah, ça fait du bien !

—C'est vraiment triste qu'ils soient restés aussi longtemps sans se donner de nouvelles, déclara-t-il, avec un signe de tête en direction des portes ouvertes de la grange.

— Harvey…

— Ce n'était pas une pique, je t'assure.

— Je suis heureuse d'être ici, reconnut-elle.

Ils se regardèrent intensément. Il brûlait de savoir si elle voulait dire qu'elle était heureuse d'être à la Cove pour Barney, ou si elle était heureuse d'être en face de lui à cet instant précis.

Cependant, il n'eut pas l'occasion de le lui demander, car une musique leur parvint soudain. Elle provenait de la grange. Affichant tous deux un grand sourire, ils s'approchèrent des portes sur la pointe des pieds et jetèrent un coup d'œil à l'intérieur. Barney avait mis *At Last*, le classique d'Etta James, sur son iPad. Harvey était persuadé que, même si Melissa et lui n'avaient pas été cachés, ni Barney ni Lois n'auraient remarqué qu'ils les observaient : ils avaient tous les deux les yeux fermés, et ils dansaient au rythme de la chanson qui résonnait dans la grange. Barney arrivait non seulement à se tenir droit, mais aussi à bouger aussi bien que Lois.

— Regarde-moi ça ! murmura Harvey à Melissa.

— Je crois qu'il n'a jamais cessé de l'aimer.

— Oui, je le crois aussi.

Alors qu'ils restaient là à les admirer, Harvey fit de son mieux pour ignorer le parfum délicat des cheveux de Melissa qui assaillait ses sens et lui donnait envie de l'entraîner dans la grange, de danser avec elle et de ne plus jamais la lâcher. Serait-il dans la même situation que Barney, des années plus tard ? Melissa s'en irait-elle pour faire sa vie ailleurs, fonderait-elle une famille avec monsieur le Pilote, et se retrouverait-il tout seul à Heritage Cove, à stagner ?

La musique douce semblait les envahir. Melissa se pencha un peu vers lui.

—Nous devrions aller mettre la table.

Il frissonna quand il sentit son souffle lui caresser l'oreille, mais il s'efforça de se ressaisir tandis qu'ils retournaient dans la maison.

Melissa se donna du mal pour ne sélectionner que des assiettes qui n'étaient pas ébréchées. Elle astiqua même les couverts avant de les disposer sur la table, et elle trouva des serviettes en tissu dans le vaisselier.

—C'est très chic, commenta Harvey, mais je ne suis pas sûr qu'il remarquera quoi que ce soit, maintenant que Lois est dans son champ de vision.

—C'est tellement romantique !

Elle lui adressa un sourire éclatant tout en sortant le plat du four et en le posant sur un dessous-de-plat au milieu de la table. Elle plaça une cuillère de service à côté.

—Il a déjà l'air beaucoup plus heureux !

—Oui, à ce propos…

—C'est notre repas qui sent si bon ? entonna la voix de Barney.

—Exactement ! confirma Melissa. Le gratin de pâtes est prêt, et la salade est assaisonnée. Lois, vous voulez boire quelque chose ?

Melissa continua à jouer les maîtresses de maison, elle fut aux petits soins pour Lois et pour Barney et, pour une fois, ce dernier ne protesta pas ; il sembla même apprécier cela.

Lois était d'excellente compagnie. Lorsqu'ils s'assirent tous les quatre autour de la table, elle parut tout d'abord un peu timide, mais elle ne tarda pas à sortir de sa coquille et, bientôt, elle leur raconta des anecdotes sur la jeunesse de Barney, sur les bêtises qu'il faisait à la marina, sur la façon dont il passait toujours pour un fauteur de troubles, même quand il n'avait rien fait, sur les longs étés paisibles qu'ils avaient passés ensemble à s'amuser. Elle s'arrêta avant d'arriver au moment crucial qui les avait brisés. Barney et elle s'observèrent, et ils parlèrent d'autre chose.

Tandis que Harvey débarrassait, la conversation se tourna vers le bal, son histoire, le souhait de Lois d'en organiser un là où elle habitait. Barney lui donna plein de conseils ; cela faisait bien longtemps que Harvey ne l'avait pas vu aussi animé.

—La grange est vraiment magnifique, les complimenta Lois. Vous vous êtes déjà occupés de la musique ?

—Oui, bien sûr ! s'exclama Barney. Je fais appel au même groupe tous les ans, ils savent mettre l'ambiance, et ils jouent un mélange de chansons de différentes époques, certaines pour s'agiter, d'autres plus tranquilles et romantiques.

—Et le buffet ?

Cette fois encore, ce fut Barney qui répondit, comme s'il ne pouvait plus s'empêcher de parler maintenant qu'il avait commencé. Il expliqua leurs choix, ce que le traiteur allait servir. Amusés, Harvey et Melissa échangèrent un regard de connivence. Barney était sur sa lancée, on ne l'arrêtait plus.

—Et tu as déjà ta tenue ? demanda Lois à Barney.

—Je vais rentrer dans mon costume, c'est sûr : s'il y a un aspect positif à l'hôpital, c'est que la nourriture y est infecte ! indiqua-t-il en se tapotant le ventre.

—Et vous, Lois ? s'enquit Melissa. Est-ce que vous viendrez ?

Lois regarda Barney avant de répondre.

—J'aimerais beaucoup… Je pourrais prolonger mon séjour.

—Eh bien, c'est décidé !

Le tremblement dans la voix de Barney n'échappa ni à Harvey ni à Melissa.

—Il va te falloir une robe.

—Ne t'emballe pas, je ne rentrerai pas dans celle qui est encore dans ton armoire… Mon petit doigt me l'a dit.

Tous deux jetèrent un coup d'œil à Melissa.

—J'étais toute fine à l'époque, et même si je ne suis pas beaucoup plus grosse aujourd'hui, je ne tenterai pas ma chance !

—Vous savez, commença Melissa, beaucoup de dames font retoucher leur robe pour l'occasion. Je suis sûre que nous pouvons faire quelque chose.

—Je ne préfère pas, répondit Lois. Cette robe est pleine de souvenirs… mais ce serait dommage qu'elle finisse au rebut.

Barney sembla deviner tout de suite où elle voulait en venir, et tous les deux scrutèrent Melissa.

—Moi ? s'étonna Melissa. Vous voulez que ce soit moi qui la porte ?

—Tu as une robe ? la questionna Barney.

—Eh bien, non, mais…

—Dans ce cas, c'est réglé, ça aussi ! Je vais la chercher…

Il partit en direction de sa chambre.

Melissa alla s'asseoir à la place qu'il venait de libérer, à côté de Lois.

—Je sais ce que cette robe représente pour vous, je ne veux pas faire de la peine à l'un de vous deux en la portant.

—Ce ne sera pas le cas ; au contraire, cela aura peut-être un effet bénéfique. Il est grand temps qu'elle serve à quelque chose au lieu de rester pendue dans une armoire.

Quand Barney remit la robe à Lois, qu'ils touchèrent l'étoffe en même temps, ce fut un moment de paix, d'acceptation de la douleur qu'ils partageraient toute leur vie.

Lois renifla discrètement.

—Barney, tu as des épingles ?

Barney éclata de rire, exactement comme le Barney d'autrefois.

—Bien sûr que non !

—Ne me regardez pas, pouffa Harvey. Je vais passer un coup de téléphone à Maman, elle en aura, elle.

Il appela sa mère, mais il eut du mal à se concentrer sur sa conversation avec elle, car son attention était fixée sur Melissa. Lois tenait la robe devant elle et parlait de ses mensurations, de couper le bas de la robe au-dessus du morceau manquant, de l'arrêter juste au-dessus du genou, de la rétrécir à la taille pour mettre en valeur sa silhouette.

Quand sa mère lui dit que son frère lui avait envoyé une autre lettre et qu'il lui donnait le bonjour, il se hérissa et écourta la discussion.

—Je vais passer chez Maman pour lui emprunter sa machine à coudre et des épingles, les informa-t-il quand il eut raccroché. Elle m'a demandé de vous dire qu'elle serait ravie de venir vous aider à retoucher la robe, si vous voulez.

—Plus on est de fous, plus on rit ! déclara Lois, comme si elle faisait déjà partie de la maisonnée, ce qui ne sembla pas déranger le moins du monde Barney. Je vais sûrement accepter son offre dans les jours qui viennent.

—Je lui passerai le message, dit Harvey.

Il était content de sortir, ne serait-ce qu'une demi-heure, et il revint beaucoup plus calme – du moins, jusqu'à ce qu'il entre dans le salon et voie Melissa dans la robe. En dépit du morceau de tissu manquant dans le bas et de la taille qui avait besoin d'être un peu reprise, elle était absolument magnifique, et il dut prendre sur lui pour ne pas rester bouche bée et risquer d'être surpris en train de l'admirer.

Lois s'affaira tout de suite avec les épingles et le mètre ruban, pendant que Melissa bavardait, fidèle à elle-même. Barney s'était assis et il les contemplait, les yeux plus brillants qu'ils ne l'avaient jamais été depuis sa chute.

Quand les dames se mirent à parler d'ourlets et de garnitures de perles, Harvey en profita pour demander à Barney comment il se sentait réellement.

—C'est une sacrée journée, répondit Barney.

—C'est le moins que l'on puisse dire !

—Je n'aurais jamais cru la revoir un jour…

Il tapota le bras de Harvey.

—Merci à vous deux de vous être mêlés de mes affaires.

—Tu es sincère ?

—Tout à fait. Crois-moi, la vie est trop courte pour laisser le passé diriger le cours de toute une vie.

Harvey n'eut pas besoin de beaucoup de temps pour que ces paroles fassent leur chemin.

—En parlant de ça, puisque la vie est trop courte, je voulais te demander : depuis quand es-tu à nouveau capable de danser ?

La question attira l'attention de Melissa et de Lois.

—Aux dernières nouvelles, ajouta-t-il, tu sortais à peine de ce fauteuil, tu n'allais nulle part sans t'aider de ton déambulateur et, tout à coup, je te surprends dans la grange en train de danser avec Lois.

Barney haussa les épaules.

—Que veux-tu que je te dise ?

Son expression malicieuse n'échappa pas à Melissa. Y décelait-elle aussi une pointe de culpabilité ?

—Attends une minute…

Elle s'approcha de lui, tenant la robe contre sa poitrine pour qu'elle ne tombe pas. Harvey dut prendre sur lui pour se retenir de tendre la main vers sa peau délicate, de refermer une main sur sa nuque et de l'attirer tout contre lui.

—Barney, c'est l'heure de vérité, lâcha-t-elle. Est-ce que tu joues la comédie depuis tout ce temps ?

—Comment ça, jouer la comédie ? s'étonna Harvey, reportant son attention sur Barney.

—Je suis réellement tombé, j'ai été hospitalisé, répliqua Barney, écarquillant les yeux d'un air faussement innocent.

Melissa remonta la robe, mais Harvey eut le temps d'apercevoir son décolleté. Il se tenait juste au bon endroit.

—Je ne parle pas de ça, je parle de ces histoires de « début de la fin », de ton manque d'intérêt pour quoi que ce soit en dehors du fauteuil dans lequel tu es assis en ce moment même, de ta décision d'annuler le bal… Est-ce que tout ça, c'était du cinéma ?

Un seul coup d'œil à l'air grave de Lois suffit à Barney pour passer aux aveux.

—D'accord, tu m'as percé à jour.

Il leva une main avant que qui que ce soit ne puisse réagir.

—Quand je suis sorti de l'hôpital, je n'étais vraiment plus moi-même. Cette chute m'a flanqué une trouille bleue. Je me suis demandé pourquoi je m'acharnais à vivre tout seul comme si j'avais la quarantaine et pas soixante-dix ans passés. Je me suis dit : « Ça y est, c'est le signe que je vieillis, que je suis dépassé. » Je te promets que je ne faisais pas semblant quand tu es arrivée à Heritage Cove, Melissa.

—Quand ton petit jeu d'acteur a-t-il commencé ? le sonda Harvey, debout au côté de Melissa, les bras croisés sur sa poitrine.

Barney eut la décence d'afficher un air penaud.

—J'avais entendu une infirmière parler à Harvey à l'hôpital, et je n'y avais pas vraiment prêté attention sur le moment. Mais un peu plus tard, de retour à la maison, je me suis mis à réfléchir sérieusement à ce qu'elle lui avait dit, que certains patients âgés – et j'ai dû me mordre la langue quand j'ai entendu ça – abandonnaient leurs activités habituelles après une chute comme la mienne. Dès que Melissa est arrivée et que j'ai vu la façon dont vous vous comportiez en présence l'un de l'autre, j'ai décidé d'utiliser ça à mon avantage. Je voyais bien que vous aviez beaucoup de choses à régler, et je ne voulais pas que tu finisses par faire la même chose que moi, Harvey, que tu la laisses partir sans te battre.

Il regarda Lois, dont l'air sérieux avait laissé place à une expression compréhensive.

—Cinq ans, c'est long, continua-t-il. Je ne souhaitais pas que cela se change en décennies, comme ç'a été le cas pour moi… et je me suis dit que ce n'était pas non plus ce que vous désireriez, l'un comme l'autre.

—Enfin, tout de même, c'était à nous d'en décider, Barney, protesta Melissa, oubliant un instant l'essayage de la robe et laissant ses épaules se dénuder alors qu'elle attendait des explications.

—J'ai pensé que si vous étiez amenés à collaborer pour organiser le bal, sachant ce qu'il représentait pour moi et pour les habitants de ce village, vous seriez obligés de passer du temps ensemble.

—Tu t'es dit que tu allais nous pousser à nous remettre ensemble ? demanda Harvey.

—Je ne savais pas du tout si cela allait en arriver là. Je me disais qu'au moins vous vous verriez, vous finiriez par discuter et, qu'ensuite, si vous décidiez quand même de poursuivre chacun votre chemin de votre côté, eh bien tant pis !

Il y eut un silence gêné, puis Melissa saisit la brochure d'Aubrey House et se renseigna :

—Et ça ? Est-ce que ça faisait partie de ton cinéma ?

Barney hocha la tête.

—Oui. Je n'irais jamais dans un endroit pareil. Ma place est dans cette maison, et je ne la quitterai que quand je serai mort.

Harvey leva les yeux au ciel, exaspéré.

—Tu te rends compte à quel point nous nous sommes tous les deux inquiétés pour toi ?

—C'est vrai, confirma Lois à Barney, mi-sévère, mi-amusée. C'était un vilain tour !

—J'étais désespéré ! Comprenez-moi, s'il vous plaît, j'avais les meilleures intentions du monde.

—Donc, tu n'es pas resté affalé dans ce fauteuil devant la télévision pendant tout ce temps ? demanda Melissa.

Barney se fendit d'une moue coupable.

—Chaque fois que j'étais tout seul, j'en profitais pour me déplacer à l'aide du déambulateur, jusqu'à ce que je sois capable de marcher sans. Il était hors de question que je ne puisse pas danser avec Melissa au bal, je l'ai fait tous les ans avant son départ.

Il savait comment s'y prendre pour l'amadouer. Elle laissa échapper un soupir.

—Barney...

—J'étais épuisé par tous ces efforts physiques, mais heureux aussi. Je me suis attaqué méticuleusement aux exercices pour travailler l'équilibre...

Il hésita avant d'ajouter :

—L'infirmière qui est venue me voir était de mèche avec moi, elle savait que je faisais mes exercices, je lui ai tout dit. Elle était ravie de prendre part à ce complot, elle m'a dit que c'était sa visite la plus amusante depuis bien longtemps.

—Qui d'autre était au courant ? s'informa Harvey.

—Lottie, de l'épicerie… Quand elle m'a apporté un panier de mini-muffins et un cadeau pour me souhaiter un prompt rétablissement, elle m'a dit avoir pris des cours de danse en prévision du bal. Du coup, je lui ai demandé de m'aider à m'entraîner. Nous avons commencé tout doucement, mais je ne voulais pas rester assis dans un coin le soir du bal, comme un invalide, alors que tu étais de retour à la Cove, Melissa.

—Tu nous as bien roulés dans la farine, constata Harvey.

—Mes intentions étaient honorables, je vous le jure. Avec Melissa de retour à Heritage Cove, je ne supportais pas l'idée de ne pas réussir à participer au bal et de ne pas pouvoir danser avec elle.

Les yeux brillants, il la regarda.

—Après la mort de Harry, je n'ai pas eu la chance de redevenir père, mais vous avoir dans ma vie, tous les deux, m'a empêché de me laisser submerger par mon chagrin dans les moments où j'aurais facilement pu le faire. Vous m'avez donné une raison de tenir bon.

Il les observa tour à tour, puis il se concentra sur Melissa.

—Je n'avais jamais parlé à personne de Lois et de moi, ou de Harry, mais, un jour, j'ai tout raconté à ta mère.

Melissa en eut le souffle coupé.

—Maman était au courant ?

—Je crois que c'est pour ça qu'elle t'envoyait ici aussi souvent, parce qu'elle savait à quel point je souffrais.

Elle n'en a jamais soufflé mot à qui que ce soit, et je lui en ai toujours été très reconnaissant. Je ne lui en ai jamais reparlé, je n'en ai pas éprouvé le besoin ; je n'ai jamais eu besoin que de vous deux.

—Même quand tu étais en colère contre nous ? s'enquit Harvey.

—Je n'ai jamais été en colère contre vous.

—Je te demande pardon ! Tu te souviens de cet été caniculaire, quand Melissa et moi nous sommes servis de ton tuyau d'arrosage pour faire une bataille d'eau ?

Barney rit si fort qu'il dut se tenir les côtes.

—Ils étaient tellement coquins ! expliqua-t-il à Lois. C'était interdit d'arroser, à cause de la sécheresse cette année-là, et tout à coup j'arrive, et je les trouve en train de s'asperger et d'innonder toute la cour par la même occasion… Dieu sait combien de litres d'eau ils ont gâchés !

—Tu sais, dit Harvey, tu m'as aussi sauvé : tu as été une figure paternelle pour moi à l'époque où j'en avais le plus besoin… alors, je crois que je peux te pardonner ton petit numéro aujourd'hui.

Barney, qui paraissait trop ému pour parler, se contenta de hocher la tête. Lois se tamponna discrètement les yeux avec un mouchoir en papier. Pendant quelques instants, personne ne prononça un seul mot ; Barney semblait appréhender la réaction de Melissa, mais, quand elle brisa enfin le silence, ce fut pour déclarer :

—Tu es un homme bien, Barney. Merci d'être toi… même si tu t'es bien moqué de nous !

—Je ne te demanderais jamais de rester après tout ça, lui certifia Barney, à moins que tu en aies envie, bien sûr. Je t'ai laissée partir par le passé parce que j'en avais fait autant.

Il serra la main de Lois dans la sienne et poursuivit :

—J'ai quitté Leafbourne, je suis allé m'installer dans un village où personne ne me connaissait, pour panser mes blessures, si vous voulez. Le jour de l'anniversaire de la mort de Harry, je suis passé devant White Clover et j'y ai vu un signe. Je sais que cela peut paraître ridicule de dire ça, mais je me suis tenu là, à fixer le bâtiment et à me demander : « Pourquoi aujourd'hui ? » ; puis je me suis surpris à y entrer. Bien évidemment, ce n'était pas Ashley qui était directrice à l'époque, c'était une autre dame qui s'appelait Lesley, je crois. Quoi qu'il en soit, nous avons parlé pendant des heures, c'était presque comme une séance de thérapie. J'ai fini par leur donner un coup de main en faisant toutes sortes de petits boulots là-bas, et je n'ai pas tardé à me rendre compte que Lois et moi n'étions pas les seuls à connaître la douleur atroce de la perte d'un enfant…

Sa voix se brisa.

—C'est à ce moment-là que j'ai eu un déclic, reprit-il. Je voulais faire quelque chose, je voulais aller de l'avant par n'importe quel moyen. Je n'avais pas du tout réussi à le faire jusque-là. Deux semaines plus tard, j'ai vu un reportage aux informations du soir à propos d'une famille qui organisait un bal chaque année afin de collecter de l'argent pour une œuvre caritative. J'ai jeté un coup d'œil en direction de ma grange, et je me suis dit : « Je pourrais en faire autant. » J'ai imaginé un groupe, des gens en train de danser, les invités bavardant, la compagnie, la vie sociale dont je m'étais éloigné… Tout cela était à ma portée.

—Et tu es passé à l'action, releva Harvey, sans que personne sache jamais pourquoi.

—Les gens n'avaient pas besoin de savoir pourquoi, répondit Barney.

Tout au long de son récit, Lois et lui s'étaient tenu la main.

Melissa fit bouger un peu la robe, qui commençait à être lourde à porter.

—Je suis contente que tu nous aies tout avoué, Barney, mais est-ce que nous pourrions terminer cette conversation plus tard et finir d'épingler cette robe ? J'ai pleinement conscience de me tenir là à moitié nue…

Harvey aussi en avait pleinement conscience.

Lois acheva de placer des épingles là où c'était nécessaire.

—Voilà, je pense que c'est bon ! Vous pouvez retirer la robe, et je me mettrai au travail.

—Vous êtes sûre que cela ne vous dérange pas ? demanda Melissa.

—Je n'en aurai pas pour longtemps. Je me débrouille bien en couture et, Harvey, si votre maman est d'accord pour me donner un coup de main, j'accepterai bien volontiers son aide.

—Bien sûr. Demain, ça vous irait ?

—Ce serait parfait.

À première vue, Lois semblait avoir trouvé sa place au côté de l'homme qu'elle n'avait pas vu depuis si longtemps. Tous deux avaient évoqué les années où ils avaient été ensemble sans s'attarder sur les moments douloureux. Néanmoins, quand Harvey l'avait observée du coin de l'œil, il lui était arrivé de déceler une certaine vulnérabilité, vraisemblablement le même sentiment que celui qui l'avait poussée à s'enfuir en premier lieu.

Maintenant que Melissa et elle s'étaient éclipsées pour aller dans la chambre, il informa Barney :

—Je pourrais être très en colère, tu sais…

—Je sais, fiston.

Barney savait très bien qu'il touchait la corde sensible en l'appelant comme cela.

—Mais je ne le suis pas, ajouta Harvey en s'asseyant. Melissa est enfin ici, et nous nous reparlons.

Ils échangèrent un bref regard, juste avant que Melissa les rejoigne.

—C'est tellement gentil de votre part à tous les deux de me permettre de porter cette robe, dit-elle à Barney et à Lois, qui l'avait suivie avec la robe et l'avait étalée sur la table.

Barney avait déjà vérifié qu'il ne restait pas une seule miette de ce qu'ils avaient mangé ou une seule goutte de ce qu'ils avaient bu au déjeuner.

—J'ai hâte de te voir dedans au bal, enchaîna-t-il. À présent, est-ce que cela vous dérangerait de nous laisser un peu tous les deux, Lois et moi ? Vous n'avez plus besoin de vous inquiéter pour moi maintenant que vous savez que je suis en pleine forme et que je suis en bonne compagnie.

—Bien sûr, lança Harvey en prenant les clefs de son pick-up dans une main et la brochure d'Aubrey House dans l'autre. Je vais mettre ça à la poubelle, d'accord ?

Lois se couvrit la bouche pour étouffer un petit rire.

Sans attendre de réponse, Harvey se dirigea vers la porte et jeta le papier dans la poubelle de recyclage en passant devant, levant les yeux au ciel, puis lui et Melissa sortirent.

Dehors, sous le soleil, Melissa sourit.

—Plus que dix jours avant le bal ! Tu as toujours ton smoking ?

—J'en ai un autre que j'ai acheté pour le mariage d'un collègue, il y a deux ans.

—Qu'est-il arrivé à l'ancien ?

—Il était temps de changer. Le premier était d'occasion, il n'a jamais été correctement ajusté. J'ai fait confectionner le deuxième sur mesure, je me suis dit que je le porterais des années.

Ils traînaient à côté des arbres qui bordaient la cour.

—Je pars par là, l'informa Melissa en indiquant le petit portail de devant, qui donnait sur la rue.

—Je peux te déposer, si tu veux.

—Je crois que je vais plutôt marcher pour me vider un peu la tête. Ces quelques dernières heures ont été délirantes.

—Ça, c'est bien vrai !

—Je suis vraiment contente qu'ils se soient retrouvés, et soulagée que nous n'ayons pas donné à Barney le choc de sa vie.

—Il l'aurait mérité après le tour qu'il nous a joué.

—Ses intentions étaient bonnes.

—Oui, j'imagine.

Il glissa ses mains dans les poches de son jean. Il faisait trop chaud pour porter un tel vêtement, mais il l'avait mis de bonne heure, ce matin-là, pour aller promener Winnie sur la plage, alors que le vent soufflait impitoyablement. Il n'y avait plus qu'une légère brise, à présent.

—Même Barney a une cavalière pour le bal cette année, releva-t-il avec un grand sourire.

—Il en a, de la chance !

—Tu pourrais être la mienne, comme au bon vieux temps.

—Harvey…

—Je plaisante.

Il ne plaisantait pas.

Le sourire aux lèvres, Melissa s'en alla, franchit le portail et s'éloigna dans la rue.

Avant de partir, Harvey jeta un rapide coup d'œil à travers la fenêtre : dans la maison, Barney et Lois riaient de quelque chose. Danser dans les bras l'un de l'autre, dans la grange, avait dû les ramener des années en arrière. D'une certaine manière, ils devaient avoir l'impression que le temps s'était arrêté.

Il aurait voulu que Melissa et lui aient la même occasion d'arranger les choses. Barney était heureux, il était en bonne voie de guérison ; hélas, cela signifiait que Melissa n'allait plus tarder à quitter Heritage Cove, et Harvey ne pourrait rien dire ni rien faire pour l'en empêcher.

15

Quand on frappa à la porte de sa chambre à l'auberge, Melissa alla ouvrir et fut surprise de se trouver face à Lois.

—Je ne m'attendais pas à un service de livraison à domicile ! s'exclama-t-elle avec entrain, s'écartant pour la laisser entrer.

Le bal avait lieu le soir même, et elle était déjà nerveuse, non pas à cause de l'événement en soi, mais à l'idée de passer davantage de temps avec Harvey. Car elle savait maintenant que le moment était venu de se montrer honnête avec les deux hommes dans sa vie.

Au cours des dix derniers jours, elle s'était affairée. Elle s'était occupée des dernières livraisons à la grange pour que l'endroit soit totalement prêt pour le bal, elle avait confirmé les différentes réservations de crainte que quelque chose aille de travers, elle avait aidé Lucy à se trouver une tenue pour l'occasion, et elle avait profité de la compagnie de ses amis sur la plage. Jay avait été très pris par son travail. Leurs échanges s'étaient limités à des e-mails et à des messages, assez espacés à cause du décalage horaire, seulement au lieu d'en souffrir, elle s'était surprise à apprécier le temps que cela lui avait donné pour clarifier les choses dans son esprit.

—Cela ne me dérange pas, affirma Lois en souriant. Je me suis dit que j'allais laisser Barney un peu tout seul, il pourra me présenter à d'autres personnes plus tard.

—Vous avez bien raison. J'en conclus qu'il retrouve son rythme habituel ?

Melissa pendit la robe sur la porte ouverte de l'armoire.

—On peut le dire.

—Ça doit faire beaucoup pour vous... Je compatis, d'autant plus que maintenant qu'il a arrêté de jouer la comédie pour nous faire croire qu'il était au bout du rouleau, il doit rattraper le temps perdu !

—Il m'a expliqué que cela avait été dur pour lui de rester autant à la maison.

—Hmm, oui, je suis sûre que ça a dû être un cauchemar...

—Il avait vraiment de bonnes intentions.

—Je sais, soupira Melissa. Je ne suis même pas en colère, je crois que je ne pourrais jamais l'être contre Barney.

Lois lui fit signe d'ouvrir la housse en plastique dans laquelle elle avait glissé la robe. Tout excitée, Melissa s'exécuta.

—Alors, qu'en pensez-vous ? lui demanda Lois, les mains jointes contre le menton.

—Elle est superbe ! La garniture de perles est magnifique, souligna Melissa en caressant du bout des doigts les motifs complexes. Vous en avez ajouté ?

—La maman de Harvey m'a apporté d'autres perles et des sequins, et je les ai cousus dessus. Bon ! allez, ne me faites pas attendre davantage...

—Vous voulez que je l'essaie maintenant ?

—Il faut que je vérifie que les retouches conviennent.

—Vous êtes sûre que vous avez le temps ?

—Pour être honnête, j'ai laissé Barney à la boulangerie : on lui avait apporté une chaise pour qu'il s'asseye, et j'ai eu l'impression qu'il allait en avoir pour un bon moment, alors je lui ai dit que je le retrouverais là-bas dans une demi-heure.

Melissa avait le trac, mais elle prit la robe et, derrière la porte ouverte de l'armoire qui fit office de paravent, elle l'enfila.

—Elle m'a l'air d'être bien ajustée.

—Pas trop ?

—J'espère que non…

Elle se montra, hésitante.

—Melissa, c'est parfait ! Une robe de mariée doit aller comme un gant, et c'est le cas de celle-ci. Tournez-vous, je vais la boutonner.

Après avoir rentré son ventre et s'être un peu tortillée, elle fut enfin véritablement habillée. Ses yeux s'embuèrent de larmes lorsqu'elle aperçut son reflet dans le miroir. Le corsage scintillait dans la lumière que Lois avait allumée pour mieux voir, et elle pouvait presque s'imaginer avec un voile, tenant un bouquet devant sa poitrine.

—Oh mon Dieu, pourquoi ces larmes ?

Lois s'empressa de prendre un mouchoir en papier sur la table de chevet et le lui tendit.

—Je suis un peu émotive.

—Vous pensez à votre petit ami.

—Est-ce que c'est si flagrant que ça ?

—C'est un homme bien, et… comment dit-on, aujourd'hui ? Canon !

Melissa éclata de rire. Lois avait dû mal comprendre, car elle faisait manifestement allusion à Harvey. Si elle pleurait, c'était parce qu'après toutes ces années, sa voie lui apparaissait enfin clairement ; et la première personne à laquelle elle devait le dire était l'homme auquel elle était censée être fiancée.

Lois lui donna un autre mouchoir en papier.

—Vous allez le voir dans quelques heures… Arrêtez de pleurer, ou vous allez avoir les yeux tout gonflés. Cela ne lui plairait pas !

—Non, j'imagine que non.

Elles admirèrent encore un peu la robe, puis Lois défit les boutons et elles parlèrent coiffure et maquillage pendant que Melissa se rhabillait, remettant sa robe droite couleur fauve.

—Et qu'en est-il de votre tenue ? demanda-t-elle à Lois. Vous avez trouvé quelque chose à mettre ?

—Barney et moi sommes allés faire du shopping hier, et j'ai trouvé quelque chose d'approprié. C'était une véritable excursion ! Nous avons pris un taxi pour y aller et pour revenir, et nous avons déjeuné dans un magnifique country-club… On aurait dit un rendez-vous galant, avoua-t-elle.

—Vous le méritez tous les deux.

—Je voulais vous remercier, Melissa…

—La robe est une très belle façon de me remercier, vous n'avez pas besoin de dire quoi que ce soit en plus.

—Si, et je vais le faire : merci, du fond du cœur. À notre âge, nous savons que la plus grande partie de notre vie est derrière nous, et rares sont ceux qui ont droit à une seconde chance. Vous m'avez fait un très beau cadeau en me contactant, et je vous serai éternellement reconnaissante.

—Vous allez me faire pleurer si vous continuez, et je vais avoir besoin de beaucoup de maquillage pour camoufler mes yeux bouffis !

Lois tamponna ses propres yeux avec un mouchoir en papier.

—Je ne veux pas non plus avoir les yeux gonflés, donc, dans notre intérêt à toutes les deux, je ne vais pas m'étendre davantage… Je vais aller sauver les boulangères !

—Bonne idée ! rit Melissa. Je vous vois ce soir !

Après le départ de Lois, elle sortit sur le tout petit balcon. Certains soirs de son séjour, elle s'était installée là avec un verre de vin pour regarder le soleil se coucher sur Heritage Cove et le crépuscule céder la place à la nuit, un ciel noir parsemé d'étoiles recouvrant alors les maisons et le village qu'elle connaissait si bien. Maintenant, elle remarquait une voiture passer de temps en temps, apercevait des vaches dans un champ au loin, des moutons dans un autre, des balles de foin dorées dans celui le plus éloigné qu'elle pouvait voir. Un tracteur avança dans la rue lourdement avant de disparaître derrière les arbres, le grondement de son moteur s'évanouissant peu à peu.

Quand un nuage masqua le soleil, elle frissonna et rentra. Elle n'avait plus que quelques heures à attendre avant son premier bal depuis cinq ans, et elle était tellement excitée qu'elle avait l'impression d'être redevenue la jeune fille qui assistait à l'événement depuis les poutres et brûlait d'impatience de faire partie des invités.

***

—Je n'ai plus quinze ans, Maman !

Harvey défit son nœud papillon pour la quatrième fois et repoussa sa mère, qui voulait absolument le mettre pour lui.

Ils étaient dans la cour chez Barney, et les gens commençaient à arriver pour le bal. Il avait renoncé à mettre son nœud papillon dans la maison et était sorti pour ne pas rater l'arrivée de Melissa.

—Tu es tellement maladroit aujourd'hui ! Comment se fait-il que tu sois aussi nerveux ?

Les cheveux gris de Carol, qui lui effleuraient la nuque, faisaient de grandes ondulations. Elle y avait accroché une petite fleur blanche de gardénia, et elle portait une robe fluide de la même couleur qui mettait en valeur sa silhouette menue. Étant donné son passif avec l'homme qu'elle avait épousé, elle n'aurait jamais pu mettre une robe de mariée, évocatrice de terribles souvenirs, à ce bal ; elle avait donc dépensé plus de cent livres pour s'acheter une robe avec des manches trois-quarts ornée d'une délicate garniture de perles, qui lui donnait l'impression d'être une nouvelle femme – c'étaient les mots exacts qu'elle avait employés le jour où elle était revenue avec de la boutique. C'était à ce moment-là que Harvey avait su que sa mère avait repris le contrôle de sa vie.

—Je ne suis pas nerveux, mentit-il de manière peu convaincante.

Après s'être débattu contre le nœud papillon pendant encore quelques instants, il finit par réussir à l'attacher convenablement.

—Voilà, c'est fait ! Ça faisait longtemps que je ne l'avais pas mis, j'étais un peu rouillé, c'est tout.

Carol sourit.

—Quelle belle soirée... Heureusement que tu as persuadé Barney de ne pas annuler !

En en discutant davantage avec Barney, il s'était rendu compte que beaucoup de gens étaient au courant de sa petite mise en scène. Les pâtissières savaient pertinemment qu'elles devaient préparer le gâteau, elles avaient seulement fait croire à Melissa que ce serait compliqué, le groupe n'avait jamais été annulé, on leur avait enjoint à faire semblant, et même Ashley, de White Clover, avait connaissance de tout depuis le début. Harvey était tiraillé entre l'envie d'étrangler Barney et celle de le remercier, car s'il ne leur avait pas menti, Melissa serait déjà repartie à Windsor. Or, il voulait à tout prix passer cette soirée avec elle, la revoir enfin au bal après toutes ces années.

La grange était baignée de la chaleur agréable de l'été, et le soleil projetait encore une douce lueur sur la cour. Les invités continuaient à arriver et à se mêler les uns aux autres. Les portes en bois de la grange étaient grandes ouvertes, et des balles de foin étaient disposées à l'entrée pour que ceux qui auraient envie de sortir prendre un peu l'air, lorsque le bal aurait commencé, puissent s'y asseoir s'ils le désiraient. Les tables du buffet étaient placées contre l'un des murs, et les employés du traiteur apporteraient tous les mets le moment venu. Barney et Lois se tenaient à l'entrée de la grange, et ils accueillaient les invités comme s'ils n'avaient jamais cessé de former un couple. Le groupe jouait un morceau de musique classique que Harvey ne reconnaissait pas, mais qui convenait à merveille aux circonstances, évoquant la sérénité et l'élégance d'un mariage champêtre.

Il tira sur les poignets de sa chemise pour les faire ressortir un peu de dessous sa veste de smoking, et salua d'un signe de tête Ashley, qui arriva à ce moment-là. Elle portait une robe ivoire à tournure – il ne savait comment cela s'appelait que parce qu'il l'avait entendue le dire à quelqu'un qui lui avait posé la question, l'année précédente. Elle engagea la conversation avec sa mère, et elles ne tardèrent pas à parler chiffons, un sujet qui était toujours abordé le soir du bal étant donné le thème de l'événement.

Il était content que les gens s'empressent d'entrer dans la grange, car il n'avait pas envie d'avoir un public qui verrait sa réaction quand Melissa arriverait.

Ce fut ensuite au tour de Casey de faire son apparition, et elle vint le serrer chaleureusement dans ses bras.

— Ta copine n'est pas encore là ?

Il fut tenté de protester, mais comment aurait-il pu ? Ce que la question sous-entendait était vrai. Elle le savait, il le savait, les autres le savaient probablement tous aussi.

—Tu es très belle ce soir.

Leur conversation tourna court, car l'une des amies de Casey l'entraîna dans la grange. Il l'avait entendue dire quelque chose à propos de « beaux partis », alors il supposait qu'elles n'allaient pas tarder à flirter comme des folles.

Tilly arriva ensuite avec deux copines qu'il ne connaissait pas, toutes trois parlant à toute vitesse, puis Gracie.

Elle tournoya dans sa robe, qui ne se révélait être rose que lorsqu'elle se tenait à côté de quelqu'un vêtu de blanc. Ses cheveux bouclés, châtains, étaient relevés en un chignon qui lui donnait un air sophistiqué, totalement différent de celui de la jeune femme qui se baladait dans Heritage Cove habillée d'un short coupé dans un jean et qui promenait sa chienne pour lui.

—Comment va Winnie ? s'enquit-elle.

—Je peux compter sur toi pour me demander ça ! La plupart des filles ici ce soir s'inquiéteraient plutôt de savoir si elles n'ont pas de rouge à lèvres sur les dents ou si leur coiffure est parfaitement en place…

—Tu sais comment je suis avec les chiens, Harvey !

—Oui, je sais, et Winnie va bien. Elle m'a réclamé plein de caresses avant que je parte.

—Tu me réserveras une danse tout à l'heure ?

—Bien sûr.

Tandis que Gracie entrait dans la grange, Harvey vit que Declan, un gars du coin qui avait à peu près le même âge qu'elle, la contemplait d'un air admiratif. Il ne l'avait probablement pas reconnue quand elle était arrivée, mais désormais il la remarquait assurément.

Les habitants du village affluaient, ainsi que ceux de villages et de petites villes des environs. Certains revenaient après avoir participé au bal l'année précédente, d'autres assistaient à l'événement pour la première fois. Quand Tracy apparut, elle confia à Harvey qu'elle avait l'impression d'être de nouveau une jeune mariée. Elle et Giles bavardèrent un peu avec lui avant d'entrer, et il n'eut pas besoin de leur dire pourquoi il attendait dehors.

Jade et Celeste arrivèrent avec le gâteau et le posèrent sur une table bien à l'écart, où il ne craindrait rien. Elles avaient troqué leurs tabliers pour deux robes blanches totalement différentes l'une de l'autre, et leur maquillage était appliqué à la perfection sur leur peau de porcelaine : elles étaient superbes. Harvey avait toujours envié aux deux sœurs leur proximité, que lui et son frère n'avaient pas la chance d'avoir. Non seulement elles travaillaient ensemble, mais elles vivaient sous le même toit et, en dehors d'une dispute occasionnelle, elles s'entendaient à merveille. Il se demandait si Daniel et lui auraient été aussi proches s'ils n'avaient pas eu un père aussi horrible.

Il chassa de son esprit toute pensée concernant leurs problèmes familiaux, et il accueillit en souriant Patricia, du salon de thé, qui était tout excitée d'être là et très fière d'avoir cette fois encore pu revêtir sa robe de mariée. Elle se mit aussitôt à parler à qui voulait l'entendre du corsage de sa robe qui, lacé dans le dos, était une aubaine quand on prenait du poids année après année. Son mari la regardait comme s'il l'avait épousée la semaine précédente et non des années plus tôt, et leurs mains jointes révélaient également leur affection.

Ce fut ensuite au tour de Lottie de faire son entrée. Sa robe blanche faisait ressortir le bronzage qu'elle entretenait depuis le début de l'été. Comme toutes les personnes présentes ce soir-là, elle était transfigurée : le fait que tout le monde ait abandonné les habituels jeans et petits hauts, shorts et t-shirts, au profit de tenues de soirée faisait partie de l'attrait de l'événement. C'était l'occasion de voir ceux que l'on croisait quotidiennement s'habiller autrement, se comporter d'une autre manière, se sentir différents.

L'ambiance, dans la cour comme dans la grange, présentait une atmosphère de convivialité, d'effervescence générale, d'amours estivales grisantes. Certains arrivaient pleins d'espoir avec un cavalier ou une cavalière à leur bras, d'autres savouraient une soirée en amoureux loin des petits tracas de la vie de famille et des contraintes du travail, une soirée au cours de laquelle ils pouvaient se rappeler comment ils étaient tombés amoureux. D'autres encore venaient avec des amis sans le moindre projet amoureux en tête, et quelques-uns seraient surpris ce soir, Harvey aurait été prêt à le parier : il y avait toujours une histoire d'amour imprévue dans l'air. L'année précédente, c'était Juliet, la sœur de son patron, qui était sortie avec l'un des collègues de Harvey. Toutefois, tous deux avaient apparemment eu des regrets le lendemain matin.

Lucy arriva au bras de Fred Gilbertson, de retour au village pour l'occasion.

—Fred, content de te voir ! lança Harvey en lui serrant la main. Lucy, tu es très belle.

Elle fit un petit tour sur elle-même dans sa robe ivoire, qui dégageait ses épaules et tombait presque par terre.

—Eh bien, merci ! J'ai déniché cette beauté dans une friperie, et elle me va à merveille.

—Si seulement toutes les jeunes mariées étaient aussi accommodantes ! plaisanta Fred, adressant un clin d'œil à Lucy. On ne sait jamais : ton prince charmant se trouve peut-être dans cette grange en ce moment même.

—Ça m'étonnerait, répondit-elle en riant, et puis, d'ailleurs, je ne le cherche même pas.

—Oh, allez ! insista Fred. Cet endroit est synonyme de romantisme…

—Pas toujours, intervint Harvey. Tu te souviens de Clara et de Michael ?

Fred fronça les sourcils.

—Le couple qui s'était rencontré en allant sonner les cloches à la chapelle et qui s'y était marié ?

—Exactement. Ils ont eu une terrible dispute ici même, dans cette grange, et ils se sont séparés définitivement quand elle lui a avoué qu'elle voyait quelqu'un d'autre.

Lucy pouffa.

—Allez, viens, Fred, tu peux veiller sur moi, dit-elle. Je ne cherche pas à rencontrer quelqu'un pour le moment, je veux juste me faire des amis.

—Ça marche ! entonna Fred en l'entraînant vers la grange.

Quand ils entrèrent, suivis de près par d'autres invités, Harvey s'agita. Il commençait à se demander si Melissa allait seulement venir, lorsqu'une voix derrière lui le fit se retourner. Elle avait emprunté le portail de devant, alors qu'il s'était attendu à ce qu'elle arrive par la cour.

Il ne put s'empêcher de sourire.

—Tu as pris ton temps !

Mais ça valait la peine d'attendre, se retint-il d'ajouter.

Elle passa entre les genévriers et s'avança vers lui. La robe lui paraissait totalement différente du jour où il l'avait vue l'essayer dans le salon, alors que sa concentration était divisée entre elle et les révélations de Barney. Désormais, elle lui allait comme un gant, et elle lui arrivait juste au-dessus du genou. Une paire de chaussures blanches à talons mettait en valeur le galbe parfait de ses mollets et, quand elle tournoya pour mieux lui montrer la robe, il ne put s'empêcher de la dévorer des yeux, de la tête aux pieds. Ses cheveux auburn, laissés libres, se déployaient sur ses épaules en un éventail de grosses boucles.

À ce rythme-là, il allait bientôt avoir besoin d'une douche froide.

— Tu es superbe, balbutia-t-il.

— Tu n'es pas mal non plus, répliqua-t-elle, ses iris noisette pétillant. Joli smoking…

— Je parie que tu dis ça à tous les garçons, plaisanta-t-il.

Ses yeux se posèrent sur sa bouche, couverte d'un rouge à lèvres rose brillant qu'il n'aurait mis que quelques secondes à retirer d'un baiser.

Deux de ses collègues de travail choisirent ce moment-là pour faire leur apparition. Il les présenta à Melissa et, d'un seul regard, leur fit comprendre qu'ils n'avaient pas intérêt à s'approcher d'elle.

Quand la camionnette du traiteur surgit, Melissa retrouva son sérieux et prit aussitôt les choses en main. Elle emmena les serveurs dans la maison, où ils pourraient s'organiser et se préparer à faire le service. Harvey savait que, grâce aux instructions qu'elle leur donnerait, la soirée se déroulerait sans anicroche.

Il ne tarda pas à être happé par la foule restreinte des invités qui arrivèrent ensuite. Ils étaient venus en minibus d'une petite ville située à une trentaine de kilomètres de là, après avoir lu un article sur le bal dans le journal. Il indiqua à quelques-uns d'entre eux où se trouvaient les toilettes mobiles, derrière la grange, puis il discuta avec le bienfaiteur d'une œuvre caritative semblable à White Clover, qui voulait connaître la marche à suivre pour organiser un événement comme le bal de la Robe de mariée. Il fit de son mieux pour le renseigner à l'aide des connaissances limitées qu'il avait dans le domaine, puis il le présenta à Barney.

Le groupe de musiciens faisait déjà danser tout le monde. Il aurait juré qu'il y avait encore plus de participants que toutes les années précédentes. Un océan de robes blanches, crème, ivoire et d'autres couleurs pâles se mêlait à celles plus sombres des smokings et des costumes qui emplissaient la grange. Certains invités dansaient, d'autres étaient assis sur les balles de foin, quelques-uns formaient de petits groupes çà et là et bavardaient, et d'autres encore avaient déjà pris leurs places autour des tables. Deux adolescents s'embrassaient dans un coin, cependant leurs parents vinrent les séparer, et la scène rappela à Harvey toutes les fois où il avait eu envie d'embrasser Melissa mais où il n'avait pas pu le faire.

Il alla se chercher une bière, puis il observa Barney danser avec Lois. Ils échangeaient quelques mots de temps en temps, un regard plein de tendresse à chaque occasion ; la soirée, qui avait depuis si longtemps une importance toute particulière dans la vie sociale de Barney, était soudain devenue un grand événement pour Lois aussi. Ashley vint se tenir à côté de Harvey et s'éventa le visage avec la main.

—Il fait chaud ici, mais c'est vraiment merveilleux qu'il y ait tant de monde !

—Oui… Je crois qu'il n'y en a jamais eu autant.

Elle le surprit en train de contempler Melissa, qui venait enfin d'entrer dans la grange.

—Vas-y, va lui demander !

—Lui demander quoi ?

—De danser, bien sûr !

Il ne pouvait pas, car il n'était pas sûr d'arriver à la relâcher s'il la prenait dans ses bras.

Lois approcha, en quête d'un verre d'eau ; il trouva une carafe, lui en servit un verre et le lui tendit, content d'avoir une distraction. Quand il se retourna, il constata que Barney ne s'était pas assis et qu'il n'était pas non plus venu chercher une boisson fraîche, mais qu'il dansait avec Melissa.

— Tu as raté le coche ! lui chuchota Ashley.

— Ouais… C'est l'histoire de ma vie.

Il resta en retrait pour laisser les dames discuter entre elles. Celeste vint le trouver pour lui proposer de se joindre à elle sur la piste de danse.

— Si tu es sûre de pouvoir tenir le rythme avec moi ! rit-il.

— Je marche aux pâtisseries, bien sûr que je peux tenir le rythme !

Elle y arriva en effet très bien, même quand le groupe se mit à jouer une chanson plus rapide. Elle tenait le bas de sa robe pour danser et elle se donnait à fond. Lorsqu'elle fit signe aux plus jeunes d'approcher et que, pour son plus grand plaisir, ils se joignirent à elle, Harvey vit que Melissa les observait.

Barney était de nouveau avec Lois et, soudain, c'était comme si tout s'évanouissait autour de Harvey et de Melissa, et qu'il ne restait plus qu'eux dans la grange.

La bouche toute sèche, il se dirigea vers elle. Sans un mot, il lui tendit la main et, quand elle sourit et la prit dans la sienne, il l'attira plus près de lui. Leurs corps se touchèrent presque. Sans crier gare, quelqu'un s'interposa.

— M'accorderez-vous cette danse ? demanda l'homme.

En voyant la réaction de Melissa, Harvey n'eut même pas besoin de la questionner sur le mystérieux inconnu.

***

— Je ne vous interromps pas, n'est-ce pas ?

Jay se tenait devant Melissa et, dès que Harvey eut fait un pas en arrière, il la prit par la main.

—Ma fiancée m'a manqué, je suis sûr que cela ne le dérangera pas que je prenne sa place, lui souffla-t-il en jetant un rapide coup d'œil à Harvey, avant de reporter son attention sur elle.

Elle observa la réaction de Harvey à l'annonce inopinée des fiançailles dont elle n'avait encore parlé à personne. La mine défaite, il tourna les talons pour s'éclipser, tandis que Jay l'attirait vers lui. Elle regarda par-dessus l'épaule de ce dernier et vit Barney essayer d'empêcher Harvey de partir, mais ce dernier l'ignora et continua à avancer.

Elle se laissa porter par la musique au moment où les lents accords d'une chanson d'Elvis Presley s'élevaient dans l'air, appâtant les couples sur la piste de danse dans une ambiance plus suave. De bonnes odeurs flottèrent jusqu'à eux tandis que les serveurs déposaient des plats sur le buffet, et les invités auxquels la danse avait déjà ouvert l'appétit cessèrent enfin de prêter attention à elle et au nouvel arrivant.

Quelque chose changea en elle. Elle s'écarta de Jay et le prit par la main.

—Viens avec moi, lui dit-elle.

Elle l'entraîna dehors à l'autre bout de la cour, vers un endroit où elle savait que personne ne viendrait les déranger. Elle ne voyait aucun signe de Harvey.

Jay inclina la tête pour l'embrasser. Il supposait qu'elle l'avait amené là pour être seule avec lui, et maintenant, elle allait devoir lui briser le cœur – à lui, le beau pilote dont elle avait cru être tombée amoureuse alors qu'elle n'avait en réalité jamais cessé d'aimer Harvey.

Elle l'empêcha d'approcher davantage d'une main à plat sur la poitrine.

—Ne t'inquiète pas, glissa-t-il en souriant, personne ne va s'apercevoir que nous sommes partis…

Il lui posa une main sur la nuque pour l'attirer vers lui.

Elle recula pour être hors de sa portée.

—Qu'est-ce qui ne va pas ?

Elle secoua la tête, les yeux pleins de larmes. Elle n'avait pas envie de le blesser encore plus qu'elle ne s'apprêtait déjà à le faire. Elle s'en voulait terriblement d'avoir mis tout ce temps à prendre enfin conscience de ce qu'elle avait laissé derrière elle cinq ans plus tôt, sans jamais y renoncer totalement.

—Tu n'as rien fait, je t'assure.

—Ce n'est pas toi, c'est moi ? ricana-t-il.

Cependant, son rire mourut sur ses lèvres.

—Tu ne plaisantes pas…

—Non, Jay. Vraiment pas.

—Qu'est-ce qui se passe ? Je croyais que tu serais contente que je te fasse la surprise de mon arrivée, tu n'as pas arrêté de me parler de ce bal pendant deux semaines…

C'était vrai. Il l'avait écoutée lui parler de la raison pour laquelle elle devait prolonger son séjour à Heritage Cove, de l'événement qui était si important pour le village et auquel elle ne pouvait pas renoncer. Involontairement, en radotant pour faire la conversation et pour éviter d'évoquer leurs fiançailles ou quoi que ce soit d'autre de ce genre, elle l'avait encouragé à venir.

Elle leva les yeux vers lui, ne se souciant plus de savoir si ses larmes allaient faire couler son mascara. C'était fini, et elle aurait dû s'en rendre compte bien plus tôt. Ils étaient si occupés au quotidien qu'elle s'était laissé emporter par un tourbillon d'émotions, d'abord quand ils étaient sortis ensemble, puis quand ils avaient pratiquement commencé à vivre sous le même toit, et enfin quand ils s'étaient fiancés. Elle avait répondu oui à sa demande, mais elle n'avait jamais rêvé de leur mariage.

Elle avait conservé son propre appartement, elle avait résisté à l'idée de s'installer avec lui et, à présent, elle comprenait pourquoi. Ce n'était pas l'homme qu'elle aimait en réalité. Ces derniers jours, elle s'était imaginée dire au revoir à Harvey, puis elle s'était imaginée dire au revoir à Jay. Chaque fois, les adieux qui l'avaient le plus bouleversée avaient été ceux à l'homme auquel son cœur appartenait depuis qu'il l'avait subtilement embrassée sur ces poutres, dans la grange, puis pour de bon dans le grenier de Tumbleweed House. Elle ne le savait pas à l'époque, désormais elle en était sûre. Elle avait vécu dans une bulle depuis qu'elle avait quitté la Cove, cinq ans plus tôt, une bulle dans laquelle Harvey n'existait pas, dans laquelle elle ne pouvait ni souffrir ni penser à ce qu'elle avait perdu. Revenir à Heritage Cove avait tout rendu limpide pour la première fois depuis des années.

— Ton ami Barney va s'en sortir, n'est-ce pas ?

Jay croyait qu'il s'agissait de Barney et non de lui.

— Barney va très bien se rétablir.

— Tant mieux, je m'en réjouis.

Avec un grand sourire, et avant qu'elle n'ait pu ajouter autre chose, il sortit un petit écrin de sa poche et l'ouvrit : le soleil avait commencé à décliner, mais, même dans la faible lueur du crépuscule, elle reconnut tout de suite l'éclat d'un diamant sur le velours noir.

— Je voudrais que nous fixions une date, Melissa. Le plus tôt sera le mieux.

Elle savait que si elle lui racontait tout depuis tout le début, si elle lui disait qu'elle était retombée amoureuse non seulement de Heritage Cove, mais aussi de l'homme auquel elle avait un jour offert son cœur à cet endroit précis, dans la grange où les gens se mêlaient les uns aux autres et dansaient en ce moment même, alors elle allait lui faire encore plus de mal qu'elle ne lui en avait déjà fait, et il ne méritait pas cela ; mais il ne méritait pas non plus qu'elle soit malhonnête. Elle était sortie avec lui parce que c'était nouveau, exaltant, parce que c'était l'aventure, parce qu'elle ne risquait pas de souffrir. Elle s'était laissé emporter, et elle avait caché une partie d'elle-même à laquelle elle ne pouvait pas faire face, la partie qui recelait tous ses souvenirs, et tout ce qu'elle avait perdu.

— Jay, je…

La bague restait là, à l'attendre dans la boîte ouverte au creux de la paume de Jay ; cependant, de cette même main, il referma soudain le couvercle d'un coup sec.

— Pourquoi est-ce que j'ai comme l'impression que je ne vais pas avoir besoin de ça… ?

— Je suis vraiment désolée.

— Qu'est-ce qui s'est passé, Melissa ? Quand tu es arrivée ici, il n'y a que quelques semaines, nous étions fiancés, et quoi, maintenant, tu as tout simplement changé d'avis ?

Depuis le début, elle s'était dit qu'elle n'était pas prête à annoncer ses fiançailles à qui que ce soit parce qu'elle n'avait pas encore de bague ; au fond, peut-être était-ce parce qu'elle savait que quelque chose n'allait pas.

— C'est compliqué, répondit-elle.

— Soit tu m'aimes, soit tu ne m'aimes pas.

Il lui laissa l'occasion de prendre la parole, mais qu'aurait-elle bien pu dire ?

— Tu ne m'as jamais raconté grand-chose au sujet de ce village, reprit-il, mais j'ai toujours su qu'il y avait quelqu'un ou quelque chose qui t'empêchait d'avancer.

— J'ai quitté ce village pour recommencer à zéro, et si je n'étais pas revenue, je ne me serais jamais rendu compte qu'une partie de moi s'y trouvait toujours.

Ils sourirent aux serveurs qui sortaient de la maison et se dirigeaient vers la grange avec d'autres plats. Sentant vraisemblablement qu'ils avaient une conversation privée, les serveurs se contentèrent de les saluer d'un signe de tête discret.

— Tu as toute une vie à Windsor, Melissa, répliqua Jay en s'adossant au mur.

Leur attention se porta sur la grange, dans laquelle les gens dansaient sur la musique comme s'ils étaient merveilleusement insouciants, *eux*.

— Je sais, lui accorda-t-elle. Mais il semblerait que j'en ai toujours une ici.

— Est-ce que cela a quelque chose à voir avec le gars avec lequel tu dansais quand je suis arrivé ?

Avant qu'elle puisse répondre, il leva une main pour l'en empêcher.

— Tu sais quoi, je n'ai pas besoin de le savoir. Et je ne vais pas te supplier de reconsidérer ta position. Ce serait une perte de temps pour nous deux.

Elle n'osa pas le regarder pour vérifier s'il disait cela gentiment ou s'il était plus en colère que sa voix ne le laissait supposer.

— Je suis vraiment, *vraiment* désolée, Jay, enchaîna-t-elle. Je ne voulais pas te faire de mal.

Là-dessus, sans un mot de plus, sans un coup d'œil en arrière, il glissa la bague dans sa poche et s'éloigna à grandes enjambées en direction de sa voiture, garée au bout de l'allée qui donnait sur la cour. Elle n'aurait rien pu dire pour atténuer sa douleur ; et si elle n'avait pas coupé court à leur relation ce soir-là, elle lui aurait fait encore plus de mal sur le long terme, et il ne méritait pas cela.

Elle attendit que Jay s'en aille. Puis elle observa la grange, les gens qui se pressaient autour du buffet avec des assiettes pleines de bonnes choses. Lois dansait avec Fred et riait, Barney se reposait, assis à l'une des tables, entouré de personnes désireuses de lui parler. En revanche, elle ne voyait Harvey nulle part. Elle alla vérifier de l'autre côté de la grange, puis sur la petite route qui serpentait entre les champs derrière chez Barney, et enfin dans la maison, mais il était parti.

Il n'y avait qu'un seul endroit où il pouvait se trouver.

Elle sortit précipitamment de la maison, courut jusqu'au portail – qu'elle eut, bien entendu, un peu de mal à ouvrir –, puis sur le trottoir, et dans la Grand-Rue. C'était un cauchemar de faire ça en talons, et elle trottinait plus qu'elle ne courait, alors elle retira ses chaussures, les tint dans une main et continua son chemin pieds nus, espérant qu'elle ne marcherait sur rien de dangereux.

Elle finit par arriver à l'extrémité du sentier qui débouchait sur la plage. S'engager dessus dans le noir aurait été terrifiant si les derniers rayons du soleil n'avaient pas été encore visibles au-dessus de l'océan, droit devant, et des broussailles. Elle avança jusqu'à l'endroit où la terre battue du chemin laissait la place à du sable, puis elle descendit les marches, posant machinalement une main sur la rambarde de temps en temps, avant de se rappeler à quel point elle était branlante. Quand elle arriva enfin en bas, qu'elle sentit la roche sous ses pieds nus et qu'elle sauta dans le sable, elle le vit. Dans la pénombre crépusculaire, elle distingua sa silhouette solitaire. À la position et aux mouvements de son bras, elle devina qu'il lançait des galets à la surface de l'eau pour faire des ricochets.

Tandis qu'elle se dirigeait vers lui, ses pieds s'enfoncèrent dans le sable mouillé qui, deux heures plus tard, serait complètement recouvert par la mer. L'écume avait déjà commencé à gagner du terrain. Ils n'auraient pas beaucoup de temps devant eux avant de devoir retourner sur la route pour éviter la marée montante. Le corsage de sa robe entravait les mouvements de sa poitrine, alors même qu'elle avait besoin de récupérer après l'effort physique qu'elle avait fait pour descendre sur la plage le plus vite possible. Elle se tint à côté de Harvey sans rien dire, attendant que sa respiration revienne à la normale, pendant qu'il faisait des ricochets avec ses derniers galets.

Quand il fut à court, il tourna le visage vers elle, les yeux pleins de tristesse. Il avait défait le nœud papillon qu'il avait passé une éternité à mettre tant il était nerveux, d'après ce que sa mère avait confié à Melissa, et l'accessoire pendait maintenant mollement autour de son cou ; ses cheveux bruns étaient plus hirsutes que d'habitude, et elle l'imaginait bien glisser une main dedans en arrivant sur la plage où il venait pour réfléchir, avant que les embruns n'y laissent ensuite leurs résidus salés.

Il détourna le regard pour reporter son attention sur la mer.

—Ce sera bientôt la marée haute, il ne faudrait pas que tu sois coincée ici.

—Je pourrais te dire la même chose.

—Pourquoi n'es-tu pas au bal, en train de danser ?

—Parce que je te cherchais.

—Ne t'inquiète pas, je reviendrai en fin de soirée, tu sais très bien que je ne ferais jamais faux bond à Barney.

—Oui, je sais.

—Alors, où est le problème ?

—Le problème, c'est que tu me dois une danse.

Il émit un grommellement.

—Et tu crois que ton fiancé serait d'accord ?

—Bien sûr que non.

—S'il te plaît, arrête de jouer à ce petit jeu, Melissa.

Elle se plaça devant lui pour qu'il soit obligé de la regarder. Elle avait les pieds dans l'eau glacée, mais elle prit sur elle pour ne pas claquer des dents.

—Je ne joue pas à un petit jeu.

Elle jeta ses chaussures un peu plus loin sur le sable, de crainte de les faire tomber dans l'eau.

—Arrête de te braquer et parle-moi.

—J'ai dit tout ce que j'avais à dire.

—Eh bien, pas moi !

Le bruit des vagues, derrière elle, l'empêchait de parler doucement.

—Je suis désolée de m'être enfuie il y a cinq ans, et je suis désolée de ne pas t'avoir contacté pendant tout ce temps, mais je ne regrette pas d'être partie. J'avais besoin de découvrir qui j'étais sans mes parents, sans ce village, sans toi.

Elle vit sa mâchoire tressauter sous l'effet de l'agacement.

—Tant mieux pour toi, je suis content de savoir que tu y vois plus clair.

—Oui, j'y vois plus clair, enfin. Et tout est fini entre Jay et moi.

Il la fixa pendant que le ciel achevait de s'assombrir. La seule source de lumière provenait maintenant de la lune, qui projetait sa lueur argentée sur la surface de la mer.

—Tu n'as pas l'intention de dire quelque chose ? lui demanda-t-elle.

Elle faillit perdre l'équilibre quand une vague vint s'écraser à ses pieds.

—Qu'est-ce que je pourrais bien avoir à dire ?

—Eh bien, tu pourrais dire que tu es désolé aussi, je n'ai pas tous les torts. Tu aurais pu me dire pourquoi tu n'étais pas parti avec moi.

—J'avais mes raisons.

—Et moi les miennes.

Elle vit à nouveau sa mâchoire se contracter. Cela se produisait chaque fois qu'il savait qu'elle avait raison.

—Je t'aime encore, Harvey.

Elle avait les pieds comme des glaçons, dans cette eau si froide que même les plus courageux auraient hésité à s'y aventurer.

—Tu pourrais me dire que tu m'aimes encore, toi aussi.

Une autre vague s'abattit contre ses jambes. Elle n'était pas grosse, mais elle la déséquilibra. Melissa était en train de tomber, sur le point d'être trempée, quand, soudain, elle fut soulevée en l'air.

Harvey l'avait prise dans ses bras, et il plongeait maintenant son regard dans le sien.

—Et pourquoi diable est-ce que je dirais une chose pareille ?

Le sourire aux lèvres, il l'embrassa. Ce baiser à la saveur salée, grisant, lui exprima tout ce qu'elle avait besoin de savoir. Être avec Harvey, tout comme son retour à Heritage Cove, lui donnait la sensation d'être enfin revenue chez elle.

Il détacha ses lèvres des siennes, il la dévisagea, puis ses yeux se posèrent un instant sur sa bouche avant de s'ancrer de nouveau dans les siens.

—Je t'aime, Melissa.

Elle lui sourit, en sécurité dans son étreinte, exactement là où elle voulait être.

Il l'embrassa de plus belle.

—Tu sais que, même si je t'aime, je ne vais pas faire tout le chemin du retour avec toi dans mes bras jusqu'à la grange…

Elle poussa un petit cri.

—Le discours !

Barney faisait un discours tous les ans à la fin du bal de la Robe de mariée.

Harvey la reposa et ils coururent dans le sable le plus vite possible, montèrent la pente et les marches irrégulières, empruntèrent le sentier qui n'était plus éclairé que par la lune à présent, juste assez pour qu'ils parviennent à retrouver leur chemin.

Ils déboulèrent dans la Grand-Rue en riant, et il lui proposa de grimper sur son dos.

—Je vais te porter, tu es trop lente ! insista-t-il.

Elle s'exécuta sans hésiter, et il fit tout le reste du trajet avec elle sur son dos. Quand ils arrivèrent enfin dans la cour chez Barney, elle remit ses chaussures. Ils prirent tous les deux une profonde inspiration, puis ils entrèrent dans la grange, où la foule des invités était rassemblée et prête à écouter Barney, qui montait justement sur la scène.

Son discours mêla comique et sérieux. Il parla de sa chute, dit qu'il avait eu la sensation d'être « sur le déclin » – ce fut l'expression qu'il employa –, mais qu'il savait qu'il pouvait compter sur toutes les personnes présentes, qu'il avait de nombreux amis à Heritage Cove, et qu'il espérait pouvoir passer le restant de ses jours dans cette maison. Il rendit hommage à Harvey et à Melissa parce qu'ils s'étaient occupés de lui en dépit de son mauvais caractère et du vilain tour qu'il leur avait joué. Il fit ensuite monter Lois sur la scène et expliqua à tout le monde qu'ils avaient été mariés par le passé. Il confia leur tristesse, leur douleur, d'une manière qui exprimait beaucoup d'amour et d'espoir, et il arracha des larmes à plus d'un membre de son auditoire. Il parla aussi de White Clover, et de tout le bon travail que l'organisation caritative faisait pour les gens dans leur situation, pour les familles qui souffraient de la pire des façons.

Tout au long de la soirée, un photographe avait capturé chaque moment et, avec l'aide de l'un des membres du groupe qui lui tint une échelle, il se hissa pour prendre un dernier cliché de tous les invités serrés les uns contre les autres, rassemblés en un grand groupe – les habitants du village, les visiteurs, les amis et les couples, les jeunes et les vieux –, afin d'immortaliser le bal de cette année, l'événement qui rapprochait les gens et recueillait des fonds pour une cause si importante. Melissa eut sa danse avec Barney, qui lui murmura plusieurs fois *Je te l'avais dit !* en référence à Harvey, et elle repartit ce soir-là épuisée par tant d'émotion, main dans la main avec l'homme qu'elle n'avait jamais vraiment cessé d'aimer. Il lui avait simplement fallu un certain temps pour s'en rendre compte.

***

Quelques jours plus tard, Barney glissa la photo de groupe du bal sous la porte de Tumbleweed House. Il ne frappa même pas, car il ne voulait pas déranger l'heureux couple qui n'avait pas beaucoup quitté la maison depuis l'événement, à part pour aller se chercher à manger ou promener Winnie sur la plage.

Harvey retourna dans le lit et serra Melissa tout contre lui. Elle posa la tête sur son torse, et il remonta le drap sur son corps nu pour qu'elle n'ait pas froid. Il lui montra le cliché qu'il avait retiré de l'enveloppe tombée sur le paillasson un peu plus tôt.

—Il faudra lui trouver un cadre, suggéra Melissa.

—Tout le monde a l'air tellement heureux sur cette photo ! releva Harvey, qui l'admirait toujours. Celle-ci finira sans aucun doute sur le mur de la grange.

—C'est sûr !

—Tu crois que Barney était sérieux quand il a dit qu'il envisageait d'organiser deux bals par an ?

—Soit ça, soit quelqu'un avait corsé son verre ! répondit-elle avec un grand sourire.

—J'espère qu'il ne compte pas sur nous pour les organiser…

—Je ne sais pas, ce n'était pas si terrible, si ?

Elle leva les yeux vers lui. Ils savaient aussi bien l'un que l'autre que si Barney n'avait pas joué la comédie, s'ils n'avaient pas été contraints de préparer le bal ensemble, elle serait vraisemblablement repartie pour Windsor sans tirer les choses au clair avec lui ; et elle ne voulait même pas imaginer ce que serait sa vie sans lui désormais.

—Il songe à planifier le deuxième à la période de Noël, reprit Harvey. Peut-être pas cette année, mais l'idée est là, elle fait tranquillement son chemin dans sa tête… et ce qui est génial, c'est que cela l'enthousiasme à ce point. Ça fait plaisir à voir !

Elle pensa soudain au village pendant les fêtes de fin d'année, aux lumières tout du long de la Grand-Rue, à l'atmosphère douillette du pub, aux toits couverts de givre quand les températures chutaient.

—J'adore Noël à Heritage Cove. Est-ce qu'ils illuminent toujours le sapin sur la parcelle d'herbe derrière l'arrêt de bus ?

—Bien sûr ! Tu peux le voir dès l'instant où tu entres dans le village.

—J'ai déjà hâte !

—Tu travailleras peut-être à Noël.

—J'ai travaillé à Noël et à la Saint-Sylvestre ces trois dernières années, je suis sûre de pouvoir obtenir un congé, du moins, si je retourne travailler un jour.

Il resserra son étreinte autour d'elle.

—Ne pensons pas à ça maintenant.

Elle regarda la robe blanche ornée de sequins accrochée devant l'armoire de Harvey. Il avait bien failli la lui arracher, le soir du bal, lorsqu'ils étaient arrivés chez lui, brûlant du désir de se redécouvrir, mais elle l'avait obligé à prendre son temps pour défaire précautionneusement les boutons. Il avait eu du mal, car ils étaient minuscules ; son impatience l'avait fait rire, et plus elle avait ri, plus il avait eu des difficultés, parce qu'elle ne pouvait pas retenir son souffle pour lui faciliter la tâche. Elle avait arraché l'un des boutons de sa chemise quand cela avait été son tour de le déshabiller, mais il s'en était moqué, et son smoking était toujours sur le dossier de la chaise dans le coin de la chambre, à attendre d'être confié au pressing.

Elle avait téléphoné à Jay la veille, pendant que Harvey était sorti acheter de quoi manger. Il n'avait pas décroché, mais il lui avait envoyé un message quelques minutes plus tard pour lui dire qu'il était à Shanghai. Il lui avait souhaité bonne chance pour la suite, et elle en avait fait autant. Il lui avait indiqué qu'il avait déjà rapporté toutes les affaires qu'elle avait laissées chez lui à son appartement, et qu'il avait glissé le double de ses clefs sous la porte. Elle avait eu un petit choc, néanmoins elle savait que c'était mieux ainsi. Elle s'était arrangée pour avoir encore deux semaines supplémentaires de congé sans solde, mais, ensuite, elle serait vraiment obligée de retourner travailler. D'ici là, elle avait bien l'intention de profiter pleinement de Harvey, de Tumbleweed House et de Heritage Cove. Car ce village était son véritable chez-elle. Elle en avait à présent conscience. Elle pourrait être à des kilomètres de là, cela resterait son point d'ancrage, un refuge plutôt qu'un endroit à fuir, un lieu qui la rassérénerait si jamais elle sentait les émotions l'envahir et la submerger.

—Regarde comme Barney a l'air heureux sur cette photo…

Harvey avait calé le cliché debout sur la commode à côté du lit pour pouvoir enlacer Melissa.

—C'est le meilleur de tout. Et regarde-nous… Nous aussi, nous avons l'air heureux !

Sur la photo, Harvey se tenait derrière elle tandis qu'elle se laissait aller en arrière contre son torse et riait. Elle ne se rappelait plus pourquoi maintenant, mais cela n'avait aucune importance. Ce qui importait, c'était qu'elle était là, à Heritage Cove. Elle n'avait pas la moindre idée de ce que cela signifiait à long terme, ils n'en avaient pas encore discuté, mais elle savait qu'elle passerait dorénavant beaucoup de temps ici.

Il lui déposa un baiser sur le front.

—Très heureux, confirma-t-il. Et tu ne peux pas savoir à quel point cela me fait plaisir de t'entendre dire ça.

Il saisit la main qu'elle lui avait posée sur le torse et entrelaça ses doigts aux siens.

—Je ne veux pas que tu partes, je ne veux pas que tu retournes à Windsor.

—J'ai un travail, un appartement…

—Et si je prenais un congé pour y aller avec toi ?

Elle se redressa, plaqua les paumes sur son torse et le regarda.

—Je croyais que tu bossais sur un gros chantier… ?

—Nous avons presque terminé, je pourrais prendre deux ou trois semaines pour explorer un peu Londres, découvrir la ville pendant que tu travaillerais, pour voir ce que j'ai manqué. Je réchaufferais le lit en attendant que tu rentres.

—Je vais être pas mal partie, mais ce qui est bien, c'est que je vais avoir des jours de repos entre les vols.

—Je crois que tu ne te reposeras pas beaucoup si je suis là, pas si j'arrive à mes fins…

Il la fit adroitement rouler sur le dos et il vint se placer au-dessus d'elle pour déposer une ligne de baisers au creux de son cou et le long de sa clavicule.

—Tu es sûre que tu es prête à m'accueillir chez toi ?

—Je n'ai jamais été aussi sûre de quoi que ce soit.

Approchant dangereusement ses lèvres des siennes, il murmura :

—Moi non plus.

Si Winnie n'avait pas choisi cet instant précis pour entrer dans la chambre en courant et en aboyant pour réclamer de l'attention, ils auraient peut-être passé encore une heure ou deux au lit.

Cependant, ils auraient tout le temps pour faire cela.

Melissa et Harvey avaient été séparés plus qu'il ne fallait. Maintenant, le moment était venu pour eux d'être à nouveau ensemble.

Remerciements

Tout d'abord, j'aimerais remercier chaleureusement toute l'équipe de Boldwood, pour m'avoir proposé un contrat d'édition pour écrire de nouveaux livres et faire connaître quelques-uns de mes ouvrages déjà disponibles à davantage de lecteurs, dans encore plus de formats. Je voudrais remercier tout particulièrement Nia Beynon pour notre toute première conversation à propos de Boldwood, et Tara Loder pour toutes nos longues discussions sur mes séries de livres et sur la marche à suivre. Il a fallu un moment pour que les choses se mettent en place, et je suis vraiment ravie de travailler avec vous tous.

Un très grand merci à Jessica Redland, une autrice et amie extraordinaire, qui a trouvé sa place chez Boldwood et m'a présentée à l'équipe. Jessica est toujours généreuse de son temps et de ses conseils, et je suis vraiment heureuse de faire partie de la tribu d'écrivains connue sous le nom de The Write Romantics, dont les membres se soutiennent tout au long du chemin. Les réseaux sociaux nous permettent de rester proches, et je ne pourrais jamais imaginer devoir me passer de ce soutien et de ces encouragements constants.

Je remercie Katharine Walkden, une experte en correction, grammaire et ponctuation, douée aussi pour repérer les éventuelles incohérences dans l'intrigue d'un roman. Son souci du détail est sans pareil, et c'est toujours un plaisir de travailler avec elle. Je souhaiterais aussi remercier Emily Reader, qui a apporté à l'histoire un dernier peaufinage pour la rendre éclatante.

Merci à mon mari de m'encourager quand j'ai des doutes, de me préparer de délicieux repas tout au long de la semaine,

de gérer mon site internet, et d'être là pour me permettre de tester mes idées quand j'ai un problème à régler avec mon intrigue ou mes personnages. J'adore mon travail d'autrice et je mesure la chance incroyable que j'ai d'avoir son soutien infaillible.
Enfin, à mes lecteurs… un immense merci à vous d'avoir acheté ce livre. J'espère que vous avez eu plaisir à le lire et que vous continuerez à aimer la série !
Nous espérons que vous avez apprécié la lecture de *Là où le cœur nous porte*. Si tel est le cas, n'hésitez pas à laisser un commentaire.

Si vous souhaitez offrir un exemplaire de ce livre, il est également disponible au format e-book.

Inscrivez-vous à la liste de diffusion (en anglais) de Helen Rolfe pour recevoir des informations, des concours et des mises à jour sur les futurs livres.

À propos de l'autrice

Helen Rolfe est l'autrice de nombreuses œuvres de fiction contemporaines à succès, dont l'intrigue se déroule dans différents endroits, des Cotswolds à New York. Elle vit dans le Hertfordshire avec son mari et ses enfants.

Suivez Helen Rolfe sur les réseaux sociaux :

TWITTER.COM/HJROLFE

FACEBOOK.COM/HELENJROLFEWRITER

INSTAGRAM.COM/HELEN_J_ROLFE

Retrouvez-nous sur les réseaux sociaux :

City Éditions

www.city-editions.com
@cityeditions
www.facebook.com/cityeditions/
@CityEditions
@cityeditions

Achevé d'imprimer en mai 2025
sur les presses de la Nouvelle Imprimerie Laballery
58500 Clamecy

Numéro d'impression : 504740

Imprimé en France

La Nouvelle Imprimerie Laballery est titulaire de la marque Imprim'Vert®